Angelika Schwarzhuber

Barfuß im Sommerregen

Roman

blanvalet

Penguin Random House Verlagsgruppe FSC® N001967

4. Auflage
Copyright © 2018 by Penguin Random House Verlagsgruppe GmbH,
Neumarkter Straße 28, 81673 München
produktsicherheit@penguinrandomhouse.de
(Vorstehende Angaben sind zugleich Pflichtinformationen nach GPSR.)

Dieses Werk wurde vermittelt durch die Literarische Agentur
Thomas Schlück GmbH, 30161 Hannover.
Redaktion: Alexandra Baisch
Umschlaggestaltung: © Johannes Wiebel | punchdesign,
unter Verwendung von Motiven von Shutterstock.com
(© Zuzanae, © SVIATLANA SHEINA, © Nestudio, © Maya Kruchankova)
LH · Herstellung: sam
Satz: Uhl + Massopust, Aalen
Druck und Bindung: GGP Media GmbH, Pößneck
Printed in Germany
ISBN: 978-3-7341-0553-1

www.blanvalet.de

*Für
Gerhart und Martin –
die Väter meiner Söhne*

Kapitel 1

Ich muss dringend wieder mehr Sport machen, dachte ich, als ich zwischen Regalen mit Frühstücksflocken und Marmelade meinem Sohn hinterherhastete. Ich erwischte ihn gerade noch rechtzeitig, bevor er die kunstvoll aufgebaute Pyramide aus Cornflakes-Packungen zum Einstürzen brachte, und klemmte mir das zappelnde und fröhlich quietschende vierjährige Energiebündel unter den Arm.

»Du hast mich gefangen, Mama«, rief er glucksend, »du bist Sieger.« Wie sollte ich ihm da böse sein, auch wenn uns einige Kunden im Supermarkt kopfschüttelnd ansahen? Glücklicherweise kannte uns hier niemand.

Als ich seine Lieblingskekse und zwei Flaschen Wasser auf das Band legte, entwischte Tommi mir ein weiteres Mal und rannte auf den Ausgang zu. Vor der automatischen Schiebetür hielt er jedoch inne. Er wusste ganz genau, dass es mächtig Ärger geben würde, wenn er den Supermarkt ohne mich verließ.

Mach doch bitte schneller, dachte ich, während die Verkäuferin im Tempo einer Schildkröte beim Sonnengruß das Wechselgeld herauszählte. Inzwischen zupfte Tommi in aller Seelenruhe Zettel von einem schwarzen Brett, das von privaten Angebots- und Gesuchsnotizen geradezu überquoll.

»Also, Junge, das geht doch nicht«, hörte ich einen älteren Herrn schimpfen, der Tommi mit strengem Blick bedachte. Aus dem Augenwinkel sah ich, wie sich mein Kleiner erschrocken etwas in die Hosentasche schob.

Endlich hatte mir die Verkäuferin das Wechselgeld in die Hand gedrückt, und ich eilte zum Ausgang.

»Entschuldigen Sie bitte.« Ich hob rasch die am Boden liegenden Kärtchen auf und heftete sie zurück an die Pinnwand. »Normalerweise macht er so was nicht.«

Was nicht so ganz der Wahrheit entsprach. Denn mein Sohn war ein kleiner Wirbelwind, der gerne mal Unfug trieb. Das war auch der Grund gewesen, warum die Tagesmutter nach zwei Wochen aufgegeben hatte.

Mit ihrer Kündigung war auch mein Job bei McDonald's Geschichte. Die Arbeitszeiten waren nicht kompatibel mit dem Betreuungsangebot im Kinderhort, den ich mir ohne Job ohnehin nicht leisten konnte. Als meine beste Freundin Teresa und ihre fünfjährige Tochter Ina noch in unserer gemeinsamen kleinen Wohnung lebten, war alles viel einfacher. Da hatten wir unsere Dienstzeiten abgestimmt und uns mit der Betreuung der Kinder abgewechselt. Doch letzten Herbst hatte Teresa Leander kennengelernt, einen Patentanwalt aus Österreich. Und vor vier Monaten war sie mit Ina aus München weg und zu ihrer neuen Liebe nach Wien gezogen. Der Abschied war uns allen ziemlich schwergefallen, vor allem den Kindern, die wie Geschwister aufgewachsen waren. Ich vermisste die beiden immer noch sehr.

Doch vielleicht würde auch mein Leben jetzt eine Wendung nehmen. Ich war unterwegs zu einem Vorstellungsgespräch. Und diesmal standen die Chancen für eine längerfristige Anstellung gar nicht mal so übel. Eine Realschule in Passau hatte eine Hausmeisterstelle ausgeschrieben. Glücklicherweise suchten sie weniger einen Handwerker als vielmehr jemanden, der sich neben der Reinigung des Gebäudes und der Pflege des Gartens um den Pausenverkauf kümmerte. Das würde ich auf jeden Fall hinbekommen. Und das Beste daran war, dass eine Hausmeisterwohnung zur Verfügung stand, die für eine alleinerziehende Mutter mit Sprössling groß genug war. Das musste einfach klappen. Andernfalls würden wir in knapp einem Monat auf der Straße stehen, denn mein Vermieter hatte inzwischen kein Verständnis mehr dafür, dass ich ständig mit den Zahlungen im Rückstand war.

»Mami, komm jetzt.« Tommi zog mich ungeduldig hinaus auf den Parkplatz.

»Hör mal, Schatz, du darfst nicht einfach Zettel herunterreißen«, tadelte ich ihn auf dem Weg zum Auto.

»Warum?«

Seine Lieblingsfrage.

»Die Zettel haben Menschen dorthin gehängt, die etwas verkaufen oder verschenken wollen. Oder etwas suchen.«

»Haben die was verloren?«

»Nein.«

»Warum suchen die denn dann?«

Ich seufzte und überlegte einen Moment, bis mir etwas einfiel.

»Wir suchen doch auch oft nach einem Parkplatz.«

Er hatte verstanden und nickte.

»Einen Parkplatz kann man nicht verlieren, oder?«

»Nein. Den kann einem nur jemand wegschnappen.«

Er kicherte.

»So wie du dem Mann vorhin.«

»Genau.« Ich streichelte über seinen Kopf.

»Wann gehen wir baden, Mama?«

»Später. Wie ich es dir versprochen habe«, sagte ich und öffnete die Beifahrertür des Renault Clios, den meine Nachbarin Hedwig mir für heute geliehen hatte.

»Es ist so heiß«, jammerte mein Kleiner.

Das war es allerdings für Ende April. Vor drei Wochen waren die Temperaturen von einem Tag auf den anderen auf über achtundzwanzig Grad gestiegen, und eine Wetteränderung war laut Vorhersagen nicht in Sicht. Da ich den Sommer jedoch liebte, machte mir die Hitze nicht viel aus.

»Ich mach gleich alle Fenster auf, dann wird es kühler. Außerdem muss es heiß sein, sonst können wir später nicht schwimmen gehen.«

Das Argument war überzeugend. Tommi setzte sich in seinen Kindersitz, und ich kontrollierte, ob er sich richtig festgeschnallt hatte.

Langsam, aber sicher machte sich Nervosität in mir breit. Falls es mit diesem Job klappte, wäre das ein echter Neuanfang für uns. Es würde bedeuten, München zu verlassen und in die wesentlich kleinere Stadt Passau zu ziehen, die ich bisher nur von Fotos aus dem Internet kannte. Und so eine Veränderung war genau das, was ich brauchte.

Verdammter Mist! Das wär auch zu schön gewesen, um wahr zu sein, dachte ich, als wir zwei Stunden später vom Parkplatz der Schule wegfuhren. Leider hatte ich zu große Hoffnungen in dieses Jobangebot gesetzt. Der Schulleiter war höflich gewesen, hatte sich jedoch bereits für ein Hausmeisterehepaar jenseits der fünfzig entschieden, die sich kurz vor mir vorgestellt hatten. Und jetzt? Ich war ohne einen Plan B nach Passau gefahren. Mir blieb nicht mehr viel Zeit, um einen anderen Job und eine neue Wohnung zu finden. Klar, ich hatte ein paar Freunde, bei denen wir zumindest für ein paar Tage unterkommen konnten, aber das würde unsere Situation auf Dauer auch nicht verbessern. Meine finanziellen Reserven waren bald aufgebraucht, und eine neue Wohnung konnte ich mir abschminken. München war für eine alleinerziehende Mutter, die sich hauptsächlich mit Nebenjobs durchschlug, einfach viel zu teuer.

»Fahren wir wieder heim, Mami?«, fragte Tommi.

»Ja.«

»Machst du mir Pfannkuchen mit Nutella?«

»Klar. Einen großen Stapel.«

»Aber vorher gehen wir baden!«

»Sowieso. Wie ausgemacht.«

Im Rückspiegel sah ich, wie er mich mit glücklich funkelnden Augen anlächelte. Ich sollte diesen Tag mit meinem Sohn einfach genießen und mir später darüber Gedanken machen, wie es weitergehen sollte.

Wir waren noch keine zehn Minuten unterwegs, da rief Tommi aufgeregt: »Mama! Anhalten! Schau! Da können wir baden!«

Ich warf einen Blick aus dem Fenster der Beifahrerseite und entdeckte etwas abseits von der Straße die glitzernde Oberfläche eines Gewässers.

»Wir wollten doch in München ins Bad gehen«, warf ich halbherzig ein. Doch der kleine Weiher, umgeben von Wiesen und Sträuchern, sah tatsächlich sehr einladend aus. Und die Badesachen waren ja bereits im Kofferraum. So ein wenig Abkühlung könnte jetzt nicht schaden.

»Ich will jetzt«, sagte er und setzte noch ein »Bitte, bitte, Mama« hinzu.

»Na gut!«

Ich bog bei der nächstmöglichen Gelegenheit ab und fuhr ein wenig herum, bis wir schließlich über einen Feldweg am Gewässer ankamen, das etwa die Größe eines Fußballfeldes hatte. Ich parkte den Wagen unter einem Baum und suchte eine Stelle, an der es flach ins Wasser ging. Es handelte sich tatsächlich um einen Badeweiher, trotzdem war an diesem Montagnachmittag nicht allzu viel los. Nur wenige Leute schwammen, und zwei junge Burschen lagen auf einer aufblasbaren Palmeninsel, die im Wasser trieb. Ich breitete die Decke so aus, dass sie zur Hälfte im Schatten lag.

Tommi konnte es kaum erwarten, bis er ausgezogen war und Badehose und Schwimmschuhe anhatte, und am liebsten wäre er sofort ins Wasser gerannt.

»Wenn du nicht wartest, bis ich umgezogen bin, dann fahren wir sofort nach Hause«, stellte ich klar.

»Aber ich kann doch schon alleine schwimmen«, protestierte Tommi und konnte es nicht lassen, zumindest schon mal die Füße ins Wasser zu strecken.

»Tommi!«

»Beeil dich, Mami!«

»Ich mach ja schon.«

Umständlich schlüpfte ich unter dem luftigen Sommerkleid aus meiner Unterwäsche und in den Badeanzug. Verdammt! Der war seit letztem Sommer aber eng geworden! Und schon da hatte ich ihn eine Kleidergröße größer kaufen müssen. Seufzend zog ich das Kleid aus. Ich war zwar nicht dick, aber meine ehemals durchtrainierte sportlich schlanke Figur war in den letzten Jahren etwas rundlicher geworden. Ganz zu schweigen von meiner Oberweite. Die hatte sich während der Schwangerschaft fast verdoppelt. Ich band meine schulterlangen dunkelbraunen

Haare hoch, streifte meine Ballerinas ab und schlüpfte in hellblaue Schwimmschuhe. Ohne würden mich keine zehn Pferde in einen Badeweiher bringen. Man wusste ja nie, ob nicht Glasscherben oder scharfkantige Abfälle am Grund lagen.

»Na dann rein!«, rief ich. Das war das Startsignal für Tommi. Ohne mit der Wimper zu zucken, stürzte er sich begeistert ins kalte Wasser. Mich kostete es einiges an Überwindung, ihm zu folgen, und ich schnappte ein paarmal nach Luft. Doch nachdem ich einmal kurz untergetaucht war, spürte ich, wie meine Lebensgeister erwachten.

Mit seinen gerade mal vier Jahren schwamm Tommi problemlos mit mir quer durch den Badeweiher bis zum anderen Ufer. Es war mir wichtig gewesen, ihm das Schwimmen so früh wie möglich beizubringen. Deswegen hatte ich ihn schon mit drei Monaten zum Babyschwimmen angemeldet. Natürlich würde ich ihn niemals unbeaufsichtigt ins Wasser lassen, dennoch war es beruhigend für mich zu wissen, dass er sich gut über Wasser halten konnte.

Fast eine halbe Stunde lang alberten wir im Weiher herum, und die beiden Jungs erlaubten Tommi sogar, auf die Schwimminsel zu klettern. Jauchzend vor Vergnügen sprang er von dort immer wieder ins Wasser.

»Jetzt machen wir mal Pause, Tommi.« Langsam wurde mir doch ein wenig kalt. Auch Tommis Lippen hatten bereits eine bläuliche Färbung angenommen. »Nicht dass du dich noch erkältest.«

»Nur noch ein Mal, Mami.«

Ich seufzte.

»Na gut!«

Und nach einem allerletzten Sprung schwammen wir zurück zum Ufer.

Als wir auf die Decke zugingen, entdeckte ich einen Mann, der nur wenige Meter entfernt bäuchlings auf einem großen Handtuch lag. Reflexartig zog ich den Bauch ein. Dabei war das Gesicht des Mannes zur anderen Seite abgewandt, also konnte er mich gar nicht sehen. Ich trocknete Tommi ab und rieb ihn mit Sonnencreme Lichtschutzfaktor 50 ein. Dann wickelte ich ihn in ein flauschiges Kapuzen-Badetuch mit dem Motiv eines Riesenkraken.

»Darf ich Hummel Bommel hören?«, fragte er.

»Klar«, antwortete ich und gab ihm den iPod. Er kuschelte sich im Schatten auf die Decke und lauschte der Geschichte. Es war ein anstrengender Tag gewesen, und das Toben im Wasser hatte ihn müde gemacht.

Ich genoss es, mich von den warmen Sonnenstrahlen trocknen zu lassen. Dann setzte ich einen Strohhut auf und cremte auch mich sorgfältig ein.

Zwischendurch warf ich immer wieder einen Blick zu dem dunkelblonden Mann, der offenbar eingeschlafen war. Zumindest hatte er sich bis jetzt noch keinen Zentimeter bewegt. Er war schlank und trug graue Badeshorts. Ich rätselte, wie alt der Mann war und wie sein Gesicht wohl aussah. Ein auf der Rückseite ansprechender Körper bedeutete ja noch lange nicht, dass auch der Rest dazu passen musste. Ob er Brusthaare hatte? Inzwischen war ich tatsächlich ein wenig neugierig und wartete darauf, dass er sich endlich umdrehte. Doch den Gefallen tat er mir nicht.

Plötzlich hörte ich ein leises Summen und entdeckte eine Wespe, die über mir schwebte.

»Weg da!«, rief ich erschrocken, und als ob sie mich verstanden hätte, zog sie ab. Gebannt sah ich zu, wie das Insekt in Richtung des schlafenden Mannes flog und sich auf seinem

Hals niederließ, ohne dass er es bemerkte. Ich wurde unruhig. So ein Wespenstich tat immerhin ganz schön weh. Und vielleicht war der Mann ja allergisch. Was sollte ich denn jetzt tun? Ich setzte mich auf und räusperte mich vernehmlich. Keine Reaktion.

»Hallo!?!« Nichts!

»Huhu!! Aufwachen!« Ich versuchte es ein weiteres Mal. Doch er reagierte nicht. Also entweder schlief dieser Mann tatsächlich wie ein Murmeltier, war taub oder bereits tot.

Und wieso meinte ich eigentlich, mir immer und über alles Sorgen machen zu müssen? Schließlich ging mich der Mann nichts an. Doch noch bevor ich es mir anders überlegen konnte, stand ich auf, wickelte mir das Handtuch um die Hüften und ging zu ihm.

»Husch, husch!«, zischte ich und wedelte mit meinem Hut über dem Hals des Mannes herum, um die Wespe zu verscheuchen, die immer weiter in Richtung Kehlkopf krabbelte. »Hau ab.«

In diesem Moment schrak er hoch, und die Wespe suchte zum Glück das Weite.

»Hey!«

Erschrocken und ziemlich perplex trat ich einen Schritt zurück. Ich wusste nicht, was ich sagen sollte, hatte jetzt aber die Antwort auf meine Fragen vor Augen: Sein Gesicht passte eindeutig zum Rest des Körpers, Brustbehaarung war mäßig vorhanden, und er schien nicht wesentlich älter zu sein als ich, allerhöchstens Anfang dreißig.

»Was machst du denn da?«, fuhr er mich an. Sein Blick blieb kurz am Ausschnitt meines Badeanzuges hängen, bevor er nach seiner Jeans griff, die neben ihm auf der Decke lag, und die Hosentaschen abtastete. Er wollte wohl kontrollieren, ob ich ihn beklaut hatte. Was irgendwie nachvollziehbar war, trotzdem wurmte es mich ein wenig. Schließlich hatte ich nichts Böses im Sinn gehabt. Ganz im Gegenteil.

»Da war eine Wespe«, stellte ich klar und setzte meinen Hut wieder auf.

»Wespe?«

»Ja. Direkt an deinem Hals. Und du hast nicht reagiert. Ich wollte nicht, dass du gestochen wirst. Es hätte ja sein können, dass du allergisch bist.«

»Ach so«, sagte er schon etwas weniger verstimmt, »ja dann … danke.«

»Bist du denn allergisch?«

Etwas irritiert über meine Frage sah er mich an.

»Äh, ich denke nicht. Nein.«

»Da kannst du echt froh sein. Aber trotzdem … weißt du eigentlich, wie leichtsinnig es ist, direkt in der prallen Sonne einzuschlafen? Ganz abgesehen davon, wie schädlich das für die Haut ist, da kann man auch schnell einen Sonnenstich bekommen. Ich hoffe, du hast dich wenigstens ordentlich eingecremt.«

Er stand auf und schlüpfte in seine Jeans.

»Du solltest besser was aufsetzen oder …«

»Sonst noch was?«, fuhr er mich pampig an, und seine hellen grüngrauen Augen funkelten.

»Äh, nein.«

Er nahm ein weißes T-Shirt und zog es über den Kopf. Dann schulterte er seinen Rucksack, und ich sah ihm hinterher, wie er, immer noch barfuß, zu einem in der Nähe geparkten roten Mercedes Vaneo mit der Aufschrift »Zum Drei-Flüsse-Wirt« ging.

Ich wollte mich gerade wieder hinsetzen, da sah ich eine Sonnenbrille an der Stelle, wo er gelegen hatte.

»Hey! Warte mal!«

Er blieb stehen und drehte sich zu mir um.

»Was denn noch?«, fragte er ein wenig genervt. »Bewege ich mich vielleicht zu schnell und könnte davon Muskelkater bekommen?« Er musterte mich von oben bis unten. »Oder willst du mir auch so neckische Plastikschuhe andrehen, damit ich meine kleine Zehe nur ja nicht an einem Steinchen stoße?«

Ich blickte kurz zu den Schwimmschuhen an meinen Füßen, ging jedoch nicht auf seinen Kommentar ein. Wenn er so unvorsichtig sein wollte, bitte schön!

»Um dich nicht unnötig zu nerven, sag ich dir halt nicht, dass du deine Sonnenbrille vergessen hast.« Ich nickte in Richtung der Brille. »Vielleicht brauchst du sie ja auch gar nicht mehr.«

»Ach so – danke«, murmelte er und kam zurück, um die Sonnenbrille aufzuheben.

»Ist wohl nicht so dein Tag heute?«, stellte ich fest.

»Nicht wirklich«, brummte er.

»Meiner auch nicht«, gab ich zu.

»Dann kann es bei uns beiden ja nur noch besser werden.«

»Das wär schön«, sagte ich.

Er öffnete den Kofferraum und warf seinen Rucksack mit den Badesachen hinein. Dann hob er wortlos die Hand zum Gruß, stieg in den Kleintransporter und fuhr weg.

»Ich hab Durst, Mami«, sagte Tommi und gähnte müde.

Ich holte die Wasserflasche aus der Tasche und gab sie ihm.

»Hier. Und wir fahren jetzt nach Hause, Spatz«, sagte ich. »Komm, zieh dich an.«

Als ich ihm seine Hose reichte, rutschten ein paar zusammengeknüllte Fetzen aus der Tasche. Die Abreißzettel mit Notizen und Telefonnummern von der Pinnwand im Supermarkt, die Tommi heruntergerupft und eingesteckt hatte. Als ich sie aufhob, sprangen mir ein paar Worte besonders ins Auge: *Kostenloses Wohnen auf...* Plötzlich neugierig geworden, faltete ich das Papier auseinander und las weiter:

Kostenloses Wohnen auf dem Bauernhof.
Gegenleistung: Unterstützung unseres noch rüstigen
Onkels Alfred.
Infos unter: 0147-01074329.

»Kostenloses Wohnen...«, murmelte ich und biss mir auf die Unterlippe. Dann griff ich nach meinem Handy und wählte die Nummer.

»Hallo? Hier ist Romy Bronner... Ja genau. Deswegen rufe ich an.«

Kapitel 2

Nach dem Telefonat beschloss ich, mich gleich auf dem Hof vorzustellen, damit mir niemand diese einmalige Gelegenheit vor der Nase wegschnappen konnte. Helga Lippel, Nichte von besagtem Alfred, für den eine Hilfe gesucht wurde, hatte mir am Telefon versichert, dass sich bisher nur wenige auf die Annonce gemeldet hätten.

»Wie alt ist denn Ihr Onkel?«

»Er wird bald siebzig, ist jedoch noch sehr rüstig. Aber die Arbeit am Hof und der Haushalt werden ihm allein einfach zu viel.«

Die Bedingungen hätten kaum idealer sein können: Kost und Logis waren frei, es gab ein Fahrzeug zur Mitbenutzung, und die Arbeit im Haus und auf dem Hof war nicht viel mehr als das, was bei mir zu Hause auch anfallen würde. Putzen, waschen und kochen. So könnte ich mich nach irgendeinem angemeldeten Teilzeitjob umsehen. Ich verspürte ein aufgeregtes Kribbeln im Bauch. Auf einem Bauernhof leben – Tiere, die gesunde Luft, Wiesen, auf denen Tommi unbeschwert herumtollen konnte. Hoffentlich hatte dieser Onkel Alfred nichts gegen einen kleinen Jungen, denn ich hatte meinen Sohn beim Gespräch mit Helga Lippel noch nicht erwähnt.

Ich warf einen Blick zum Himmel. »Bitte, liebes Universum. Mach, dass alles gutgehen wird und Tommi und ich hier eine neue Bleibe finden, wo wir uns wohlfühlen«, bat ich in Gedanken. »Dafür verzichte ich auch weiterhin auf einen Mann«, bekräftigte ich einen Deal, den ich vor ein paar Jahren geschlossen hatte.

Besagter Bauernhof war gar nicht so weit weg, und schon fünf Minuten später fuhr ich durch den beschaulichen Ort Halling. Kurz hinter dem Ortsschild bog ich rechts über eine Brücke in eine leicht ansteigende Straße ein, die zum Bauernhof von Alfred Holler führte.

»Wann fahren wir denn heim?«, wollte Tommi nun schon zum zehnten Mal wissen. »Ich hab schon so Hunger.«

»Ich muss hier nur mit jemandem reden, dann fahren wir bald zurück, Tommi. Außerdem hast du vorhin fast die ganze Packung Kekse gefuttert.«

»Bin aber immer noch nicht satt.«

»Auf der Heimfahrt besorge ich dir eine Brezel.«

Ich sah mich um. Nur drei Häuser mit riesigen Gärten standen entlang der Straße, die an einem Hügel in einer Sackgasse mit der Zufahrt zu einem großen Bauernhof endete.

»Schau mal, wie toll es hier ist«, sagte ich und fuhr in den Hof. In der Mitte wuchs eine riesige Linde, unter der ein alter silbergrauer Peugeot-Speedfight-Roller stand.

Ich parkte den Wagen im Schatten neben der Scheune und stieg aus.

»Komm, Tommi.«

»Ich mag nicht.«

»Jetzt komm. Es dauert auch bestimmt nicht lange.«

Doch er schüttelte den Kopf.

»Ich will hierbleiben und mit dem Handy spielen«, bettelte er.

Ich seufzte.

»Na gut.«

Die beiden Fenster öffnete ich halb, damit frische Luft hereinkam.

Dann holte ich mein Handy aus der Tasche und rief eine App mit einem Spiel auf, bei dem Farben und Formen zugeordnet werden mussten. So hatte ich zumindest das Gefühl, dass Tommi dabei etwas lernen würde. Und ich war sicher, dass er sich nicht von der Stelle bewegte.

»Hier. Ich bin bald wieder zurück.«

Doch Tommi hörte mich schon gar nicht mehr. Er tippte und wischte bereits voller Begeisterung auf dem Display herum.

Ich ging auf das Haus zu und bemerkte überrascht, dass die Haustür offen stand. Durfte ich einfach so das Haus betreten? Warum gab es denn hier keine Türklingel?

»Hallo?«, rief ich in den Flur hinein.

»Ich dir sein kann beste Frau in alle Dingen«, hörte ich eine verführerische Stimme mit einem Akzent, den ich nicht zuordnen konnte.

Langsam ging ich in die Richtung, aus der die Stimmen kamen, und öffnete eine Tür, die in eine große Wohnküche führte.

Eine sehr schlanke Frau stand mit dem Rücken zur Tür. Ihre hellblonden Haare waren zu einem strähnigen Pferdeschwanz zusammengebunden und reichten bis zu einem knackigen Hinterteil, das in einer engen Hose steckte. Neben ihr ein älterer Herr mit noch vollem grauem Haar, bei dem es sich zweifellos um Alfred Holler handeln musste.

»Himmeldonnerwetter noch mal! Ich hab Ihnen schon x-mal gesagt, dass ich hier niemanden brauch!«, fuhr er die Frau an.

»Entschuldigung«, machte ich mich bemerkbar, und die beiden drehten sich zu mir um.

Hinten zwanzig, vorne achtzig mit Glitter, schoss es mir durch den Kopf, als ich das sonnen- oder solariumverbrannte faltige Gesicht der Frau sah. Sie war so übertrieben geschminkt, dass es aussah, als würde der blaue Lidschatten die dick getuschten Wimpern nach unten drücken. Ein über die Konturen hinaus aufgetragener pinkfarbener Lippenstift sollte den schmalen Lippen wohl mehr Volumen verleihen, erzielte jedoch nur den Effekt, dass man den sofortigen Wunsch verspürte, ihr ein Taschentuch zu reichen, damit sie alles abwischen konnte.

»Was wollen Sie?«, riss der Herr des Hauses mich aus meinen Gedanken.

»Ich komme wegen des Aushangs im Supermarkt«, erklärte ich.

»Du können gleich gehen wieder!«, fuhr die Dame mich an. »Bin ich schon hier für gute Hilfe.«

Ich fragte mich, an welche Art von Hilfe sie dabei dachte.

Alfred warf einen finsteren Blick zwischen uns hin und her.

»Muss ich vielleicht ein Schild aufstellen: Keine Hilfe gewünscht?! Verschwinden Sie! Und zwar sofort.«

»Aber ich gerufen extra an mit Telefon…«, begann Old Blondie zu insistieren. Doch Alfred Holler verschränkte die Arme und schnitt ihr sogleich das Wort ab.

»Ich will hier niemanden haben. Also, raus aus meinem Haus! Alle beide.«

Wie um die Worte seines Herrchens zu unterstreichen, kam plötzlich ein beiger Hund aus einem angrenzenden Raum, der wie eine Mischung aus Dackel und Labrador aussah, und bellte.

»Hermes. Aus!«, kam der Befehl. Ruhig, aber wirkungsvoll. Das Tier war sofort still und setzte sich.

»Du es überlegten dir noch doch?«, drängte die andere Kandidatin, die offensichtlich noch nicht aufgeben wollte.

»Ich überlege höchstens, ob ich nicht die Polizei anrufe, wenn Sie nicht auf der Stelle verschwinden!«

Es war vergebliche Liebesmüh, mit dem Mann hier sprechen zu wollen. Gewiss hatte nicht er selbst das Inserat im Supermarkt aufgehängt, sondern seine Nichte. Und es war nicht zu übersehen, dass er ganz und gar nicht begeistert darüber war.

»Entschuldigen Sie die Störung«, sagte ich deswegen. »Auf Wiedersehen.«

Ich nickte ihm noch kurz zu und verließ das Haus, gefolgt von der anderen Bewerberin, die wohl ebenfalls eingesehen hatte, dass sie hier nicht erwünscht war. Womöglich hatte sie aber auch die Erwähnung der Polizei davon überzeugt, besser das Weite zu suchen. Empörte Worte in ihrer Muttersprache murmelnd, deren Sinn ich nur erahnen konnte, ging sie zur Linde und stieg auf den alten Roller.

Gleich darauf ratterte das Gefährt lautstark aus dem Hof. Ich sah ihr noch kurz hinterher, dann ging ich enttäuscht zum Auto. Aber einen Versuch war es wert gewesen.

»So, Schatz«, sagte ich und versuchte, heiter zu klingen. »Jetzt fahren wir aber echt heim.«

»Ich muss aufs Klo, Mami.«

»Jetzt gleich?« Eine Frage, die ich mir hätte sparen können. Welches Kind kündigte so etwas schon eine halbe Stunde vorher an? Ich seufzte.

»Gaaanz schnell!«

Er hatte schon den Gurt an seinem Kindersitz gelöst. Ich öffnete die Tür.

»Komm. Wir gehen hinter die Scheune!«

»Aber ich muss groß«, protestierte er empört. Und mir war klar, was das bedeutete. Wir brauchten eine Toilette. Und zwar dringend.

Mit Tommi an der Hand eilte ich zur Haustür, die inzwischen jedoch verschlossen war. Vermutlich würde auch bald das angekündigte Schild an der Tür hängen.

Ich klopfte und wartete. Als er nicht kam, ging ich zu einem der Fenster und sah ihn am Herd stehen. Der musste mich doch gehört haben! Ich klopfte mehrmals an die Fensterscheibe.

»Hallo!«

Endlich drehte er sich um. Und seinem Gesichtsausdruck nach, war er nicht gerade erfreut.

»Darf mein Sohn Ihre Toilette benutzen? Es ist wirklich ganz dringend!«, rief ich ihm durch die Scheibe zu. »Bitte!« Ich deutete auf meinen Sohn.

»Mama, ich muss ganz ganz schnell«, drängte Tommi.

Und ich wusste, wir hatten nur noch wenig Zeit!

»Wir sind auch gleich wieder weg. Versprochen. Aber lassen Sie uns nur kurz herein.«

Endlich verließ er seinen Platz am Herd, und wenige Sekunden später wurde die Haustür aufgesperrt.

»Danke!«, sagte ich erleichtert.

»Hinten links«, brummte Alfred Holler, und ich huschte rasch mit Tommi an ihm vorbei.

Es war wirklich allerhöchste Eisenbahn gewesen.

Als wir ein paar Minuten später wieder zurückkamen, stand Alfred immer noch im Flur. Vermutlich wollte er sich davon überzeugen, dass wir auch bestimmt gleich wieder verschwanden.

»Ich hab eine riesige Wurst gemacht«, flötete Tommi stolz.

»Pst.« Ich bemühte mich, ein nervöses Kichern zu unterdrücken.

Gerade als ich mich bedanken wollte, zog ein beißender Duft in meine Nase.

»Hier brennt was an!«, rief ich, gleichzeitig begann der Hund zu bellen.

Alfred drehte sich um und ging mit großen Schritten in die Wohnküche. Dort stieg Rauch aus einer gusseisernen Pfanne auf.

»Still, Hermes!«

»Kann ich was helfen?«, rief ich hinterher. Doch Alfred hatte die Pfanne bereits neben die Spüle gezogen, in der sich ein Berg schmutziges Geschirr stapelte.

Wütend drehte er sich zu mir um.

»Das ist Ihre Schuld!«, brummte er. Dann ging er zu einem Fenster und riss es auf.

»Es tut mir leid. Das wollte ich nicht«, sagte ich, obwohl ich ja nicht wirklich was dafür konnte.

»Mama? Warum ist der Mann denn so grantig?«, wollte Tommi wissen und drückte sich enger an mich.

»Schon gut, Tommi. Herr Holler ist nur erschrocken«, sagte ich leise.

»Jetzt gehen Sie doch endlich!«

Ich nickte, nahm Tommi an der Hand und war schon bei der Tür, da drehte ich mich noch mal zu ihm um.

»Was wollten Sie denn machen?«, fragte ich.

»Wie?«

»Kochen. Sie wollten doch was kochen.«

»Also jetzt reicht es mir wirklich und …«, begann er.

»Ich bin schuld daran, dass – was auch immer Sie machen wollten – angebrannt ist«, unterbrach ich ihn. »Und wenn ich was angestellt habe, dann möchte ich das auch in Ordnung bringen.«

»War nur Fett, das zu heiß wurde. Nicht nötig, irgendwas in Ordnung zu bringen.«

»Doch. Für mich ist es das schon. Ich bin hierhergekommen, weil ich dachte, Sie wären für diesen Aushang im Supermarkt verantwortlich. Wissen Sie, das wäre für mich und meinen Sohn ein Ausweg …«, ich winkte ab und versuchte zu lächeln. »Inzwischen hab ich verstanden, dass Sie niemanden hier haben wollen. Aber ich finde, das ist kein Grund, mich so anzublaffen.«

Ich sah, wie er mit wütendem Blick die Luft anzuhalten schien, und machte mich auf ein letztes Donnerwetter gefasst.

»Bratkartoffeln mit Spiegeleiern«, sagte er zu meiner Überraschung. »Das wollte ich gerade machen.«

»Bekomm ich da auch was?«, fragte Tommi hoffnungsvoll. »Ich mag so gern Kartoffeln. Und ich hab schon so Hunger.«

Ich wusste nicht, ob ich lachen oder weinen sollte.

»Nein, Tommi, ich hab dir doch gesagt, dass wir …«

»Eier sind im Kühlschrank«, unterbrach Alfred mich. »Gekochte Kartoffeln hier.« Er deutete auf einen Topf am Herd. »Es reicht bestimmt für drei.«

Er ging zur Tür.

»Wo gehst du denn hin?«, fragte Tommi.

Alfred drehte sich zu ihm um.

»Wachteln und Enten füttern.«

»Was sind Wachteln? Darf ich mit? Bitte, bitte«, bettelte Tommi.

»Nein!«

»Warum nicht?«

Mein Kleiner ließ nicht locker.

»Weil ich es sage!«

»Ich hab Enten im Tierpark gesehen. Und am See. Die schwimmen. Können deine Enten auch schwimmen?«

»Alle Enten können schwimmen.«

Damit ließ Alfred uns stehen und ging hinaus. Hermes trottete ihm hinterher.

»Na, dann werde ich mich hier mal an die Arbeit machen«, sagte ich. Immerhin bekam mein Kleiner so wenigstens noch etwas zu essen. »Und du kleiner Mann setzt dich jetzt an den Tisch.«

Er tat, was ich sagte, und ging zur großen Eckbank. Allerdings kniete er sich hin und sah durch das Fenster hinaus in den Hof.

Ich schaute mich um. Es herrschte ein mittelgroßes Chaos. Ich ließ Wasser einlaufen und spülte das Geschirr, damit ich einen sauberen Arbeitsplatz hatte.

Im Kühlschrank gab es Butter, in Papier eingewickeltes Geräuchertes, Essiggurken, Dosenfische und verschiedene Päckchen Käse. Und eine Porzellanschüssel, die mit einem Tuch abgedeckt war. An der Seite standen einige Flaschen Bier. Doch nirgends waren Eier zu finden. Aber er hatte doch gesagt, dass sie im Kühlschrank waren? Ob er vielleicht schon ein wenig senil war und seine Familie deswegen jemanden suchte, der hier mit auf dem Hof wohnte?

Ich holte die Porzellanschüssel heraus und staunte nicht schlecht, als ich darin die Eier fand. Aber keine normalen Hühnereier, sondern jede Menge braun gesprenkelter kleiner Wachteleier. Bestimmt an die fünfzig Stück. Daraus sollte ich die Spiegeleier machen?

In einem Körbchen waren rote Zwiebeln, von denen ich eine klein hackte und mit etwas Speck in Butter anbriet. Zuletzt gab ich die geschälten und gewürfelten Kartoffeln dazu.

»Hm. Das riecht gut, Mama.«

Allerdings. Auch mir lief schon das Wasser im Mund zusammen. Der Tag war anstrengend gewesen, und bis auf ein paar Kekse hatte ich seit dem Frühstück noch nichts gegessen. Überhaupt hatte ich die letzten Tage wenig Appetit gehabt, weil mir die ungewisse Situation inzwischen auf den Magen schlug.

Während die Kartoffeln langsam anrösteten, schlug ich die Schalen der kleinen Eier vorsichtig mit einem Messer ein und ließ den Inhalt in eine Schüssel gleiten. Ich würde die Spiegeleier erst dann anbraten, wenn Alfred wieder zurück war. Wie viele brauchte ich denn davon für eine Portion? Ich entschied mich für sechs Stück pro Person. Die Eier waren ja wirklich winzig.

Während ich den Tisch deckte, sah ich durchs Fenster, wie ein Wagen in den Hof fuhr und eine Frau ausstieg, die zielstrebig auf die Eingangstür zuging. *Noch eine Kandidatin, die sich vorstellen will*, dachte ich und zog die Pfanne vorsorglich auf eine andere Herdplatte.

Gleich darauf betrat die Frau die Küche.

»Guten Tag«, sagte sie. »Ich bin …«

Doch ich ließ sie gar nicht aussprechen.

»Falls Sie wegen des Aushangs im Supermarkt gekommen sind – tut mir leid, die Stelle ist nicht mehr frei.«

Ein überraschtes Lächeln erschien auf ihrem Gesicht.

»Ach ja?«

»Ja.« Ich nickte bekräftigend, obwohl mir schon etwas mulmig bei der Schummelei war. Allerdings hatte der Bauer vorhin unmissverständlich klargestellt, dass er hier keine Hilfe wollte. Ich tat ihm also einen Gefallen, wenn er sich nicht auch noch mit dieser Dame auseinandersetzen musste.

»Ich bin Tommi«, sagte mein Sohn und sah die Frau neugierig an.

»Hallo, Tommi«, grüßte sie ihn freundlich.

»Sie sind leider umsonst hergekommen«, sagte ich schnell.

»Wirklich? Das überrascht mich jetzt ein wenig. Aber ich bin froh, das zu hören.«

Ich war irritiert. Mit dieser Reaktion hatte ich nicht gerechnet. Wieso war sie froh darüber?

»Und Sie sind auch schon am Kochen!«

»Äh, ja.«

In diesem Moment kam Alfred von draußen herein.

»Was willst du denn hier?«, fragte er wenig begeistert.

»Ich hab gehört, du hast dich schon für jemanden entschieden?«, sagte die Frau zu ihm. In diesem Moment war mir klar, dass sie ganz offensichtlich nicht gekommen war, um hier kostenlos zu wohnen und mitzuhelfen.

Alfred schüttelte den Kopf.

»Ich brauch niemanden«, brummte er und setzte sich an den Tisch.

»Wissen Sie«, begann ich schnell. »Eigentlich ist es nicht ganz so, dass die Stelle nicht mehr frei ist.«

»Hätte mich auch gewundert.« Die Frau seufzte und streckte mir ihre Hand entgegen »Ich bin Helga Lippel. Die Nichte.«

Jetzt erkannte ich auch die Stimme wieder.

»Natürlich… Und ich Romy Bronner. Wir haben telefoniert. Es tut mir leid… ich hab das vorhin nur gesagt, weil Ihr Onkel niemanden hier haben will. Sobald das Essen fertig ist, werden mein Sohn und ich nach München zurückfahren.«

»Aber erst krieg ich Kartoffeln«, stellte Tommi klar.

»Ich versteh dich nicht, Onkel Alfred«, begann die Frau. »Du kannst das nie und nimmer länger alleine schaffen hier. Sieh dich doch nur um. Wenn du den Hof schon nicht übergeben willst, dann lass dir doch wenigstens helfen.«

»Brauchst du ein Hörgerät? Oder wie oft soll ich es noch sagen«, polterte er. »Mischt euch nicht ständig in meine Angelegenheiten! Ich bin noch ganz gut in der Lage, hier allein klarzukommen. Auch wenn ihr das nicht hören wollt!«

»Wir machen uns nur Sorgen um dich!«

»Einen Schmarrn tut ihr! Am liebsten wär es deinem Mann doch, wenn mich der Schlag treffen würde. Dann könntet ihr den Hof verkaufen und euch das Erbe teilen, solange es noch was zu teilen gibt!«

Helga schnappte nach Luft.

»Wie kannst du so was nur sagen? Traust du mir das wirklich zu, Onkel Alfred?«, fragte sie empört.

»Nein, dir nicht. Aber deinem Mann…« Es folgte ein bedeutungsvolles Schweigen.

»Weißt du was?« Sie sah ihn wütend an. »Bei dir ist Hopfen und Malz verloren. Dann lass es eben bleiben.«

Sie drehte sich zu mir um.

»Mir war klar, dass mein Onkel ein Sturkopf ist, aber dass er so verbohrt ist, hätte ich nicht gedacht. Da kann man wohl nichts machen. Tut mir leid, dass Sie umsonst hergefahren sind, Frau Bronner.«

»Schon gut. Es war kein Umweg für mich.«

»Auf Wiedersehen.«

»Wenn du mir noch einmal jemanden herschickst, dann jag ich ihn vom Hof. Verstanden?«, drohte Alfred.

Ohne auch nur noch einen Blick mit ihrem Onkel zu wechseln, rauschte die Nichte hinaus und fuhr kurz darauf aus dem Hof. Wortlos setzte sich Alfred.

Ich machte mich eilig daran, das Essen fertig zu kochen. Dann stellte ich die beiden Pfannen auf den Tisch.

»Wenn's recht ist, gebe ich nur noch meinem Sohn ein wenig, dann fahren wir.« Und das schien mir auch wirklich das Beste zu sein. Hier schwelte wohl schon länger ein Familienstreit. Da wollte ich nicht mit hineingezogen werden.

»Jetzt setzen Sie sich schon«, brummte Alfred. »Wer soll das denn alles essen?«

»Das sind ja kleine Babyeier!«, rief Tommi begeistert.

»Die sind von Wachteln!«, erklärte ich, während ich einen vollen Teller vor ihm abstellte. Auch Alfred bediente sich.

»Was sind denn jetzt überhaupt Wachteln?«, fragte der Kleine.

»Das sind so was wie ganz kleine Hühner.«

»Darf ich die dann anschauen?«

»Nein«, sagte Alfred.

»Warum nicht?«

»Jetzt iss, Tommi«, forderte ich ihn auf.

Und das ließ er sich nicht zweimal sagen. Ich war immer wieder verblüfft, welche Mengen er verdrücken konnte, wenn ihm etwas schmeckte. Gleichzeitig kam er auch mit sehr wenig aus, wenn es mal nicht nach seinem Geschmack war.

Als wir fertig waren, räumte ich den Tisch ab und wollte mich an den Abwasch machen.

»Ich mach das schon. Fahren Sie jetzt!«, sagte Alfred.

Ich legte den Spüllappen zur Seite.

»Danke, dass wir mitessen durften.«

»Schon gut. Möchten Sie vielleicht ein paar Eier mitnehmen?«

»Gern!«, nahm ich sein Angebot erfreut an.

Alfred holte einen kleinen Eierkarton aus einem Schränkchen und füllte ihn mit vierundzwanzig Wachteleiern.

»Die sind ganz frisch, die halten sich eine Weile.«

»Super! Das ist echt nett von Ihnen.«

Ich drehte mich zu Tommi, der vor Hermes stand und ihn interessiert beim Schlafen beobachtete. »Kommst du?«

»Können wir nicht noch ein wenig hierbleiben, Mami? Ich will doch noch die Wachteln sehen. Und die Enten.«

»Nein. Das geht nicht … Ich wünsche Ihnen alles Gute, Herr Holler.«

»Danke. Ihnen auch.«

Bevor ich mich umdrehte, erhaschte ich seinen Blick, der für einen Moment traurig wirkte. Doch gleich darauf hatte er wieder diese abweisende mürrische Miene auf.

Er nickte uns zu, dann gingen wir.

Kapitel 3

September 1955 in Halling

»Jetzt lauf doch heim, Hexi!«, rief Alfred schon zum dritten Mal. »Du kannst nicht mit!« Der Siebenjährige hatte seiner Mutter beim Melken geholfen und war spät dran. Wenn er sich nicht beeilte, würde er gleich am ersten Tag im neuen Schuljahr zu spät kommen. »Geh! Ab!«, versuchte er es erneut mit den Kommandos, die er immer bei seinem Vater hörte. Doch die alte Dackeldame machte keinerlei Anstalten, sich wieder auf den Heimweg zu begeben. Seufzend zuckte Alfred mit den Schultern. Dann musste sie eben mit. Er hatte jedenfalls keine Zeit, sich weiter um sie zu kümmern. Alfred nahm die Abkürzung über die Weide und wich dabei geschickt den Kuhfladen aus. Dass seine Wadenstrümpfe inzwischen nass vom Tau auf den Gräsern waren, bemerkte er gar nicht.

Als er knapp zehn Minuten später die fünf Stufen zum Haupteingang der Schule hochflitzte, begann die Kirchturmglocke zur vollen Stunde zu schlagen. Acht Uhr. Oje. Das würde Ärger geben. Er drehte sich noch mal kurz um, aber Hexi war Gott sei Dank nicht mehr zu sehen. Sicher war sie inzwischen wieder auf dem Weg nach Hause, wo sie es sich in der Stube auf ihrer alten Decke gemütlich machte.

In der Eingangshalle, die auch als kleine Aula diente, war niemand mehr, doch aus einem Klassenzimmer hörte man das Rücken von Stühlen und gleich darauf einen Chor heller Kinderstimmen. »Guten Morgen, Fräulein Püschelmann.« Das musste die 2 a sein und damit seine Klasse. Denn Fräulein Püschelmann war schon im ersten Jahr seine Lehrerin gewesen und würde es noch ein weiteres Jahr bleiben. Das hatte sie ihnen am letzten Schultag noch verraten und damit ihrer Freude auf die langen Sommerferien einen gehörigen Dämpfer verpasst.

Mit klopfendem Herzen öffnete er die Tür, und alle Köpfe drehten sich zu ihm. Einige Kinder kicherten verhalten.

»Entschuldigung«, murmelte Alfred kleinlaut.

Die Lehrerin sah ihn mit hochgezogenen Brauen an, und da sie ihre Haare stets streng zu einem dicken Knoten am Hinterkopf gesteckt hatte, erinnerte ihr rundes Gesicht mit der spitz zulaufenden Nase an eine Eule.

»Entschuldigung, Fräulein Püschelmann«, setzte er hinzu, da ihm wieder eingefallen war, wie viel Wert sie darauf legte, dass man sie immer mit ihrem Namen ansprach.

»Wer kommt zu spät? Natürlich der Holler Alfred. Setz dich sofort!«

Wenig erfreut stellte Alfred fest, dass der einzige freie Platz ganz vorne beim Pult der Lehrerin war, wo sonst immer die kleinsten Mädchen saßen. Und als ob das noch nicht genug wäre, war sein Banknachbar ein pummeliger Junge, den er noch nie zuvor gesehen hatte. Was hatte der wohl angestellt, dass er schon am ersten Tag ganz vorne sitzen musste?

Um Fräulein Püschelmann nicht noch mehr zu verärgern, schlüpfte Alfred rasch zwischen den Bänken hindurch an seinen Platz.

»Vor dem Morgengebet möchte ich euch einen neuen Klassenkameraden vorstellen«, sagte die Lehrerin, und alle Blicke richteten sich nun auf den Jungen neben Alfred, der den Kopf einzog.

»Steh doch bitte mal auf, Wolfgang.«

Langsam und noch immer mit gesenktem Kopf erhob sich der Junge.

»Wolfgang Linde kommt aus Köln. Seine Mutter ist die neue Haushälterin bei unserem Herrn Pfarrer«, erklärte die Lehrerin.

Einige der Kinder begannen zu tuscheln, doch ein strenger Blick von Fräulein Püschelmann genügte, damit es sofort wieder mucksmäuschenstill im Klassenzimmer war. Dann ließ sie alle zum Beten aufstehen.

Der erste Schultag war unterbrochen von einem Gottesdienst und glücklicherweise schon nach der fünften Stunde vorbei. Als die Schulglocke ertönte, hatten es die Kinder eilig, nach draußen zu kommen. Alfred war schon auf dem Weg zur Tür, da rief ihn die Lehrerin noch einmal zurück.

»Alfred?«

Er blieb stehen, fühlte sich ertappt, dabei hatte er doch gar nichts angestellt.

»Ja, Fräulein Püschelmann?«

»Wenn du noch einmal zu spät kommst, lasse ich dich einen ganzen Nachmittag nachsitzen. Verstanden?«

»Ja.«

Die Augenbrauen hoben sich wieder.

»Ja, Fräulein Püschelmann.«

Und dann ließ sie ihn endlich gehen.

Die anderen Kinder waren alle schon weg, und Alfred beeilte sich, nach Hause zu kommen. Seine Mutter hatte versprochen, zum ersten Schultag einen Apfelstrudel zu backen, und schon wenn er daran dachte, lief ihm das Wasser im Mund zusammen.

Er war erst ein paar Minuten unterwegs, da sah er drei Jungs an der kleinen Holzbrücke stehen, die über den Weidenbach führte. Um wieder die Abkürzung zu nehmen, müsste Alfred die Brücke überqueren. Er zögerte kurz, denn die drei waren ihm nur allzu bekannt. Sie gingen in die fünfte Klasse und machten ständig Ärger. Vor allem einer von ihnen: Uwe Dinkel, der offenbar glaubte, andere schikanieren zu können, nur weil sein Vater ein vermögender Autohändler war. Vielleicht sollte er sich lieber verdrücken? Doch wenn er umkehren und den längeren Weg nehmen würde, käme er viel später nach Hause. Und dann hätten ihm die anderen seine Lieblingsspeise vielleicht schon weggegessen. Außerdem hatten die Jungs ihn, zumindest bis jetzt, immer in Ruhe gelassen. Er würde es einfach wagen, schließlich wollte er auch kein Angsthase sein!

Als er näher kam, hörte er ein klägliches Schreien und gleich darauf schadenfrohes Gelächter und Gejohle.

»Haltet ihn fest«, rief Uwe. Er war der Kleinste, aber trotzdem Anführer des Trios. Alfred erschrak, als er sah, dass die zwei anderen den Neuen aus Köln an den Füßen gepackt und kopfüber über das Brückengeländer gehängt hatten, so dass seine Haare schon fast im Wasser hingen. Sein Pullover war nach unten gerutscht, und man sah seinen schwabbeligen weißen Bauch.

»Nein!«, schrie Wolfgang panisch auf, und die Jungs lachten noch lauter.

Alfred war gleichzeitig entsetzt und wütend darüber, wie die drei Rabauken den Jüngeren schikanierten. Und auch wenn er bisher in der Schule kaum ein Wort mit dem Neuen gewechselt hatte und er viel lieber neben einem seiner Freunde sitzen würde, so tat der Junge ihm leid. Was sollte er machen? Weglaufen? Sich einmischen?

»Bitte nicht!« Wolfgangs Stimme überschlug sich vor Angst, was den dreien nur noch mehr zu gefallen schien. Das war der Moment, in dem Alfred seinen ganzen Mut zusammennahm.

»Hört sofort auf!«, schrie er so laut, dass die Buben sich erschrocken zu ihm umdrehten. Als sie bemerkten, dass es nur Alfred war, lachten sie.

»Was willst du denn, du Hosenscheißer?«, fragte Uwe, der selbst nicht viel größer war als Alfred.

»Lasst ihn los«, beharrte er und war selbst überrascht über sein Auftreten.

»Ja? Willst du das?« Uwe lächelte seltsam.

»Ja!«

»Na, wenn du das willst ...«

Alfred atmete erleichtert auf.

»Danke.«

»Dann lasst ihn mal los, Jungs.«

Bevor Alfred realisierte, was das bedeutete, platschte Wolfgang bereits ins Wasser.

»Und jetzt ihn«, befahl Uwe weiter.

Und schon hatten sich Uwes Handlanger Alfred geschnappt. Er versuchte sich zu wehren und trat wild um sich. So leicht würde er sich nicht geschlagen geben. Doch es half nichts. Die anderen waren stärker, und so landete auch Alfred samt Schultasche im Wasser.

An dieser Stelle war der Weidenbach nach den Regenfällen der letzten Tage zum Glück tief genug, und so hatten sich weder Alfred noch Wolfgang an den Steinen im Bachbett verletzt.

»Viel Spaß beim Schwimmen!«, rief Uwe und machte sich lachend mit den anderen davon.

Wolfgang ruderte noch immer hektisch mit den Armen herum.

»Halt still!«, rief Alfred, aber der dicke Junge schien ihn gar nicht zu hören. Schließlich packte Alfred ihn beherzt am Arm und zog ihn mühevoll aus dem Wasser. Wolfgang hustete und würgte. In seiner Panik hatte er jede Menge Wasser geschluckt. Alfred klopfte ihm auf den Rücken, bis Wolfgang sich erbrach, worauf es ihm bald besser ging. Erschöpft sanken sie ins Gras. Eine Weile lagen sie einfach da und sagten kein Wort.

»Danke«, murmelte Wolfgang schließlich in seinem Kölner Dialekt.

»Passt schon!«

»Ich kann nicht schwimmen«, gestand Wolfgang verlegen.

»Was?«, fragte Alfred ungläubig. »Aber jeder kann doch schwimmen!«

»Ich nicht.«

Alfred wischte einen Wassertropfen weg, der aus den Haaren über seine Stirn rann.

»Meine Mutter wird ziemlich böse sein, wenn ich so nach Hause komme«, sagte Wolfgang.

»Meine auch … Und deine ist wirklich Haushälterin beim Pfarrer?«

Wolfgang nickte.

»Und was macht dein Vater?«

»Der ist im letzten Jahr gestorben«, sagte er leise und senkte den Kopf.

Alfred sah ihn betroffen an. Seine Eltern zu verlieren war das Schlimmste, das er sich vorstellen konnte.

»Tut mir leid.«

»Deswegen sind wir aus Köln weg. Weil Mama dort keine Arbeit bekam.«

»Vermisst du es?«

»Ja. Meistens.«

Die Spätsommersonne verschwand hinter dicken Wolken. Alfred begann langsam zu frieren.

»Gehen wir?«

Wolfgang nickte.

Alfred stand auf, streckte Wolfgang die Hand hin und half ihm hoch.

Sie nahmen ihre Schulranzen und gingen nebeneinander her, bis plötzlich dicke schwere Regentropfen auf sie niederprasselten.

»Wenigstens sind wir schon nass«, sagte Wolfgang und warf seinem Retter ein schiefes Lächeln zu. Dann lachten sie beide.

»Sag mal, magst du eigentlich Apfelstrudel?«

»Kenn ich nicht«, gab Wolfgang zu.

»Dann komm mit. Vielleicht ist ja noch was für dich übrig.«

Alfred grinste Wolfgang zu, dann rannten sie los.

Ab diesem Tag wurden aus Alfred und Wolfgang beste Freunde.

Kapitel 4

»Schau mal, Mami, die vielen Kühe!«, rief Tommi begeistert und deutete auf eine Weide neben der Straße. »Hier ist es so schön.«

»Ja, finde ich auch«, stimmte ich ihm zu. Die Gegend hier war tatsächlich herrlich.

Wir waren noch keine fünf Kilometer gefahren, als wir an einen Kreisverkehr kamen. Ein Schild zeigte den Weg zur Autobahn Richtung München.

Doch anstatt den Kreisverkehr bei der zweiten Ausfahrt zu verlassen, drehte ich in einem spontanen Entschluss eine komplette Runde und fuhr wieder zurück in Richtung Holler-Hof. Ich konnte mir nicht erklären, warum, aber ich hatte plötzlich das Gefühl, es noch ein allerletztes Mal versuchen zu müssen.

»Auch wenn das verrückter als verrückt ist – so einfach gebe ich nicht auf«, murmelte ich entschlossen.

Alfred ging gerade in Richtung Scheune, als wir ein zweites Mal in den Hof fuhren. Sein Blick war alles andere als begeistert. Doch davon ließ ich mich nicht abschrecken. Ich parkte und stieg aus dem Wagen.

»Zwei Wochen Probezeit!«, sagte ich.

»Was muss ich denn noch tun, damit ich ...«

»Ja, ich weiß, Sie wollen hier niemanden haben«, fiel ich ihm ins Wort. »Aber mal ehrlich. Wenn man sich hier am Hof und im Haus so umschaut, dann würde es echt nicht schaden, wenn Sie ein bisschen Hilfe hätten. Bitte, können wir nicht einen Deal machen? Wir müssen bald aus unserer Wohnung, und ich weiß nicht, wohin. Ich sag das nicht, weil ich Mitleid möchte oder Almosen – ich will einfach nur eine Chance. Und glauben Sie mir, es fällt mir verdammt schwer, Sie darum zu bitten. Aber versuchen wir es, bitte – nur vierzehn Tage. Und wenn es nicht klappt, dann verspreche ich hoch und heilig, dass Sie mich niemals mehr wiedersehen werden.«

Ich war außer Atem, und mein Herz klopfte so wild gegen meine Brust, als ob ich gerannt wäre.

Alfred sah mich mit ausdruckslosem Blick an. Ich biss auf Granit. Das war's. Aber zumindest hatte ich es noch mal versucht.

»Dann halt nicht!«, sagte ich resigniert und ging zum Wagen.

»Na gut. Aber nur eine Woche!«

Ich schluckte und schloss für einen kurzen Moment die Augen. Hatte ich das jetzt richtig verstanden? Langsam drehte ich mich zu ihm um. Sein Gesichtsausdruck hatte sich nicht verändert.

»Wirklich?«

»Unter einer Bedingung.«

»Welcher?«

»Fahren Sie zu diesem Supermarkt, und nehmen Sie die verdammten Zettel ab, falls noch welche herumhängen. Ich traue es meiner Nichte nämlich zu, dass sie nicht aufgibt, wenn noch mal jemand bei ihr anruft.«

Vor Erleichterung fühlten sich meine Knie so weich wie Gummi an.

»Das mach ich. Sofort. Versprochen!«

Ich streckte ihm die Hand entgegen.

»Und jetzt noch mal ganz offiziell. Ich heiße Romy. Romy Bronner. Und das ist Tommi, mein Sohn.«

Nach einem kurzen Zögern nahm er meine Hand und schüttelte sie mit einem festen Händedruck.

»Lassen wir das mit dem ›Sie‹. Ich bin Alfred.«

Nach Alfreds völlig überraschendem Sinneswandel war ich mit Tommi erneut nach Passau gefahren. Der Supermarkt lag in der Nähe der Steuerkanzlei, in der Helga halbtags arbeitete, wie ich inzwischen von Alfred wusste. Zwei Abreißzettel mit dem Angebot zum kostenlosen Wohnen auf dem Bauernhof hingen noch an der Pinnwand.

Nachdem ich mein Versprechen eingelöst hatte, machten wir uns auf den Weg nach Hause. Als wir zwei Stunden später in München ankamen, war es bereits dunkel geworden. Während Tommi schlief, begann ich eilig zu packen. Ich würde zunächst nur Kleidung für eine Woche, wenige Spielsachen und die wichtigsten persönlichen Dinge mitnehmen. Da ich das Auto meiner Nachbarin nicht eine ganze Woche lang ausleihen konnte, würden wir mit dem Zug fahren.

Es war schon weit nach Mitternacht, als ich ins Bett kam. Doch ich konnte ewig nicht einschlafen. Jetzt, nachdem ich endlich zur Ruhe kommen konnte, fragte ich mich, ob es nicht eine Schnapsidee war, diese Probezeit zu vereinbaren. Den ganzen Tag über war es mir nur wichtig erschienen, einen Ausweg aus unserem Dilemma zu finden. Doch war das tatsächlich der richtige Weg? Was, wenn Alfred immer so grantig war? Könnte ich es aushalten, mit so einem Menschen unter einem Dach zu leben? Und vor allem: Durfte ich das meinem Sohn zumuten? Aber vielleicht war er ja gar nicht so schlimm, wenn man ihn näher kannte? Außerdem gab es hier für mich momentan keine Alternative. So oder so konnte ich mir München nicht mehr länger leisten.

Ich würde mich einfach auf das Abenteuer auf dem Holler-Hof einlassen und mir eine Woche lang anschauen, wie wir zurechtkamen. Falls es uns dort überhaupt nicht gefiel oder wir es mit Alfred gar nicht aushalten konnten, wäre meine Situation kaum schlimmer als bisher. Also hatte ich nichts zu verlieren. Und es gab noch einen weiteren Grund, warum ich mein Glück versuchen wollte. Ich hatte mich auf dem Hof sofort wohlgefühlt und den Eindruck gehabt, dass auch dieser Alfred wirklich jemanden brauchte. Das könnte ein gutes Arrangement für uns beide sein.

Als ich knapp vierzehn Stunden später in dem Zimmer des Hauses stand, das von nun an – zumindest für eine Woche – mein neues Schlafzimmer sein sollte, konnte ich es kaum glauben. Tommi hüpfte begeistert im Bett auf und ab, das ein rhythmisches Quietschen von sich gab.

»Es. Ist. Schön. Hier. Mami«, stieß er begeistert bei jedem Sprung ein Wort aus.

»Ja«, sagte ich und setzte in Gedanken hinzu: *Schön altmodisch.* Die glänzend lackierten Schlafzimmermöbel, eine Plisseehängelampe und gerüschte Vorhänge versprühten den Charme einer Kulisse für eine Putzmittelwerbung aus den sechziger Jahren. Trotzdem war es auf eine besondere Weise gemütlich. Allerdings musste erst gründlich sauber gemacht werden, bevor ich unsere Sachen einräumen und wir hier wohnen konnten. Ich riss die Fenster auf. Der Ausblick auf die sanften Hügel des bayerischen Waldes in der Ferne erinnerte mich ein wenig an die Toskana, in der ich als Kind zweimal mit meinen Eltern Urlaub gemacht hatte.

Fürs Erste würden Tommi und ich hier in dem großen Doppelbett schlafen. Das angrenzende kleinere Zimmer war momentan noch eine Abstellkammer für allerlei Krimskrams. Das könnte ich später als Kinderzimmer herrichten. Falls wir hierbleiben sollten.

Alfred war verschwunden, nachdem er uns die Räume gezeigt hatte. Er war noch grantiger gewesen als gestern. Ich hoffte sehr, dass seine Laune sich bald bessern würde.

»Eine Katze!«, rief Tommi und sprang mit einem Satz aus dem Bett. Ich sah nur noch einen getigerten Schwanz, der um die Ecke verschwand, gefolgt von meinem Sohn.

»Sei vorsichtig, Tommi!«, mahnte ich ihn, doch mein Kleiner war schon weg. Ich seufzte und eilte ihm hinterher. Er hatte eine über zweistündige Zugfahrt hinter sich, und sein Bewegungsdrang war kaum zu bremsen. Am besten machte ich einen kleinen Spaziergang mit ihm, damit er sich austoben konnte. Das war auch eine gute Gelegenheit, die Gegend ein wenig zu erkunden. Um das Zimmer würde ich mich danach kümmern.

Tommi war der Katze bis nach draußen gefolgt.

»Mami, schau, die hat nur drei Beine!«, rief er aufgeregt und deutete zu dem Tier, das schnell wie der Wind in Richtung Stall davonlief. Offensichtlich schien es die Katze nicht zu beeinträchtigen, dass ihr rechtes Hinterbein fehlte.

»Warum hat die Katze ein Bein weniger?«, wollte Tommi wissen.

»Keine Ahnung. Da müssen wir später Alfred fragen. Komm, wir sehen uns ein wenig um.«

Tommi war begeistert. Der Bauernhof war das reinste Paradies für ihn. Es gab zwar keine Kühe mehr – worüber ich sehr froh war –, allerdings tummelten sich auf einem eingezäunten eher kargen Teil der Weide zwei Schafe, drei Ziegen und ein Esel. Es gab einen Unterstand, unter den sich die Tiere bei zu großer Hitze oder Regen zurückziehen konnten. Daneben schwammen in einem Teich, der zum Glück eingezäunt war, ein paar Enten. Hinter dem Stall entdeckten wir eine große Voliere, die mit Büschen, Steinen, dicken Ästen und Rindenstücken und mehreren Tonschalen mit Sand eingerichtet war. Außerdem gab es Futter- und Wasserspender. Eine Öffnung verband die Voliere mit dem Stall. Ich kannte mich mit diesen Tieren zwar nicht aus, vermutete aber, dass sie dort die Nacht verbrachten.

»Sind das die Wachteln?«, fragte Tommi aufgeregt und deutete auf eines der Tiere, das hingebungsvoll ein Sandbad nahm.

»Ja, du kleiner Schlaumeier. Das sind Wachteln.«

»Die sind aber süß! Darf ich die streicheln?«

»Nein!«

Erschrocken drehten wir uns um. Alfred war aufgetaucht, ohne dass wir ihn bemerkt hatten.

»Warum nicht?«

Der Bauer schnaubte kurz. Mit Erklärungen hatte er es wohl nicht so. Doch dann ging er plötzlich in die Hocke und sah Tommi auf Augenhöhe an.

»Die Wachteln sind noch nicht lange hier«, sagte er dann ruhig. »Die kann man noch ganz leicht erschrecken. Deswegen müssen sie sich erst an dich gewöhnen.«

»Haben die Angst vor mir?«, wollte Tommi wissen.

»Vielleicht.«

»Aber ich tu denen doch nichts.«

»Das wissen die Wachteln aber nicht.«

»Hmmm … schade …« Tommi warf einen traurigen Blick in die Voliere.

»Komm jeden Tag hierher und erzähle den Wachteln eine kleine Geschichte. Dann gewöhnen sie sich an deine Stimme«, schlug Alfred vor.

»Und dann fürchten sie sich nicht mehr vor mir?«

»Vielleicht. Aber du darfst niemals allein ohne mich hineingehen. Verstanden?«

Er nickte eifrig.

»Verstanden.«

»Gut. Sonst gibt es nämlich ein Donnerwetter.«

Tommi nickte noch mal.

Damit stand Alfred auf und ging in Richtung Scheune davon. Ich sah ihm erstaunt hinterher. Im Gegensatz zu seiner schlechten Laune gestern und heute bei unserer Ankunft war er gerade ein Ausbund an Freundlichkeit gewesen.

Inzwischen war es Abend geworden, und ich fühlte mich total erschlagen. Während Tommi spielte, hatte ich am Nachmittag das Zimmer blitzblank geputzt, die Betten frisch bezogen und unsere Sachen im Schrank verstaut. Tommi war vor wenigen Minuten eingeschlafen, und ich ging nach unten.

Alfred saß mit einer Flasche Bier auf der Bank an einem Holztisch vor dem Haus. Neben ihm lag Hermes und kaute voller Hingabe an einem Knochen.

»Ab morgen wird dann gekocht«, sagte ich. Ich hatte es gerade mal geschafft, ein paar Wurstbrote zu machen.

»Wir sind nicht verhungert«, bemerkte Alfred.

»Wir können eine Liste machen, welche Gerichte du magst und was überhaupt meine Aufgaben hier sind.«

»Hm«, brummte er nur.

»Ist es recht, wenn ich mir auch ein Bier hole?«, fragte ich.

Alfred nickte. Da seine Flasche fast leer war, nahm ich ihm auch noch gleich eine Halbe mit nach draußen.

So warm es tagsüber schon war, so frisch wurde es, sobald die Sonne verschwunden war, und ich fröstelte ein wenig in meiner dünnen Jacke, die ich über dem T-Shirt trug. Aber um noch mal nach oben zu gehen und mir etwas Wärmeres zu holen, war ich zu faul.

»Danke noch mal, dass wir hier sein dürfen«, sagte ich und setzte rasch hinzu: »Wenn auch erst nur zur Probezeit.«

Alfred nickte, nahm einen Schluck, und ich tat es ihm gleich. Eine Weile lang schwiegen wir. Ich zupfte am Etikett der Flasche.

»Warum?«, fragte ich plötzlich und sah ihn an.

»Warum was?«

»Warum hast du doch noch zugestimmt?«

Er trank einen weiteren Schluck, und ich dachte schon, dass er mir darauf keine Antwort geben würde. Doch dann sah er mich an und zuckte mit den Schultern.

»Keine Ahnung. Vielleicht weil ich das Gefühl hatte, dass du nicht lockergelassen hättest.«

Ich musste mir ein Schmunzeln verkneifen.

»Kann gut sein«, gab ich zu.

In diesem Moment sprang die Katze auf meinen Schoß, und ich hätte vor Schreck fast die Flasche fallen lassen.

»Keine Sorge, Caruso tut dir nichts.«

»Caruso?«

Er nickte. »Du wirst schon noch herausfinden, warum er so heißt.«

Während wir uns unterhielten, machte es sich der dreibeinige Kater auf meinem Schoß bequem und putzte ausgiebig sein Fell.

»Er scheint dich zu mögen. Normalerweise ist er nicht so zutraulich bei anderen Leuten.«

»Was ist ihm denn passiert?«, wollte ich wissen.

Alfred zuckte mit den Schultern.

»Keine Ahnung. Vor etwa zwei Jahren habe ich ihn total ausgehungert in der Scheune gefunden. Ich habe ihn hochgepäppelt, und seitdem ist er hier.«

»Er kommt gut zurecht nur auf den drei Beinen.«

»Ja. Er ist schneller als Hermes und klettert sogar auf Bäume. Ich vermute, dass er das Bein schon ziemlich früh verloren hat.«

Ich kraulte den genüsslich schnurrenden Kater am Hals, was ihm sehr zu gefallen schien.

»Hast du wirklich solche Probleme, um von heut auf morgen zu einem völlig Unbekannten irgendwo aufs Land ziehen zu müssen?«, wollte Alfred wissen.

Ich schluckte. Damit hatte er meine Lage so ziemlich auf den Punkt gebracht.

»Ja«, sagte ich nur, weil ich zu kaputt war, um ihm die ganze Geschichte zu erzählen. Um von mir abzulenken, fragte ich: »Hast du bisher alles auf dem Hof allein gemacht?«

»Bis vor fünf Wochen hatte ich eine Putzhilfe. Zweimal in der Woche.«

»Und wo ist sie jetzt?«

»Auf dem Friedhof.«

»Was?«

»Herzinfarkt.«

»Oh. Das tut mir leid.«

»Hm.«

Ich fand es irgendwie beruhigend, dass es jemanden gegeben hatte, der regelmäßig hier mitgeholfen hatte.

»Was ist mit dem Vater des Kindes?«, fragte Alfred plötzlich. Erstaunlicherweise schien er keine Scheu vor persönlichen Fragen zu haben.

Da ich diese Frage jedoch schon gewohnt war, zögerte ich nicht mit einer Antwort.

»Tommi hat keinen Vater«, sagte ich nur meinen üblichen Spruch auf und nahm einen großen Schluck Bier.

»Du ziehst das Kind also ganz alleine groß?«

»Bis vor Kurzem haben Tommi und ich mit einer Freundin und ihrer kleinen Tochter zusammengewohnt. Teresa und ich haben uns beim Kurs für Geburtsvorbereitung kennengelernt. Da waren wir die einzigen Singlemütter. Als der Entbindungstermin näher rückte, beschlossen wir, uns zusammenzutun und eine WG zu gründen. So konnten wir uns gegenseitig helfen. Wir waren so etwas wie eine kleine Familie. Aber sie ist inzwischen zu ihrem neuen Freund nach Wien gezogen.«

»Sicher nicht einfach, so ganz allein die Verantwortung für alles zu tragen. Respekt!«, bemerkte Alfred.

Ich war überrascht über seine, man könnte schon fast sagen, Feinfühligkeit und nickte zustimmend. So wenig er den ganzen Tag gesprochen hatte, umso mehr Fragen kamen jetzt von ihm. Aber er wollte natürlich wissen, wer diese Frau war, die jetzt in seinem Haus wohnte. Schließlich kannte er mich nicht und ging ein Risiko ein. Ich könnte ja eine Betrügerin sein, die es auf seine Ersparnisse abgesehen hatte.

»Hast du keine Familie, die dich unterstützen könnte?«, unterbrach er meine Gedanken.

»Nein«, sagte ich kurz angebunden und stand auf. »Ich muss jetzt ins Bett. Gute Nacht.«

»Gute Nacht.«

Bevor ich mich schlafen legte, schrieb ich eine WhatsApp-Nachricht an Teresa. Bei all dem Durcheinander der letzten beiden Tage war ich nicht dazu gekommen, mich bei ihr zu melden. Dabei verging sonst kaum ein Tag, an dem wir uns nicht schrieben. Was meine beste Freundin wohl davon hielt, dass ich meine Zelte in München abbrechen wollte? Doch der Empfang am Hof war so schlecht, dass die Nachricht nicht zugestellt werden konnte. Na wunderbar! Ich kopierte den Text und schickte ihn per SMS, was ebenfalls erst nach dem dritten Versuch klappte.

Kapitel 5

Ein dumpfes Grollen holte mich aus meinen Träumen. Verschlafen setzte ich mich auf und sah durch die Gardinen aus dem Fenster. Draußen standen dicke dunkle Wolken am Himmel, und nach einem weiteren Donnerschlag begann es von einer Sekunde auf die andere zu regnen. Unser erster Morgen auf dem Land begann ja schon gut. Aber davon würde ich mir die Laune nicht verderben lassen.

»Heute ist ein guter Tag«, sagte ich in Gedanken mein Mantra auf, das mir zu einer täglichen Gewohnheit geworden war.

Als ich mich zu Tommi umdrehte, sah ich nur zwei nackte Füße auf dem Kopfkissen. Mein Schlaf war so tief gewesen, dass ich gar nicht mitbekommen hatte, wie er sich umgedreht hatte.

Ich sah auf die Uhr an meinem Handy. Halb sieben. Es war so schön warm und gemütlich im Bett, und ich hätte mich am liebsten noch mal umgedreht und weitergeschlafen. Aber vielleicht erwartete Alfred ja, dass ich mich um das Frühstück kümmerte? Wir mussten unbedingt bald klären, was ich alles machen sollte. Vorsichtig, um Tommi nicht zu wecken, stieg ich aus dem Bett, schnappte meine Sachen und ging erst einmal ins Badezimmer.

Benutztes Frühstücksgeschirr stand in der Spüle. Alfred war offensichtlich bereits wach und hatte sich schon selbst versorgt. In einer Thermoskanne war noch heißer Kaffee. Ich schenkte mir eine Tasse ein, hatte jedoch so früh noch keinen Hunger. Ich versuchte noch mal, eine WhatsApp-Nachricht an Teresa zu schicken, aber es funktionierte immer noch nicht. Im Flur stand eine Station für ein mobiles Festnetztelefon, aber kein Router weit und breit. Das Internet war auf dem Holler-Hof anscheinend noch nicht eingezogen.

»Mami?« Ich drehte mich um. Tommi, seinen Teddy Oskar fest unter den Arm geklemmt, stand mit zerzausten Haaren im Schlafanzug in der Tür. »Kann ich zu den Wachteln? Ich will ihnen eine Geschichte erzählen.«

Ich lächelte. Offensichtlich hatte er sich Alfreds Worte zu Herzen genommen.

»Guten Morgen, Schatz. Später kannst du raus. Schau mal, jetzt regnet es doch so.«

»Aber ich hab doch eine Regenjacke und Gummistiefel«, warf er mit bestechender Logik ein.

»Stimmt. Aber jetzt ziehst du dich erst mal an, dann frühstücken wir, und dann sehen wir weiter.«

»Na gut.« Und schon flitzte er nach oben.

Nach dem Frühstück hatte es aufgehört zu regnen, doch im Vergleich zu den letzten Tagen war es wesentlich kühler geworden. Tommi konnte jedoch nichts mehr im Haus halten, also gingen wir zur Voliere mit den Wachteln.

»Wollt ihr die Geschichte von Herbert hören?«, fragte er die schätzungsweise dreißig Tiere, die sich in der liebevoll gestalteten Umgebung tummelten. »Herbert ist ein kleines kariertes Schweinchen.«

Es war derzeit seine Lieblingsgeschichte, die ich mir vor Kurzem für ihn ausgedacht hatte. Und die ich ihm seither fast jeden Abend vor dem Einschlafen erzählen musste.

Während Tommi loslegte, fuhr ein roter Wagen in den Hof! Es war das Auto des Mannes, den ich am Badeweiher vor der Wespe gerettet hatte. Was wollte der denn hier?

»Du bleibst bei den Wachteln, hörst du? Geh ja nirgendwo sonst hin, Tommi.« Und so, wie ich ihn kannte, würde mein tierliebendes Plappermaul freiwillig ohnehin nicht so schnell von der Voliere weggehen. Es gab einfach zu viel zu sehen.

Inzwischen stieg der Mann aus, holte eine zusammengelegte Klappbox aus dem Kofferraum und steuerte damit auf die Haustür zu.

»Alfred?«, rief er und trat ein, ohne anzuklopfen.

Ich folgte ihm in den Flur.

»Alfred ist nicht hier«, sagte ich.

Er drehte sich um.

»Hey! Die Frau vom Weiher. Was machst du denn hier?«

»Ich wohne hier.«

»Was? Seit wann das denn?«, fragte er ungläubig. Offensichtlich hatte er sich seit unserer Begegnung am Weiher nicht rasiert. Was ihm ziemlich gut stand.

»Seit gestern.«

»Das hat Alfred mir ja gar nicht erzählt.«

Ich zuckte mit den Schultern und sparte es mir zu erklären, dass weder Alfred noch ich vor zwei Tagen auch nur im Entferntesten daran gedacht hatten, diese Wohngemeinschaft einzugehen.

»Machst du hier Urlaub?«, fragte der Mann.

»Äh. Eigentlich nicht«, sagte ich ausweichend.

»Mich geht das ja gar nichts an.«

»Eben.«

»Für neckische Schuhe hast du echt ein Faible, oder?«, fragte er mit einem amüsierten Blick auf meine blau-weiß getupften Gummistiefel.

»Klar, ich geh immer nach den neuesten Trends«, antwortete ich.

»Das ist nicht zu übersehen.« Er grinste. »Hast du eine Ahnung, wann Alfred wiederkommt?«

»Leider nicht.«

»Macht nichts. Dann hole ich sie mir selbst.«

Damit verließ er das Haus und ging Richtung Stall.

Ich folgte ihm.

»Was holst du selbst?« Durfte dieser Mann hier einfach so herumspazieren?

»Die Eier natürlich!«

Natürlich. Was auch sonst!

»Hannes!«, rief Alfred.

Der Bauer kam mit Hermes und dem kleinen Esel an einem Seil über die Weide und nickte uns zu.

»Servus, Alfred«, grüßte der Mann, von dem ich nun endlich den Namen kannte. Hannes hieß er also. Irgendwie passte der Name zu ihm.

»Ist was mit Herakles?« Fragend sah er zum Esel.

»Ich weiß nicht. Er frisst schon seit Tagen kaum mehr. Ich muss mal den Tierarzt anrufen.«

»Der Esel heißt Herakles?«, platzte es aus mir heraus. »Der Hund Hermes ... Und was ist mit den Ziegen? Heißen die vielleicht Helena, Aphrodite und Athene?«, witzelte ich.

Ein kurzes Lächeln huschte über Alfreds Gesicht.

»Fast erraten. Aphrodite, Athene und der Ziegenbock Pan.«

»Und die Schafe heißen Klio und Thalia«, ergänzte Hannes.

»Oh, zwei der Musen«, rief ich und lachte.

Jetzt war Alfred es, der mich verblüfft musterte.

»Du kennst dich aber gut aus in der griechischen Mythologie«, meinte er.

»Ach«, ich winkte ab. »Ich kann mir nur vieles ziemlich gut merken.«

Inzwischen hatten wir den Stall betreten.

Zwei große Boxen waren für die Schafe und Ziegen, die noch draußen auf der Weide waren, mit Stroh ausgefüllt. Herakles hatte sein eigenes Abteil, in das Alfred ihn führte. Ein weiterer abgetrennter Bereich mit einer kleinen Schiebetür, die nach draußen in die Voliere ging und bei Bedarf geschlossen werden konnte, war den Wachteln vorbehalten.

»Hat er vielleicht zu viel frisches Gras gefressen?«, fragte Hannes.

»Glaub ich nicht. Vermutlich fühlt Herakles sich nur einsam, seitdem Dionysos gestorben ist«, sagte Alfred und klopfte dem Esel auf den Rücken. »Ich werde dir bald einen neuen Kumpel besorgen«, versprach er.

Der Esel drückte sich an ihn und holte sich noch ein paar Streicheleinheiten ab.

»Das wird schon wieder, alter Knabe, nicht wahr?«, sagte Alfred. Und als ob er ihn verstanden hätte, iahte das Tier einmal laut.

Alfred ging auf einen großen alten Kühlschrank zu, der in der Ecke stand, und öffnete ihn.

»Reichen 150?«, fragte er Hannes und nahm Paletten aus den Kartons heraus, in die jeweils 30 Wachteleier sortiert waren.

»Hast du noch mehr?«, fragte Hannes, während Alfred die Kartons in die Klappbox packte.

Alfred nickte und legte noch zwei weitere Paletten dazu.

»Danke... ich wusste ja gar nicht, dass du neuerdings eine Mitbewohnerin hast.«

Die beiden sahen mich an.

Alfred räusperte sich. Die Sache war ihm offensichtlich unangenehm.

»Romy hilft hier am Hof ein wenig mit.«

Hannes nickte ihr zu. »Ah. Romy also... Wir haben uns ja vorgestern schon kennengelernt, Alfred. Romy hat quasi mein Leben gerettet.«

Alfred sah mich verwundert an.

»Am Weiher. Ich habe nur verhindert, dass ihn eine Wespe in den Hals sticht«, erklärte ich rasch.

»Und dass ich mir keinen Sonnenbrand oder Hitzschlag hole, war ihr auch sehr wichtig«, sagte Hannes, während er die Box mit den Eiern nahm. Heute war er definitiv besser gelaunt als vor zwei Tagen, wenn auch auf meine Kosten.

Während wir hinausgingen, hörte ich Alfred fragen:

»Sag mal, Hannes, muss ich glauben, was man sich so erzählt?«

Das Lächeln auf Hannes' Gesicht verschwand.

»Hat es sich schon herumgesprochen?«

»Es stimmt also?«

»Hm.« Hannes nickte. »Nächste Woche hole ich die Eier vorerst zum letzten Mal bei dir ab«, sagte er.

Ich hatte natürlich keinen blassen Schimmer, worüber die beiden sprachen.

»Das tut mir leid. Was hast du denn jetzt vor?«

Hannes zuckte mit den Schultern.

»Keine Ahnung. Ich gönn mir erst mal eine Auszeit, bis ich weiß, was ich machen möchte.«

Inzwischen waren wir beim Auto angekommen. Alfred legte ihm eine Hand auf die Schulter.

»Aber du wirst doch in der Gegend bleiben?«

»Ich wüsste nicht, was mich hier noch halten sollte. Aber mal sehen.«

»Wird sie die Eier noch abnehmen, oder soll ich sie für einen anderen Wirt reservieren? Ich hab einige Anfragen.«

Von wem redeten sie da?

»Momentan ist es mit der Kommunikation ein wenig schwierig zwischen uns. Aber ich sag dir Bescheid, wenn ich nächste Woche hier bin. Reicht dir das?«, antwortete Hannes.

»Freilich.«

Hannes sah zu mir.

»Sehen wir uns dann auch wieder?«, fragte er.

»Vermutlich eher nicht«, meinte Alfred.

»Vermutlich eher schon«, sagte ich lächelnd.

»Ich sehe, ihr seid euch ja ziemlich einig. Dann lass ich mich mal überraschen. Schönen Tag noch.«

Während Hannes in den Wagen stieg und losfuhr, flitzte Tommi um die Ecke.

»Mami!« Als er Alfred sah, rief er aufgeregt: »Ich hab ihnen eine ganz lange Geschichte erzählt.«

»Brav«, lobte der alte Mann ihn.

»Und ich weiß noch eine Geschichte«, flötete Tommi. »Die vom Knödelkönig Konrad. Kennst du die?«

»Nein. Kenn ich nicht.«

»Die kannst du ihnen später auch noch erzählen«, sagte ich, dann wandte ich mich an Alfred.

»Was macht dieser Hannes denn beruflich?«

»Er ist Koch.«

»Koch?« Eigentlich naheliegend, wenn er mit dem Firmen-

wagen eines Gasthofes in der Gegend herumfuhr und Wachteleier einkaufte. »Und jetzt wird er arbeitslos?«

»So kann man es auch sagen, ja«, antwortete Alfred ausweichend, und es war klar, dass da wohl mehr dahintersteckte.

»Das tut mir leid.«

»Es war abzusehen.«

Ich hätte zu gern gewusst, was er damit meinte. Aber wenn
er es nicht von selbst erzählte, wollte ich nicht weiter nachfragen.

»Hast du jetzt ein wenig Zeit, damit wir was besprechen
können?«, fragte ich Alfred.

»Wenn's unbedingt sein muss«, brummte er wenig begeistert.

»Muss es!«, antwortete ich und nahm Tommi an der Hand.
»Komm.«

»Aber ich will noch hier draußen spielen«, protestierte der
Kleine. Doch ich wollte ihn nicht ohne Aufsicht lassen. Ich
kannte meinen Sohn gut genug, um zu wissen, was er hier alles
anstellen konnte.

»Wir gehen später spazieren.«

»Aber ich mag nicht ins Haus.« Seine Stimme wurde lauter.

»Wenn deine Mutter was sagt, dann musst du auf sie hören«,
sagte Alfred bestimmt.

Und erstaunlicherweise war Tommi daraufhin still und kam
folgsam mit ins Haus.

»Ich habe eine Liste geschrieben, was wir alles besorgen sollten«, sagte ich, als wir in der Küche waren. »Und dann müssen
wir unbedingt über meine Aufgaben reden.«

»Ja, ja«, sagte er wieder mal abweisend.

»Hier.« Ich legte die Einkaufsliste auf den Tisch. »Bist du gegen irgendwas davon allergisch?«

»Ich bin gegen so einiges allergisch. Aber das kann man alles nicht essen«, sagte er trocken, und ich musste lächeln. Bis jetzt konnte ich überhaupt noch nicht einschätzen, wie dieser Mann tickte. Meist war er brummig und verschlossen, aber immer wieder blitzte durchaus auch Humor durch. Es war jedenfalls nicht der typische alte Grantler, wie man ihn aus diversen Geschichten und Filmen kannte.

Alfred ging zum Schrank, wo er eines der oberen Fächer öffnete. Er holte eine Kaffeedose heraus und stellte sie auf den Tisch.

»Da drin ist das Haushaltsgeld. Kauf ein, was du für nötig hältst«, sagte er, nahm den Deckel von der Dose ab und holte einige Scheine heraus.

»Wo sind denn die Geschäfte?«, fragte ich. Ich kannte mich in der Gegend ja nicht aus.

»Einfach die Hauptstraße entlang rein in den Ort. In Halling gibt es einen Metzger und einen Edeka-Laden mit einer Bäckerei und der Postfiliale. Das reicht für die wichtigsten Sachen, die wir brauchen. Für alles andere müssen wir nach Passau oder Vilshofen fahren.«

Er gab mir einen Schlüssel.

»Hier. Der Wagen steht in der Scheune.«

»Danke ... ach, und ist das immer so, dass man hier am Hof kein mobiles Netz am Handy hat?«, fragte ich.

»Keine Ahnung. Ich hab kein Handy. Wenn man die Straße etwa zwanzig Meter in Richtung Weidenbach geht, müsste es gehen. Sagt zumindest meine Nichte«, meinte Alfred.

Ich schluckte. Na toll!

»Komm, Tommi, wir fahren einkaufen.«

Ich holte noch den Kindersitz aus dem Schlafzimmer, den ich aus München mitgebracht hatte, dann gingen wir zur Scheune. Als ich die große Schiebetür öffnete, war ich überrascht, wie groß und hell es darin war. Das sah man der Scheune von außen gar nicht an.

»Ein Traktor!«, rief Tommi aufgeregt und deutete auf das Gefährt, das seitlich neben einem Anhänger und weiteren Gerätschaften stand, die für die Hofarbeit nötig waren.

»Darf ich da mal draufsitzen?«, fragte Tommi.

»Nur wenn Alfred das erlaubt. Steig ja nie allein da rauf. Hörst du?«, mahnte ich ihn eindringlich.

»Fahren wir nicht damit zum Einkaufen?«

»Nein«, sagte ich und lachte. »Wir nehmen den!« Ich ging auf den weinroten 5er BMW zu, der zwar schon ein paar Jahre auf dem Buckel hatte, jedoch mit Sicherheit das PS-stärkste Fahrzeug war, mit dem ich je gefahren war. Ich befestigte den Kindersitz, schnallte Tommi an und stieg voller Vorfreude ein.

Kapitel 6

Halling war tatsächlich ein hübscher kleiner Ort und sehr überschaubar. Die Geschäfte im Ortskern konnte man gar nicht verfehlen. Neben dem kleinen Rathaus war die Metzgerei. Alfred hatte mir zwar noch nicht verraten, was er gerne aß, aber ich hatte vor, einen Schweinebraten mit Semmelknödel zu kochen. Damit konnte ich sicher nicht viel falsch machen. Außerdem wollte ich ihn beeindrucken, um ihn davon zu überzeugen, dass ich hier genau richtig war.

»Darf's sonst noch was sein?«, fragte die Verkäuferin. Eine lila Haarsträhne fiel ihr keck in die Stirn, während sie ein Kilo Krustenbraten abwog.

»Das war's erst mal, danke.«

»Ich würd ja empfehlen, noch ein Stück Wammerl mit der Schulter mitzubraten, dann gibt's eine bessere Soße«, schlug die geschäftstüchtige Dame vor. »Und man kann es auch kalt zur Brotzeit essen.«

»Na gut«, stimmte ich zu. Ich war immer aufgeschlossen für Ratschläge. Vor allem bei Gerichten, die ich bisher noch nicht oft gemacht hatte – wie zum Beispiel Schweinebraten.

»Aber erst kriegt der kleine Mann was.« Sie schnitt eine

dicke Scheibe Gelbwurst ab und reichte sie Tommi. »Lass es dir schmecken.«

In München würde es kaum eine Verkäuferin wagen, einem Kind etwas anzubieten, ohne die Eltern vorher um Erlaubnis zu fragen. Hier auf dem Land schien das noch etwas anders zu sein. Und ich hatte in diesem Fall nichts dagegen.

»Danke«, sagte Tommi brav und biss sogleich herzhaft in die Wurst.

Der kleine Supermarkt war offensichtlich auch so etwas wie der Austauschplatz für Neuigkeiten. Vor der Obst- und Gemüseabteilung und in den Gängen zwischen den Regalen standen Leute zusammen, die sich lebhaft unterhielten und alle Zeit der Welt zu haben schienen. Bis auf die Milch hatte ich alles gefunden, was auf meiner Liste stand.

»Suchen Sie etwas?«, fragte mich eine blonde Frau, die ich auf etwa Mitte dreißig schätzte.

»Ja. Die Milch. Irgendwie scheint es hier keine zu geben«, sagte ich.

Die Frau lächelte.

»Doch. Aber sie ist tatsächlich nicht so einfach zu finden. Keine Ahnung, warum, aber sie steht neben dem Klopapier ganz hinten links den Gang entlang«, erklärte sie.

»Das liegt an Rosis Laktoseintoleranz«, warf eine ältere Kundin ein.

»Ach echt? Das wusste ich gar nicht, Luise«, meinte die hübsche Blondine und grinste. »Jetzt versteh ich das endlich.«

Offensichtlich hatte diese Rosi einen ganz besonderen Sinn für Humor. Ich bedankte mich und fuhr in die Richtung, in der Milch und Klopapier lagerten.

»Mir ist langweilig. Ich will wieder zu den Tieren«, bettelte

Tommi, der zwischen den Lebensmitteln im Einkaufswagen saß.

»Ja, gleich.«

An der Kasse standen die blonde Frau und die ältere Dame vor mir an. Die Verkäuferin – ein Namensschild wies sie als Rosi Fischer aus – zog die Artikel rasch über den Scanner.

»Du, Hanna, für deinen Mann ist ein Päckchen angekommen«, sagte sie zu der blonden Frau.

»Danke. Das nehm ich gleich mit.«

»Martina«, rief Rosi einer jüngeren Verkäuferin zu, die gerade einen Karton mit den neusten Bestseller-Romanen ausräumte und in ein Regal bei der Kasse einsortierte. »Hol mal das Päckchen für Bergmann.«

Besagte Martina nickte und ging zu dem kleinen Postschalter.

Bevor die nette Blondine mit den Einkäufen und dem Paket den Supermarkt verließ, nickte sie uns noch mal lächelnd zu. Die Menschen auf dem Land schienen tatsächlich freundlicher zu sein als in der Großstadt. Hier könnte man sich durchaus wohlfühlen.

Nachdem wir unsere Einkäufe schon im Auto verstaut hatten, musste mein Kleiner mal wieder ganz dringend aufs Klo. Da er es nicht mehr bis nach Hause geschafft hätte, war die Toilette im Gasthof »Zum Brunnenwirt« unsere Rettung.

Ich nutzte die Gelegenheit, um einen Milchkaffee zu trinken, und Tommi bekam eine Tasse heiße Schokolade.

Als die Bedienung die Getränke brachte, kam mir ein Gedanke. »Suchen Sie vielleicht eine Mitarbeiterin für die Küche oder den Service?«, fragte ich.

Die sympathisch wirkende Frau mit Sommersprossen schüttelte bedauernd den Kopf.

»Zurzeit leider nicht. Aber das kann sich immer wieder mal ändern«, sagte sie.

»Darf ich Ihnen meine Nummer geben? Ich bin neu hier in der Gegend und suche einen Teilzeitjob.«

Auch wenn ich noch nicht sicher war, ob wir wirklich hierbleiben würden, so wollte ich trotzdem schon mal die Lage ausloten. Schließlich machte ein endgültiger Umzug hierher nur Sinn, wenn ich auch eine Stelle in der Nähe in Aussicht hatte.

»Klar.«

Sie reichte mir ihren kleinen Block, und ich notierte meinen Namen und meine Handynummer.

»Danke, Frau … äh.«

»Ich bin einfach die Gabi«, sagte sie herzlich.

»Und ich die Romy.«

»Wenn wir jemanden suchen, meld ich mich.«

»Super.«

»Manchmal ist es …«

In diesem Moment klingelte ihr Handy.

»Entschuldigung«, sagte sie, »da muss ich rangehen … Hallo, Adrian …« Sie drehte sich zur Seite und ging vom Tisch weg. »Ja. Sie haben einen Ersatztubaspieler für Bertl gefunden … Nein, deine Schwester muss sich um überhaupt nichts kümmern … Dani soll die Füße hochlegen und ihren Bauch streicheln … Es ist alles unter Kontrolle …«

Mehr hörte ich nicht, da sie mit dem Handy ins Nebenzimmer verschwand.

Während Tommi genussvoll seine heiße Schokolade auslöffelte, nutzte ich das funktionierende Netz, um Teresa eine längere Sprachnachricht zu schicken. Es wunderte mich kein bisschen, als wenige Minuten später mein Handy klingelte.

»Teresa!«

»Ja sag mal, was treibst du denn?«, begann meine beste Freundin. »Als ich gestern deine SMS las, konnte ich es fast nicht glauben. Du ziehst einfach weg von München, ohne vorher mit mir darüber zu sprechen?«

»Tut mir leid, aber es ging alles so schnell. Und ich bin ja auch noch gar nicht richtig umgezogen. Es muss sich erst herausstellen, ob ich hierbleibe. Auch wenn ich hoffe, dass es klappt.«

»Gefällt es dir denn?«

»Bis jetzt schon. Aber ich bin ja erst seit gestern hier«, antwortete ich, während ich mit einer Papierserviette Schokolade aufwischte, die Tommi verschüttet hatte. »Wie geht es euch denn? Hat Ina sich inzwischen im Kindergarten eingewöhnt?«

»Geht so. An manchen Tagen vermisst sie dich und Tommi immer noch sehr«, gab Teresa zu. »Und deine Gutenachtgeschichten«, fügte sie hinzu.

Ich spürte, wie meine Kehle eng wurde. Auch mir fehlten die beiden.

»Gib ihr ein dickes Bussi von mir.«

Ich griff nach der Kaffeetasse.

»Mache ich. Und du Tommi.«

»Klar. Ich hoffe, wir sehen uns bald wieder.«

»Wenn es nach mir geht, dann sehr bald«, meinte Teresa, und ihre Stimme klang plötzlich ganz aufgeregt. »Stell dir vor: Leander hat mir einen Antrag gemacht.«

Ich verschluckte mich fast an meinem Kaffee.

»Bitte? Und da rufst du nicht an? Und was hast du geantwortet?«

»Ja, natürlich! Was denn sonst, du Huhn?«

»So schnell schon?«

»Manchmal weiß man eben ziemlich bald, dass man zusammengehört.«

Da war ich mir nicht ganz so sicher. Oft waren es nur die Hormone, die einem das am Anfang vorgaukelten. Doch sie würde das jetzt ganz bestimmt nicht hören wollen, und ich hoffte natürlich auch, dass ich mich täuschte.

»Hauptsache, du bist glücklich«, sagte ich salomonisch. »Einen Termin habt ihr aber noch nicht, oder?«

»Doch. Stell dir vor. Leander will schon Ende Juni heiraten.«

»Aber bis dahin sind es ja nicht mal zwei Monate!«

»Das kriegen wir schon hin... Du? Hör mal, ich hab eine Bitte an dich...«

»Wenn du meinst, ich mache einen auf Brautjungfer und schlüpfe in ein hässliches lilafarbenes Kleid, dann hast du dich geschnitten«, stellte ich sofort klar.

»Ach, Süße. Das mit den Brautjungfern gibt es doch nur in Filmen oder vielleicht in Amerika. Aber doch nicht hier. Hör zu, es geht um was anderes.«

»Ja?«

»Leander will unbedingt eine große Hochzeit...«

»Echt?«, unterbrach ich sie überrascht. »Ich hätte eher gedacht, ihr heiratet auf irgendeiner Berghütte oder...«

»Du kennst ihn eben nicht«, unterbrach sie mich. »Also, er will alles ganz traditionell. Und da gehört natürlich auch ein Brauttanz dazu. Aber du weißt ja, dass ich zwei linke Füße habe, was das Tanzen betrifft. Deswegen will er, dass wir einen Tanzkurs machen.«

Während sie redete, verspürte ich ein unangenehmes Ziehen im Bauch. Ich ahnte, wohin die Reise gehen würde.

»Ich hab ihm gesagt, nur über meine Leiche. Ich mach mich doch nicht vor anderen Leuten zum Trottel. Daraufhin war er erst mal einen Tag lang sauer auf mich. Dann hab ich ihm von dir erzählt. Und dass du uns sowieso unbedingt bald besuchen kommen musst und bei dieser Gelegenheit die wichtigsten Tänze mit uns einüben könntest.«

Ich spürte, wie meine Knie weich wurden. Genau das hatte ich befürchtet.

»Nein. Das geht nicht!«, sagte ich leise, aber bestimmt.

»Ich wusste, dass du das sagen würdest, Romy. Aber du bist meine beste Freundin und würdest mir wirklich, wirklich, wirklich den allergrößten Gefallen tun. Bitte. Er träumt davon, mit mir einen Wiener Walzer zu tanzen. Ein romantischer Österreicher halt! Bitte, Romy, du kannst mich doch da nicht hängen lassen.«

Teresa schaffte es fast immer, Leute um den Finger zu wickeln, wenn sie etwas wollte. Doch diesmal würde das nicht klappen.

»Wenn du tanzen lernen möchtest, dann mach mit deinem Zukünftigen einen Tanzkurs in Wien. Den kann man auch als Einzelunterricht buchen, dafür brauchst du mich nicht. Tut mir leid, Teresa. Und ich muss jetzt auch aufhören. Wir hören uns.«

Ich legte auf, bevor sie noch was sagen konnte. Meine Hände zitterten, als ich das Handy auf Flugmodus stellte, um nicht mehr erreichbar zu sein. Ich starrte in meine Kaffeetasse. Wie konnte mich ausgerechnet Teresa darum bitten? Sie wusste doch, warum es nicht ging!

Ich winkte der Bedienung, die inzwischen wieder in der Gaststube war und aufgehört hatte zu telefonieren.

»Ich möchte zahlen, bitte.«

Kapitel 7

Als wir zurück auf den Hof kamen, stand ein schwarzer Kombi mit der Aufschrift »Tierarztpraxis Dr. Hans-Jürgen Fröschl« vor dem Stall. Bestimmt war er wegen Herakles hier. Hoffentlich hatte das Tier nichts Ernstes.

Ich brachte Tommi für ein Mittagsschläfchen nach oben. Dann verstaute ich die Einkäufe, würzte das Fleisch und schob es mitsamt einem Berg gehackter Zwiebeln und mehreren Knoblauchzehen in die Bratröhre. Währenddessen ging mir das Gespräch mit Teresa nicht aus dem Kopf. Vielleicht hätte ich sie nicht so schnell abwürgen sollen.

Als ich das nächste Mal aus dem Fenster sah, war der Wagen weg. Alfred kam mit Hermes über den Hof auf die Haustür zu und betrat gleich darauf die Wohnküche.

»Wie geht es Herakles?«, fragte ich.

»Der Tierarzt findet nichts. Er glaubt auch, dass Herakles trauert und ihm einfach ein Artgenosse fehlt«, sagte Alfred.

»Genügen die Ziegen und Schafe denn nicht?«, wollte ich wissen.

»Das dachte ich eigentlich auch, aber scheinbar nicht. Ich werde mal herumtelefonieren, ob ich einen Esel auftreiben kann, der schon älter ist.«

»Wenn wir hier Internet hätten, wäre alles viel einfacher, da könnten wir auch online suchen«, nutzte ich die Gelegenheit, das Thema anzusprechen. Aber Alfred winkte nur ab.

»Dafür brauche ich wirklich kein Internet. Es gibt schließlich Telefonbücher.«

Am liebsten hätte ich natürlich sofort dagegen argumentiert, aber meine »Probezeit« hier hatte erst begonnen, deswegen ließ ich es.

»Die Quittungen für die Einkäufe sind in der Dose. Der Schweinebraten wird leider noch ein wenig dauern«, wechselte ich das Thema.

»Na gut, dann geh ich jetzt noch...«

»Nein. Bitte. Wir haben immer noch nicht darüber gesprochen, was hier überhaupt meine Aufgaben sind. Lass uns das jetzt machen«, verlangte ich höflich, aber bestimmt.

Er seufzte. »Wenn's sein muss.«

Wir einigten uns darauf, dass ich für Mittag- und Abendessen zuständig war. Alfred war ein Frühaufsteher und verlangte nicht von mir, dass ich ebenso zeitig auf den Beinen war, nur damit ich ihm Frühstück machen konnte. Auch um seine Wäsche wollte er sich selbst kümmern. Dafür war ich für das Putzen zuständig.

»Und was noch?«, fragte ich. »Keine Arbeit auf dem Feld oder im Stall bei den Tieren?«

»Das mach ich selber.«

Meine Aufgaben kamen mir recht überschaubar vor, wenn ich bedachte, dass Tommi und ich dafür umsonst wohnten, versorgt wurden und sogar das Auto mitbenutzen konnten.

»Mehr nicht?«, fragte ich deswegen noch mal nach.

»Das ist genug.«

Die nächsten drei Tage verliefen alle in einer ziemlichen Gleichmäßigkeit. Jeden Vormittag nahm ich mir ein Zimmer im Haus vor, das ich gründlich sauber machte. Und das war wirklich dringend notwendig. Man merkte, dass die Putzfrau schon länger das Zeitliche gesegnet hatte. Einzig das Schlafzimmer von Alfred durfte ich nicht betreten. Er wollte sich selbst darum kümmern, was ich natürlich respektierte. Nachmittags war ich mit Tommi bei den Tieren und erkundete zusammen mit ihm die Gegend. Dabei kamen wir nach einem längeren Spaziergang an einer Weide mit Hochlandrindern vorbei.

»Schau mal, Mami, die sehen so kuschelig aus«, schwärmte Tommi und blieb neben dem Zaun stehen.

Währenddessen fuhr ein Traktor auf dem Feldweg auf uns zu. Die blonde Frau aus dem Supermarkt saß am Steuer. Als sie mich sah, hielt sie an.

»Wir kennen uns doch«, rief sie.

»Ja. Vom Supermarkt.«

»Stimmt. Haben Sie die Milch noch gefunden?«

»Ja. Neben dem Klopapier. Wie Sie gesagt haben.«

Die Frau lachte.

»Die Verkäuferin hat schon einen ganz besonderen Sinn für Humor!«, sagte ich.

»Allerdings. Sind Sie neu in der Gegend?«

»Ja. Mein Sohn und ich wohnen auf dem Holler-Hof«, erklärte ich.

»Bei Alfred?«, fragte sie überrascht.

Ich nickte. »Ich heiße Romy.«

»Freut mich. Ich bin Hanna. Dort drüben ist unser Hof.« Sie zeigte den Feldweg entlang nach rechts. »Vielleicht haben Sie ja Lust, mal auf einen Kaffee vorbeizukommen«, lud sie mich ein.

»Sehr gern!«

»Jetzt muss ich aber leider weiter. Ich bin schon spät dran. Schönen Tag noch.«

»Ebenfalls.«

Sie ließ den Traktor wieder an und fuhr los. Ich sah ihr kurz hinterher. Offensichtlich war es hier tatsächlich nicht so schwer, neue Leute kennenzulernen. In München hatte mich noch nie jemand einfach so auf einen Kaffee eingeladen.

»Komm, Tommi. Lass uns dann langsam umkehren«, sagte ich, und dann machten wir uns auf den Rückweg.

Inzwischen war es Samstag, und in zwei Tagen wäre meine Probezeit auf dem Hof um. Auch wenn ich Alfred fast nur zu den Essenszeiten sah und wir nicht sonderlich viel miteinander redeten, so hoffte ich, dass er nichts dagegen haben würde, dass wir weiterhin hierblieben.

Nach dem Einkaufen schob ich einen Hackbraten in den Ofen, dazu würde es Kartoffelpüree geben. Das Lieblingsessen von Tommi und Ina. Immer wenn ich an Teresas Tochter dachte, überkam mich eine große Sehnsucht nach den letzten vier Jahren, die wir wie eine kleine Familie miteinander verbracht hatten. Gleichzeitig meldete sich mein schlechtes Gewissen wieder, weil ich mich seit unserem Telefonat nicht mehr bei Teresa gemeldet hatte. Was war ich nur für eine Freundin? Aus einem Impuls heraus drehte ich den Ofen auf klein zurück, schaltete für Tommi eine Kindersendung ein und ging mit dem Handy ein kleines Stück die Straße entlang. Hier sollte man, laut Alfred, mobilen Netzempfang haben. Doch die Verbindung baute sich nur einmal kurz auf, dann war sie auch schon wieder weg. Mein Handy hoch in die Luft gestreckt, ging ich ein paar Schritte zurück in der Hoffnung, die richtige Stelle noch mal zu finden.

»Hallo?«

Erschrocken drehte ich mich um und ließ meinen Arm sinken. Hinter einem verwitterten, hölzernen Gartenzaun stand eine Frau, deren Alter ich unmöglich schätzen konnte. Zwischen fünfzig und gut erhaltenen siebzig schien so ziemlich alles drin zu sein. Sie trug eine schwarze Flatterhose und darüber einen türkisfarbenen Kaftan. Die feuerrot gefärbten Haare waren zu einem Knoten hochgesteckt, und riesige goldene Kreolen baumelten an ihren Ohrläppchen.

»Zickt es heut wieder rum?«, fragte sie.

»Wie?«

»Na, das Internet.«

»Ach so! Ja.«

»Du bist die Frau, die beim Holler Alfred eingezogen ist«, kam sie ohne Umschweife zur Sache.

»Genau die bin ich.«

»Hat sich natürlich schon rumgesprochen.«

Ich wusste nicht, was ich darauf antworten sollte.

»Ich bin die Zenta. Aber für die meisten hier bin ich einfach nur die Zacherin.«

Sie streckte mir die viel beringte Hand entgegen. Ich ging auf sie zu und schüttelte sie. »Und du heißt Romy, oder?«

»Ja, stimmt«, sagte ich überrascht.

Sie ließ meine Hand nicht los, sondern drehte sie so, dass die Handinnenfläche nach oben zeigte. Einige Sekunden lang starrte sie darauf, dann nickte sie bedächtig.

»Ah, ja, ja, ja … Hab ich mir schon fast gedacht«, murmelte sie und schnalzte ein paarmal ungläubig mit der Zunge, bevor sie mich losließ.

»Was denn?«, fragte ich vorsichtig.

»Ach ...«, meinte sie nur und sah mich mit einem seltsamen Blick an. Dabei fiel mir auf, dass ihre Augen unterschiedliche Farben hatten, das linke war grün mit kleinen grauen Flecken, das andere hellgrau.

»Siebenundsiebzig siebenundsiebzig siebenundsiebzig hundertelf.«

»Was?« Könnte es sein, dass die Frau etwas durchgeknallt war?

»Das Passwort für mein WLAN«, erklärte sie langsam, als ob ich ein wenig schwer von Begriff wäre. »Ganz leicht zu merken. Du kannst dich einwählen, wenn du dringend ins Internet musst.«

»Ach so. Das ist echt nett.«

»Ja. So bin ich ... besuch mich bald wieder. Dann leg ich dir die Karten! Musst auch nichts bezahlen. Für neue Nachbarn mach ich das gratis«, sagte sie und ging den Kiesweg entlang zwischen Sträuchern, Kräutern und Wildblumen zu ihrer Haustür.

»Danke«, murmelte ich ihr hinterher. Sie war eine Kartenlegerin? Gab es so was denn heutzutage immer noch? Ich jedenfalls würde ihr Angebot ganz bestimmt nicht in Anspruch nehmen. Mit Kartenlegen und Wahrsagerei hatte ich es so gar nicht!

Bevor sie die Tür öffnete, drehte sie sich noch mal kurz zu mir um.

»Und sieh zu, dass dein Hackbraten rechtzeitig fertig wird.«

Damit verschwand sie ins Haus. Verdutzt sah ich ihr hinterher.

Woher wusste sie, dass ich einen Hackbraten im Ofen hatte? Hatte sie das an meiner Kleidung gerochen? Das musste wohl so sein. Oder sie konnte einfach nur gut raten. Mit Hellseherei hatte das gewiss nichts zu tun.

Da sie es mir nun mal angeboten hatte, wählte ich mich vor dem Haus rasch in ihr WLAN ein und checkte sowohl meine E-Mails, meinen Kontostand als auch meine WhatsApp-Nachrichten. Teresa hatte sich nicht gemeldet. Offenbar war sie sauer auf mich. Was mich wiederum sauer machte. Schließlich hätte sie wissen müssen, dass ich ihr den Gefallen nicht tun konnte. Trotzdem überwog mein schlechtes Gewissen. Sie war immer für mich da gewesen, als ich niemanden mehr hatte. Teresa und Ina waren meine Wahlfamilie, auch wenn wir nicht mehr zusammenlebten.

Immer noch stand ich vor dem Haus der Kartenlegerin, ohne dass auch nur irgendein Fahrzeug in der Sackgasse an mir vorbeigefahren wäre, und starrte auf das Display meines Handys. Und dann, fast wie von selbst, tippten meine Finger eine Nachricht: »Habt ihr schon einen Tanzlehrer gefunden?«

Ich schickte die Nachricht ab und ging zurück zum Hof. Und diesmal ließ ich das Handy an.

Im Wohnzimmer lief der Fernseher, doch Tommi war nicht da.

»Tommi?«, rief ich nach oben. »Hast du dich irgendwo versteckt?« Der Kleine meldete sich nicht. Mein Herz begann schneller zu schlagen. Ich hätte ihn nicht allein lassen dürfen, auch wenn es kaum mehr als zehn Minuten waren!

Ich eilte wieder hinaus und sah mich um.

»Tommi, wo bist du?«

Als Erstes sah ich bei den Wachteln nach. Doch da war er genauso wenig wie beim kleinen Ententeich oder im Stall.

»Tommi!«

Plötzlich hörte ich glucksendes Kinderlachen durch das

offene Scheunentor. Meine Beine gaben vor Erleichterung fast nach. Als ich die Scheune betrat, entdeckte ich meinen Sohn auf dem Traktor mit einem strahlenden Lächeln auf dem Gesicht.

»Brrrrummmm … brrrruummm!« Er drehte das Lenkrad wild umher, als ob er ein Rennen fahren würde.

»Hab ich dir nicht ausdrücklich verboten, auf den Traktor zu steigen!?«, fuhr ich ihn an.

»Mami!«, rief Tommi erschrocken.

»Komm da sofort runter!« Ich streckte meinen Arm nach ihm aus.

»Er spielt doch nur«, sagte Alfred, den ich erst jetzt bemerkte. Er stand auf der anderen Seite des Traktors.

»Aber da darf er nicht rauf! Was, wenn er runterfällt?« Ich lenkte meinen Ärger auf die beiden. Das war im Moment einfacher, als mir einzugestehen, dass es mein Fehler war, weil ich meinen Sohn ohne Aufsicht allein gelassen hatte.

»Du hast gesagt, ich darf das, wenn Alfred es erlaubt«, protestierte Tommi.

»Ja, aber doch nicht einfach so!« Ich sah zu Alfred, der mich mit einem seltsamen Blick musterte.

»Er saß vorhin ganz allein vor dem Fernseher. Deswegen hab ich ihn mitgenommen. Ich dachte nicht, dass das ein Problem wäre.«

»Bist du jetzt böse, Mami?«, fragte Tommi.

»Nein, bin ich nicht. Ich muss jetzt in die Küche, sonst wird das Essen nie fertig. Und du kommst mit!«

Eine Stunde später saßen wir gemeinsam am Tisch. Tommi schaufelte Hackbraten in sich rein, als ob er mal wieder am Verhungern wäre. Und auch Alfred schien es zu schmecken.

Ich hatte nicht ganz so viel Appetit. Der Schreck von vorhin lag mir immer noch ein wenig im Magen. Ich musste besser auf Tommi aufpassen, auch wenn er bislang erstaunlich brav gewesen war und noch nicht viel angestellt hatte. Wenn man mal davon absah, dass sein Versuch, das Waschbecken im Badezimmer mit einer Flasche Duschgel zu putzen, in einer Schaumüberschwemmung geendet hatte. Und dass er einen Kranz Lyoner Wurst, der eigentlich für den Wurstsalat am Abend gedacht war, an Hermes und Kater Caruso verfüttert hatte.

Ich brachte Tommi nach dem Essen für seinen Mittagsschlaf nach oben. Als ich zurückkam, saß Alfred immer noch am Tisch und las die Samstagszeitung.

»Kann ich sie später haben? Ich möchte bei den Stellengesuchen schauen, ob jemand in der Gegend eine Halbtagskraft sucht«, fragte ich.

Alfred hob den Kopf und sah mich an.

»Wenn die Woche um ist, möchte ich, dass ihr wieder zurückgeht«, sagte er ruhig.

Ungläubig starrte ich ihn an. Das war jetzt nicht sein Ernst, oder?

»Aber warum denn? Es läuft doch gut! Oder tu ich zu wenig? Ich könnte noch mehr Arbeit übernehmen und …«

»Nein!«, unterbrach er mich. »Wenn du hier mehr machst, dann müsste ich dich bezahlen.«

Offen gesagt hatte ich insgeheim auch schon darüber nachgedacht, ob das nicht die beste Lösung wäre. Er würde mir einen Lohn zahlen, ich könnte hier wohnen und arbeiten, und allen wäre gedient.

»Aber das geht nicht!«, zerstörte er umgehend diesen Traum. »Das kann ich mir nicht leisten.«

Das war zwar schade, aber das hieß ja nicht gleich, dass wir nicht hierbleiben konnten. Was war nur in ihn gefahren? Diese Woche war doch ganz gut gelaufen.

»Ich kann hier trotzdem ein wenig mehr übernehmen«, sagte ich. »Auch ohne dass du mich bezahlst. Ich mach das gern. Und sobald Tommi im Kindergarten angemeldet ist, bemühe ich mich um einen Halbtagsjob.«

»Hast du mich nicht richtig verstanden? Ich habe gesagt, ihr könnt nicht hierbleiben. Und das liegt nicht daran, dass du zu wenig tust.«

»Woran denn dann?«

»Ich bemerke schon die ganze Zeit, wie besorgt du um deinen Sohn bist. Das ist ja auch verständlich. Wenn man es nicht übertreibt. Wie in deinem Fall. Kinder streifen auch mal alleine herum. Das ist hier auf dem Land völlig normal. Aber nicht für dich. Du lässt ihn ja noch nicht einmal die paar Meter allein zu den Wachteln gehen oder ihn mal ohne Aufsicht im Hof spielen. Meinst du, das ist mir nicht aufgefallen? Am liebsten würdest du ihn den ganzen Tag überwachen. Vielleicht geht das ja in einer kleinen Wohnung in München. Aber doch nicht auf einem Bauernhof. Wenn du ständig Angst hast, dass ihm irgendwas passieren könnte, kann ich mir nicht vorstellen, dass du hier auf Dauer glücklich sein wirst.«

»Aber das kannst du doch gar nicht wissen«, warf ich ein. »Es gefällt mir hier, und Tommi und ich müssen uns einfach auch erst mal eingewöhnen. Für ihn ist das alles neu, und er kann die Gefahren noch nicht einschätzen. Deshalb muss ich aufpassen. Aber das wird sich bestimmt bald alles einspielen.« Ich schien hier die Lösung für all meine Probleme gefunden zu haben – und jetzt das!

»Ich habe deinen vorwurfsvollen Blick heute gesehen. Das

hat mir gereicht. Ich kann und will die Verantwortung nicht übernehmen, falls Tommi hier am Ende doch etwas passiert«, sagte er barsch.

Plötzlich hatte ich das Gefühl, dass er das nur als Vorwand nahm, um uns loszuwerden. Schließlich hatte er von Anfang an niemanden bei sich auf dem Hof gewollt. Und jetzt wälzte er es auf mich ab.

»Das brauchst du auch nicht«, stellte ich klar. »Ich bin schließlich seine Mutter.«

Doch er ließ sich nicht überreden.

»Ich habe zugesagt, dass ihr eine Woche zur Probe bleiben könnt. Daran halte ich mich. Aber danach geht ihr zurück. Das ist mein letztes Wort!«

»Aber ...«

»Du hast versprochen, meine Entscheidung zu akzeptieren und zu gehen, wenn ich das wünsche«, erinnerte er mich. »Ich denke nicht, dass wir noch weiter darüber diskutieren müssen.« Er stand auf und verließ den Raum.

Ich starrte ihm hinterher. Er würde sich nicht überreden lassen. Wir mussten wieder nach München. Verdammt noch mal! Warum konnte es nicht einfach mal gut laufen bei mir?

Vielleicht war es am besten, gleich heute abzureisen. Letztlich hatte es ja keinen Sinn, noch länger zu bleiben, wenn er uns hier nicht mehr haben wollte. Trotzdem griff ich nach einem letzten Strohhalm und blätterte die Stellenanzeigen in der Zeitung durch. Vielleicht fand ich ja doch einen Job und konnte zumindest hier in der Gegend bleiben, in der es mir inzwischen wirklich gut gefiel. Aber es gab nur Stellen, für die ich entweder nicht qualifiziert war, oder Minijobs, die viel zu wenig einbrachten, als dass ich mir davon eine Wohnung leisten könnte.

Resigniert schlug ich die Zeitung zu und machte die Küche sauber. Dann ging ich nach oben. Tommi schlief noch. Ich legte mich neben ihn und streichelte sanft durch seine Locken. Mein Herz quoll fast über vor Liebe, und gleichzeitig saß mir die Angst vor der Zukunft im Nacken. Keine einfache Gefühlskombination! Ich musste diese Angst loswerden! Denn sie lähmte mich. Und ich brauchte jetzt einen freien Kopf, um einen Ausweg zu finden. Fakt war, dass ich in München ohne festen Job keine neue Wohnung finden würde. Selbst mit einem festen Job war es schwierig, an bezahlbare vier Wände zu kommen und wenn sie noch so klein waren. Hartz IV zu beantragen, war für mich bisher keine Option gewesen. Ich wollte es allein schaffen! Doch womöglich blieb mir am Ende nichts anderes übrig. Zumindest vorübergehend, bis ich eine Lösung für uns gefunden hatte.

Auf dem Land hatte ich wohl tatsächlich bessere Chancen. Hier waren die Mieten noch bezahlbar. Wenn ich doch nur ins Internet käme, dann könnte ich schon mal anfangen zu suchen. Ich gab Tommi einen sanften Kuss auf die Schläfe, dann stand ich auf und fing an, leise unsere Sachen zu packen.

Das Gepäck stand schon im Flur, und wir warteten in der Essküche darauf, dass Alfred zurückkam, um uns zu verabschieden. Ich wusste zwar nicht, ob er tatsächlich Wert darauf legte, aber ich wollte trotzdem nicht einfach so gehen.

»Fahren wir wieder nach Hause? Mit dem Zug?«, wollte Tommi wissen. Für ihn schien das Leben ein einziges Abenteuer zu sein.

»Ja, mein Schatz«, sagte ich.

»Und kommen wir bald wieder hierher?«, fragte er hoffnungsvoll.

»Nein, ich glaub nicht.«

»Warum nicht?«

Tja. Was sollte ich ihm antworten? Dass ich keine Ahnung hatte, wo wir überhaupt in drei Wochen sein würden?

»Das war unser kleiner Urlaub, Tommi. Und der ist jetzt vorbei.«

»Aber die Wachteln! Wer erzählt ihnen denn dann Geschichten?«

»Das macht bestimmt Alfred.«

»Meinst du?« Etwas zweifelnd sah er mich an.

»Ganz bestimmt.«

»Ich muss noch Tschüss zu ihnen sagen. Und zu den Enten und den anderen Tieren auch.«

»Ja klar. Das machen wir.«

»Jetzt gleich?«

»Jetzt gleich.«

Und so drehten wir noch eine Runde, damit er sich verabschieden konnte. Als wir zurück zum Haus gingen, sauste ein Mädchen, das nicht viel älter sein konnte als Tommi, auf einem kleinen roten Kinderfahrrad in den Hof.

»Nicht so schnell!«, rief ich besorgt, doch da bremste sie schon scharf vor der Haustür und stieg ab.

Hinter ihr radelte Alfreds Nichte Helga.

»Ich hab dir doch gesagt, du sollst auf mich warten, Lexi!«, schimpfte sie. Doch das rothaarige Mädchen schien sich nicht darum zu kümmern. Sie legte das Fahrrad auf den Boden und rannte in Richtung Voliere davon.

»Ich geh zu den Wachteln«, rief sie.

Offenbar war Tommi hier nicht das einzige Kind, das ganz verrückt nach Tieren war.

»Ich auch!«, beschloss mein Sohn und folgte ihr.

»Aber nicht lange. Wir fahren gleich wieder nach Hause! Hörst du, Lexi?«

»Jaha ...«

»Hallo, Frau Lippel«, grüßte ich.

»Frau Bronner? Ich hab schon mitbekommen, dass Sie doch geblieben sind. Das freut mich sehr«, sagte sie lächelnd.

Sie holte eine kleine Tasche aus dem Fahrradkorb und kam damit auf mich zu.

Ich schüttelte den Kopf.

»Das war nur eine Woche zum Testen, aber leider hat es für Alfred nicht funktioniert«, erklärte ich bedauernd.

»Ach was. Wenn Sie schon mal hier sind, dann schickt er Sie bestimmt nicht mehr weg.«

»Oh doch. Er will auch nicht mehr mit sich reden lassen.«

»So ein Sturkopf! Er weiß einfach nicht, was gut für ihn ist«, sagte sie und seufzte. »Wo ist er denn?«

Ich zuckte mit den Schultern.

»Keine Ahnung. Ich warte auf ihn, um mich zu verabschieden, bevor wir zurück nach München fahren. Aber bis jetzt ist er noch nicht aufgetaucht.«

»Es tut mir wirklich sehr leid, dass es nicht geklappt hat.«

»Ja, mir auch.«

»Ich habe heute Rohrnudeln gebacken«, sagte sie mit einem Blick auf ihre Tasche. »Die mag er immer gern. Kuchen und Gebäck sind das Einzige, was ich ihm vorbeibringen darf. Ich habe mehr eingepackt. Für Sie und Ihren Jungen reicht das auch.«

»Wie nett von Ihnen. Vielen Dank«, sagte ich. Das würde wohl unser Abschiedsessen sein.

Ich hörte die Kinder lachen, und gleich darauf liefen Tommi und das Mädchen über den Hof in Richtung Scheune.

»Wo wollt ihr denn hin?«, rief ich ihnen hinterher.

»Bestimmt zeigt Lexi ihm das Mauseloch, das sie letztes Mal entdeckt hat. Eigentlich heißt sie ja Alexandra, aber den Namen mag sie nicht.«

»Ein Mauseloch?«

»Zumindest hat sie erzählt, dass sie eine Maus gesehen hat, die darin verschwunden ist. Aber meine Tochter hat manchmal eine ziemlich blühende Phantasie, und alles darf man ihr nicht glauben.«

»Oh, das kenne ich«, sagte ich und musste schmunzeln.

Doch irgendwie war mir nicht so ganz wohl dabei, die beiden in der Scheune allein zu lassen. Was, wenn sie die Leiter zum Strohlager hochstiegen und eines der Kinder runterstürzte?

»Ich seh mal nach den beiden«, sagte ich. Dabei gingen mir Alfreds Worte durch den Kopf. Hatte er vielleicht recht damit, dass ich übertrieben vorsichtig war? Nein! Schließlich war ich dafür verantwortlich, dass meinem Kind nichts passierte.

In der Scheune hockten die beiden Kinder tatsächlich vor einem kleinen Loch in der Mauer.

»Die kommt bestimmt bald«, flüsterte Lexi voller Überzeugung.

»Echt?«

Sie nickte.

»Können Mäuse beißen?«, wollte Tommi wissen.

Das Mädchen zuckte mit den Schultern.

»Weiß nicht.«

»Tommi?«

Sie drehten sich zu mir um.

»Kommst du dann?«

»Aber wir wollen die Maus sehen, und dann spielen wir,

Mama«, sagte mein Sohn in einem Ton, als würden er und Lexi sich schon eine Ewigkeit kennen.

»Wir fahren jetzt wieder heim, Lexi«, kam Helga mir zu Hilfe. »Hier«, sie reichte mir die Tasche. »Lassen Sie es sich schmecken.«

»Danke.«

»Und alles Gute! Ich hoffe, Sie finden bald was anderes.«

Ich nickte nur.

Inzwischen war es später Nachmittag geworden, doch Alfred war immer noch nicht zurück. Sehr viel länger konnte ich nicht warten. Langsam wurde es Zeit für uns, ein Taxi zu rufen und zum Bahnhof nach Passau zu fahren, damit wir den Zug bekamen. Auch wenn ich insgeheim gehofft hatte, dass Alfred das vielleicht übernehmen würde, damit ich das Geld für die Taxifahrt sparen konnte.

Ich sah auf die Uhr. Bis jetzt war er noch nie so lange weg gewesen. Warum war er immer noch nicht da? So langsam machte ich mir Sorgen. War er vielleicht unterwegs gestürzt und in einem Graben gelandet? Oder auf einem der Felder zusammengebrochen? Ich malte mir die schlimmsten Szenarien aus. Nie und nimmer konnte ich jetzt guten Gewissens zurück nach München fahren. Erst musste ich herausfinden, was mit Alfred war.

»Wir gehen noch ein wenig spazieren, Tommi«, sagte ich entschlossen, und mein Sohn ließ sich das nicht zweimal sagen.

Wir suchten die angrenzenden Felder ab, auf denen Kartoffeln und Erdbeeren angepflanzt waren, und gingen sogar in den kleinen Wald, doch weder Alfred noch Hermes waren irgendwo zu finden.

Ich hoffte, dass er vielleicht schon wieder auf dem Hof war. Leider vergeblich. Inzwischen war es dunkel geworden.

»Wir bleiben doch noch eine Nacht hier«, sagte ich entschlossen.

»Oh ja!« Tommi freute sich.

Nach einem Abendessen mit den Resten vom Mittag steckte ich ihn ins Bett. Ich zog einen dicken Pulli an und setzte mich draußen auf die Bank, um darauf zu warten, dass Alfred zurückkam. Ich gab ihm noch zwei Stunden. Wenn er bis Mitternacht nicht wieder da wäre, würde ich die Polizei benachrichtigen.

Kapitel 8

Mitte November 1962

Alfred mochte den Winter, der die Landschaft in diesem Jahr schon Anfang November unter einer dicken Schneedecke begrub. Auf dem Hof gab es lange nicht so viel zu tun wie sonst das Jahr über, und die Zeit schien langsamer zu vergehen. Sobald er nachmittags vom Gymnasium nach Hause kam und seine Hausaufgaben gemacht hatte, war er am Hügel hinter dem Haus beim Schlitten- oder Skifahren. Oder er saß in der Stube, versunken in ein Buch und träumte sich in wilde Abenteuer.

»Irgendwann reise ich mal um die ganze Welt«, sagte er zu Wolfgang, als sie am frühen Morgen gemeinsam durch den tiefen Schnee zur Bushaltestelle stapften.

»Und was hast du davon?«, wollte Wolfgang wissen.

»Es interessiert mich halt, andere Kontinente und Menschen zu sehen«, erklärte Alfred geduldig. »Und ich möchte wissen, wie es in anderen Ländern riecht.«

Wolfgang warf ihm einen verständnislosen Blick zu.

»Wie es woanders riecht?«

»Ja. Hier bei uns riecht es zum Beispiel im Sommer nach

Gräsern und Heu und nach den Tieren und im Herbst nach Erde und Pilzen und dem Harz der Bäume im Wald. Aber ich will auch wissen, wie es in einer Großstadt riecht oder am Meer.«

»Sicher nach Fisch«, sagte Wolfgang trocken und bemühte sich, mit seinem Freund Schritt zu halten.

»Oder stell dir mal vor, wie aufregend es sein muss, auf einem Floß durch den Dschungel zu fahren und Tiere und Pflanzen zu sehen, die es bei uns überhaupt nicht gibt«, schwärmte Alfred weiter.

»Und womit willst du diese Reisen bezahlen?«, gab Wolfgang zu bedenken, der eher praktisch veranlagt war.

»Das habe ich mir schon alles ganz genau überlegt. Zuerst werde ich Medizin studieren, und dann gehe ich als Schiffsarzt auf einen Ozeandampfer. So kann ich meine Arbeit machen und dabei die ganze Welt bereisen.«

Sobald er das ausgesprochen hatte, wurde ihm klar, dass er insgeheim schon längst beschlossen hatte, einmal Arzt zu werden. Bisher hatte er nur noch nie mit jemandem darüber gesprochen. Aber es fühlte sich gut an, seine Pläne endlich einmal in Worte gefasst zu haben. Fast so, als hätte er seinem Leben damit bereits eine feste Richtung gegeben.

»Auf einem Schiff? Das wär nichts für mich. Mir wird doch so leicht schlecht«, riss sein Freund ihn aus den Gedanken.

Und tatsächlich war schon die tägliche Fahrt mit dem Bahnbus zur Schule nach Passau für Wolfgangs Magen eine Herausforderung.

»Das geht bestimmt irgendwann vorbei«, redete ihm Alfred gut zu. »Außerdem bin ich ja dann dein Arzt und kann dir helfen.«

»Hoffentlich«, meinte Wolfgang und zog sein Bein aus einer

Schneewehe, in die er eingesunken war. Er hatte Probleme, seinem sportlich schlanken Freund zu folgen. Aus dem pummeligen Siebenjährigen war im Laufe der Jahre ein dicker Vierzehnjähriger geworden. Und weil er Alfred, der selbst nicht gerade klein war, fast um einen Kopf überragte, wirkte Wolfgang fast riesenhaft.

»Musst du so schnell gehen?«, fragte er nach Luft japsend.

Alfred wurde langsamer. Er schob seinen Fäustling nach vorn und sah auf die Armbanduhr, die er zur Firmung von seinem Patenonkel bekommen hatte. Wenn sie sich nicht beeilten, würden sie den Bus nicht mehr erwischen.

Als sie schließlich bei der Haltestelle ankamen, standen dort noch alle Fahrgäste, die zu einer der fortführenden Schulen oder an ihre Arbeitsstätte nach Passau mussten.

Sie warteten zehn Minuten, eine halbe Stunde. Ein paar Leuten dauerte es zu lange, und sie gingen wieder nach Hause. Doch die meisten harrten geduldig aus, da der Bus die einzige Möglichkeit für sie war, nach Passau zu kommen.

»Der ist bestimmt irgendwo stecken geblieben«, vermutete Alfred, doch genau in diesem Moment kam der Bus langsam um die Kurve gefahren. »Oder doch nicht.«

»Schade. Ich hatte mich schon auf einen freien Tag gefreut«, sagte Wolfgang.

»Wenigstens wird uns heute niemand ausschimpfen, wenn wir zu spät kommen«, meinte Alfred und war insgeheim froh, dass er die erste Stunde verpassen würde. Mathe. Obwohl er gute Noten hatte, mochte er das Fach überhaupt nicht.

Der Bus war weniger voll als sonst, und die beiden Jungs bekamen ausnahmsweise zwei Sitzplätze in der vorletzten Reihe.

Als Alfred auf die andere Seite sah, erhaschte er den Blick

eines Mädchens, das er bisher noch nie gesehen hatte. Da war er sich ganz sicher, denn an eine wie sie würde er sich ganz bestimmt erinnern. Sie fühlte sich offenbar ertappt und sah verlegen weg. Doch der kurze Moment hatte gereicht, um Alfred durcheinanderzubringen. Ihre Augen waren so dunkel, dass sie fast schwarz wirkten, und unter der beigen Mütze hingen zwei dicke braune Zöpfe hervor.

Alfred spürte, wie Wolfgang ihn leicht mit dem Ellenbogen anrempelte.

»Hast du die gesehen?«, fragte er.

Alfred nickte.

»Ihre Eltern haben die Bäckerei in Ninzing übernommen.« Ninzing war ein Nachbarort von Halling.

Alfred sah ihn überrascht an.

»Woher weißt du das?«

»Du kennst doch meine Mutter. Sie weiß immer alles«, murmelte Wolfgang, und Alfred musste sich ein Lachen verkneifen. Das stimmte allerdings. Frau Linde war nicht nur eine äußerst engagierte Pfarrhaushälterin, sie wusste auch bestens Bescheid über alles, was in und um Halling herum passierte. Wenn man also irgendetwas über jemanden wissen wollte, dann musste man nur Frau Linde darauf ansprechen, und schon bekam man alle Neuigkeiten brühwarm serviert. Und wenn man Glück hatte, gab es sogar ein Stück Marmorkuchen und eine Tasse Kakao dazu.

»Weißt du, wie sie heißt?«, fragte Alfred leise.

»Ja.«

Alfred sah ihn erwartungsvoll an.

»Ja, und wie?«, fragte er, nachdem Wolfgang nicht von selbst mit der Sprache herausrückte.

»Eleonora«, flüsterte Wolfgang.

Eleonora – ein ungewöhnlicher, aber wunderschöner Name, dachte Alfred ganz versonnen.

Während der Fahrt ertappte er sich immer wieder dabei, wie er zur anderen Seite blickte. Wenn das Mädchen ebenfalls in Passau zur Schule ging, dann freute er sich jetzt schon auf die täglichen Busfahrten. Und er schien mit seiner Vermutung richtigzuliegen. Als der Bus am Bahnhof in Passau hielt, nahm sie ihren Schulranzen und ging hinter den beiden zum Ausstieg. Alfred stieg als Erster aus dem Bus. Plötzlich hörte er einen kurzen Schrei. Rasch drehte er sich um und sah, wie Wolfgang das Mädchen in den Armen hielt und sie ganz erschrocken ansah. Sein Gesicht war dunkelrot angelaufen.

»Hast ... hast du dir wehgetan?«, fragte Wolfgang besorgt und ließ sie sofort los.

»Nein. Es ist nichts passiert. Danke, dass du mich aufgefangen hast«, sagte sie schnell in einem Dialekt, den Alfred nicht zuordnen konnte, und man sah ihr an, wie peinlich es ihr war. »Ich bin ausgerutscht.«

»Kann ich was helfen?«, bot Alfred an. Irgendwie wurmte es ihn ein wenig, dass nicht er, sondern Wolfgang ihr Retter in der Not war.

»Es ist alles gut«, sagte sie zu ihm. Dann wandte sie sich wieder an Wolfgang.

»Danke noch mal und wiedersehen.«

»Wiedersehen«, sagten die Jungs gleichzeitig.

Sie nickte ihnen kurz zu, dann verschwand sie zwischen den Leuten.

»Jetzt komm. Wir müssen uns beeilen«, drängte Alfred seinen Freund, der ihr immer noch hinterherstarrte. Sie machten sich eilig auf den Weg zur Schule und schafften es gerade noch rechtzeitig zur zweiten Stunde. Erdkunde bei Fräulein Böhm. Alfreds Lieblingsfach.

Den ganzen Vormittag freute er sich darauf, das Mädchen bei der Rückfahrt wiederzusehen. Doch Eleonora kam nicht. Ein wenig enttäuscht hörte er Wolfgang zu, der sich über eine schlechte Note in Latein ärgerte. Allerdings verstummte Wolfgang bald, da das Schaukeln des Busses ihm heute wieder besonders Übelkeit bereitete.

Als sie am nächsten Tag in den Bus eingestiegen waren, entdeckte Alfred sie sofort. Eleonora schien schon auf die beiden gewartet zu haben und gab Wolfgang eine kleine Papiertüte.

»Danke noch mal wegen gestern«, sagte sie schüchtern.

Als Wolfgang nach der Tüte griff, lief sein Gesicht schon wieder knallrot an.

»Das ist Apfelstreuselkuchen«, erklärte sie.

»Ich liebe Apfelstreuselkuchen«, stotterte er.

Eleonora lächelte.

»Ich auch.«

»Danke«, murmelte er und ließ sich auf den letzten freien Platz hinter ihr sinken.

Alfred blieb neben Wolfgang stehen.

»Wie heißt du denn eigentlich?«, fragte er, um mit ihr ins Gespräch zu kommen, obwohl er die Antwort schon kannte.

Sie drehte sich zu ihm um.

»Eleonora. Aber alle sagen Elli zu mir. Und ihr?«

»Ich bin Alfred, und mein Freund heißt Wolfgang«, übernahm er die Vorstellung. »Gehst du auch in Passau zur Schule?«

»Ja. In die Realschule.«

Das hatte er sich fast schon gedacht.

»Welche Klasse?«

»Achte.« Also musste sie etwa ein Jahr jünger sein als er und Wolfgang.

»Wir leben noch nicht so lange hier.«

»Woher kommst du denn?«

»Aus Südtirol. Meran.«

Deswegen also ihr Dialekt, den Alfred ganz wundervoll fand.

»Du bist gestern gar nicht mit dem Bus zurückgefahren.«

Er sah ihren erstaunten Blick und hätte sich am liebsten auf die Zunge gebissen. Bestimmt meinte sie jetzt, er würde sich für sie interessieren. Was zwar stimmte, aber so offensichtlich musste es ja trotzdem nicht sein.

»Ist mir nur so aufgefallen«, murmelte er verlegen.

»Mein Vater hatte in Passau zu tun, also hat er mich auf dem Heimweg mitgenommen«, erklärte sie, und ihre Wangen hatten sich ein klein wenig rosa gefärbt. »Aber heute fahre ich auch mit dem Bus nach Hause.«

Alfred verkniff sich ein erfreutes Lächeln.

»Dann sehen wir uns ja später wieder.«

Sie nickte. Danach schwiegen sie, bis sie in Passau angekommen waren.

Von nun an sahen sie sich unter der Woche jeden Tag, und es dauerte nicht lange, bis aus den dreien Freunde wurden. Allerdings musste Elli viel für die Schule lernen, um ihre Versetzung nicht zu gefährden. Zudem erwarteten ihre Eltern, dass sie oft in der Bäckerei mithalf, weshalb sie nur wenig Zeit hatte, etwas mit den beiden zu unternehmen.

Für Alfred gehörten die Busfahrten inzwischen zu den kostbarsten Momenten des Tages. Er hatte sich in die hübsche Elli verknallt, auch wenn er sich jetzt noch nicht traute, das irgendwem zu sagen, vor allem nicht ihr.

Kapitel 9

Während ich auf der Bank vor dem Haus wartete, musste ich wohl kurz eingenickt sein, denn als ich Schritte hörte, schreckte ich plötzlich hoch. Alfred war endlich zurückgekommen! Und seinem Zustand nach zu schließen, hatte er die Zeit wohl im Wirtshaus verbracht. Er schwankte leicht, als er auf das Haus zuging. Hermes lief vor ihm her und verschwand durch die offene Tür.

Sobald Alfred mich entdeckte, blieb er stehen.

»Du bist noch wach?«, stellte er fest, bemüht, deutlich zu artikulieren.

»Wir haben schon gepackt. Aber ich wollte nicht nach München zurückfahren, ohne mich von dir verabschiedet zu haben«, sagte ich ruhig.

Er vermied meinen Blick, und ich dachte schon, er würde kommentarlos an mir vorbei ins Haus gehen. Doch zu meiner Überraschung ließ er sich neben mir auf die Bank sinken.

»Es ist besser so für dich und deinen Jungen, glaub mir«, murmelte er.

Ich hatte keine Energie mehr, ihn vom Gegenteil zu überzeugen, und zuckte nur mit den Schultern. Morgen würden wir abreisen, und ich wollte jetzt einfach nach vorne schauen.

Mir war nur wichtig gewesen zu wissen, dass ihm nichts passiert war. Ich nahm einen Schluck Tee, der inzwischen eiskalt geworden war, und sah nach oben zum Himmel.

»Die Sterne sind hier viel heller«, bemerkte ich. »In München brennen in der Nacht zu viele Lichter. Da fallen sie nicht so auf.«

Was auch immer Alfred darüber dachte, offenbar wollte er mich nicht an seinen Gedanken teilhaben lassen. Doch da ich jetzt wusste, dass ihm nichts passiert war, konnte ich auch ins Bett gehen.

»Gute Nacht«, sagte ich und stand auf. Doch er griff nach meinem Arm und hielt mich fest.

»Warte.«

Überrascht sah ich ihn an und setzte mich wieder.

»Am schönsten sieht man die Sterne in der Wüste oder über dem offenen Meer.« Er hatte also doch etwas zu diesem Thema zu sagen, wenn auch mit leicht schwerer Zunge.

»Hast du das schon mal gesehen?«, fragte ich.

»Nein. Nur darüber gelesen«, gab er zu, und ein wehmütiges Lächeln zog über sein Gesicht. »Aber es soll atemberaubend sein.«

»Ich weiß nicht. Irgendwo hinzufahren, wo es nichts als Steine, Geröll und Sand gibt oder meilenweit nur Wasser ringsherum, nur damit man den schönsten Sternenhimmel sehen kann?«, spekulierte ich.

Leicht verdutzt sah er mich an. Offenbar tat er sich ein wenig schwer, meinen Gedanken zu folgen.

»Ich meine ja nur«, versuchte ich zu erklären. »Du hast hier doch einen herrlichen Sternenhimmel. Auf jeden Fall ist er schöner als der, den ich in München habe. Das reicht doch.«

»Hm«, sagte er nur, schien jedoch nicht ganz meiner Meinung zu sein.

»Was hältst du davon, wenn wir zum Abschied einen Ouzo trinken«, schlug er plötzlich vor.

Ich hatte zwar den Eindruck, dass er eigentlich schon genug intus hatte, aber in seinem Alter konnte er ja wohl selbst am besten einschätzen, was er vertrug.

»Gern!«, sagte ich deswegen.

»Ich hoffe, du glaubst mir, dass ich dir und Tommi alles Gute wünsche«, sagte Alfred ein paar Minuten später und hob das Schnapsglas.

»Ja«, sagte ich, und ich zweifelte auch nicht daran. »Danke.«

Wir stießen an und tranken.

»Hast du eigentlich Kinder?« Es war mir herausgerutscht, ohne groß darüber nachgedacht zu haben.

»Nein«, brummte er. »Und verheiratet war ich auch nie, für den Fall, dass du das wissen willst.«

Ganz unvermittelt schoss mir der Gedanke durch den Kopf, dass er vielleicht gar nicht auf Frauen stand! Doch mit seinem nächsten Satz konnte ich ihn bereits wieder verwerfen.

»Ich war mal ein paar Jahre mit einer Frau zusammen. Aber es hat nicht funktioniert«, sagte er.

»Das tut mir leid«, murmelte ich.

»Muss es nicht. Sie war nicht die Richtige.«

»Okay.«

»Und überhaupt, ich kann ziemlich gut alleine leben.«

Was für ein trauriger Satz, dachte ich und schluckte. Ich selbst steckte zwar auch in keiner Beziehung, aber ich hatte meinen Sohn und war somit alles andere als allein.

»Fühlst du dich denn nicht manchmal einsam?«, fragte ich leise.

»Nein«, sagte er ein wenig zu schnell. Dann schenkte er uns beiden Ouzo nach. Im Licht der Kerze fiel mir zum ersten Mal auf, wie intensiv seine dunkelgrünen Augen funkelten.

»Prost!«

Langsam spürte ich, wie mir der Alkohol zu Kopf stieg. Alfred hingegen schien ihn besser zu vertragen, als ich befürchtet hatte.

»Ich habe mir heute ganz schön Sorgen um dich gemacht«, verriet ich.

Alfred grinste.

»Du machst dir um alles und jeden Sorgen, nicht wahr? Aber in meinem Fall ist das völlig unnötig. Was soll mir altem Knacker denn schon groß passieren?«

Ich fand das nicht lustig.

»Das kann man nie wissen. Gerade wenn man sich so sicher fühlt, geht es manchmal schneller, als man denkt.«

Das Grinsen verschwand aus seinem Gesicht.

»Da hast du recht«, stimmte er mir leise zu und schenkte sich noch mal nach.

Die folgende Stille fühlte sich bitter an wie der Nachgeschmack des Ouzos auf meiner Zunge.

»Ich geh jetzt besser schlafen«, sagte ich schließlich und stand auf.

»Das sollte ich auch tun.«

»Würde es dir was ausmachen, uns morgen Vormittag zum Bahnhof nach Passau zu bringen?«, bat ich ihn.

»Würde es nicht. Ich fahr euch hin.« Er kippte den letzten Schnaps hinunter und stand ebenfalls auf. »Wann geht denn der Zug?«

»Am besten nehmen wir den um 10.25 Uhr«, sagte ich, da ich die Zeiten schon herausgesucht hatte.

»Gut.«

»Danke.«

Er nickte und ging etwas schwankend ins Haus. Ich nahm die Flasche und die Gläser und brachte sie in die Küche. Als ich die Gläser in die Spüle stellte, hörte ich ein Poltern. Ich eilte in den Gang. Alfred saß auf einer Treppenstufe und rieb sich mit schmerzverzerrtem Gesicht übers Schienbein.

»Hast du dich verletzt?«, fragte ich besorgt.

»Nur dumm angestellt«, sagte er mit leicht verwaschener Stimme. Offenbar war der letzte Schnaps der eine zu viel gewesen.

»Komm, ich helf dir.«

»Oh nein! Ich schaff das alleine«, protestierte er und versuchte, sich am Treppengeländer festzuhalten und hochzuziehen.

»Ja, ja«, sagte ich nur. »Ich weiß schon, du kannst überhaupt alles ganz alleine.« Ich hakte ihn unter.

Plötzlich begann er zu lachen.

»Du bist mir vielleicht ein Sturkopf… nein, eher eine Sturköpfin.«

»Das sagt der Richtige«, konterte ich, konnte mir aber selbst ein Grinsen nicht verkneifen. »Jetzt komm. Ich bring dich ins Bett.«

»Mein Gott, das ist so absurd und … so peinlich«, murmelte er, während er sich mit meiner Hilfe hochrappelte.

»Ach, mir sind schon schlimmere Dinge passiert. Das kann ich dir versichern.« So versuchte ich, ihm die Verlegenheit ein wenig zu nehmen.

»Erzähl!«

»Du willst, dass ich dich von deinem eigenen Elend ablenke, indem ich über meins rede?«

»Ganz genau.«

»Tja, Pech gehabt. Denn das ist eine längere Geschichte. Und du wirst sie nie erfahren … Jetzt komm!«

Ein wenig komisch kam ich mir schon dabei vor, einen betrunkenen, fast Siebzigjährigen ins Bett zu bringen. Auch wenn er deutlich jünger und für sein Alter gar nicht übel aussah und mich schon von Anfang an so ein ganz klein wenig an den Columbo-Darsteller Peter Falk erinnerte. Auf jeden Fall war es mir inzwischen fast ein wenig unverständlich, warum Alfred niemals verheiratet war. Waren die Frauen in seinem Alter hier in der Gegend denn blind?

Wir schafften die letzten Stufen, und obwohl er protestierte, hielt ich ihn untergehakt, bis wir sein Zimmer betraten. Doch dort machte er sich von mir los und setzte sich aufs Bett.

»Danke«, murmelte er, während ich mich überrascht umsah. Die eine Hälfte des Schlafzimmers war eine richtige kleine Bibliothek mit Regalen und bis oben hin vollgestopft mit Büchern. Der Raum war so groß, dass vermutlich eine Wand durchgebrochen worden war, um aus zwei Zimmern eins zu machen. Dafür sprachen auch zwei Stützsäulen, die auf raffinierte Weise zu weiteren Bücherregalen umfunktioniert waren. In der Ecke standen ein großer alter Schreibtisch und ein bequem aussehender Ledersessel mit Leselampe. Neben dem Fenster entdeckte ich ein Stehpult, auf dem eine besonders schöne Bibel mit vergoldetem Buchschnitt aufgeschlagen war. Auf dem Nachttisch lagen die Essais von Michel de Montaigne. Wenn diese Bücher nicht nur zu Dekorationszwecken gekauft worden waren, handelte es sich bei Alfred um einen ziemlich belesenen Mann.

»Wow«, sagte ich beeindruckt.

»Hast wohl gedacht, so ein alter Bauer in der niederbayerischen Pampa hat nicht viel mit Bildung am Hut oder wie?«, murmelte er, während er aus seinen Schuhen schlüpfte.

Ich drehte mich wieder zu ihm um.

»So was habe ich bestimmt nicht gedacht!«, stellte ich sofort klar. »Aber damit hätte ich tatsächlich nicht gerechnet«, gab ich zu und ging zu den Regalen, die vollgestopft waren mit Werken aus verschiedenen Epochen von Homer, Morus, Tolstoi, Cervantes, Defoe, Orwell und zahlreichen weiteren bekannten und – zumindest mir – unbekannten Schriftstellern. Daneben Atlanten, verschiedene Ausgaben der Bibel und zahlreiche Biografien.

Für jemanden wie mich, der gern las und gleichzeitig so knapp bei Kasse war, war das hier ein Paradies. Nicht nur wegen der Bücher. Es gab auch eine alte Musiktruhe mit Radio und Plattenspieler. In einem geöffneten Fach entdeckte ich Dutzende Schallplatten, die ich nur zu gern alle durchgesehen hätte. So ein klein wenig konnte ich nun auch nachvollziehen, warum er kein Internet brauchte.

»Eigentlich wollte ich Medizin studieren«, sagte Alfred da zu meiner Überraschung, und ich drehte mich zu ihm um.

»Wirklich?«

»Ja. Das Semester hatte gerade erst angefangen, da…« Er sprach nicht weiter. Doch natürlich hatte er mich jetzt neugierig gemacht, und ich wollte wissen, warum er sein Vorhaben aufgegeben hatte.

»Was war passiert?«, bohrte ich nach.

Er zögerte kurz, dann räusperte er sich. Offenbar hatte der Alkohol seine Zunge gelöst. Oder er erzählte es mir, weil ich morgen ohnehin verschwunden sein würde. Jedenfalls hatte ich das Gefühl, dass er noch nicht oft in seinem Leben darüber gesprochen hatte.

»Josef, mein älterer Bruder, war gerade zum zweiten Mal Vater geworden, da begann er, sich zu verändern. Er wurde launisch, verhielt sich unberechenbar und vernachlässigte die Arbeit am Hof. Es gab deswegen viel Streit. Nicht nur mit seiner Frau, sondern auch mit meinen Eltern, die nicht verstehen konnten, was in ihn gefahren war. Eines Tages regte er sich beim Abendessen ganz schrecklich auf, weil der Wurstsalat angeblich überhaupt nicht gewürzt war. Er packte die Schüssel und knallte sie an die Wand. Gleich darauf verdrehte er die Augen und brach einfach zusammen. Die Diagnose hat uns damals alle fast umgehauen: Gehirntumor. Er konnte zwar operiert werden, aber der Eingriff war riskant, und es gab Komplikationen. Meine Schwägerin hatte danach nicht nur zwei kleine Kinder zu versorgen, sondern auch einen Mann, den sie rund um die Uhr betreuen musste. Ich ließ das Studium sausen und arbeitete ab da auf dem Hof mit, bis ich ihn dann später ganz übernahm.«

Was für eine schlimme Geschichte, sie ging mir regelrecht unter die Haut.

»Vielleicht wäre ich sowieso kein guter Arzt geworden«, fügte er schließlich mit kratziger Stimme hinzu.

Es fiel mir schwer, Worte zu finden. Und doch hatte ich das Gefühl, dass ich irgendetwas sagen sollte.

»Ich weiß, wie es sich anfühlt, wenn sich das Leben plötzlich so schlagartig wendet«, sagte ich. »Man erledigt einfach wie ein Automat alles, was getan werden muss. Und es geht weiter. Irgendwie. Wenn auch ganz anders als geplant.«

Kurz schloss er die Augen und nickte. Dann sah er mich an. Erwartungsvoll. Doch er erkannte offensichtlich sehr schnell, dass ich jetzt nicht dazu bereit war, mehr zu erzählen, und wechselte abrupt das Thema.

»Gehst du eigentlich in die Kirche?«, fragte er.

»Kirche? Äh, ja. Ab und zu«, antwortete ich überrascht.

»Gut. Du kommst am besten gleich morgen mit, dann sehen dich die Hallinger, und du bist offiziell hier eingeführt.«

»Soll das heißen …?«, begann ich leise, konnte jedoch nicht weitersprechen. Ich traute mich kaum zu glauben, was er da implizierte und was das für mich und Tommi bedeuten würde.

Er räusperte sich.

»Genau«, sagte er mit fester Stimme. »Aber ich will irgendwann deine Geschichte hören«, sagte er.

»Okay«, versprach ich heiser.

»Und jetzt lass mich endlich schlafen!«, brummte er und strich sich fahrig über sein Kinn.

»Klar. Gute Nacht, Alfred«, sagte ich und verließ lächelnd das Zimmer.

Kapitel 10

Es war die erste Nacht seit Langem, in der ich mich nicht ewig hin und her wälzte, sondern einschlief, kaum dass mein Kopf auf dem Kissen lag und ich die Augen geschlossen hatte. Ob es an Alfreds Versprechen lag oder am Ouzo, konnte ich nicht sagen. Vermutlich an beidem. Und ich hätte vermutlich noch viel länger geschlafen, hätte mich Caruso nicht aus dem Schlaf gejault. Nicht zum ersten Mal, seit ich hier war. Das Tierchen hatte ein Organ, mit dem es vermutlich Tote wieder auferwecken konnte. Und der Platz vor meinem Fenster schien es Caruso besonders angetan zu haben.

»Blöder Kater«, murmelte ich, als ich mich verschlafen aufsetzte. Doch als mir einfiel, dass Alfred uns erlaubt hatte, endgültig hierzubleiben, lächelte ich. Hatte er das wirklich gesagt, oder hatte ich das vielleicht nur geträumt? Nein! Er hatte es definitiv gesagt. Aber würde er sich noch daran erinnern, wenn er wieder nüchtern war?

Ich warf einen Blick zu Tommi, der tief und fest neben mir schlummerte. Sanft strich ich ihm eine Locke aus dem Gesicht, die ihm übers Auge hing, und betrachtete ihn voller Liebe.

»Unsere größten Sorgen sind jetzt erst mal vorbei«, flüsterte ich. »Wir werden es uns hier so schön wie möglich machen, mein Kleiner.«

Ich stand auf und warf einen Blick auf unsere Reisetaschen, die ich heute wieder auspacken würde. Hoffentlich für lange Zeit zum letzten Mal.

Als ich in die Küche kam, saß Alfred mit einem großen Haferl Kaffee am Tisch.

»Guten Morgen, Alfred«, grüßte ich.

»Morgen.«

»Alles gut bei dir?«

»Passt schon«, meinte er, obwohl er ein wenig blass um die Nase aussah. Mich wunderte, dass er überhaupt schon auf war.

»Kaffee ist in der Kanne.«

»Danke.«

Ich holte eine Tasse aus dem Regal und schenkte aus der Thermoskanne ein.

Er sah auf seine Armbanduhr.

»Wir müssen in einer Stunde los, wenn wir nicht zu spät in die Kirche kommen wollen.«

Er hatte es also weder vergessen, noch machte er einen Rückzieher.

»Es ist dir also ernst? Tommi und ich können wirklich hierbleiben?«, fragte ich trotzdem sicherheitshalber.

»Könnt ihr. Brauchst du es noch schriftlich?«

»Am liebsten ja, aber dein Wort genügt mir.« Ich strahlte übers ganze Gesicht und hätte vor Glück am liebsten einen Freudentanz vollführt.

Er stand auf.

»Ich seh mal nach den Tieren.«

Als er schon an der Tür war, rief ich: »Alfred!«

Er drehte sich um.

»Danke!«

Er nickte nur.

»Darf ich dich noch um einen großen Gefallen bitten?« Es fiel mir schwer, ihn zu fragen, weil er ohnehin schon so viel für mich und Tommi tat, indem er uns hier wohnen ließ.

»Was?«

»Ich muss noch unsere restlichen Sachen aus München holen. Es ist nicht allzu viel. Die Möbel bleiben dort. Aber mit dem Zug wäre es ziemlich umständlich. Könntest du mir das…«

»Du weißt, wo der Autoschlüssel liegt«, unterbrach er mich und ging hinaus.

»Danke!«, rief ich ihm hinterher. Von seiner Redseligkeit gestern war nicht viel übrig geblieben. Vielleicht hatte er aber auch nur einen dicken Kater? Ich zuckte mit den Schultern und lächelte. Hauptsache, er änderte seine Meinung nicht mehr.

Obwohl ich die besten Absichten hatte, schafften wir es nicht rechtzeitig in die Kirche. Eigentlich schafften wir es noch nicht einmal, zu spät zu kommen. Wir fuhren nämlich erst gar nicht los. Und das lag an Tommi. Und an Herakles. Und womöglich auch ein klein wenig an mir.

Mein Sohn war überglücklich, als er erfuhr, dass wir nun doch hierbleiben würden. Am liebsten wäre er sofort zu den Tieren gelaufen, um ihnen die gute Nachricht zu erzählen.

»Du spielst, bis ich geduscht habe, dann gehen wir zusammen raus«, bestimmte ich, weil ich ihn nicht so lange unbeaufsichtigt draußen lassen wollte.

Als ich zwanzig Minuten später im Bademantel in die Wohnstube kam, war von meinem Sohn nichts zu sehen. Mein erster Reflex war es hinauszulaufen, um ihn zu suchen. Doch dann atmete ich tief durch. Sicher war er wieder mit Alfred unterwegs. Wenn ich jetzt schon wieder als die überbesorgte Mutter daherkommen würde, überlegte er es sich womöglich doch noch mal anders. Also schlüpfte ich in das einzige Kleid, das ich eingepackt hatte, um in der Kirche bei den Hallingern einen guten Eindruck zu machen, und ging dann hinaus in den Hof.

»Tommi? Alfred?! Kommt ihr? Wir müssen bald los!«

»Bin gleich da!«

Überrascht sah ich nach oben, wo Alfred aus dem Fenster schaute und mir zunickte.

»Ist Tommi bei dir?«

»Nein.«

»Nicht? Aber wo ist er denn dann?«, fragte ich und versuchte, ruhig zu bleiben.

»Sicher bei den Wachteln«, sagte Alfred und verschwand ins Zimmer.

Eilig ging ich zur Voliere, nur um festzustellen, dass Tommi nicht dort war. Ich sah mich um.

»Tommi?«

»Jaha!«, hörte ich ihn von Weitem rufen. Erleichtert atmete ich auf. Es war wirklich unnötig, mir ständig Sorgen um ihn zu machen. Alfred hatte recht. Wenn wir auf Dauer hier leben wollten, dann musste ich dringend ein wenig entspannter werden, auch wenn mir das sicherlich nicht immer leichtfallen würde.

»Kommst du? Wir fahren zur Kirche«, rief ich in die Richtung, aus der ich seine Stimme gehört hatte.

»Glei-heich!«

Ich war schon wieder unterwegs zum Haus, um meine

Handtasche zu holen, als ich kurz stehen blieb. Irgendwas hatte mich stutzig gemacht. Mein Bauchgefühl sagte mir, dass es vielleicht doch besser wäre nachzusehen, was Tommi gerade trieb. Ich ging um den alten Stall herum in Richtung Weide. Bei dem Bild, das sich mir nun bot, stockte mir der Atem. Tommi stand auf einem umgedrehten Eimer und war gerade dabei, auf den Rücken des Esels zu klettern. Mein erster Impuls war es, laut den Namen meines Sohnes zu rufen. Doch ich verkniff es mir, ich wollte die beiden ja nicht erschrecken. Herakles hielt erstaunlich still. Doch als Tommi es endlich auf den Rücken des Esels geschafft hatte, machte der erschrocken ein paar Schritte rückwärts.

»Nicht so schnell, Hirakel«, protestierte Tommi ängstlich. Er krallte sich in der kurzen Mähne des Esels fest, der glücklicherweise wieder stehen geblieben war.

Mit wild klopfendem Herzen bewegte ich mich auf die beiden zu. Schnell, aber nicht hektisch, damit sie nicht erschraken. Als Tommi mich entdeckte, strahlte er übers ganze Gesicht.

»Schau, Mami, ich kann reiten.«

»Schön … Halt dich nur gut fest, ja?«, sagte ich ruhig. Nur noch wenige Schritte, dann wäre ich bei den beiden.

Offenbar fasste Tommi meine Worte als wohlwollende Zustimmung auf.

»Hü, Hirakel!«, rief er jetzt, und der Esel setzte sich tatsächlich wieder in Bewegung.

»Oh nein, nein«, murmelte ich und eilte den beiden hinterher, mit der Angst im Nacken, dass das Tier losrennen, Tommi runterfallen und sich dabei verletzen könnte. Doch mein Junge lachte nur vor Freude und trieb den Esel weiter an.

Ich wurde immer schneller, was gar nicht so einfach war, weil meine Absätze ständig im weichen Boden versanken.

Schließlich holte ich die beiden ein. Doch ich hatte keine Ahnung, wie ich das Tier bremsen sollte. Herakles war ja kein Hund, der auf Kommandos hörte.

Ich musste Tommi packen und ihn vom Esel ziehen.

»Tommi, wenn ich dich festhalte, musst du Herakles loslassen«, rief ich, während ich neben den beiden herlief.

»Aber ich will noch reiten. Es macht so Spaß.«

»Ein anderes Mal wieder«, keuchte ich, weil ich jetzt keine Diskussion darüber anfangen wollte, dass es in Zukunft strengstens verboten sein würde, noch einmal auf den Rücken des Tieres zu steigen.

Ich packte also meinen Sohn, doch er hielt sich eisern am Esel fest.

»Lass los!«

»Nur noch ein bisschen!«

Langsam ging mir die Puste aus.

»Ich hab gesagt ...«, begann ich. Genau in dem Moment blieb der Esel abrupt stehen. Darauf war ich nicht gefasst. Ich hielt Tommi weiterhin fest, stolperte, verlor das Gleichgewicht und zog meinen Sohn im Fallen vom Esel, so dass wir beide in der Wiese landeten.

»Ist dir was passiert, Tommi?«, fragte ich besorgt, während ich mich hochrappelte.

»Nein. Mir tut nichts weh«, sagte er und war schon wieder beim Esel, der in aller Seelenruhe fraß. Offensichtlich hatte er seine Magenprobleme inzwischen überwunden.

Ich wischte mir Grashalme und Erde vom Kleid und bemerkte, dass mein linkes Knie aufgeschrammt war und leicht blutete. In dem Moment, als ich die Wunde sah, begann sie auch schon zu brennen. Aber Tommi war nichts passiert, und das war das Wichtigste.

»Komm jetzt!«, rief ich und legte sämtliche Strenge, die ich aufbrachte, in meine Stimme. »Und wenn du es noch einmal wagst, dich auf den Esel zu setzen, dann wirst du ein gewaltiges Donnerwetter erleben«, ließ ich Dampf ab.

»Aber Mami…«

»Nichts aber Mami.«

Ich war jetzt richtig wütend und griff nach seiner Hand. Als ich mich umdrehte, entdeckte ich Alfred, der mit verschränkten Armen ein paar Meter entfernt stand und uns beobachtete. Er war kaum wiederzuerkennen in seinem feschen Trachtenanzug mit dazu passendem Hut.

»Ich habe alles unter Kontrolle«, sagte ich schnell.

Ich befand mich in einer Zwickmühle. Einerseits wollte ich nicht, dass er mich für eine überängstliche Glucke hielt, andererseits war die Situation eben tatsächlich gefährlich gewesen und durfte sich nicht wiederholen. Außerdem wusste ich nicht, was Alfred davon hielt, dass Tommi auf dem Esel geritten war.

»Alfred!«, rief mein Sohn. »Ich bin auf Hirakel geritten.«

»Herakles heißt der Esel, und ich hab's gesehen«, bemerkte Alfred.

Er stand wohl schon länger da.

»Das wird nicht wieder vorkommen«, sagte ich.

»Bist du dir da sicher?«

»Ja! Du kannst dich darauf verlassen«, versprach ich, obwohl ich mir natürlich überhaupt nicht sicher war. Dass ich es Tommi verbot, bedeutete noch lange nicht, dass mein Sohn sich auch daran halten würde.

»Ich hab noch nie eine Frau in solchen Schuhen so schnell über eine Weide laufen sehen«, sagte Alfred mit einem Blick auf meine völlig verdreckten Pumps und lachte mit einem Mal lauthals los.

Doch es war kein schadenfrohes oder böses Lachen, sondern eines, das tief aus dem Bauch zu kommen schien. Und es war ansteckend. Zuerst fiel Tommi in sein Lachen ein und schließlich auch ich.

Als wir uns wieder beruhigt hatten, sah Alfred mich und Tommi kopfschüttelnd an.

»Da hab ich mir was aufgehalst mit euch beiden«, brummte er, jedoch nicht unfreundlich.

»Tut mir leid«, sagte ich, nun doch ein wenig zerknirscht. Erst jetzt wurde mir so richtig bewusst, wie sehr sich Alfreds Leben durch unsere Anwesenheit ändern würde.

»Tommi ist ein kleiner Junge, Romy. Und Kinder machen so was. Sie probieren alles Mögliche aus. Das ist völlig normal. Daran musst du dich gewöhnen. In seinem Alter hab ich sogar mal versucht, auf Xaverl zu reiten.«

»Xaverl?«

»Das war unser Stier.«

»Ein Stier? Und wie ging das aus?«

»Wie du siehst, hab ich es überlebt.«

Ich schluckte. Daran mochte ich noch nicht einmal denken! Glücklicherweise gab es keine Rinder mehr auf dem Hof, so dass mein Sohn erst gar nicht in Versuchung kommen würde.

»Du bekommst jetzt ein Pflaster und solltest dich umziehen.« Er sah auf mein aufgeschrammtes Knie.

»Wir müssen doch los, sonst kommen wir zu spät zur Kirche«, bemerkte ich.

Er warf einen Blick auf seine Armbanduhr.

»Pünktlich schaffen wir es sowieso nicht mehr. Das verschieben wir besser auf nächste Woche.«

»Tut mir leid.«

»Himmeldonnerwetter«, polterte er los. »Jetzt entschuldige dich doch nicht andauernd!«

»Entsch…«

Ich bemerkte es gerade noch rechtzeitig und musste plötzlich grinsen.

»Dann werde ich mich eben nicht entschuldigen«, sagte ich.

»Gut.«

Während wir in Richtung Haus gingen, spürte ich, dass mein Knie immer stärker brannte.

»Hast du zufällig ein Desinfektionsmittel hier?«, fragte ich.

»Für dein Knie?«

Ich nickte. Sicher war ein wenig Dreck in die Wunde gekommen, und ich wollte nicht riskieren, dass sie sich entzündete.

»Nein. Aber in der Speis hab ich einen Kirschgeist, der ist genauso gut.«

Bis wir zurück im Haus waren, ich meine Wunde sorgfältig ausgewaschen und mit dem Schnaps desinfiziert hatte, war es tatsächlich so spät geworden, dass wir nur noch die Kommunion in der Kirche mitbekommen hätten. Falls überhaupt.

»Wie wär's mit einem Kaffee?«, fragte ich Alfred.

»Gern!«

Eigentlich hatte ich erst am Montagmorgen nach München fahren wollen, um meine restlichen Sachen zu holen. Doch während ich Kaffee aufbrühte, ging mir durch den Kopf, dass heute auf den Straßen vermutlich viel weniger los sein würde.

Ich fragte Alfred, ob er den Wagen heute noch brauchte, und als er es verneinte, rief ich meinen Vermieter an und informierte ihn darüber, dass ich auszog. In seiner Freude, dass er mich endlich ohne weitere Komplikationen loswurde, war er besser gelaunt als sonst und ließ sich darauf ein, die Möbel, meine Waschmaschine und das Geschirr als Ausgleich für die noch ausstehenden Mieten zu behalten.

»Soll ich mitkommen und helfen?«, bot Alfred an.

»Das ist nett, Alfred, aber nicht nötig.«

»Wenn du den Jungen lieber hierlassen möchtest, ich kann aufpassen.«

Ich überlegte kurz, doch dann schüttelte ich den Kopf.

»Danke, aber ich glaube, es ist besser, wenn er die Wohnung noch ein letztes Mal sieht«, sagte ich.

Wir kamen kurz nach Mittag in München an, und ich machte mich sofort an die Arbeit. *Mit wenig Geld auskommen zu müssen, hat auch was Gutes*, dachte ich, als ich das Regal in unserem kleinen Wohnzimmer leerräumte. Trotzdem hatte sich in den letzten Jahren mehr angesammelt, als ich vermutet hatte.

Sachen, die ich nicht mehr mitnehmen und Kleidungsstücke, die ich ohnehin aussortieren wollte, packte ich in Kartons und brachte sie zu meiner Nachbarin Hedwig, die sie auf dem Flohmarkt für einen guten Zweck verkaufen würde. Zum Dank half sie mir am Nachmittag spontan noch drei Stunden beim Ausräumen und Saubermachen. Ohne sie hätte ich es wohl an diesem Tag gar nicht mehr geschafft. Da der Vermieter nicht nur die Möbel, sondern auch das Geschirr übernehmen wollte, war ich auch in der Küche relativ schnell fertig. Ich nahm nur unsere Lieblingstassen als Erinnerungsstücke mit. Die Lebensmittelvorräte überließ ich ebenfalls meiner Nachbarin.

»Alles Gute, Romy!«, sagte Hedwig, als sie mich zum Abschied umarmte. »Und meld dich mal und erzähl, wie es euch geht.«

»Klar, mache ich«, versprach ich und bedankte mich noch mal für ihre Hilfe.

»Sind wir dann auch ganz weg von hier?«, fragte Tommi etwas später, als ich auf dem Boden kniete und den letzten Fotorahmen in Zeitungspapier wickelte. »So wie Ina und ihre Mama?«

Sein Blick verriet mir, dass er nun, wo es ernst wurde, nicht so genau wusste, was er davon halten sollte. Schließlich war die kleine Zweizimmerwohnung das einzige Zuhause, das er bisher gekannt hatte.

»Ja. Aber ich glaube, dass es uns bei Alfred auf dem Bauernhof gut gehen wird. Meinst du nicht?«

Er schien einen Moment zu überlegen. Dann nickte er.

»Hmm.«

Und dann kam er zu mir und schlang seine Arme um meinen Hals. Er sagte nichts, sondern drückte mich nur ganz fest.

Mein kleiner Engel. Er war das Kostbarste, was ich hatte. Das wurde mir in diesem Moment wieder einmal mehr bewusst.

Als ich endlich alles zusammengepackt und ins Auto gebracht hatte, war der Wagen voll bis oben hin. Auf der Rückbank war gerade noch Platz für Tommi. Ich fegte im Schnelldurchgang die Zimmer, damit ich die Wohnung besenrein übergeben konnte. Der Vermieter verspätete sich um eine halbe Stunde, doch ich nutzte die Zeit und verabschiedete mich von weiteren Nachbarn im Haus, mit denen wir Kontakt gehabt hatten. Meine übrigen Freunde und engere Bekannte würde ich in den nächsten Tagen anrufen oder ihnen schreiben und sie über meinen Umzug informieren. Außerdem waren wir ja nicht aus der Welt.

»Soweit ich sehe, ist alles in Ordnung«, sagte der Vermieter, nachdem er die Wohnung gründlich inspiziert und ich ihm die Schlüssel gegeben hatte. »Und mit den Möbeln und Geräten, die Sie hierlassen, und der Kaution sind Ihre Mietschulden komplett abgegolten. Die abschließende Nebenkostenabrechnung bekommen Sie dann später noch per Mail.«

»Danke.«

Da wir mit dem Auszug von Teresa den Internet- und Telefonanschluss, der auf sie gelaufen war, bereits gekündigt hatten, musste ich nur noch für die restliche Vertragslaufzeit die monatlichen Gebühren tragen.

»Das war es dann wohl, Frau Bronner.«

Er streckte mir die Hand entgegen und schüttelte sie.

»Macht es Ihnen was aus, mir die Post nachzuschicken, falls in den nächsten Tagen noch was kommt?«, bat ich ihn, und als er zusagte, gab ich ihm meine neue Adresse.

Es war schon längst dunkel geworden, als wir endlich ins Auto stiegen. Bevor ich den Zündschlüssel umdrehte, atmete ich tief durch. Innerhalb eines Tages hatte ich tatsächlich meine Wohnung in München aufgegeben und geräumt und würde jetzt einen Neuanfang auf dem Land wagen. Und ich hatte ein gutes Gefühl, dass das die richtige Entscheidung war.

»Na dann, ab nach Halling – in unser neues Zuhause«, sagte ich zu Tommi, und dann fuhren wir los.

Tommi schlief tief und fest, als wir in Halling ankamen. Alfred war wach geblieben, und während ich das schlafende Kind nach oben brachte, trug er schon die ersten Sachen ins Haus.

Es war weit nach Mitternacht, als wir den letzten Karton in

den Flur stellten. Ich würde in den nächsten Tagen alles ausräumen.

»Danke«, sagte ich zu Alfred.

»Schon gut.«

»Sag mal, Alfred«, begann ich, »warum hast du es dir doch
noch mal anders überlegt?«

Die Frage hatte mich während der Rückfahrt beschäftigt.

»Ist es dir sehr wichtig, das zu erfahren?«, wollte er wissen.

»Irgendwie schon, ja.«

»Eine ehrliche Antwort?«

»Ja klar.«

»Na gut«, sagte er. »Ich habe keine Ahnung, warum.«

Ich sah ihn verblüfft an.

»Dein Ernst?«

Er nickte.

»Es ist nur so ...« Er zögerte weiterzusprechen.

»Was?«

»Es fühlt sich ... na ja, richtig an, dass du und Tommi hier-
bleibt.«

Ich spürte, wie ich eine Gänsehaut bekam. Genau so emp-
fand ich es auch. Und vermutlich war das der bestmögliche
Grund, hier zu sein.

Kapitel 11

Gleich am nächsten Tag hatte ich jede Menge zu erledigen. Zuerst stellte ich am Postschalter einen Nachsendeantrag, und dann meldete ich Tommi und mich im Bürgerbüro an. Als der junge Verwaltungsangestellte mitbekam, dass ich alleinerziehend war, wollte er eine unterschriebene Vollmacht des Vaters haben.

»Es gibt keinen Vater«, sagte ich leise und war froh, dass Tommi mit meinem Handy abgelenkt war, das ich ihm in die Hand gedrückt hatte.

»Ist er verstorben?«

»Das hoffe ich doch nicht!«

»Wieso? Wissen Sie das denn nicht?«, fragte er erstaunt.

Ich griff zu einer altbewährten Notlüge.

»Hören Sie, es ist mir schrecklich peinlich, wenn ich das sage, aber ich habe leider keine Ahnung, wer der Vater ist.« Meine Stimme war inzwischen fast nur noch ein Flüstern.

Der Mann riss die Augen auf und rutschte in seinem Stuhl nach vorne, während ich meine Geschichte weiterspann.

»Auf dieser Party von dem Freund der Cousine meiner Freundin ... na ja, ich hatte jedenfalls ein wenig zu viel getrunken, und da war dann dieser Kerl, er war wirklich nett, und ich… ich weiß nur noch, dass es eine unglaubliche Nacht war. Aber am nächsten Tag war er weg, und ich habe ihn danach nie mehr wiedergesehen.«

»Ach …« Mehr sagte er nicht, doch sein Blick sprach Bände. Genau darauf hatte ich spekuliert.

»Vielleicht ist Ihnen so was im Strudel der Leidenschaft ja auch schon mal passiert?«

Ich sah, wie er zart errötete.

»Na ja, es gab da ausnahmsweise schon mal so eine Situation…« Auch seine Stimme war jetzt nur noch ein Flüstern. »… im Urlaub auf Mallorca. Sie hieß Jane und kam aus Liverpool. Wir haben ziemlich wild gefeiert… am Strand… und plötzlich war sie weg.«

»Und Sie sind sich ganz sicher, dass diese Nacht keine… äh Früchte getragen hat?«

Er brachte nur ein leichtes Kopfschütteln zustande.

»Falls doch, hat das Baby hoffentlich Ihre Augen geerbt«, sagte ich, denn sie funkelten tatsächlich in einem besonders schönen dunklen Blau.

Er schluckte. Und in diesem Moment tat er mir fast ein wenig leid.

»Aber vermutlich ist es gar nicht so weit gekommen«, versuchte ich ihn aufzumuntern. »Bestimmt war diese Jane nicht so leichtsinnig wie ich und hat die Pille genommen.«

»Bestimmt«, murmelte er.

»Aber falls sie doch ein Kind hat, dann muss sie sich jetzt bestimmt genau wie ich auch mit solchen Fragen herumschlagen.«

»Hm.«

»Ich kümmere mich ganz alleine um meinen Sohn. Es gibt doch deswegen keine Probleme mit der Anmeldung hier in Halling, oder?«

»Aber nein«, sagte er schnell. »Wir können den Mann ja nicht für eine Unterschrift aus dem Hut zaubern, nicht wahr?«, versuchte er zu scherzen.

Ich lachte höflich.

»Eher nicht«, bestätigte ich. *Gott sei Dank*, dachte ich.

»Machen Sie sich keine Sorgen. Das kriegen wir schon alles hin. Geben Sie mir doch mal Ihren Ausweis.«

Na bitte! Ging doch!

Ich schob ihm gerade meine Papiere hin, als aus einer zweiten Tür eine Frau hereingeschneit kam. Sie war nicht mehr die Jüngste, ich schätzte sie etwa auf Mitte bis Ende sechzig. Das natürliche Grau ihrer schicken Bobfrisur war an manchen Stellen schwarz meliert und unterstrich ihr immer noch attraktives Gesicht sehr vorteilhaft. Sie trug ein Dirndlkleid, in dem sie eine überaus fesche Figur machte.

»Hier, Erik.«

Sie reichte ihm einen Ordner.

»Der muss heute noch ins Landratsamt«, sagte sie. Dann nickte sie mir und Tommi zu.

»Bekommen wir etwa neue Mitbürger?«, wollte sie wissen.

»Ganz genau«, sagte der Verwaltungsangestellte.

Sie streckte mir die Hand entgegen.

»Das freut mich aber mal. Leider ziehen die jungen Leute eher weg. Ich bin übrigens die hiesige Bürgermeisterin. Willkommen bei uns in Halling.«

»Guten Tag«, sagte ich und schüttelte ihre Hand. Ich freute mich über die herzliche Begrüßung. »Mein Name ist Romy Bronner.«

»Hallo, ich bin der Tommi!«, meldete sich mein Sohn zu Wort, der neugierig geworden war und nicht länger mit meinem Handy spielte.

»Du bist aber mal ein höflicher Junge, Tommi.«

Sie gab ihm ebenfalls die Hand. »Auch du bist natürlich herzlich willkommen in Halling!«

Er kicherte.

»Na, dann wünsche ich Ihnen beiden, dass Sie sich hier bei uns wohlfühlen. Wo sind Sie denn hingezogen?«

»Auf den Holler-Hof«, antwortete ich.

»Zu Alfred?« Sie sah mich ungläubig an.

»Ja.«

»Das ist aber mal … erstaunlich.«

»Eine längere Geschichte«, sagte ich lächelnd.

»Die würde ich mir bei Gelegenheit aber mal gerne anhören«, meinte sie.

Mir fiel auf, wie oft sie in der kurzen Zeit schon »aber mal« gesagt hatte. Das schienen besonders beliebte Wörter bei ihr zu sein.

»Sind Sie mit Alfred verwandt?«

»Nein. Ich helfe ihm nur ein wenig bei der Arbeit auf dem Hof.«

»Sie arbeiten also dort?«

War ich hier bei einem Verhör? Inzwischen war ihr Blick auch gar nicht mehr so freundlich wie am Anfang.

»So kann man das nicht sagen«, stammelte ich, und plötzlich schoss mir ein Gedanke durch den Kopf. Sie dachte wohl nicht etwa, dass ich bei Alfred schwarz arbeitete?

»Eigentlich bin ich gerade auf der Suche nach einem Job«, sagte ich deswegen schnell. »Darum möchte ich mich gleich in den nächsten Tagen kümmern.«

»Soso. Dann wollen wir aber mal hoffen, dass Sie bald was finden.«

»Danke. Das hoffe ich aber mal auch.« Es war mir einfach

so herausgerutscht. Doch falls ihr aufgefallen war, dass ich sie nachgeäfft hatte, ließ sie es sich nicht anmerken.

»Frau Dinkel, Sie müssen los zum Termin in die Grundschule«, sagte Erik.

»Natürlich. Auf Wiedersehen.«

»Wiedersehen«, sagten Tommi und ich unisono.

Sie nickte uns noch mal zu und rauschte hinaus.

Nachdem wir alles erledigt hatten, gingen wir zum Kindergarten, und ich war verblüfft, dass wir tatsächlich Glück hatten.

»Er kann wirklich morgen schon kommen?«, fragte ich ein wenig ungläubig.

»Ja. In der Nachmittagsgruppe gibt es noch ein paar freie Plätze«, bestätigte mir die blonde Erzieherin, die sich mit dem Namen Liz vorgestellt hatte.

Eigentlich hatte ich mit einer längeren Wartezeit gerechnet. Da Tommi ohnehin ein Langschläfer war, passte das wunderbar für uns. Sicherheitshalber ließ ich ihn auch gleich auf die Warteliste für einen Ganztagsplatz setzen, da ich nicht wusste, was sich beruflich bei mir tun würde. Allerdings machte die Erzieherin mir wenig Hoffnung, dass das noch in diesem Jahr klappen würde.

»Aber man weiß ja nie«, fügte sie hinzu. »Manchmal ändert sich das auch ganz schnell. In so einem Fall versuchen wir, den Kindern den Vorzug zu geben, deren Eltern am dringendsten darauf angewiesen sind, das Kind in eine Ganztagsbetreuung zu geben.«

»Mir wäre wirklich sehr damit geholfen«, betonte ich.

»Verstehe. Alleinerziehende berücksichtigen wir da natürlich besonders.«

Das bedeutete, dass die Chancen für mich nicht allzu

schlecht standen, einen der begehrten Ganztagesplätze für Tommi zu ergattern.

Als wir den großen Garten mit den zahlreichen Spielgeräten besichtigten, entdeckte Tommi Helgas Tochter Lexi, die ihn auch sofort wiedererkannte.

»Darf ich mit Lexi spielen«, bat er und sah mich mit großen Augen an. »Bitte, Mami.«

»Das geht nicht, Tommi. Das hier ist eine andere Gruppe«, erklärte ich ausweichend und warf einen Blick zur Erzieherin.

»Ach was. Die Anmeldeformalitäten sind erledigt«, sagte die sympathische Frau. »Und da heute Vormittag ein paar Kinder fehlen, kann er ausnahmsweise jetzt schon bleiben, Frau Bronner.«

»Wirklich? Aber er hat gar nichts dabei.«

»Das ist gar kein Problem. Zu essen und trinken haben wir immer ausreichend auf Vorrat, und sonst braucht er ja nichts.« Sie lächelte.

»Ja wenn Sie wirklich meinen. Meine Handynummer haben Sie ja.«

»Genau. Sollte irgendetwas sein, melden wir uns natürlich.«

»Na gut.«

Und so gab ich meinem Sohn einen Kuss und ermahnte ihn, brav zu sein und auf die Erzieherin zu hören. Kurz darauf verließ ich den Kindergarten. Ich machte mir keine Sorgen, dass es Tommi nicht gefallen könnte. So lange Kinder um ihn herum waren, ging es ihm immer gut. Ich hoffte nur, dass er nichts anstellen würde. Aber die Erzieherin würde sicher gut aufpassen. Also sollte ich die Zeit nutzen und mir nicht zu viele Gedanken machen.

Ich beschloss, zum Mittagessen Weißwürste zu machen, weil es inzwischen schon zu spät geworden war, um aufwendig zu kochen. Als ich die Metzgerei betrat, legte die Bedienung des Brunnenwirts gerade ihren Einkauf in ihren Korb.

»Ach! Das ist ja ein Zufall«, sagte sie erfreut, als sie mich erkannte. »Sie wollte ich heute anrufen.«

»Ach ja?«

»Kommenden Samstag findet eine Hochzeit beim Brunnenwirt statt, und eine der Bedienungen hat sich gestern das Bein gebrochen und fällt leider aus. Haben Sie vielleicht Zeit einzuspringen?«

Ich hatte nicht damit gerechnet, dass sie mich so schnell auf einen Job ansprechen würde. Aber ich freute mich.

»Ab wann denn?«, fragte ich.

»Es reicht, wenn Sie gegen sechzehn Uhr da sind.« Die Verkäuferin reichte ihr das Wechselgeld, das sie in ihre Geldbörse packte.

Es wäre großartig, wenn ich hier am Ort eine Halbtagsstelle finden könnte, am besten nachmittags, wenn Tommi im Kindergarten war, und dieser Aushilfsjob war vielleicht meine Eintrittskarte in eine Festanstellung. Deshalb verschwieg ich auch, dass ich erst Alfred fragen musste, ob er an diesem Tag auf Tommi aufpassen konnte.

»Ich werde da sein«, versprach ich freudig. Irgendwie musste ich das hinkriegen.

»Super. Es ist nicht schwierig, weil die Gäste an diesem Tag pauschal abgerechnet werden. Sie melden sich einfach bei Stefan Wimmer. Das ist der Wirt. Der weiß schon Bescheid und erklärt Ihnen, wie es läuft.«

»Sind Sie denn nicht da?«, fragte ich überrascht.

»Doch. Aber ich werde nicht arbeiten.«

Ich sah sie etwas verwundert an.

»Ich bin die Braut«, erklärte sie, und ihre Augen funkelten vergnügt.

»Ach, das ist ja toll«, sagte ich etwas perplex.

»Find ich auch. Und jetzt muss ich auch schon los ... Es gibt noch so viel zu tun. Bis Samstag dann.«

»Bis Samstag!«

»Tschüss, Romy.«

Im Gegensatz zu mir hatte sie sich doch tatsächlich meinen Namen gemerkt.

»Wiedersehen, Gabi«, grüßte die Verkäuferin, und so wusste auch ich wieder, wie die Bedienung hieß.

»Und was darf's bei Ihnen sein?«

»Drei Paar Weißwürste bitte«, sagte ich. »Und noch einen großen Kranz Lyoner.«

Als ich etwas später zum Hof zurückfuhr, drehte ich die Musik im Radio laut auf und sang mit. Ich hatte allen Grund, glücklich zu sein. Wir hatten eine schöne neue Bleibe gefunden, Tommi hatte unerwartet schnell einen Kindergartenplatz bekommen und ich zumindest schon mal einen Aushilfsjob ergattert. Und wenn ich Glück hatte, würde vielleicht mehr daraus werden. Genau vor einer Woche war ich von München nach Passau gefahren, in der Hoffnung, hier in Niederbayern eine Stelle zu finden. Das mit dem ursprünglichen Job in Passau hatte zwar nicht geklappt, dafür war ich in dem beschaulichen Ort Halling gelandet. Und schon jetzt war mir alles so vertraut, als ob ich bereits viel länger hier leben würde. Ich fühlte mich wohl auf dem Land, und auch Tommi gefiel es. Alles lief plötzlich so reibungslos wie schon lange nicht mehr in meinem Leben. Bei diesem Gedanken spürte ich schlagartig ein unangenehmes Kribbeln im Bauch. Freue dich nicht zu sehr, sagte eine Stimme in meinem Kopf. Sonst passiert bald wieder irgendetwas. So war es bisher jedes Mal gewesen. Denn eines hatte ich in meinem Leben gelernt: Glück hat seinen Preis. Immer.

Deswegen war es vielleicht auch gar nicht verkehrt, dass doch nicht alles ganz so glattlief. Denn obwohl ich Teresa noch eine weitere Nachricht geschrieben hatte, war bisher nichts von ihr zurückgekommen. War meine Freundin tatsächlich dermaßen eingeschnappt, dass sie sich jetzt gar nicht mehr melden wollte, nur weil ich ihre Bitte abgeschlagen hatte? Ich schwankte zwischen Sorge und Ärger. Immerhin war es ja durchaus möglich, dass es andere Gründe gab, weshalb sie sich nicht bei mir meldete.

Bevor ich Tommi am Nachmittag wieder vom Kindergarten abholte, rief ich bei ihr an. Doch es war nicht Teresa, die sich meldete.

»Romy!«, rief Ina begeistert ins Telefon. »Kommst du uns bald besuchen mit Tommi?!«

Ich schluckte, als ich die Stimme des Mädchens hörte, das mir in den letzten vier Jahren fast wie eine Tochter ans Herz gewachsen war.

»Ina! Ich weiß noch nicht, wann, aber ich hoffe doch, dass wir uns bald wiedersehen. Geht es dir denn gut, mein Spätzchen?«

»Manchmal schon und manchmal nicht«, antwortete sie salomonisch mit ihrer ungewöhnlich dunklen Stimme.

»Hast du schon Freunde im neuen Kindergarten gefunden?«

»Hmm. Ein paar. Aber ein Mädchen ist manchmal auch ein bisschen doof.«

»Das ist manchmal so mit Freundinnen«, sagte ich. *Apropos*

Freundinnen. »Sag mal, gibst du mir mal deine Mama?«, bat ich sie.

»Ja, warte… Mama!«, schrie sie, und dann sagte sie: »Hab dich lieb, Romy. Tschüss.«

»Ich dich …«, begann ich, doch da war Teresa schon am Apparat.

»Hi, Romy«, sagte meine Freundin, und ihre Stimme klang etwas kühl. Zumindest bildete ich mir das ein.

»Du weißt schon, dass ich mir Sorgen um dich gemacht habe«, sagte ich. »Wieso meldest du dich nicht?«

»Ich hatte ziemlich viel um die Ohren mit der ganzen Organisation für die Hochzeit. Du glaubst ja nicht, an was man alles denken muss. Alle Termine koordinieren. Das Essen. Und stell dir vor: Die meisten Brautmodengeschäfte haben teilweise ein paar Wochen Wartezeit, bis man überhaupt einen Termin für die Beratung bekommt. Das ist ja alles viel zu spät. Morgen fahr ich zu einem Geschäft, bei dem ich wenigstens keinen Termin brauche. Aber ich weiß gar nicht, ob das alles noch rechtzeitig klappt. Am Ende stehe ich ohne Brautkleid da«, redete sie ohne Punkt und Komma drauflos.

»Unsinn. Du wirst bei deiner Hochzeit das allerschönste Kleid tragen.«

»Das hoffe ich doch. Aber das Kleid allein ist es ja nicht. Einen Tanzlehrer zu finden, der an einem Wochenende Zeit für Einzelunterricht hat und auch noch erschwinglich ist, ist so gut wie unmöglich. Unter der Woche schaffen Leander und ich es abends einfach nicht. Keine Ahnung, wie wir das noch hinkriegen sollen.«

Hier war er wieder, der vorwurfsvolle Unterton.

»Wenn du dich mal bei mir zurückgemeldet hättest, dann …«, begann ich.

»Dann was?«, unterbrach sie mich. »Du willst uns ja nicht unterrichten!«

»Doch«, antwortete ich, und danach war es ein paar Sekunden still in der Leitung.

»Wirklich?«, fragte sie ungläubig.

»Wirklich«, bestätigte ich.

»Das … das wäre ja toll, Romy!«, rief Teresa begeistert.

»Freu dich nicht zu früh. Ich kann als Lehrerin ganz schön streng sein«, bemerkte ich. Dabei wusste ich gar nicht, ob ich das überhaupt noch richtig konnte – Tanzunterricht geben. Zu lange war es her, dass ich zum letzten Mal in meine Tanzschuhe geschlüpft war. Doch meiner Freundin und ihrem zukünftigen Mann die Grundkenntnisse beizubringen, das sollte ich hoffentlich noch hinbekommen.

»Überleg dir, wann es bei euch am besten passt, und sag mir Bescheid.«

»Du bist einfach die Beste!«, rief Teresa glücklich ins Telefon. »Ich danke dir! Wirklich. Ich weiß, wie viel Überwindung dich das kostet.«

»Schon gut. Es wird …«

»Du, es tut mir leid, dass ich dich jetzt abwürgen muss, aber meine zukünftige Schwiegermutter kommt gleich und will mit mir in eine Konditorei gehen. Wegen der Hochzeitstorte.«

»Suchst du die denn nicht mit Leander aus?«

»Nein. Der hat irgendeinen wichtigen Termin reinbekommen. Jetzt geht das Schwiegertier mit.«

Ich lachte.

»Ist sie denn so schlimm?«

»Eher übermotiviert, würde ich sagen.«

»Du Arme. Aber ich muss auch gleich los und Tommi vom Kindergarten abholen.«

»Du hast schon einen Platz?« Sie klang ziemlich überrascht.

»Ja. Ich erzähl dir bald alles ganz ausführlich. Mach's gut und gib Ina ein Küsschen von mir.«

»Mach ich. Und du Tommi.«

»Klar. Servus.«

Ich legte auf und spürte, wie schnell mein Herz klopfte. Ich hatte tatsächlich zugesagt. Die Vorstellung, nach all den Jahren wieder Tanzstunden zu geben, machte mir Angst, aber damit würde ich gewissermaßen den Preis dafür zahlen, dass es auf der anderen Seite momentan so gut für mich und Tommi lief. Wenn ich selbst dafür sorgte, dass es immer wieder auch unangenehme Dinge in meinem Leben gab, dann würde auch kein schlimmeres Unglück passieren. Das war meine Art, mit dem Schicksal zu handeln, damit alles wirklich Wichtige in meinem Leben verschont blieb. Natürlich wusste niemand davon, nicht einmal Teresa, denn mir war selbst klar, dass man mich dann womöglich für verrückt halten könnte. Bisher hatte dieses System jedoch funktioniert. Ich hoffte, dass es auch weiterhin so sein würde.

Kapitel 12

Als ich im Kindergarten eintraf, baumelte mein Sohn gerade kopfüber am Klettergerüst und ließ sich dann geschickt auf alle viere ins Gras plumpsen. Nur um rasch aufzustehen und gleich darauf wieder nach oben zu klettern.

»Tommi hat unglaublich viel Energie«, meinte die Erzieherin, was übersetzt wohl hieß, dass er sie ziemlich auf Trab gehalten hatte. »Aber es scheint ihm wirklich zu gefallen, und er versteht sich gut mit den anderen Kindern«, fügte sie freundlich lächelnd hinzu. »Vor allem mit Alexandra hat er sich schon angefreundet.«

»Die beiden haben sich vor Kurzem kennengelernt und schon mal zusammen gespielt«, erklärte ich.

In diesem Moment entdeckte mich Tommi und rannte freudestrahlend auf mich zu.

»Mami! Es ist so schön hier. Darf ich morgen wiederkommen?«, fragte er aufgeregt.

»Aber klar«, versprach ich und zupfte einen Grashalm aus seinem Haar. »Du darfst jeden Tag hierherkommen.«

»Jaa!«, rief er begeistert.

»Aber jetzt gehen wir nach Hause.«

»Wiedersehen, Liz«, rief er der Erzieherin zu. »Bis morgen.«

Als wir zurück auf dem Hof waren, stand Alfred oben im Flur vor dem kleinen Zimmer, das ich als Kinderzimmer einrichten wollte.

»Sag mal, Alfred«, begann ich sofort, um eine Sache zu klären, die mir auf den Nägeln brannte, »wäre es für dich okay, am Samstagnachmittag auf Tommi aufzupassen? Ich könnte als Aushilfsbedienung bei einer Hochzeit im Brunnenwirt einspringen und mir ein wenig Geld verdienen.«

»Freilich«, sagte er, ohne zu überlegen. »Der Kleine und ich kommen schon klar.«

Er warf mir einen amüsierten Blick zu und fügte hinzu: »Ich frage mich nur, ob du damit zurechtkommst, uns für ein paar Stunden alleine zu lassen.«

Damit traf er unumstritten meinen wunden Punkt. Und natürlich machte ich mir Gedanken. Aber andererseits hatte ich Alfred in der Zwischenzeit als verantwortungsbewussten Menschen kennengelernt. Und Tommi hörte auf ihn.

»Danke«, sagte ich deswegen nur.

»Sag mal, kannst du von dem Zeug hier noch was brauchen?«, wollte er wissen. »Sonst würde ich es auf den Dachboden räumen oder verschenken.«

»Ein paar Sachen würde ich gern hier unten lassen, wenn ich darf«, sagte ich. Dazu gehörten das Bett und eine Kommode, die ich für Tommis Kinderzimmer neu streichen wollte. Und es gab noch einen alten großen Ohrensessel. Der hatte zwar einen hässlichen geblümten Bezug, aber mit einer bunten Decke darüber würde das ein Plätzchen sein, auf dem ich es mir in meinem Zimmer mit einem Buch bequem machen konnte.

Und so verbrachten wir den restlichen Tag damit, das Zimmer auszuräumen und die Möbel in die kleine Werkstatt neben dem Stall zu bringen, um sie dort abzuschleifen, bevor ich ihnen einen neuen Farbanstrich verpassen konnte. Da würde ein schönes Stück Arbeit auf mich zukommen, aber ich freute mich darauf, uns hier so richtig gemütlich einzurichten.

Am nächsten Tag kam ich gerade vom Baumarkt aus Passau zurück, da stand Hannes' Wagen im Hof. Alfred und Hannes samt Klappbox mit einer Ladung Wachteleier kamen aus dem Stall.

»Hey, Romy!«, rief er überrascht. »Du bist ja doch noch da.«

»Ja«, antwortete ich. »Ich wohne jetzt richtig hier.«

Hannes drehte sich zu Alfred um. Der zuckte mit den Schultern und verzog keine Miene.

»Sie hilft im Haushalt mit«, erklärte er knapp.

»Und? Macht sie es gut?«, fragte Hannes.

»Ich kann mich nicht beklagen.«

»Ach? Das ist ja beruhigend zu wissen«, kommentierte ich leicht sarkastisch.

»Das kommt bei Alfred einem dicken Lob ziemlich nahe, würde ich sagen«, meinte Hannes und lächelte mir zu.

»Und was ist mit dir, Hannes? Weißt du schon, was du jetzt machen wirst?«, fragte Alfred.

»Ja. Stell dir vor, ich habe mir einen Food-Truck gekauft.«

»Einen was?«

Fragend sahen Alfred und ich ihn an.

»Na ja. Das ist eine Art Imbisswagen, aber in einer größeren Ausführung mit einer hochwertigen Küchenausstattung«, erklärte er.

»Und was machst du damit?«

»Ich habe keine Lust mehr, mich wieder an irgendein Lokal zu binden. Das habe ich jetzt lang genug gemacht. Mit so einem Truck bin ich unabhängig und mobil. Man kann überall kochen. Auf Firmenfeiern, Straßenfesten, bei Open-Air-Konzerten oder auch bei Privatpartys.«

Das hörte sich für mich ziemlich spannend an.

»Hast du denn schon Aufträge?«, wollte Alfred wissen.

»Noch nicht. Die Entscheidung hab ich am Wochenende sehr spontan getroffen. Es war ein einmaliges Angebot, und ich musste schnell zusagen. Heute ist mein letzter Tag bei Carmen im Lokal. Morgen hole ich den Truck in Köln ab.«

»Und was sagt Carmen dazu?«

»Ich hab nicht mit ihr darüber geredet. Ich glaube auch nicht, dass sie das momentan sonderlich interessiert. Die hat ganz andere Dinge im Kopf. Und falls doch, ist es mir inzwischen auch egal.«

Wer ist nur diese Carmen?, fragte ich mich insgeheim. Hannes bemerkte wohl meinen interessierten Blick.

»Carmen ist meine Exfreundin«, erklärte er. »Ihr gehört das Lokal, in dem ich die letzten fünf Jahre gekocht habe.«

»Und du hast dich von ihr getrennt?«, rutschte mir heraus.

»Neugierig bist du also gar nicht, oder?«, feixte er.

Ich spürte, wie ich leicht rot wurde.

»Na ja …«, sagte ich.

»Schon gut. Nicht ich habe mich von Carmen getrennt. Carmen hat mich durch einen Sternekoch ersetzt. In der Küche und im Bett.«

»Oh …«, mehr fiel mir dazu gerade nicht ein. Dafür, dass er buchstäblich abserviert worden war, wirkte er erstaunlich gelassen.

Alfred klopfte ihm väterlich auf die Schulter.

»Schade um euch beide. Wirklich. Carmen macht da einen großen Fehler.«

»Es stimmt ja schon länger nicht mehr zwischen uns. Seit damals…«

Er sprach nicht weiter, doch Alfred wusste wohl, worum es ging.

»Das war für keinen von euch eine einfache Zeit.«

Hannes nickte.

»Nach den ganzen Schwierigkeiten in den letzten Monaten bin ich jetzt sogar froh, dass es nun endgültig vorbei ist. Vielleicht war es eher mein Fehler, dass ich zu lange geblieben bin.«

»Wieso bist du überhaupt noch geblieben?«, fragte Alfred.

»Der liebe Herr Sternekoch aus Hamburg hatte noch Verpflichtungen und kann erst morgen anfangen. Und du kennst Carmen. Wenn es sein muss, kann sie eine knallharte Geschäftsfrau sein. Deswegen hat sie darauf bestanden, dass ich meinen Arbeitsvertrag erfülle.«

»Ihr hattet einen Arbeitsvertrag?«, fragte ich überrascht. »Obwohl sie deine Freundin war?«

»Ja. Carmen überlässt nie etwas dem Zufall.«

Das ist ja wohl ein ganz abgebrühtes Weib, dachte ich.

»Vermutlich habe ich es um der alten Zeiten willen gemacht. Und vor allem für mein Küchenteam«, fuhr er fort. »Wir haben so gut zusammengearbeitet, da wollte ich sie nicht hängen lassen.«

Das machte ihn irgendwie sympathisch.

»Carmen hat jetzt übrigens einen anderen Lieferanten für die Eier.« Er sah auf die Box. »Tut mir leid, Alfred. Sie hat es mir erst gestern gesagt.«

»Kein Problem«, sagte Alfred. »Ich hab ja noch weitere Abnehmer. Die freuen sich, wenn ich mehr liefern kann.«

»Brauchst du denn zum Kochen in deinem Truck keine Wachteleier?«, fragte ich.

»So genau habe ich mir darüber noch keine Gedanken gemacht. Aber vermutlich schon immer wieder mal.«

»Melde dich einfach rechtzeitig, wenn du was brauchst«, meinte Alfred. »Dann reserviere ich dir welche. Schließlich warst du es, der mich dazu überredet hat, mir diese Tierchen anzuschaffen.«

»Danke.«

»Viel Erfolg mit deinem Truck, Hannes. Und schau bald wieder vorbei.«

»Mach ich.« Er drehte sich zu mir. »Vielleicht sieht man sich ja mal wieder. Hier. Oder am Badeweiher.«

»Vielleicht«, sagte ich. Nachdem er bei unserer ersten Begegnung keinen so guten Eindruck auf mich gemacht hatte, fand ich ihn inzwischen ganz nett. Eigentlich sogar mehr als nett. Als er mir zum Abschied zulächelte, bescherte mir das Funkeln seiner hellen Augen völlig unerwartet ein leises Flattern im Bauch.

Etwas später saßen Alfred, Tommi und ich beim Abendessen auf der Bank vor dem Haus. Da hörten wir von der Hauptstraße her die Sirenen von mehreren Feuerwehrfahrzeugen und Rettungswagen.

»Hör mal, Mama. Ist das die Feuerwehr?«, rief Tommi.

Ich nickte.

»Da muss was Schlimmes passiert sein!«, spekulierte Alfred und legte sein Besteck weg.

»Hoffentlich nicht«, sagte ich und spürte, wie mein Appetit mit einem Schlag verschwunden war.

»Was ist denn mit dir los, du bist ja ganz blass?«, bemerkte Alfred und sah mich besorgt an.

Ich schüttelte den Kopf.

»Es ist nichts«, sagte ich und winkte ab. »Tommi, magst du noch was essen?«

»Ich hab keinen Hunger mehr«, sagte er und gähnte. Durch den Besuch im Kindergarten fiel sein Mittagsschläfchen aus. Dementsprechend kaputt war er am Abend.

Ich brachte ihn ins Bett und räumte dann die Küche auf. Alfred kam von draußen herein. Er sah mich ernst an.

»Irgendwie habe ich das Gefühl, kaum etwas von dir zu wissen«, sagte er.

»Wie meinst du das?«, fragte ich, während ich das Wasser aus der Spüle ließ.

»Ich denke, du weißt genau, was ich meine. Du schaffst es, über dich zu reden und trotzdem nichts von dir zu erzählen.«

Ich sah auf den Spüllappen in meiner Hand.

»Was ist passiert, Romy? Worüber möchtest du nicht reden? Und warum bist du grad vorhin so erschrocken?«

Ich schluckte.

»Die Feuerwehrsirenen … sie haben mich an etwas erinnert«, begann ich schließlich, weil ich das Gefühl hatte, es Alfred schuldig zu sein. Doch dann konnte ich nicht weitersprechen.

»An was denn?«, fragte Alfred.

Ich drehte mich weg, ging zum Tisch und wischte ihn ab.

»Ich rede nicht gern darüber«, sagte ich ausweichend.

»Vielleicht würde es dir aber guttun, darüber zu reden«, sagte Alfred ruhig.

Er kam zu mir.

»Der Tisch ist sauber«, sagte er leise und nahm mir den Spüllappen aus der Hand.

Ich kämpfte mit mir. Dann drehte ich mich zu ihm um und sah ihn an.

»Meine Familie«, begann ich und versuchte, das Brennen in meinen Augen zu ignorieren. »Sie kam bei einem Unfall ums Leben. Die Feuerwehrleute… mussten sie aus dem Wagen schneiden«, erzählte ich stockend.

»Wie alt warst du da?«, fragte er.

»Neunzehn… ich… ich geh jetzt besser schlafen.«

»Romy!«, rief er mir hinterher, als ich hinauseilte.

Aber ich wollte weder weiter darüber reden, geschweige denn an den schlimmsten Tag meines Lebens erinnert werden.

Als ich im Bett lag, konnte ich jedoch nicht einschlafen. Es war noch viel zu früh. Außerdem hatten mich seine Fragen aufgewühlt. Meistens schaffte ich es, die Gedanken nur auf die Zeit zu konzentrieren, in der wir eine glückliche Familie waren. Ich hatte die großartigsten Eltern der Welt gehabt, und von einem Moment auf den anderen waren sie nicht mehr da – einfach nicht mehr da. Noch keine zehn Jahre waren inzwischen vergangen, und doch kam es mir vor, als ob ich dazwischen ein ganz anderes Leben gelebt hätte.

Am nächsten Tag fühlte ich mich wie gerädert. Ich hatte eigentlich vorgehabt, Tommis Zimmer fertig zu machen. Doch der Geruch der frischen Farbe, mit der ich die Möbel gestrichen hatte, bereitete mir Kopfschmerzen. Ich würde unbedingt noch ein paar Tage gut lüften müssen, bevor mein Sohn hier schlafen konnte. Und da ich dringend Bewegung brauchte, entschloss ich mich, mit Tommi einen längeren Spaziergang zu machen und unterwegs gleich noch einkaufen zu gehen, bevor ich Tommi nachmittags in den Kindergarten brachte.

Wir kamen an einem Feld vorbei, an dessen Rand Schilder mit der Aufschrift »Erdbeeren zum Selbstpflücken« standen. Es würde nicht mehr lange dauern, bis die Früchte reif waren.

Alfred ging durch die Reihen und hakte Unkraut. Als er uns bemerkte, winkte er uns kurz zu und machte dann weiter.

Eine halbe Stunde später waren wir im Ort und sahen, warum die Feuerwehr gestern ausgerückt war. Es hatte beim Brunnenwirt gebrannt. Die Tische und Bänke im Biergarten waren alle achtlos zur Seite gestellt worden und lagen teilweise umgekippt am Boden. Vermutlich, damit die Feuerwehrleute problemlos zum Haus kommen konnten. Die Mauern um die zersprungenen Fenster auf der einen Seite des Gebäudes waren mit Ruß verschmiert. Zwei Männer trugen schwarz verkohlte Küchengeräte aus dem Haus zu einem Anhänger.

»Ist das nicht schrecklich?«, sprach mich eine ältere Dame an, die einen kleinen Dackel mit einem Hütchen auf dem Arm hielt.

»Was ist denn passiert?«

Offenbar hatte sie nur darauf gewartet, dass ich diese Frage stellte, denn schon erzählte mir Frau Altmannseder – wie sie sich vorgestellt hatte – alle Details.

Es war zu einem Fettbrand in der Küche gekommen, und bei dem Versuch, diesen zu löschen, hatte sich der Wirt leichte Verbrennungen an den Unterarmen zugezogen. Der Brand wurde zwar rasch von der Feuerwehr unter Kontrolle gebracht, hatte da in der Küche und im angrenzenden Bereich der Theke aber schon einen großen Schaden angerichtet.

Das war es dann wohl mit meinem Job am Samstag, dachte ich und hatte sofort ein schlechtes Gewissen wegen meiner eigennützigen Gedanken.

»Hier stinkt es so, Mami«, jammerte Tommi und hielt sich die Nase zu. Der stechende Geruch nach kaltem Rauch und verschmortem Kunststoff war tatsächlich sehr unangenehm.

»Und wer sind Sie noch mal gleich?«, fragte Frau Altmannseder und sah mich und Tommi mit einem prüfenden Blick an, so als ob ihr erst jetzt aufgefallen wäre, dass wir Fremde waren.

»Romy Bronner. Und das ist mein Sohn Tommi. Wir sind neu hier im Ort.«

»Das wusste ich ja gar nicht. Wo wohnen Sie denn?«

»Auf dem Holler-Hof.«

»Beim Alfred?« Ungläubig riss sie die Augen auf. Da war sie nicht die Erste.

»Ja.«

»Ja so was!«

Ihrem Gesichtsausdruck nach zu schließen, wusste sie nicht so recht, was sie davon halten sollte. Doch da entdeckte sie bereits ein neues Opfer, dem sie die Geschichte vom Feuer erzählen konnte.

»Huhu! Herr Pfarrer Brenner!«, rief sie und winkte einem älteren Herrn zu, der gerade aus der Metzgerei gegenüber gekommen war. Er blieb kurz stehen und schien zu überlegen, ob er nicht rasch weitergehen sollte. Doch dann überquerte er die Straße und kam in unsere Richtung.

»Komm, Tommi, wir müssen noch einkaufen. Wiedersehen«, sagte ich und war schon ein paar Schritte gegangen, da sah ich Gabi mit einer kleinen Reisetasche aus dem Gebäude kommen. Verschmierter Kajal unter den Augen verriet, dass sie geweint hatte. Ich ging zu ihr.

»Ihnen ist doch hoffentlich nichts passiert, Gabi?«, fragte ich besorgt.

Sie schüttelte den Kopf.

»Nein. Ich war gar nicht hier und hab es erst heute früh mitbekommen. Gestern war mein freier Abend, und mein Handy war aus. Eine Katastrophe ist das«, murmelte sie heiser. »Es hat zwar nur die Küche und die Theke erwischt, aber es wird bestimmt Wochen dauern, bis das alles renoviert ist. Und Stefan liegt mit einer Rauchvergiftung und leichten Verbrennungen im Krankenhaus. Er muss noch ein paar Tage dort bleiben.«

»Es tut mir so leid«, sagte ich. »Wenn ich irgendwas tun kann …«

Sie schüttelte den Kopf.

»Ich wüsste nicht, was.«

»Und was ist mit Ihrer Hochzeit am Samstag?«, fragte ich vorsichtig.

Sie zuckte mit den Schultern, und Tränen liefen über ihre Wangen.

»Die fällt wahrscheinlich vorerst flach«, sagte sie und wischte die Tränen weg. »Wie sollen wir denn in so kurzer Zeit eine neue Location finden? Außerdem hat Stefan uns einen Sonderpreis gemacht, den wir sonst bestimmt nirgends bekommen werden.«

»Aber es muss doch eine Möglichkeit geben«, sagte ich. »Die Hochzeit kann doch nicht einfach ausfallen.«

»Adrian und ich versuchen heute noch einen geeigneten Gasthof zu finden, der unser Budget nicht sprengt. Aber wenn es nicht klappt, werden wir die Hochzeit verschieben müssen. Wir wollen ja keine Notlösung, nur damit wir heiraten können. Wenn, dann soll dieser Tag etwas Besonderes für uns und unsere Gäste sein.«

»Ich wünsche es Ihnen sehr, dass es doch noch klappt«, sagte ich.

»Normalerweise würde ich ja meine Schwägerin Daniela bitten, sich darum zu kümmern. Die ist ein echter Profi in solchen Dingen. Aber sie ist hochschwanger und soll sich schonen. Es wird schon anstrengend genug für sie sein, am Wochenende zur

Hochzeit zu kommen. Das will sie sich unter keinen Umständen nehmen lassen... Aber vielleicht findet die Feier ja sowieso nicht statt. Ach, ich darf ihr das jetzt noch gar nicht erzählen, sonst regt sie sich nur unnötig auf.«

»Verstehe. Aber es ist ernst gemeint. Wenn ich irgendwie helfen kann, dann sagen Sie es bitte.«

»Nur wenn wir das blöde ›Sie‹ weglassen«, sagte Gabi und lächelte zum ersten Mal.

»Gern. Meine Nummer hast du ja. Wenn was ist, melde dich«, bot ich noch mal an.

»Danke... Ich muss jetzt ins Krankenhaus. Stefan braucht ein paar Sachen.«

Sie hob die kleine Reisetasche hoch.

»Alles Gute«, wünschte ich.

Nach dem Einkauf brachte ich meinen Sohn in den Kindergarten. Dort schien das Feuer im Gasthof Gesprächsthema Nummer eins bei den Eltern zu sein, die zusammen mit mir ihre Kinder ablieferten.

Als ich wieder auf dem Hof war, fuhr Alfred gerade mit dem Traktor in die Scheune. Ich folgte ihm.

»Hast du das vom Brand beim Brunnenwirt gehört?«, fragte ich, als er abstieg.

»Ja natürlich«, sagte er und wischte sich mit einem Taschentuch den Schweiß von der Stirn. »Ich war gestern Abend noch im Ort.«

»Ich habe mit der Bedienung gesprochen. Sie tut mir echt leid. Da plant man alles monatelang für die Hochzeit, und dann passiert so was!«

»Das können sie wohl vergessen. Ich kann mir nicht vorstellen, dass die beiden so schnell noch eine Ausweichmöglichkeit finden. Hier in der Gegend sind Lokale, die sich für Hochzeiten eignen, oft schon auf ein, zwei Jahre im Voraus ausgebucht.«

»Aber es muss doch Gasthäuser geben, in denen man feiern kann«, wunderte ich mich.

»Schon, aber den meisten fehlt es an Räumlichkeiten, in denen eine Hochzeitsgesellschaft Platz findet. So ein Saal müsste ja fast so groß sein wie die Scheune hier.«

Ich sah mich um. Und ganz plötzlich hatte ich eine Idee.

»Ja, aber ... könnten sie denn nicht hier feiern?«, platzte ich sofort damit heraus.

»Hier? Auf meinem Hof?« Alfred sah mich ungläubig an.

»Ja. Die Scheune ist riesig. Und sie ist wirklich schön. Wenn man sie aufräumt und dekoriert, dann wäre das doch eine tolle Location für eine Hochzeit.«

Ich hatte bereits vor Augen, wie es aussehen und die Leute hier feiern würden.

Alfred lachte.

»Du hast ja verrückte Ideen. Soll das vielleicht eine Stehparty werden? Und überhaupt, wie stellst du dir das mit dem Essen für die ganzen Leute vor? Willst du das in unserer Küche zubereiten oder wie?«

»Tische und Stühle könnten wir vom Brunnenwirt holen. Denen fehlt ja scheinbar nichts. Und das Essen ...« Ich grinste plötzlich, denn ich hatte noch einen großartigen Einfall.

»Das Essen könnte Hannes in seinem Food-Truck kochen.«

Alfred sah mich immer noch mit einem Blick an, der mir zu verstehen gab, dass ich mir die Flausen aus dem Kopf schlagen sollte. Doch je mehr ich darüber nachdachte, desto überzeugter war ich von meiner Idee.

»Bitte, Alfred. Denk doch kurz darüber nach«, bat ich ihn

eindringlich. »Du hast doch vorhin selbst gesagt, wie schwierig es ist, hier in der Gegend was Geeignetes zu finden. Wenn du zustimmst, könnten wir dem Brautpaar einen riesigen Gefallen tun. Sie müssten nichts verschieben, die Hochzeit wäre in einer besonderen Location am Ort, Hannes hätte seinen ersten Auftrag und ich ...« Ich stockte.

Alfred sah mich fragend an.

»Und du?«

»Na ja. Ich könnte als Bedienung ein wenig Geld verdienen.«

»Romy. Das geht doch ...«

Ich ließ ihn nicht ausreden.

»Bitte, Alfred. Ich verspreche dir, dass du dich um nichts kümmern musst. Lass es mich Gabi wenigstens vorschlagen. Vielleicht findet sie die Idee ja genau so blöd wie du, dann ist ja nichts passiert.«

Er schnaubte und dachte kurz nach.

»Na gut«, sagte er dann jedoch zu meiner Überraschung. »Frag sie. Die Gabi ist eine patente Frau, und ich möchte ihr gern helfen, wenn ich kann.«

Kapitel 13

Lächelnd sah ich Alfred hinterher, als er aus der Scheune ging. In diesem Moment klingelte mein Handy.

»Hey!«, begrüßte mich Teresa.

»Teresa! Und – hast du schon eine Hochzeitstorte ausgesucht?«

»Ja. Einen zweistöckigen Naked Cake. Unten ein heller Boden mit Erdbeere Mascarpone und oben ein Schokoladenmacadamiakuchen mit weißer Vanille-Buttercreme.«

»Whaa. Wie lecker! Da wirst du mich auf deiner Hochzeit nicht vom Kuchenbuffet wegbringen.«

»Mich auch nicht.«

Wir lachten.

»Leander hat sich echt gefreut, dass du den Tanzkurs mit uns machen willst«, sagte sie dann. »Und stell dir vor, bei uns ginge es schon am kommenden Wochenende. Ich hab mir gedacht, du und Tommi könntet vielleicht mit dem Zug nach Wien kommen, und wir ...«

»Teresa«, unterbrach ich sie. »Da geht es leider nicht.«

»Echt? Aber warum nicht?«, fragte sie in einem Ton, als ob es jenseits ihrer Vorstellungskraft läge, dass ich womöglich etwas anderes vorhaben könnte.

»Ich muss arbeiten«, erklärte ich in der Hoffnung, dass Gabi mit meinem Vorschlag überhaupt etwas anfangen konnte.

»Du hast schon einen Job?«

»Äh, ja. Ich bediene.«

»Wie blöd! Äh… Ich meine natürlich nicht den Job, sondern dass es deswegen am Wochenende nicht klappt. Dann müssen wir es eben noch mal um eine Woche verschieben.«

»Das ist doch immer noch rechtzeitig genug für eure Hochzeit«, warf ich ein. »Je näher es am Termin ist, desto besser.«

»Na ja, ehrlich gesagt hätte ich mich riesig gefreut, dich und Tommi endlich wiederzusehen«, sagte sie.

»Ich mich auch. Und es tut mir leid. Aber es geht wirklich nicht.«

»Schon gut. Ich finde es ja super, dass du einen Job hast.«

Ich schluckte. *Hoffentlich habe ich wirklich einen*, dachte ich.

»Das Wochenende darauf machen wir es ganz fix. Ich verspreche es dir.«

»Ich verlasse mich auf dich!«

»Ehrensache.«

»Romy?«

»Ja?«

»Danke, dass du es machst, obwohl ich weiß, wie schwer es dir fällt.«

»Du und Ina seid nach Tommi eben die wichtigsten Menschen in meinem Leben«, sagte ich.

»Ach, du Süße!«

»Jetzt aber genug mit dieser Gefühlsduselei. Sonst überlege ich es mir noch mal anders«, sagte ich gespielt barsch.

»Das wagst du nicht, du Huhn!«

»Willst du es drauf ankommen lassen?«

»Heute nicht.«

Wir plauderten noch kurz über ihre Hochzeitsvorbereitungen und über Ina, und dann legte ich auf. Das Thema Hochzeit war ganz plötzlich sehr präsent in meinem Leben geworden, obwohl ich selbst Lichtjahre davon entfernt war.

Jetzt hatte ich es eilig, ich wollte dringend mit Gabi sprechen, um ihr vorzuschlagen, die Hochzeitsfeier auf den Holler-Hof zu verlegen. Doch es gab ein kleines Problem. Ich hatte keine Telefonnummer. Und da ich ihren Familiennamen nicht kannte, konnte ich auch nicht bei der Auskunft anrufen oder im Internet nach der Nummer googeln. Ich musste wohl in den Ort fahren und dort in den Geschäften nachfragen. Plötzlich kam mir eine Idee. Vielleicht gab es ja jemand ganz in der Nähe, der mir weiterhelfen konnte.

Fünf Minuten später stand ich vor dem Haus der Zacher Zenta und zog an der Kordel der Glocke neben ihrer Haustür. Ich hatte die Hand noch nicht von der Schnur genommen, da ging auch schon die Haustür auf, und die Zacherin stand vor mir. In einem knallroten Flatterkleid mit orangefarbenem Blumenprint.

»Romy«, flötete sie freundlich und zog an einer Zigarette. »Da bist du ja!«

»Entschuldigung, dass ich störe. Aber kann ich dich kurz was fragen?«

»Du störst absolut nicht. Komm rein, dann kannst du mich fragen, was immer du willst.« Sie lächelte breit und schnippte die Asche in den Vorgarten.

Eigentlich hatte ich nicht vorgehabt, mich länger bei ihr aufzuhalten. Aber ich wollte nicht unhöflich sein, also folgte ich ihr ins Haus.

Ich weiß nicht, was ich erwartet hatte, aber ganz bestimmt

kein so modern, fast schon futuristisch eingerichtetes Wohn-Esszimmer, wie ich es hier vorfand. Die Wände waren dunkelgrau und weiß gestrichen, und die Möbel hatten eine kühl wirkende Beton-Optik. Das indirekte Licht in der Glasvitrine strahlte in einem satten Türkis, das den Raum auf eine seltsame Weise heimeliger machte, als er eigentlich war. Gleichzeitig wirkte die kühle Umgebung wie ein dezenter Rahmen, der die farblich so auffallend gekleidete Frau in den Fokus setzte.

Sie steuerte auf einen runden Glastisch zu, der auf einer Betonsäule stand.

»Möchtest du was trinken? Einen Kurkuma-Latte oder Radieschen-Zitronengras-Tee?«

Das klang schon für München exotisch, hier auf dem Land hätte ich damit nun wirklich nicht gerechnet.

»Nein danke«, lehnte ich höflich ab.

»Du kannst aber auch ganz normalen Kaffee oder Prosecco haben«, bot sie mir an.

»Ein anderes Mal gern.«

Sie lächelte mich an, zog ein letztes Mal an ihrer Zigarette und drückte sie in einem Aschenbecher aus, der die Form einer Jakobsmuschel hatte.

»Bitte nimm Platz. Und dann schieß los. Was möchtest du mich fragen, meine Liebe?«

»Ich bräuchte eigentlich nur den Namen von Gabi, der Bedienung im Brunnenwirt. Oder besser gesagt, ihre Telefonnummer.«

Falls sie überrascht war, ließ sie es sich zumindest nicht anmerken.

»Hast du die zufällig?«

»Hm. Leider nein.«

»Kein Problem«, sagte ich, obwohl ich eigentlich auf eine andere Antwort gehofft hatte. »Ich finde es schon raus.«

Doch sie hatte schon nach ihrem Handy gegriffen und tippte eine Nummer ein.

»Hallo, Hanna… ja, ich bin's… sag mal, du weißt doch bestimmt, wie Gabi mit Familiennamen heißt… Ja, genau, die Bedienung… Piller! Genau. Danke. Und die Telefonnummer hast du nicht zufällig?… Doch? Du bist ein Schatz. Merci!«

Und dann legte sie auf und teilte mir die Nummer mit, die sie sich offensichtlich gemerkt hatte. Ich speicherte sie gleich in meinem Handy.

»Vielen Dank, Zenta!«

»Brauchst du sonst noch was?«

»Nein, das war's schon.«

Ich suchte nach einer Möglichkeit, mich rasch wieder zu verabschieden. Obwohl die Frau sehr freundlich war, war sie mir doch nicht ganz geheuer, wenn sie mich mit ihren zweifarbigen Augen so genau unter die Lupe nahm wie gerade eben.

»Wie gefällt es dir denn in Halling?«, fragte sie.

»Oh. Ganz gut.«

»Du wohnst jetzt so richtig auf dem Holler-Hof.« Es war keine Frage. Offensichtlich hatte sich mein Umzug im Ort schon herumgesprochen.

»Ja«, bestätigte ich trotzdem. »Bitte sei mir nicht böse, aber ich muss leider gleich los.«

»Ja, ja. Ich weiß. Du musst deinen Anruf machen.«

Ich war froh über ihr Verständnis. Sie stand auf und holte aus der Schublade eines Sideboards ein Päckchen ziemlich abgegriffen aussehender Karten.

»Nur kurz, Romy. Zieh bitte nur eine Karte aus dem Stapel. Das geht ganz schnell.«

»Na gut.«

Sie mischte die Karten dreimal durch, dann fächerte sie das Blatt auseinander und hielt es mir hin. Dabei fiel mir zum ersten Mal auf, wie kunstvoll ihre Fingernägel lackiert waren. Sie sahen aus wie Miniaturgemälde von verschiedenen exotischen Landschaften. Ich zögerte, denn von Kartenlegerei hielt ich nun mal gar nichts. Andererseits konnte natürlich auch nichts passieren, wenn ich ihr den Gefallen tat. Und vermutlich kam ich dann schneller von hier weg. Und so zog ich die letzte Karte ganz links. Die Zacherin nahm sie mir aus der Hand, warf einen kurzen Blick darauf und legte sie dann verdeckt auf den Tisch.

Doch bevor sie etwas sagte, stand ich auf.

»Es tut mir leid, aber eigentlich möchte ich das gar nicht«, sagte ich und versuchte, dabei so höflich wie möglich zu klingen. »Ich muss jetzt auch wirklich los.«

Die Zacherin sah mich mit einem eigenartigen Blick an, dann stand sie ebenfalls auf und nickte.

»Natürlich. Das verstehe ich. Wenn du es wissen willst, kannst du mich jederzeit fragen.«

»Okay.« *Das wird ganz sicher nicht passieren*, dachte ich.

»Komm, ich bring dich noch raus.«

»Danke noch mal für die Telefonnummer«, sagte ich, als wir draußen am Gartenzaun standen.

»Kein Ding«, winkte sie ab.

»Wir sehen uns bestimmt bald wieder«, sagte ich.

»Bestimmt … und Romy?«

»Ja?«

»Man kann das Leben in verschiedenen Schuhen tanzen.«

»Was?« Ich sah sie verblüfft an. Wie kam sie ausgerechnet aufs Tanzen?

»Sag Gabi einen Gruß von mir.«

Sie winkte mir noch zu, dann verschwand sie ins Haus.

Diese Frau ist wirklich seltsam, dachte ich und ging nachdenklich zurück zum Hof.

Eine Stunde später stand ich mit Gabi in der Scheune. Sie war so begeistert von meinem Vorschlag gewesen, dass sie sofort ins Auto gesprungen und zu mir gefahren war.

»Natürlich gibt es noch ziemlich viel zu tun«, sagte ich mit Blick auf die verschiedenen Gerätschaften, die Strohballen in der Ecke und das Heu, das oben gelagert wurde. Allerdings musste man es Alfred wirklich lassen, dass er alles ziemlich ordentlich beisammenhatte.

»Trotzdem – es ist wirklich total schön hier«, schwärmte sie.

»Ja. Da könnte man echt was draus machen.«

»Und wie war das noch mal mit diesem Food-Truck?«

»Hannes, ich meine, der Koch vom Drei-Flüsse-Wirt ist gerade dabei, sich selbstständig zu machen.«

»Oh, du meinst den Lenert Hannes? Ich war ein paarmal dort zum Essen. Er kocht echt großartig. Die Frage ist nur, ob wir uns das überhaupt leisten können.« Ihr Lächeln war verschwunden. »Unser Budget ist nicht gerade riesig, und wir haben viele Gäste.«

»Das spreche ich ganz schnell mit ihm ab«, bot ich an.

»Denkst du, du kannst das alles bis heute Abend abklären?«

»Ich versuche es auf jeden Fall.«

»Gut. Adrian hat noch bei einem Wirtshaus in Vilshofen

angefragt. Dort ist eine Geburtstagsfeier ausgefallen. Aber ehrlich gesagt würde es mir hier sehr viel besser gefallen. Der Saal dort ist nicht sonderlich groß. Trotzdem wollen die natürlich schnellstmöglich eine definitive Entscheidung von uns.«

»Klar. Ich melde mich, sobald ich was weiß.«

Ich bat Alfred um Hannes Handynummer und rief sofort an, landete jedoch auf der Mailbox. Mist! Das Handy war aus! Ich hinterließ eine Nachricht, dass er mich bitte ganz dringend zurückrufen solle, und legte auf. Als ich auf dem Display sah, wie spät es war, erschrak ich. Fast sechzehn Uhr. Ich musste sofort los, um meinen Sohn vom Kindergarten abzuholen. Tommi war das einzige Kind, das noch dort war, und ich entschuldigte mich zerknirscht für mein Zuspätkommen.

»Ach, das macht nichts«, sagte Erzieherin Liz. »Ich muss sowieso noch fünfundneunzig Papierherzen für den Muttertag ausschneiden. Tommi hat mich mit seinen Geschichten gut unterhalten.«

»Ja. Geschichten erzählen, das kann er wirklich gut«, sagte ich und warf einen stolzen Blick auf meinen Jungen.

»Ich kannte sie gar nicht. Aus welchem Buch sind die denn?«, wollte Liz wissen.

»Aus keinem. Die Geschichten sind«, ich stockte für einen kurzen Moment, »sie sind von mir und manche von meinem Vater. Er hat sie für mich erfunden, als ich noch ein kleines Mädchen war. Und jetzt erzähle ich sie meinem Sohn.«

»Dann haben sie ja eine ganz besondere Bedeutung, nicht wahr?«

»Oh ja.«

»Die vom Knödelkönig Konrad mag ich besonders gern«, sagte sie.

»Ich auch«, gestand ich und lächelte.

Tommi und ich waren schon wieder zurück auf dem Hof, und ich hatte noch immer nichts von Hannes gehört. Ich versuchte es noch mal, landete aber wieder nur auf der Mailbox. Hoffentlich erreichte ich ihn bald.

»Kochst du heute Knofi-Nudeln für mich?«, bat Tommi und meinte damit Spaghetti Aglio Olio.

»Ich glaube nicht, dass Alfred so was mag, Spätzchen, deswegen gibt es Wurstsalat.«

»Nicht schon wieder!«

Erschrocken drehte ich mich um. Alfred stand in der Tür zur Wohnküche.

»Wie meinst du das?«

Erst fuhr er sich durch das schlohweiße Haar, dann sah er mich ein wenig verlegen an.

»Na ja. Ich hoffe, du bist mir nicht böse, wenn ich das sage. Aber seitdem du hier bist, gibt es jeden Tag ein Fleischgericht oder Wurst in allen möglichen Varianten. Manchmal sogar beides an einem Tag!«

»Ich dachte, du magst das«, sagte ich.

»Ja. Aber doch nicht ständig. Ich glaube, seit du hier bist, habe ich mehr Fleisch und Wurst gegessen als das ganze letzte halbe Jahr.«

»Wirklich?«

Er nickte und sah dann zu Tommi.

»Wir beide würden uns über Spaghetti mit Knoblauch und Olivenöl sehr freuen, nicht wahr, Tommi?«

»Ja!«, rief der Kleine und grinste breit. »Knofi-Nudeln sind echt lecker.«

»Und das hättest du mir nicht schon früher sagen können?«, fragte ich ein wenig verschnupft.

»Ich dachte, ihr beide esst das so gern. Deswegen habe ich nichts gesagt«, gab Alfred zu.

»Wegen uns?«

Er nickte.

Und ich musste schlucken. Vielleicht war das ja nur eine kleine Geste und ich sollte nichts hineininterpretieren, trotzdem freute ich mich, dass er so auf unser Wohl bedacht war.

»Na gut. Dann werd ich mal das Wasser für die Nudeln aufstellen«, sagte ich. »Und ihr beide überlegt euch inzwischen, was ich in der nächsten Zeit kochen soll, und du schreibst es bitte auf, Alfred! Schließlich kann ich eure Gedanken nicht lesen«, setzte ich hinzu.

»Ich mag Käsepizza gern und Blumenkohlsuppe und Schnitzel«, begann mein Sohn seine Aufzählung. »Und Milchreis.«

»Da haben wir ja einiges gemeinsam, Kleiner. Komm, wir setzen uns draußen auf die Bank und machen eine Liste. Dann kann deine Mama hier in Ruhe kochen«, schlug Alfred vor. Aus einer Schublade holte er ein gebrauchtes Briefkuvert und einen Kugelschreiber und ging mit Tommi hinaus.

Ich sah den beiden hinterher. Bis auf unseren ehemaligen Nachbarn, Herrn Wisozek, und Jason, dem Praktikanten im Kinderhort, hatte es für Tommi bisher keine festen männlichen Bezugspersonen gegeben. Alfred könnte für ihn zu einer Art Ersatzopa werden, und ich hatte den Eindruck, dass ihm das sehr guttun würde. Und mir auch.

Das Klingeln des Handys riss mich aus meinen Gedanken.

An der Nummer erkannte ich, dass es Hannes war! Ich räusperte mich und ging ran.

»Ja hallo?«

»Hallo, Romy, Hannes hier.«

»Deine Verbindung ist ein wenig schlecht. Bist du gerade unterwegs?«, fragte ich.

»Ja. Bin auf der Autobahn. Ich habe den Truck abgeholt.«

Perfekt!, dachte ich.

»Soll ich dich später noch mal anrufen, wenn ich in Passau bin?«

»Nein! Geht schon. Es eilt etwas. Danke, dass du zurückrufst.«

»Ich muss gestehen, ich war sehr überrascht über deine Nachricht. Was gibt es denn? Ist irgendwas mit meinem Onkel?« Seine Stimme klang besorgt.

»Mit deinem Onkel?«, fragte ich irritiert. »Woher soll ich das wissen? Den kenne ich doch gar nicht.«

»Du kennst ihn nicht?« Er lachte kurz. »Du wohnst ja nur auf seinem Hof.«

Wie?

»Alfred ist dein Onkel?« Ich war völlig verblüfft.

»Sag bloß, das wusstest du nicht?«

»Nein. Woher auch? Keiner von euch beiden hat mir das gesagt.«

»Na, dann weißt du es jetzt. Und, geht es ihm gut?«

»Ja, ja, natürlich. Alfred ist völlig okay. Es geht um was anderes.«

Das Wasser kochte inzwischen, und ich versuchte, die Nudelpackung mit einer Hand zu öffnen, was gar nicht so einfach war.

»Wenn es nicht um Alfred geht, worum dann? Willst du

vielleicht ein Date mit mir?«

Ich konnte direkt vor mir sehen, wie er bei seinen Worten frech grinste.

»Du hast es erfasst. Ich dachte an ein Picknick bei einem Imker zwischen den Bienen«, sagte ich in Anspielung auf unsere erste Begegnung.

»Ach ja? Willst du dort vielleicht ein wenig Honig mit mir naschen?«

Interpretierte ich seine Frage falsch oder flirtete er gerade sehr offensiv mit mir?

»Natürlich nicht«, sagte ich ein wenig zu schnell, und er lachte. Offensichtlich schien er äußerst gut gelaunt zu sein.

»Schade. Was also kann ich sonst für dich tun?«

In diesem Moment bekam ich die Nudelpackung auf. Als ich die Spaghetti ins Wasser schütten wollte, rutschte ein Teil daneben und landete auf dem Boden.

»Mist, verdammter!«

»Romy?«

»Entschuldige, mir ist nur was runtergefallen. Sag mal, hast du am Samstag schon was vor?«

»Nein. Bis jetzt nicht. Warum? Doch ein Date?«

Ich ging gar nicht erst auf seine Frage ein.

»Eigentlich nicht nur am Samstag, sondern auch die Tage bis dahin.«

»Ah! Du willst mit mir verreisen?«

»Knapp daneben. Ich hätte einen Job für dich.«

»Einen Job? Soll ich dir was kochen?«

»Mir nicht, aber etwa achtzig Hochzeitsgästen.«

Plötzlich war es still in der Leitung.

»Hannes? Bist du noch da?«

»Hier ist der Empfang über die Freisprechanlage gerade

wieder ein wenig schlecht. Hast du gesagt, ich soll für achtzig Leute auf einer Hochzeit kochen?«

»Genau. Und zwar hier bei uns auf dem Hof.«

»Was? Du und Alfred…? Das ging ja schnell.«

Es dauerte einige Sekunden, bis ich verstand, was er damit andeutete. Und mit einem Schlag schoss mir das Blut ins Gesicht.

»Spinnst du?«, rief ich empört. »Was hast du denn für schräge Gedanken! Natürlich nicht!«

»Na ja, immerhin wärst du nicht die erste Frau, die auf ält…« Er stockte.

»Die was?«, bohrte ich nach.

»Ach nichts.«

»Jetzt sag schon!«

»War echt nur Blödsinn. Also, wer will denn jetzt tatsächlich bei euch heiraten?«

»Gabi und Adrian.«

»Kenn ich nicht.«

»Gabi. Die Bedienung vom Brunnenwirt.«

»Ach die!«

»Wahrscheinlich hast du gar nicht mitbekommen, dass es im Wirtshaus gestern Abend gebrannt hat«, erklärte ich. »Und jetzt sucht Gabi fieberhaft nach einer Ausweichlocation für ihre Hochzeit. Wenn das nicht klappt, muss sie alles verschieben. Stell dir das mal vor! Und da hab ich an dich gedacht. Die Feier könnte hier in der Scheune stattfinden, wenn du in deinem Food-Truck kochst. Aber es darf nicht ganz so teuer werden, sonst können die beiden es sich nicht leisten.«

»Das sind jetzt aber ganz schön viele Informationen auf einmal. Können wir das vielleicht morgen in aller Ruhe besprechen?«

»Da ist es leider zu spät. Bitte. Kannst du das nicht doch schon heute entscheiden? Das ist echt wichtig.«

»Ich müsste erst alles durchkalkulieren«, gab er zu bedenken. »Und außerdem bräuchte ich Leute. Alleine schaffe ich das nicht bei achtzig Gästen.«

»Ich kann dir helfen«, bot ich an.

»Du? Hast du denn eine spezielle Schutzausrüstung nach EU-Norm für die Küche?«

»Was?«, fragte ich irritiert. »Braucht man so was denn neuerdings?«

»Normalerweise nicht. Aber du wahrscheinlich schon. Womöglich hast du aber sowieso schon deinen speziellen Kochhelm mit integrierter Brille zur Vermeidung von Tränenbildung beim Zwiebelschneiden. Oder Sicherheitsschuhe, falls dir ein Löffel auf die Zehen fällt«, zog er mich auf.

Blödmann!, dachte ich, musste mir jedoch selbst ein Grinsen verkneifen.

»Du hast die Thermohandschuhe und das extra stumpfe Messerset vergessen«, sagte ich und versuchte, meine Stimme ernst klingen zu lassen.

Er lachte laut auf.

»Ich seh schon, du bist bestens gerüstet, damit dir nichts passiert.«

»So was von!«, sagte ich.

»Aber jetzt im Ernst. Ich brauch wirklich professionelle Hilfe.«

»Und ich könnte einen Job echt gut gebrauchen. Also – da könnten wir doch zwei Fliegen mit einer Klappe schlagen.«

Er lachte.

»Ich hab schon öfter als Küchenhilfe gejobbt und kenn mich ein wenig aus. Aber wenn das nicht genügt, springt ja vielleicht das Personal aus dem Brunnenwirt ein. Oder Gabi hat noch eine andere Idee.«

»Wie hoch ist denn überhaupt das Budget der beiden?«, wollte er wissen.

»Weiß ich leider nicht.«

»Schick mir doch ihre Telefonnummer, dann ruf ich an und bespreche das mit den Brautleuten persönlich.«

»Du machst es also?«, fragte ich hoffnungsvoll.

»Keine Ahnung. Aber ich werde das heute noch klären!«

»Das ist super! Danke, Hannes.«

»Na ja. Wenn die Idee von dir kommt und was draus wird, muss ich mich ja glatt bei dir für meinen ersten Auftrag bedanken. Die Anschaffung des Trucks hat so ziemlich meine ganzen Ersparnisse verschluckt. Je früher Kohle reinkommt, desto besser.«

»Du kannst mich ja am Umsatz beteiligen«, sagte ich vergnügt und rührte die Nudeln um.

Er lachte.

»Darüber reden wir noch.«

»Sagst du mir Bescheid, ob es klappt?«

»Ja. Ich meld mich später. Bis dann.«

»Bis dann!«

Ich legte auf und schickte ihm Gabis Handynummer.

»War das Hannes?«

Erschrocken fuhr ich herum. Alfred hatte die Angewohnheit aufzutauchen, ohne dass ich es mitbekam. Jetzt stand er mit dem vollgeschriebenen Kuvert in der Hand da.

»Ja. Vielleicht klappt es tatsächlich hier mit der Hochzeit.«

»Ich weiß zwar nicht so ganz, ob mir das wirklich gefällt, wenn so viele Leute am Hof herumwuseln, aber ich freue mich für Gabi, wenn sie die Feier nicht verschieben muss … Hier, unsere Liste.«

Er gab mir das Kuvert. Als ich einen Blick darauf warf, entdeckte ich hauptsächlich Tommis bevorzugte Gerichte. Aber auch Alfred hatte seine Wünsche notiert. Und ich war sehr erstaunt, dass darunter auch eine asiatische Gemüsepfanne und Couscous notiert waren. Ein paar andere Speisen sagten mir allerdings gar nichts.

»Was sind denn Bruckbam, Hauberlinge oder ähm … Gwixte?«

Er grinste mich frech an, was bei ihm bislang nicht oft vorgekommen war.

»Das findest du bestimmt selbst heraus.«

»Genau so, wie ich vorhin erst herausgefunden habe, dass Hannes dein Neffe ist?«, fragte ich. »Warum hast du mir das nicht schon eher gesagt?«

Alfred zuckte mit den Schultern.

»Es hat sich irgendwie nicht ergeben.«

»Ist er der Sohn deines Bruders?«

Er schüttelte den Kopf.

»Nein. Hannes ist von meiner Schwester Margit.«

Ich holte eine Pfanne aus dem Schrank und goss reichlich Olivenöl hinein. Dann griff ich nach dem Knoblauch.

»Ist sie … auch schon gestorben?«

»Aber nein. Margit lebt mit ihrem Mann in Regensburg. Sie ist Professorin am Lehrstuhl für experimentelle und angewandte Physik an der Uni.«

»Aha«, sagte ich erstaunt, während ich den Knoblauch schälte und fein hackte.

»Wie viele Geschwister hast du eigentlich?«

»Wir waren zu viert. Josef war der Älteste. Dann kam Edeltraud. Sie starb vor drei Jahren. Sie ist übrigens die Mutter von Helga. Du weißt schon. Meiner Nichte, die das Inserat aufgegeben hat.«

Ich nickte.

»Ich war der Nächste, und dann kam zehn Jahre später noch Margit als Nachzüglerin.«

Während er sprach, warf ich kurz einen Blick aus dem Fenster und vergewisserte mich, dass Tommi noch da war. Er stand im Hof und warf Stöckchen, denen Hermes begeistert nachjagte und sie wieder zurückbrachte. Dann sah ich wieder zu Alfred.

»Du hast gesagt, du weißt kaum was von mir«, sagte ich und schob mit einem Messer den Knoblauch vom Brett in das Olivenöl. »Aber dir muss man auch alles aus der Nase ziehen.«

»Immerhin bekommst du jedes Mal Antworten, wenn du fragst.«

Das stimmte allerdings. Vielleicht war ich es ihm schuldig, auch ein wenig mehr über mich zu erzählen.

Ich goss die Nudeln in ein Sieb und gab sie noch leicht tropfend vom Nudelwasser in die Pfanne.

»Okay. Was willst du denn wissen?«

»Hast du Geschwister?«

»Nein. Ich bin ein Einzelkind.«

»Was ist mit Tommis Vater? Ist er gestorben?«

Ich hatte geahnt, dass er mir diese Frage irgendwann stellen würde. Doch Alfred wollte ich natürlich nicht die Lügengeschichte auftischen, die ich dem Verwaltungsangestellten und diversen anderen Leuten über Tommis Vater erzählt hatte, damit sie mir deswegen nicht weiter auf die Nerven gingen.

»Nein. Ist er nicht«, sagte ich. Obwohl er so endgültig aus

meinem Leben verschwunden war, dass es für mich kaum einen Unterschied machte, ob er tot oder lebendig war.

Ich schwenkte die heißen Nudeln durch das Öl und würzte mit Salz, Pfeffer, etwas frischem Zitronensaft und Chiliflocken. Dann stellte ich die dampfende Pfanne auf den Tisch.

»Er muss dir was Schlimmes angetan haben«, sagte Alfred leise.

Ich zuckte mit den Schultern.

»Eigentlich nicht.«

»Wie meinst du das?«

Ich ging zum Fenster und öffnete es. Dann drehte ich mich kurz zu Alfred und lächelte.

»Ich habe eindeutig das bessere Los gezogen! Und jetzt wird gegessen … Tommi! Kommst du?!«

Kapitel 14

Hannes und das Brautpaar waren sich mit dem Preis einig geworden. Er würde in seinem Food-Truck hier bei uns für sie kochen. Am nächsten Nachmittag kamen alle drei, um zusammen mit mir und Alfred, der natürlich mit einbezogen wurde, die Details zu besprechen. Er würde es vermutlich nie zugeben, aber ich hatte durchaus den Eindruck, dass es ihm Spaß machte.

Gabis Zukünftiger war nicht nur ein ziemlich gut aussehender Kerl, er war vor allem auch sehr sympathisch.

»Vielen Dank. Auf die Idee mit einer Scheune sind wir bei dem ganzen Chaos gar nicht gekommen. Damit hast du unsere Hochzeit gerettet, Romy«, sagte er.

»Ich freue mich, wenn ich helfen kann.«

Da Adrian in einer Passauer Brauerei arbeitete, hatte er als kleines Mitbringsel für Alfred und mich einen Kasten Bier dabei.

»Dunkles Kellerbier. Das kommt ab nächster Woche ganz neu in unser Sortiment«, erklärte er. »Ihr seid so ziemlich die Ersten, die es probieren dürfen.«

Nachdem wir die Örtlichkeiten noch mal besichtigt hatten, saßen wir bei strahlendem Sonnenschein am Tisch vor dem

Haus, jeder hatte einen Krug Bier vor sich stehen, und wir gingen alle Punkte in Ruhe durch.

Inzwischen war schon Mittwoch, uns blieben nur noch zwei Tage für die Vorbereitungen. Eine große Herausforderung, doch wir waren uns alle einig, dass es zu schaffen war. Alfred und ich hatten heute bereits damit angefangen, in der Scheune aufzuräumen. Die landwirtschaftlichen Fahrzeuge würde er während der nächsten Tage auf der Wiese hinter dem Haus abstellen. Dort wollte er auch noch einen Bereich abstecken, wo die Hochzeitsgäste parken konnten. Damit nicht alle ins Haus auf die Toilette mussten, hatte Adrian bereits einen Toilettenwagen für Samstag reserviert.

Die Getränke würden über den Brunnenwirt laufen, der dadurch keinen kompletten Umsatzausfall hatte.

»Wir kommen gleich morgen früh zum Herrichten der Scheune, damit Adrian am Nachmittag die Stühle aus dem Brunnenwirt rübertransportieren kann«, sagte Gabi. »Wenn es recht ist, bringe ich noch eine Freundin mit, die uns hilft.«

»Aber klar«, sagte ich. Inzwischen machte mir die Sache einen Heidenspaß.

»Dirk und Annemarie vom Küchenpersonal und zwei der Bedienungen aus dem Brunnenwirt haben für Samstag zugesagt«, informierte uns Gabi. »Sie schenken uns das zur Hochzeit.« Das war auch mit ein Grund gewesen, weshalb Hannes ihnen mit dem Preis für das Essen so entgegenkommen konnte – für ihn fielen keine zusätzlichen Personalkosten an.

»Super. Von Dirk und Annemarie brauche ich die Handynummern, damit wir uns absprechen können«, sagte Hannes.

»Und mich teilt ihr einfach da ein, wo immer ihr mich braucht«, bot ich an.

»Vielleicht komme ich ja doch auf dein Angebot zurück,

dass du mir im Truck hilfst«, meinte Hannes und zwinkerte mir zu. Ich hatte das Gefühl, dass ihm noch ein frecher Spruch auf den Lippen lag, aber er hielt sich zurück.

»Klar, gern.«

»Natürlich bezahlen wir dich für deine Hilfe, Romy«, sagte Gabi. »Und du, Alfred, sagst uns bitte, was du dafür verlangst, dass wir das hier machen dürfen«, forderte sie ihn auf.

»Na ja. Solange ihr dafür sorgt, dass danach wieder alles in Ordnung kommt, braucht ihr nichts zu bezahlen. Ihr könnt höchstens noch mal so ein Kistchen Kellerbier vorbeibringen. Da würd ich nicht nein sagen. Das ist wirklich süffig.«

»Stimmt«, sagte Hannes.

»Daran soll es gewiss nicht scheitern«, sagte Adrian und hob seinen Krug. »Prost!«

Wir erhoben unsere Gläser und stießen an.

»Prost. Auf eine wunderschöne Hochzeit!«

Wir besprachen noch ein paar weitere Details, dann machten Gabi und Adrian sich wieder auf den Weg. Sie hatten noch jede Menge zu tun.

»Möchtest du noch eine Halbe?«, fragte ich Hannes.

Doch der schüttelte den Kopf. »Lieber einen Kaffee, bevor ich dann fahre, wenn das möglich wäre.«

»Ich frag mal in der Küche nach«, sagte ich frech.

»Wie freundlich!«

Während Alfred und Hannes noch die Stromanschlüsse für den Truck abklären wollten, ging ich in die Küche und brühte Kaffee auf. Erst nach einer Weile fiel mir auf, dass ich dabei ein Lied summte. Es freute mich, einem Brautpaar zu helfen und deren Hochzeitstag trotz der widrigen Umstände zu etwas Besonderem zu machen.

Hannes kam allein zurück.

»Will Alfred keinen Kaffee?«, fragte ich.

»Nein. Er mäht gleich noch die Wiese, damit die Autos parken können.«

Ich nahm die Kaffeekanne und schenkte in zwei große Haferl ein.

»Jetzt hat er jede Menge Extraarbeit, wo ich ihm doch versprochen hatte, dass ich mich um alles kümmern würde. Ich soll ihm schließlich hier Arbeit abnehmen, nicht zusätzliche Arbeit machen.«

Wir setzten uns an den Tisch.

»Mach dir keine Sorgen. Alfred weiß schon, was er machen kann und will. Außerdem glaube ich, dass es ihm guttut, dass du mit deinem Sohn hier bist und hier endlich mal was los ist.«

»Wirklich?«

Es freute mich, dass er das sagte. So hatte ich das Gefühl, Alfred ein klein wenig von dem zurückzugeben, was er für uns tat. Denn das bisschen Arbeit, das ich bis jetzt hier übernahm, war kaum der Rede wert.

»Weißt du, das Leben meines Onkels lief bisher irgendwie ganz untypisch ab. Ich meine, für einen Bauern auf dem Land. Keine Ehefrau. Keine Kinder. Vor Jahren hatte er mal eine Weile eine Freundin, aber die hat wirklich nicht zu ihm gepasst, und wir waren alle froh, als sie wieder weg war«, erzählte Hannes. »Trotzdem finde ich es schade, dass er niemanden gefunden hat, mit dem er glücklich ist.«

»Ja. Das würde man ihm wirklich wünschen. Er kann ein ziemlich netter und sensibler Kerl sein, auch wenn man ihm das auf den ersten Blick gar nicht so richtig zutraut.«

»Der erste Blick kann öfter mal täuschen. Bei dir dachte ich auch…« Er winkte ab. »Ach egal.«

Das wollte ich jetzt aber genauer wissen!

»Was dachtest du?«, hakte ich nach.

»Wenn ich es dir sage, darfst du aber echt nicht sauer sein«, warnte er mich.

»Bin ich nicht«, versprach ich.

»Na gut. Als ich da am Weiher aufgewacht bin und direkt in dein verkniffenes Gesicht geschaut habe, da dachte ich …«

»Verkniffen? Ich war besorgt!«, stellte ich sofort klar.

»Das hab ich auf den ersten Blick falsch eingeordnet«, fuhr er fort. »Dazu kamen noch deine Ermahnungen, als ob ich ein kleines Kind wäre. Und da dachte ich eben, was für eine wichtigtuerische, humorlose Zicke.«

»Humorlose Zicke?«

»Hey. Du wolltest es wissen. Inzwischen hab ich meine Meinung ja geändert«, versuchte er, die Kurve zu kriegen.

»Ach ja?« Das interessierte mich jetzt aber auch!

Er nickte.

»Du hast durchaus Humor. Du bist nur manchmal etwas übervorsichtig, finde ich. Aber ansonsten bist du echt okay.«

»Na, das freut mich aber!«, sagte ich ironisch.

»Mich auch.« Er grinste.

»Du warst aber an diesem Tag auch nicht gerade ein Ausbund an guter Laune und Höflichkeit«, konnte ich mir nun ebenfalls nicht verkneifen.

»Das stimmt«, gab er zu. »Ich hatte vorher einen ziemlichen Streit mit Carmen und wollte einfach nur meine Ruhe. Du hast mich da echt auf dem falschen Bein erwischt.«

»Mein Eindruck von dir war: ›Was für ein grantiger Zeitgenosse‹.«

»Und was denkst du jetzt?«

»Dass du eigentlich gar nicht mal so übel bist.«

»Ach, gar nicht mal so übel?«

»Genau.«

»Also haben wir uns beim ersten Kennenlernen beide falsch eingeschätzt.«

»Sieht ganz so aus.«

»Gut, dass wir das korrigieren konnten.«

Er lächelte mir zu und griff nach seiner Kaffeetasse.

»Entschuldige, ich hab dich gar nicht gefragt. Brauchst du Milch und Zucker?«

»Nur ein wenig Milch«, sagte er.

»Moment«, sagte ich und stieß mit ihm zusammen, als wir beide im selben Moment aufstanden. Reflexartig hielt er mich einen Augenblick an den Armen fest.

»Entschuldige«, sagten wir beide, dann ließ er mich los.

»Ich hol sie schon«, murmelte ich und ging an ihm vorbei zum Kühlschrank. Diese kurze Berührung hatte mich etwas aus der Fassung gebracht.

»Hier, bitte.«

»Danke.«

Er goss Milch in den Kaffee und nahm einen Schluck.

»Alfred hat mir übrigens die Geschichte mit dem Aushang im Supermarkt erzählt. Und dass du deswegen hier gelandet bist.«

»Stimmt.«

»Erstaunlich. Ich kenne wenige Frauen, die so spontan ihre Lebenssituation ändern würden.«

»Es war eine tolle Chance für einen Neuanfang für meinen Sohn und mich. Apropos …« Ich sah auf die Uhr. »Den muss ich ja auch bald vom Kindergarten abholen.«

»Sag mal, könntest du mir einen Riesengefallen tun?«

»Kommt ganz darauf an.«

»Keine Sorge. Nichts Schlimmes.«

»Wie beruhigend.«

»Ich muss morgen den Truck herbringen. Aber ich brauche auch mein Auto hier, damit ich mobil bin. Wäre es für dich sehr umständlich, mich zu meiner Wohnung in Passau zu fahren? Ansonsten würde ich Alfred fragen, ob…«

»Natürlich nicht«, unterbrach ich ihn. »Klar kann ich dich fahren.«

Hannes wartete im Wagen vor dem Kindergarten, während ich Tommi abholte.

Als wir herauskamen, war Hannes ausgestiegen und unterhielt sich mit Helga, die Lexi an der Hand hielt. Wenn ich das mit den Verwandtschaftsgraden richtig verstanden hatte, musste sie seine Cousine sein.

»Hallo, Frau Lippel«, grüßte ich, während ich die hintere Tür aufmachte, damit Tommi einsteigen konnte.

»Es freut mich, dass Sie nach dem ganzen Hin und Her mit unserem Onkel nun doch geblieben sind«, sagte sie. »Und mit Hannes haben Sie sich ja auch schon bekannt gemacht.«

»Ja«, bestätigte ich.

»Darf Lexi mit zu uns zum Spielen kommen?«, bettelte mein Sohn.

»Heute geht das nicht, Tommi. Wir müssen jetzt noch woanders hinfahren.«

»Ich kann Tommi gern mit zu uns nehmen, wenn Sie noch was zu erledigen haben«, schlug Helga vor. »Ich bringe ihn dann später zum Hof zurück.«

Die Kinder waren von dem Vorschlag begeistert.

»Ein anderes Mal vielleicht«, sagte ich jedoch ausweichend und ließ mich auch nicht vom Betteln der Kinder erweichen. Es war eine Sache, meinen Sohn beim geschulten Personal des

Kindergartens zu lassen oder inzwischen auch ab und zu bei Alfred. Doch ihn einer Frau anzuvertrauen, mit der ich bisher nur ein paar Worte gewechselt hatte, das war etwas ganz anderes. Auch wenn sie Alfreds Nichte war und nett zu sein schien. Ich musste sie erst einmal besser kennenlernen, bevor so etwas überhaupt in Frage kam.

Da kam Hannes mir zu Hilfe.

»Tommi, ich möchte dich und deine Mama noch auf ein Eis in der besten Eisdiele in Passau einladen. Magst du?«

»Oh ja!«, rief mein Sohn begeistert. Und fügte dann hinzu: »Darf Lexi auch mit?«

»Von mir aus gern«, stimmte Hannes zu, der, wie ich etwas später erfuhr, Lexis Patenonkel war.

Da auch Helga nichts dagegen hatte, naschten die beiden Kinder eine Dreiviertelstunde später glücklich an ihren Eisbechern, während Hannes und ich uns einen Espresso genehmigten. Das Eiscafé war in einer kleinen Seitenstraße in der Nähe zur Fußgängerzone.

»Passau ist echt eine schöne Stadt«, sagte ich. »Zumindest das, was ich bisher gesehen habe. Viel ist das ja noch nicht.«

»Wenn du möchtest, kann ich mal eine Stadtführung machen«, bot Hannes an. »Es gibt hier wirklich sehr viele schöne Plätze.«

»Gern«, sagte ich spontan. Je mehr Zeit ich mit ihm verbrachte, umso sympathischer wurde er mir.

»Abgemacht. Es gibt auch ein paar nette Restaurants, in denen man gut essen kann. Natürlich nicht so gut wie in meiner Küche«, sagte er schmunzelnd. »Wenn du magst, könnten wir nach der Stadtführung noch essen gehen.«

»Warum nicht? Aber bitte nicht zu spät. Wegen Tommi. Er muss früh ins Bett.«

Hannes sah mich amüsiert an.

»Klar. Das machen wir schon so, dass es für Tommi auch passt. Vielleicht gehen wir in einen Biergarten mit Spielplatz, dann hat er auch was davon.«

»Gute Idee… Wo steht der Truck eigentlich?«, lenkte ich unser Gespräch auf ein anderes Thema.

»Auf dem Firmengelände eines Freundes«, erklärte Hannes. »Da kann ich ihn in der nächsten Zeit…«

Er stockte für einen Moment, und sein Gesichtsausdruck veränderte sich.

»… unterstellen«, beendet er dann den Satz.

»Hannes?«, hörte ich eine Frauenstimme hinter mir sagen.

»Hallo, Carmen.«

Carmen? Das ist doch der Name seiner Exfreundin? Instinktiv setzte ich mich etwas aufrechter auf meinen Stuhl. Bevor ich mich zu ihr umdrehen konnte, stand sie schon bei uns am Tisch und strubbelte freundschaftlich durch Lexis Haare.

»Hey, Leximaus«, sagte sie und zwinkerte der Kleinen zu, die sich offensichtlich freute.

Irgendwie hatte ich mir unter dem Namen Carmen eine rassige dunkelhaarige Schönheit vorgestellt, groß und elegant. Doch diese Carmen hier war kleiner als ich und zierlich. Und mit dem wilden roten Wuschelkopf und der lustigen Stupsnase war sie mir auf den ersten Blick sympathisch.

Neugierig nahm sie mich unter die Lupe.

»Romy, das ist Carmen«, stellte Hannes uns vor.

»Tag, Romy.«

»Hallo, Carmen.«

»Ich störe doch hoffentlich nicht?«, fragte sie.

»Eigentlich schon«, sagte Hannes prompt, und Carmen lachte.

»Ich muss aufs Klo, Mami!«

Ich seufzte. Mein Sohn suchte sich irgendwie immer den unpassendsten Zeitpunkt. Dabei hätte ich zu gern das Gespräch weiterverfolgt.

»Ganz schnell.«

»Na gut, dann komm.«

Ich stand auf und ging mit Tommi ins Café.

Als wir ein paar Minuten später wiederkamen, war Carmen schon weg.

»Sie macht einen ganz netten Eindruck«, sagte ich, als wir uns wieder gesetzt hatten.

»Ja. Aber das ist sie nicht immer.«

Er sah auf die Uhr auf seinem Handy.

»Romy, ich habe bereits bezahlt. Macht es dir was aus, wenn ich jetzt verschwinde? Ich hab für Samstag noch so viel zu erledigen.«

»Klar, das versteh ich. Und danke für die Einladung.«

»Danke fürs Herfahren. Wir sehen uns dann morgen. Tschüss ihr drei.«

Er stand auf und winkte uns noch mal zu, bevor er zwischen den Leuten verschwand.

Nachdem die Kinder das Eis gegessen hatten, spazierten wir noch ein wenig durch die Fußgängerzone und an der Innpromenade entlang. Es fühlte sich fast ein wenig an wie Urlaub.

Schließlich gingen wir zurück ins Parkhaus neben dem Stadtturm, um den Wagen zu holen, und fuhren nach Halling. Ich brachte Lexi zu ihren Eltern. Der Bauernhof war größer und auch moderner als der von Alfred. Die Lippels waren inzwischen die Einzigen hier im Ort, die noch Milchkühe im Stall hatten.

Bei der Begrüßung bot Helga mir das »Du« an.

»Ich würde euch gern noch hereinbitten, aber ich muss gleich zum Melken«, sagte sie.

»Macht nichts. Ich muss sowieso zurück und das Abendessen machen.«

»Wie läuft es denn mit Alfred?«, fragte Helga, bevor wir wieder ins Auto einstiegen.

»Inzwischen ganz gut.«

»Das freut mich. Sag ihm einen schönen Gruß.«

»Mach ich.«

»Tommi, und das nächste Mal darfst du dann zu uns kommen«, versprach Helga. »Vielleicht morgen nach dem Kindergarten?«

»Ja!«, jubelte er begeistert.

Doch da ich jetzt wusste, dass es hier Kühe gab, waren meine Bedenken eher noch größer geworden. Nicht auszudenken, was da alles passieren konnte! Was, wenn mein tierbegeisterter Sohn in den Stall ging und dort zwischen die Hufe geriet und niedergetrampelt wurde?

»Morgen geht leider nicht«, sagte ich deswegen ausweichend. »Aber irgendwann klappt es schon.« Ich ahnte bereits jetzt, wie schwierig es werden würde, immer wieder Ausreden zu finden.

Kapitel 15

Frühsommer 1965 in Halling

»Zu mir!«, schrie Wolfgang auf der linken Außenseite.

Alfred war es gelungen, an drei Spielern vorbeizukommen, ohne den Ball zu verlieren. Doch den Rest der Abwehr zu überwinden, würde er nicht schaffen, also traf er die richtige Entscheidung und gab den Ball ab. Passte ihn seinem besten Freund genau zu.

Die Zuschauer am Rand des Spielfeldes tobten und feuerten ihre Mannschaften an, während Wolfgang mit langen Schritten zum gegnerischen Tor rannte. Für einen Torschuss schien er zu weit weg zu sein, doch er wagte den Versuch. Der Ball flog unerreichbar über die Köpfe der Spieler hinweg in die rechte obere Ecke, ohne dass der Torwart ihn auch nur berühren konnte.

Danach brach die Hölle los. Jubelnde Zuschauer rannten auf das Spielfeld. Sie warfen sich zusammen mit den Fußballern auf Wolfgang und Alfred, die durch ihren erfolgreich zum Abschluss gebrachten Pass buchstäblich in der letzten Minute mit einem 1 : 0 den Sieg gegen die Mannschaft aus Passau errungen hatten. Es war das erste Mal, dass das kleine Halling als Sieger beim Kreisturnier hervorging. Sich noch dazu gegen den haushohen Favoriten aus Passau durchsetzte.

Nach der Siegerehrung wurden für die Feier Biertische und Bänke auf dem Spielfeld aufgestellt. Fast jeder Einwohner des Ortes war inzwischen gekommen, um den Sieg der Mannschaft zu feiern.

»Prost, du Held!«, sagte Alfred zu Wolfgang, und sie stießen mit den Bierkrügen an.

»Ohne dich hätte ich das Tor nicht geschossen«, entgegnete sein Freund.

»Wir sind eben ein gutes Gespann!«

»Stimmt!«

Sie grinsten sich zu und nahmen einen tiefen Schluck.

»Und hast du das dumme Gesicht vom Uwe gesehen?«, fragte Alfred.

»Klar. Muss schon hart gewesen sein für den aufgeblasenen Schönling, dass er nur auf der Reservebank sitzen durfte.«

Die beiden lachten. Eigentlich waren sie nicht schadenfroh, aber wenn es um den Dinkel Uwe ging, dann hatten sie kein schlechtes Gewissen. Oft genug hatte er ihnen damals in der Grundschule das Leben zur Hölle gemacht. Inzwischen arbeitete er in der Autowerkstatt seines Vaters, und man munkelte, dass er bereits dem einen oder anderen Mädchen den Kopf verdreht hatte, wenn er in seinem roten Lotus Elan durch die Gegend kutschierte.

»Gut gemacht.« Der Bürgermeister kam zu den beiden und klopfte ihnen anerkennend auf die Schultern.

»Wer hätte gedacht, dass aus dem Linde-Jungen mal so ein Fußballer wird«, sinnierte er.

Und noch vor zwei Jahren hätte sich das tatsächlich niemand vorstellen können. Schon gar nicht Wolfgang selbst. Und auch

Alfred konnte es immer noch nicht ganz glauben, wie sehr sein bester Freund sich verändert hatte. Aus heiterem Himmel hatte Wolfgang vor zwei Jahren plötzlich damit aufgehört, unkontrolliert Essen in sich hineinzustopfen. Als er sich beim Fußballverein anmeldete, hatten ihn alle ausgelacht. Nur Alfred nicht. Auch wenn er sich nicht vorstellen konnte, wie sein unsportlicher Freund ausgerechnet darauf kam, Fußball spielen zu wollen, so unterstützte er ihn. Wenn sie nach der Schule Zeit hatten, kickten sie auf dem Bolzplatz. Am Anfang hielt Wolfgang keine fünf Minuten durch, ehe er sich keuchend auf die Wiese setzen musste. Doch mit jedem Kilo, das er verlor, fiel es ihm leichter. Schneller, als Alfred erwartet hätte, steigerte sich seine Ausdauer. Und nun, zwei Jahre später, war aus dem ehemaligen Dickmopps ein durchtrainierter schlanker Siebzehnjähriger geworden, der sich inzwischen allen möglichen sportlichen Herausforderungen stellte.

»Schau mal!« Wolfgang rempelte Alfred in die Seite. »Da kommt Elli.«

Er winkte zur Straße neben dem Fußballplatz, auf der Elli mit dem Fahrrad angefahren kam.

Sie gingen ihr entgegen.

Elli stellte das Fahrrad ab.

»Mein Papa hat mir für den Rest des Tages freigegeben.«

»Hast du es schon gehört?«, fragte Alfred.

»Was denn?«

»Wolfgang hat das Siegestor für Halling geschossen.«

»Wirklich?«, fragte Elli und drehte sich zu Wolfgang.

»Ja. Aber nur, weil Alfred mir so gut vorgelegt hat«, stellte Wolfgang klar.

»Trotzdem. So ein Tor aus dieser Entfernung – das schafft sonst niemand«, schwärmte Alfred.

»Das habt ihr beide toll gemacht!«, sagte Elli, und ihre dunklen Augen funkelten.

Alfred spürte, wie sein Magen in ihrer Gegenwart wieder einmal Purzelbäume schlug. Er war schon lange verliebt in Elli, und doch hatte er sich noch nie getraut, es ihr zu sagen. Er hatte sich noch nicht einmal Wolfgang anvertraut. Das war das einzige Geheimnis, das er vor seinem besten Freund hatte. Sie drei waren inzwischen so eng befreundet, dass er Angst hatte, irgendetwas könnte womöglich kaputtgehen, wenn er über seine Gefühle zu Elli sprach. Vielleicht waren seine Bedenken aber auch nur Unsinn. Irgendwann musste er es ihr ja mal sagen. Doch jedes Mal, wenn er kurz davor stand, packte ihn die Angst, dass Elli womöglich anders empfinden könnte als er. Was, wenn er für sie nur ein guter Freund war? Andererseits gab es da diese Blicke, die sie ihm manchmal zuwarf. Und wenn sie mal allein waren, dann lag so etwas Besonderes in der Luft. Das konnte er sich doch nicht nur alles einbilden. Darin lag etwas, das musste einfach mehr sein als nur eine harmlose Freundschaft.

»Möchtest du was trinken, Elli?«, fragte Wolfgang und riss ihn aus seinen Gedanken.

»Ja. Eine Limonade, bitte.«

»Du auch?«, fragte er Alfred.

»Ja.«

Während Wolfgang losging, um Getränke zu holen, war Alfred mit Elli allein und fühlte sich plötzlich befangen.

»Es ist so heiß heute«, sagte sie und strich sich eine verschwitzte Haarsträhne aus dem Gesicht. »Wir könnten später noch an den Weiher fahren und schwimmen. Ich habe meine Badesachen schon dabei.«

»Ja, das ist eine gute Idee«, sagte Alfred erfreut. »Soll ich meine Luftmatratze mitnehmen?«

Bevor sie antworten konnte, hörte er neben sich eine allzu bekannte Stimme.

»Hallo, Elli.«

Er brauchte sich nicht umzudrehen, um zu wissen, wer es war.

»Grüß dich, Uwe«, sagte Elli und lächelte ihm zu.

In diesem Moment hätte Alfred ihn am liebsten angefahren, er solle gefälligst verschwinden.

»Hast du Lust auf eine kleine Spritztour mit dem Wagen nach Passau? Ich lade dich auf ein Eis ein.«

»Geht nicht, ich habe schon was vor«, antwortete Elli freundlich. »Aber danke.«

»Vielleicht ein anderes Mal?«, ließ Uwe nicht locker.

»Vielleicht«, antwortete sie, und Alfred wurde von Sekunde zu Sekunde wütender. Was wollte dieser Kerl von seiner Elli?

»Schönen Tag noch«, sagte Uwe und ging.

»Ich hoffe, du hast das nicht ernst gemeint«, rutschte es Alfred heraus.

»Was meinst du?«, fragte Elli.

»Na ja. Du willst doch nicht wirklich mit Uwe einen Ausflug machen?«

»Warum sollte ich nicht?«, fragte sie und warf Alfred ein fragendes Lächeln zu.

»Er ist schon neunzehn!«

»Na und?«

»Und er ist ein boshafter Trottel«, kam Wolfgang Alfred zu Hilfe. Er reichte seinen Freunden eisgekühlte Himbeerlimonade.

»Ich finde, er ist gar nicht so schlimm, wie die meisten Leute behaupten«, sagte Elli.

Dass sie ihn verteidigte, ärgerte Alfred.

»Vielleicht nicht dir gegenüber«, sagte Wolfgang und setzte sich zu ihnen.

»Ich weiß schon, früher war er mal ein ziemlicher Rabauke. Das hat er mir selbst mal erzählt. Aber er hat sich geändert«, meinte sie.

Wolfgang warf Alfred einen Blick zu und verdrehte die Augen. In stillem Einvernehmen vermieden sie es beide, das Thema noch weiter zu vertiefen.

»Fahren wir jetzt an den Weiher?«, fragte Alfred.

»Ja«, sagte Wolfgang. »Ich kann nur nicht so lange, sonst krieg ich Ärger mit meiner Mutter, wenn ich den Samstag- abendgottesdienst schwänze.«

Elli und Alfred nickten wissend. Frau Linde ließ ihrem Sohn recht viele Freiheiten, doch zwei Dinge waren bei ihr nicht ver- handelbar: tadellose Tischmanieren und dass Wolfgang sams- tags und sonntags den Gottesdienst besuchte.

Auf dem Weg zum Weiher holten Alfred und Wolfgang ihre Badesachen bei sich zu Hause ab, und schon eine Viertelstunde später sprangen die drei ins Wasser.

Eine Weile lang alberten sie herum, dann holte Alfred die aufgeblasene Luftmatratze. Sie legten sich zu dritt mit den Oberkörpern quer auf die Matratze, Elli in der Mitte, und lie- ßen sich über den See treiben.

»Das ist aber mal ein besonders schöner Tag. Ich könnte die ganze Zeit im Wasser bleiben«, sagte Elli.

»Ich auch«, kam es von Alfred und Wolfgang unisono, und sie lachten vergnügt.

»Am liebsten würde ich auf einem Schiff leben oder am Meer«, schwärmte Alfred, der seinen Traum von fernen Län- dern noch nicht aufgegeben hatte.

»Wo denn am Meer?«, fragte Elli.

»Vielleicht in Griechenland. In Athen oder auf Kreta oder Kos. Da ist das Meer so türkisblau, schöner geht es gar nicht. Wisst ihr überhaupt, dass Hippokrates dort geboren wurde?«

Elli und Wolfgang schüttelten den Kopf.

»Irgendwann will ich mal dorthin.«

»Was ist mit dir, Wolfgang?«, fragte Elli. »Möchtest du auch mal ans Meer?«

»Vielleicht. Aber ich möchte auch gerne mal wieder nach Köln«, sagte jetzt Wolfgang.

Alfred sah ihn erstaunt an.

»Wirklich?«

»Vermisst du es?«, fragte Elli.

»Vermissen nicht, aber inzwischen sind meine Erinnerungen an die Zeit dort so verblasst, dass ich die Stadt gerne noch mal sehen möchte.«

»Das verstehe ich«, sagte Elli. »Ich denke auch immer wieder mal an meine alte Heimat in Südtirol. Dort leben meine Großeltern und meine zwei Tanten.«

Ihr Blick wurde plötzlich ernst.

»Ist was?«, fragte Alfred.

»Na ja. Ich werde meine alte Heimat bald wiedersehen.«

»Wie meinst du das?«, fragte Wolfgang.

»Meine Eltern möchten, dass ich nach der mittleren Reife eine Ausbildung im Hotel meiner Tante mache.«

Alfred dachte einen Moment lang, sein Herz würde aussetzen.

»Aber davon hast du uns nie was gesagt«, rief er erschrocken. Und auch Wolfgang schien diese Nachricht nicht sonderlich zu gefallen.

»Es steht erst seit ein paar Tagen so richtig fest«, sagte sie leise.

»Das bedeutet, du gehst von hier weg?«, fragte Wolfgang.

»Für die nächsten zwei Jahre.«

»Danach kommst du wieder zurück?«, wollte Wolfgang wissen.

»Auf jeden Fall.«

»So ein Mist«, sagte Alfred. Er konnte sich zwei Jahre ohne Elli überhaupt nicht vorstellen.

Danach schwiegen alle drei.

»Ich muss so langsam nach Hause«, sagte Wolfgang nach einer Weile, und sie paddelten zurück ans Ufer.

Alfred und Elli beschlossen, noch eine Weile zu bleiben, und legten sich zum Trocknen auf die Decke.

»Bis morgen!«, verabschiedete sich Wolfgang und radelte davon.

Alfred konnte an nichts anderes mehr denken als daran, dass Elli bald nicht mehr hier sein würde.

»Wolltest du denn nach Meran?«, fragte er schließlich.

»Ich möchte gerne hin, aber gleichzeitig möchte ich nicht von hier weg«, antwortete sie.

Alfred konnte verstehen, was sie meinte.

»Das Hotel ist sehr groß, und ich kann dort viel lernen. Mehr als in der kleinen Bäckerei meiner Eltern.«

»Schon klar«, sagte er.

»Die zwei Jahre gehen ganz bestimmt schnell vorbei.«

Er betrachtete sie und versuchte, sich jede Einzelheit ihres schönen Gesichts einzuprägen.

»Ich werde dich sehr vermissen«, sagte er schließlich leise.

»Ich dich auch«, antwortete sie. Und als ob es das Natürlichste der Welt wäre, küssten sie sich.

Kapitel 16

Den ganzen Donnerstag verbrachten wir damit, die Scheune auf Vordermann zu bringen und zu dekorieren. Am Ende sah sie aus wie eine besondere Veranstaltungslocation aus einem Hochzeitsmagazin. Tommi spielte währenddessen mit Legos oder hörte Hörbuch, und ich konnte ihn im Auge behalten, solange er nicht im Kindergarten war. Gabi brachte zum Helfen noch ihre Freundin Hanna mit, die ich im Supermarkt kennengelernt und beim Spaziergang wiedergetroffen hatte.

Als Hannes gegen Mittag mit dem Truck kam, überraschte er uns alle mit einem Topf Hühnercurry, das er am Abend zuvor zubereitet hatte. Dazu gab es Basmatireis mit Mandelblättchen.

»Du hattest doch heute sicher keine Zeit, um auch noch zu kochen«, sagte er zu mir. Als wir alle um den Tisch vor dem Haus saßen und ich den ersten Bissen in den Mund schob, riss ich vor Überraschung die Augen auf. Aber nicht wegen der Schärfe, die war genau so, wie ich sie mochte, sondern weil die verschiedenen Aromen im Curry eine wahre Geschmacksexplosion in meinem Mund verursachten.

»Aber das schmeckt ja ... phantastisch«, sagte ich.

»Hast du etwa daran gezweifelt?«, fragte er amüsiert.

»Nein… aber ich hätte nicht gedacht, dass du so gut bist, das ist ja der Hammer«, platzte ich heraus und merkte erst dann, wie zweideutig sich das anhörte, als die anderen anfingen zu lachen.

»So war das doch gar nicht gemeint«, verteidigte ich mich und spürte, dass mein Gesicht ganz rot angelaufen war. »Ihr seid wirklich unmöglich!«

»Schon klar.« Er zwinkerte mir zu.

Auch die anderen lobten seine Kochkünste, und Alfred verputzte sogar zwei große Portionen.

»So ein Curry kannst du auch auf die Liste setzen«, sagte er zu mir.

»Welche Liste?«, wollte Hannes wissen.

»Wir sammeln Ideen, was ich immer so kochen soll«, erklärte ich.

»Wenn du Anregungen brauchst, melde dich«, bot er an.

»Auch wenn ich es nicht gern zugebe«, sagte Gabi, »aber wenn das Essen bei der Hochzeit mindestens so toll schmeckt wie das hier, dann war das Feuer nicht ganz umsonst. Stefan ist zwar auch kein schlechter Koch, aber an das hier kommt er nicht ran.«

»Ich werde mich bemühen, euch nicht zu enttäuschen«, versprach Hannes. Und nach der Kostprobe heute hatte ich keinerlei Zweifel daran, dass er sein Versprechen halten würde.

Nach dem Essen brachte ich Tommi in den Kindergarten und beeilte mich zurückzukommen, bevor am Nachmittag die Tische und Stühle sowie das Geschirr und die Gläser aus dem Brunnenwirt gebracht wurden. Da der Gastwirt dort öfter auch Veranstaltungen für Vereinsfeiern und Volksfeste ausrichtete, standen eine mobile kleine Schänke mit Spülbecken und ein großer Kühlschrank für die Getränke bereit.

Hannes hatte den Truck so neben der Scheune abgestellt, dass die Wege zum Servieren nicht allzu lang waren. Am Nachmittag verschwand er wieder, um noch die letzten Einkäufe und Erledigungen zu machen. Auch Adrian hatte sich früh verabschiedet. Er feierte heute mit ein paar Freunden seinen Junggesellenabend.

Alfred versprach mir, im Haus zu bleiben, nachdem ich Tommi ins Bett gebracht hatte, damit ich weiterhelfen konnte. Mein Sohn hatte sich hier inzwischen gut eingewöhnt, und sollte er tatsächlich mal nachts aufwachen, dann wusste er, dass einer von uns immer da war.

Schließlich war die Scheune fertig dekoriert. Überall hingen bunte Lampions, und auch die Tischdekoration war bereits arrangiert. Nur die frischen Blumen würden Hanna und ich erst am Samstag auf den Tischen verteilen.

»Es sieht toll aus«, schwärmte Hanna.

»Schöner als im Wirtshaussaal«, gab Gabi zu und drehte sich zu mir um. »Du weißt gar nicht, wie sehr du uns geholfen hast, Romy. Wenn du uns nicht die Scheune vorgeschlagen hättest, ich weiß nicht, ob die Hochzeit am Samstag überhaupt stattfinden würde.«

»Ach, schon gut«, winkte ich ab. »Ich hab das wirklich gern getan.«

»Ich hätte es nicht besser hinbekommen«, sagte plötzlich eine Stimme, und wir drehten uns zum Scheunentor um. Dort stand eine hübsche Frau mit kurz geschnittenen dunklen Haaren in einem luftigen roten Umstandskleid.

»Dani!«, riefen Hanna und Gabi gleichzeitig und eilten auf sie zu.

»Was machst du denn schon hier in Halling?«, fragte Gabi ungläubig nach einer Umarmung.

»Überraschung!«, sagte die hochschwangere Frau. »Ihr glaubt doch nicht, dass ich den Junggesellinnenabend verpasse.«

»Ich dachte, du kommst erst am Samstag früh?«, sagte Hanna.

»Alex hat es nicht mehr mit mir ausgehalten«, erklärte die soeben Eingetroffene mit einem verschmitzten Lächeln. »Er meinte, ich wäre hier besser aufgehoben und solle lieber dich nerven. Und weil Benny ja morgen noch zur Schule muss, kommt er mit ihm und meiner Mutter am Samstag.«

»Darf ich vorstellen? Meine Schwägerin Daniela. Adrians Zwillingsschwester«, sagte Gabi. »Und das ist Romy. Sie hat das hier alles möglich gemacht.«

Daniela und ich schüttelten einander die Hand, und mir fiel auf, wie sehr sie ihrem Bruder Adrian ähnelte, wenn sie lächelte.

»Freut mich«, sagte sie.

»Mich auch.«

»Nur leider wird es heute keine Party geben«, erklärte Hanna. »Es gab so viel zu tun, dass uns für die Vorbereitung keine Zeit blieb.«

»So was Ähnliches dachte ich mir schon«, sagte Daniela. »Deswegen habe ich vorgesorgt. Draußen steht ein Korb mit Prosecco für euch und jeder Menge Häppchen für mich.«

»Du bist doch nicht etwa selbst hergefahren?«, fragte Hanna.

»Ach wo! Alex hat mich zu eurem Hof gefahren, und nachdem du nicht dort warst, hat dein Mann mich hergebracht, bevor er zum Junggesellenabschied aufgebrochen ist.«

»Ich dachte eigentlich, du müsstest liegen und dich schonen«, sagte Gabi und warf ihrer Schwägerin einen besorgten Blick zu.

»Die Frauenärztin meinte, dass es jetzt nicht mehr schlimm wäre, wenn es losgehen würde. Schließlich bin ich schon in der 37. Woche. Ich soll mich zwar schonen, muss aber nicht mehr ständig liegen. Außerdem werde ich einen Teufel tun und die Hochzeit meines einzigen Bruders verpassen«, stellte sie klar. »Da können mich auch die zwei Racker nicht davon abhalten.« Sie strich zärtlich über ihren Bauch.

»Zwei?«, fragte ich überrascht, obwohl ich es mir bei diesem Umfang hätte denken können.

»Ja. Zwillinge. Ein Junge und ein Mädchen«, erklärte Daniela.

»Wie praktisch!«

»Hol doch mal jemand die Sachen rein«, sagte Daniela.

Um Alfred nicht zu stören, beschlossen wir, in der Scheune zu bleiben und uns einen der Tische zu schnappen, die eigentlich als Ablage für die Getränke bereitstanden, um noch ein Gläschen zu trinken.

Kurz darauf stießen wir mit Prosecco und Wasser auf die bevorstehende Hochzeit an.

Daniela erzählte, dass sie ein kleines Unternehmen mit dem Namen BeauCadeau führe, das sich auf das Erfüllen besonderer Wünsche von Kunden spezialisiert habe.

»Das hat sie von mir geerbt«, verriet Hanna, die das Geschäft offenbar vor einigen Jahren gegründet und nach ihrem Umzug aufs Land ihrer Mitarbeiterin Daniela überlassen hatte. »Eigentlich bin ich ja selbst Spezialistin für solche Veranstaltungen und hätte auf die Idee kommen können, die Hochzeit in eine Scheune zu verlegen. Aber ich habe momentan auf dem Hof so viel um die Ohren, dass ich gar nicht an so eine Möglichkeit gedacht habe«, erklärte sie.

»Eure Scheune wäre für alle Gäste ohnehin zu klein gewesen«, warf Gabi ein.

»Und mich hat man noch nicht mal gefragt«, meldete sich nun auch Daniela leicht schmollend zu Wort.

»Aus gutem Grund!«, sagte Gabi. »Außerdem passt ja alles, dank Romy!«

Sie lächelte mir zu.

»Stimmt. Das hast du echt gut gemacht«, pflichtete Hanna ihr bei.

Ich erfuhr, dass Daniela bereits einen Sohn aus einer früheren Ehe hatte.

»Klappt das denn?«, fragte ich interessiert.

»Ja. Benny und Alex kommen wirklich toll miteinander klar«, sagte sie. »Und mit meinem Exmann funktioniert es auch ganz gut.«

Beneidenswert, dachte ich.

»Du bist alleinerziehend, oder?«, fragte Hanna.

»Das hat sich in Halling wohl schon herumgesprochen«, sagte ich und nickte.

»Na klar«, antwortete Hanna lachend. »Hier kann man kaum was verheimlichen.«

»Hast du auch Kinder?«, wollte ich nun von ihr wissen.

Sie schüttelte den Kopf.

»Irgendwie hat es bei uns bisher noch nicht geklappt.«

»Das kommt schon noch«, sagte Daniela.

»Dafür muss man einfach nur genügend üben«, meinte Gabi und zwinkerte Hanna zu.

»Das ist sicher nicht das Problem, demnach müssten wir schon einen ganzen Stall voller Kinder haben«, sagte Hanna und brachte uns damit zum Lachen.

Der Prosecco zeigte offensichtlich schon Wirkung bei uns.

Und bei Daniela waren es wohl die Schwangerschaftshormone.

»Wenn es nicht klappt, kannst du dir eines von meinen ausleihen, wenn dir danach ist«, bot die werdende Mutter an und nahm sich ein Schinkenhäppchen.

»Vielen Dank, aber den Spaß überlasse ich dir und deinem Mann schon ganz allein. Und ich denke an dich, wenn wir Sonntagmorgens gemütlich im Bett liegen und es uns gutgehen lassen, während ihr im Zweistundentakt Fläschchen warm macht und Windeln wechselt.«

Daniela schnappte sich eine Cocktailtomate und warf sie nach Hanna, die sich lachend zur Seite duckte.

»Warte nur ab. Du wirst absolut verliebt sein in meine Zwerge und mich anbetteln, dass du auf sie aufpassen darfst.«

»Träum nur weiter«, sagte Hanna. Sie griff nach der Proseccoflasche und schenkte allen, bis auf Daniela, nach.

Mir fiel auf, dass Gabi inzwischen etwas stiller geworden war.

»Bist du schon nervös wegen Samstag?«, fragte ich.

Sie zuckte mit den Schultern.

»Nervös nicht wirklich, nur…«

»Nur was?«, fragte Daniela. »Du wirst doch meinen Bruder nicht im letzten Moment in die Wüste schicken?«

»Doch, jetzt, wo du es sagst. Das könnte ich eigentlich machen«, sagte Gabi und lächelte verschmitzt.

»Blöde Kuh«, feixte Daniela und warf ein Radieschen nach ihr, das Gabi auffing und sich in den Mund steckte. Man konnte regelrecht spüren, wie nah diese Frauen sich waren.

In diesem Moment vermisste ich Teresa so sehr, dass es fast ein wenig wehtat. Auch wir hatten oft unsere freundschaftlichen Kabbeleien gehabt. Und jede von uns wusste, dass die andere sie verstand, und wir mussten nicht jedes Wort auf die Goldwaage legen. Die Frauen, die hier am Tisch saßen, waren alle sehr sympathisch, aber ich war nicht ihre Freundin, sondern nur jemand, der eine gute Idee gehabt hatte, um einem Brautpaar aus der Patsche zu helfen. Es wäre schön, wenn sich das im Laufe der Zeit ändern und auch ich hier richtig Fuß fassen würde. Aber solche Dinge brauchten Zeit.

Ich griff nach dem Glas und nahm einen tiefen Schluck.

»Jetzt sag schon«, forderte Daniela indes ihre zukünftige Schwägerin auf und zwirbelte dabei an einer Haarsträhne herum. »Hast du wirklich Bedenken?«

»Nein!«, protestierte Gabi. »Ich habe überhaupt keine Bedenken.«

»Aber irgendwas hast du doch, oder?« Daniela ließ nicht locker.

»Nicht wirklich. Es ist nur«, begann Gabi nun doch, »man weiß halt nie, ob es funktionieren wird. Mehr als jede dritte Ehe wird inzwischen geschieden. Ganz zu schweigen davon, wie viele Beziehungen in die Brüche gehen, die nicht gesetzlich abgesegnet sind. Dani, deine Eltern sind geschieden, und du selbst bist auch zum zweiten Mal verheiratet. Und du, Romy, bist auch von dem Vater deines Kindes getrennt und lebst allein, dabei bist du sicher noch keine dreißig, wenn ich mich nicht irre?«

»Ich bin achtundzwanzig«, sagte ich.

»Seht ihr? Und genau das meine ich.«

»Also bei mir passt noch alles«, stellte Hanna fest.

»Ja. Noch. Und statistisch gesehen wirst du auch mit deinem Mann zusammenbleiben«, fuhr Gabi fort. »Aber ob es bei mir halten wird, ist hingegen schon wieder fraglich. Statistisch gesehen.«

»Das ist irgendwie wie Schrödingers Katze«, murmelte Hanna, die ihr Glas schon wieder zur Hälfte geleert hatte.

Wir sahen sie alle irritiert an.

»Wie meinst du das denn?«, fragte Daniela.

»Na ja, der Karton ist quasi die Ehe, und die Liebe ist die Katze. Die Katze kann in ein paar Jahren gleichzeitig gestorben sein oder sie lebt noch im Karton.«

»Hä? Du vergleichst die Liebe mit einer Katze?«, fragte Daniela verwirrt.

»Mit Schrödingers Katze immerhin«, merkte ich an. Auch ich spürte mittlerweile die Wirkung des Alkohols.

In diesem Moment meldete Hannas Handy eine SMS.

»Der beste aller Ehemänner fragt, ob er uns ein Taxi schicken soll.«

»Besser wär's«, meinte Daniela.

»Aber doch jetzt noch nicht!«, meinte Gabi.

»Ich könnte euch zwar fahren, weil ich nichts getrunken habe, aber ich passe nicht mehr hinters Lenkrad«, gestand Daniela.

»Echt jetzt?«, fragte Hanna grinsend.

»Damit ich mit dem Bauch reinpasse, müsste ich den Sitz so weit nach hinten rutschen, dass ich mit den Füßen nicht mehr an die Pedale komme.«

Bei dieser Vorstellung prusteten wir laut los, und auch Daniela musste lachen.

»Hört bitte auf!«, bat sie schließlich und legte ihre Hände an den Bauch. »Das tut echt weh!«

Trotzdem dauerte es noch eine Weile, bis wir uns wieder beruhigt hatten. Hanna schrieb ihrem Mann, dass sie später selber ein Taxi rufen würde, und holte eine weitere Flasche Prosecco aus dem Korb.

»Sollen wir die noch öffnen?«, fragte sie.

»Warum nicht? Mach sie auf«, stimmte ich zu. Irgendwie war mir nach noch mehr Alkohol.

Ich sah, wie Daniela ihre Hand auf Gabis Arm legte.

»Ich habe Adrian noch nie so glücklich mit einer Frau erlebt, Gabi«, griff sie das Gespräch wieder auf. »Geh einfach davon aus, dass Schrödingers Liebes-Katze in der Ehe-Schachtel steinalt wird, und frag dich nicht, ob es anders sein könnte.«

»Hey, du brauchst dir keine Sorgen zu machen«, sagte Gabi und lächelte ihrer zukünftigen Schwägerin zu. »Ich habe überhaupt keine Zweifel an meiner Liebe zu Adrian. Und ich will ihn unbedingt heiraten.«

»Das will ich dir auch geraten haben.«

»Das Einzige, das wir tatsächlich fürchten müssen, ist der Kater, den wir morgen früh haben werden«, nuschelte Hanna.

Kichernd stießen wir darauf erneut an.

Es war nicht nötig, ein Taxi zu rufen. Alfred kam nach einer Weile und bot den drei Frauen an, sie nach Hause zu fahren, was sie dankbar annahmen. Währenddessen räumte ich die Gläser auf und ging in mein Zimmer, das mir inzwischen allein gehörte, weil Tommi seit gestern in seinem eigenen kleinen Reich schlief. Ich hatte zuerst Bedenken gehabt, weil er bisher noch nie allein geschlafen hatte. Doch Tommi war so stolz auf sein erstes eigenes Zimmer, dass es überhaupt keine Probleme gab.

Ich öffnete den Kleiderschrank und holte ganz hinten unter dem Stapel, den ich erst vor Kurzem eingeräumt hatte, einen Schlafanzug heraus. Er war einmal himbeerrot gewesen, doch durch das häufige Waschen war die Farbe inzwischen zu einem hellen Rosa verblasst. Ich drückte ihn für einen kurzen Moment an mein Gesicht, versunken in Erinnerungen an meine

Mutter, die ihn mir wenige Wochen vor ihrem Tod von einem Einkaufsbummel mitgebracht hatte. Ich erinnerte mich daran, als wäre es erst gestern gewesen, als sie mit den ganzen Einkaufstüten nach Hause gekommen war.

»Mama! Meinst du nicht, dass ich langsam ein wenig zu alt dafür bin, um mir von dir Schlafanzüge kaufen zu lassen?«, hatte ich gefragt.

»Natürlich bist du das«, hatte sie lachend geantwortet, »und du sollst dir deine Sachen auch selbst aussuchen. Aber diese Farbe passt so wunderbar zu deinen dunklen Augen, den musste ich einfach mitnehmen. Wenn du ihn nicht haben willst, geb ich ihn wieder zurück.«

»Nein. Nicht zurückgeben. Er gefällt mir ja auch«, hatte ich gesagt.

Seither trug ich ihn vor allem dann, wenn ich mich besonders einsam fühlte. So wie jetzt. Bei dem Gespräch mit den drei Frauen war mir wieder einmal bewusst geworden, wie allein ich ohne Familie und alte Freunde war. Tommi und ich waren ganz auf uns gestellt. Und nur dank Alfreds Gutwilligkeit hatten wir ein Dach über dem Kopf.

Rasch zog ich mich aus und schlüpfte in den Schlafanzug, der mich wie immer ein wenig tröstete. Doch kaum lag ich im Bett, hörte ich von draußen ein durchdringendes Miauen.

»Caruso!«, murmelte ich genervt. Da ich nicht einschlafen konnte, solange er schrie, und Caruso erfahrungsgemäß nicht damit aufhören würde, bis ihn jemand hereinließ oder er für eine Weile von einer Maus abgelenkt wurde, stand ich noch mal auf, ging nach unten und öffnete die Haustür.

Schnurrend strich der Kater um meine Beine.

»Du hast bestimmt Hunger.«

Ich stellte ihm ein wenig Trockenfutter und Wasser in den

Flur, und er stürzte sich darauf, als ob er schon ewig nichts mehr zu fressen bekommen hätte. Ich sah durch das Glas der Haustür Scheinwerfer, als Alfred in den Hof fuhr. Da ich keine Lust mehr auf ein Gespräch hatte, holte ich mir nur noch schnell eine Flasche Wasser aus der Speisekammer und ging dann rasch nach oben. Bevor ich die Schlafzimmertür schließen konnte, huschte Caruso herein.

»Was willst du denn hier?«, fragte ich. Als ob es das Selbstverständlichste der Welt wäre, hüpfte der Kater ans Fußende des Bettes und begann, sein Fell zu putzen.

»Das ist jetzt nicht dein Ernst, oder?«

Er drehte den Kopf kurz zu mir und sah mich aus seinen hellgrauen Augen an. Dann drehte er sich zu einer Kugel zusammen und schloss die Augen.

»Na gut! Aber nur ausnahmsweise«, stellte ich klar und schlüpfte unter die Bettdecke.

Kapitel 17

Der Tag der Hochzeit war gekommen. Und es war der bisher heißeste Tag in diesem Jahr. Seit dem frühen Morgen half ich Hannes, Dirk und Annemarie, den beiden Mitarbeitern aus der Küche des Brunnenwirtes, bei der Zubereitung des Hochzeitsmenüs. Die technische Ausstattung im Truck war beeindruckend, aber da es zu viert ein wenig eng war, nutzten wir auch Alfreds Küche. So konnte ich Salat putzen und Gemüse schneiden, während ich gleichzeitig Tommi im Auge behielt, wenn er nicht mit Alfred und Hermes bei den Tieren und auf den Feldern unterwegs war.

Später war ich wieder zurück im Truck. Hannes hatte tags zuvor bis spät in die Nacht hinein vorgearbeitet und blieb auch in der größten Hektik ruhig.

Als große Fans der mediterranen Küche war das Hochzeitsessen natürlich ganz auf die Wünsche des Brautpaares Gabi und Adrian abgestimmt.

Beim Eintreffen der Hochzeitsgesellschaft gegen sechzehn Uhr gab es einen Sektempfang im Hof mit Spießchen aus gebackenem Mozzarella mit Kirschtomaten sowie Melonenwürfel mit Parmaschinken. Und für alle, die es lieber süß mochten, Lollis aus drei verschiedenen Kuchenteigen.

Die Gäste waren von der Location regelrecht begeistert, und Adrians Mutter Karolina kam extra in den Truck, um sich bei mir zu bedanken.

»Ohne Ihren Vorschlag hätten die beiden in irgendeinem langweiligen Wirtshaussaal geheiratet. Das haben Sie großartig gemacht«, sagte sie überschwänglich und drückte mich an sich.

Einige der Hochzeitsgäste hatte ich seit meiner Ankunft in Halling bereits kennengelernt. Und es verwunderte mich nicht, dass auch die Zacher Zenta eingeladen war, die vermutlich allen hier im Ort die Karten legte.

Stefan Wimmer, der Gastwirt vom Brunnenwirt, war ebenfalls gekommen. Sein Arm war wegen der Verbrennungen bandagiert, und seiner Frisur nach zu urteilen, hatte das Feuer ihm auch einen Teil der Haare verschmort. Er bedauerte es sehr, dass die Hochzeit nicht bei ihm im Lokal stattfinden konnte, fand die Lösung hier am Hof jedoch ebenfalls gut.

»Wenn der Brunnenwirt renoviert ist, dann sollten wir uns mal wegen eines Jobs unterhalten«, sagte er zu mir. »So kreative Leute wie dich kann ich gut gebrauchen. Aber das klären wir in Ruhe nach der Hochzeit«, sagte er. »Jetzt will ich euch nicht mehr länger aufhalten. Sonst wird das hier nichts mehr.«

Und tatsächlich wurde es im Truck immer hektischer mit den Vorbereitungen, während die Hochzeitsgesellschaft auf der Wiese hinter dem Haus Luftballons fliegen ließ und sich zur Fotosession aufstellte. Danach ging es in der Scheune mit kleinen Unterhaltungseinlagen, die Adrians Vater mit seiner Lebensgefährtin Astrid organisiert hatte, und Musik weiter. Der Nachmittag verging wie im Flug.

Nicht mehr lange, dann würden wir das Abendessen servieren müssen. Doch vorher stahl ich mich kurz davon, um Tommi ins Bett zu bringen. Ich war selbst erstaunt, wie entspannt ich inzwischen war und wie sehr ich mich auf Alfred verließ.

»Ich mag die Musik, die ist schön«, sagte Tommi, als ich ihn zudeckte und ihm seinen Teddybär gab. Die Hochzeitsband spielte gerade *Jump* von Van Halen.

»Das stimmt. Soll ich das Fenster zumachen, damit es nicht so laut ist?« Allerdings war es sehr schwül und dadurch ziemlich warm im Zimmer.

»Nein. Ich mag noch ein bisschen zuhören.«

»Gut.« Ich streichelte zärtlich durch sein Haar. Er gähnte müde. So wie ich meinen Sohn kannte, würde die Musik dazu beitragen, dass er noch schneller einschlief.

»Träum was Schönes, mein Spatz. Alfred und ich sind immer in der Nähe. Entweder unten im Haus oder drüben bei der Scheune. Und ich werde immer mal wieder nach dir sehen. Okay?«

»Das weiß ich doch schon, Mami«, sagte er ein wenig genervt, weil ich ihm das heute schon den ganzen Tag eingetrichtert hatte. »Ich bin doch kein Baby mehr!«

Ich gab ihm noch einen Kuss und verließ das Zimmer.

»Schläft er?«, fragte Hannes, als ich wieder im Truck war.

»Sicher bald.« Ich schlüpfte wieder in die Schürze, die Hannes für mich mitgebracht hatte. Meine Haare hatten sich im Laufe des Tages ein wenig gelöst, und ich band sie rasch wieder zu einem festen Pferdeschwanz.

»Etwa in einer Viertelstunde soll es mit dem Menü losgehen«, informierte uns eine der Bedienungen.

»Na dann, auf geht's«, sagte Hannes, und wir begannen, klare kalte Tomatensuppe in kleine Gläser zu schöpfen, die bereits auf großen Tabletts aufgereiht waren. Die Einlage bestand aus zwei winzigen Parmesan-Grießnocken. Ein grünes, einge-färbt mit Basilikumpesto, und ein rotes mit Tomatenmark. De-koriert wurde das Ganze mit einem Parmesanchip und Basili-kumblättern. Nachdem die Suppe draußen war, gab es für uns ein paar Minuten Verschnaufpause, dann machten wir uns da-ran, den nächsten Gang anzurichten: Cannelloni mit Spinat-Ricotta-Walnuss-Füllung, serviert mit einer knackigen Salat-garnitur.

»Macht es dir was aus, wenn ich Alfred eine Portion rüber-bringe?«, fragte ich Hannes, als die Bedienungen mit Anne-maries Hilfe die Teller zum Servieren in die Scheune gebracht hatten.

Hannes sah mich an und lächelte.

»Das hatte ich auch gerade vor«, sagte er.

Er legte eine große Portion Cannelloni auf und stellte sie samt Salatschale auf ein Tablett.

»Hier«, sagte er und reichte mir das Tablett. »Später be-kommt er noch den Hauptgang.«

»Danke.«

Als ich ins Haus kam, saß Alfred am Esstisch und blätterte durch die Samstagszeitung. Gabi und Adrian hatten ihn zwar eingeladen mitzufeiern, aber er hatte dankend abgelehnt.

»Mit Hochzeiten kann man mich jagen«, hatte er gesagt. »Ich pass lieber auf den Zwerg auf.« Und ich war sehr froh da-rüber. So konnte ich in Ruhe mithelfen.

»Tataaa«, sagte ich, und er hob den Kopf. »Dein Abendes-sen.«

Ich stellte das Tablett auf dem Tisch ab. Hermes stand von seiner alten Decke auf und wedelte freudig mit dem Schwanz, als er mich sah. Offenbar spekulierte er auf Futter. Doch da-rum musste Alfred sich kümmern.

»Das ist ja eine Riesenportion!«, sagte Alfred.

»Und später kommt der Hauptgang.«

»Willst du mich vielleicht mästen?«

»Klar. Und dann schieb ich dich in den Backofen.«

»Ich wär ein zäher Braten.«

Ich lachte.

»Dann lass ich es lieber.«

»Und du brauchst wirklich kein Essen mehr zu bringen. Das ist mehr als genug.« Er sah auf den Teller mit den Cannelloni.

»Na gut. Aber vom Kuchenbuffet zweig ich uns für morgen zum Kaffee was ab.«

»Auf jeden Fall. Wie läuft's drüben?«

»Ich glaub, den Gästen gefällt es ziemlich gut.«

»Das freut mich. Trotzdem bin ich froh, wenn der Spuk hier morgen wieder vorbei ist«, murmelte er.

»Verstehe ich. Und ich schau jetzt noch schnell zu Tommi hoch.«

»Der Junge schläft doch längst …«, begann Alfred, aber da war ich schon unterwegs nach oben, nur um mich davon zu überzeugen, dass er tatsächlich schlief.

Als ich wieder im Truck war, fingen die anderen gerade damit an, die Hauptspeisen auf die Teller zu bringen. Hähnchen-Saltimbocca auf Paprikaragout mit Gnocchi und als fleischlose Alternative Gnocchi in Bärlauchpesto mit gegrillter Paprika.

»Ein wenig schneller, Mädchen«, trieb Dirk mich an, während ich im Akkord das Pesto aus einer Spritztülle kunstvoll über die Gnocchi verteilte. »Sonst wird ja alles kalt.« Der Mann war zwar nicht unsympathisch, aber mit seiner Geduld war es nicht sonderlich weit her. Auch Hannes hatte das inzwischen bemerkt und zwinkerte mir hinter Dirks Rücken zu. Ich lächelte zurück und machte mit meiner Arbeit weiter, ohne mich aus der Ruhe bringen zu lassen.

Als die Gäste mit dem Hauptgang beschäftigt waren, machten Annemarie und Dirk eine Zigarettenpause. Von der Scheune her war Musik zu hören. Ein lockerer Swingtitel, der erstaunlich gut von den Musikern gespielt wurde. Überhaupt gefiel mir sehr, wie die Band spielte.

»Wirklich beeindruckend, wie reibungslos das heute gelaufen ist«, sagte Hannes zu mir. »Wir sind ein gutes Team.«

Ich freute mich über das Lob. Auch mir hatte es Spaß gemacht, mit ihm zu arbeiten.

»Und das völlig ohne Schutzausrüstung«, scherzte er.

»Ja. Ich hab noch alle Finger dran und keine Brandblasen«, sagte ich, und wir lachten.

Hannes schaufelte eine große Portion Gnocchi in einen Teller und gab Pesto darüber.

»Ist das für Alfred?«, fragte ich. »Der wollte nichts mehr haben.«

»Nein, das ist für dich«, antwortete er. »Du hast es dir verdient, jetzt mal Pause zu machen.«

»Ich glaub, ich hab keinen Hunger«, sagte ich. Wobei das nicht so ganz stimmte. Ich hatte seit dem Frühstück nichts mehr gegessen, und eigentlich knurrte mein Magen schon eine ganze Weile. Trotzdem hatte ich das Gefühl, ich würde keinen Bissen hinunterbekommen. Was vielleicht an der Hektik des Tages lag.

»Ich schon«, riss er mich aus meinen Gedanken und schob sich einen Löffel voll Gnocchi in den Mund. Dann zog er plötzlich die Augenbrauen zusammen.

»Sag mal, sind die versalzen?«, fragte er und hielt mir den Löffel hin. »Probier mal.«

Automatisch beugte ich mich zu ihm und öffnete den Mund.

»Überhaupt nicht. Hmmm… Die sind traumhaft«, sagte ich, nachdem die Aromen der Bärlauchsoße mit den angeschmolzenen Parmesanspänen ein wahres Feuerwerk auf meiner Zunge entfacht hatten.

»Und du willst wirklich nicht mehr davon?«, fragte er, und ich entdeckte ein schelmisches Funkeln in seinen Augen. Es war ein Trick gewesen, damit ich etwas aß. Und er hatte funktioniert.

»Wieder aufhören, nachdem ich gekostet habe? Du weißt ganz genau, dass das nicht geht«, gab ich zu. Ich holte mir einen Löffel aus der Schublade und bediente mich aus seinem Teller.

»Gut zu wissen. Ich sollte dir öfter Kostproben meines Könnens servieren«, sagte er mit einem Lächeln, von dem ich nicht so recht wusste, wie ich es deuten sollte.

Das war eindeutig Flirten, oder? Und es gefiel mir, wie ich mir eingestehen musste. Und diese Tatsache wiederum gefiel mir so gar nicht.

»Es gibt Dinge, die ich gar nicht erst probieren mag«, erklärte ich deswegen, verputzte jedoch einen weiteren Löffel der italienischen Köstlichkeit.

»Hast du Angst, du könntest dir dabei womöglich den Magen verderben?«, fragte er.

Ich schluckte meinen Bissen hinunter.

»Ganz genau. Oder mir die Zunge zu verbrennen, eine Allergie zu bekommen. Was auch immer.«

Wider Erwarten wurde sein Lächeln nur umso breiter.

»Dann muss ich einfach herausfinden, was du verträgst und wie ich es dir servieren muss, damit dir nichts passiert«, sagte er.

»Warum solltest du das tun?«, fragte ich und brachte ihn damit doch ein wenig aus dem Konzept.

»Na ja… weil…« Er stockte kurz.

»Weil was?«

»Du bist so… keine Ahnung, wie ich das sagen soll… Auf jeden Fall machst du mich neugierig auf dich. Und deswegen möchte ich dich näher kennenlernen. Wäre das schlimm für dich?«

Ich wusste nicht, was ich darauf antworten sollte. Die letzten Jahre war ich einer solchen Situation tunlichst schon im Vorfeld aus dem Weg gegangen.

»Können wir über was anderes reden?«, bat ich deswegen.

Offenbar verstand er den Wink. Er zuckte mit den Schultern.

»Klar«, sagte er.

»Danke.«

»Worüber willst du dich unterhalten? Über deinen Beruf? Ich weiß tatsächlich nicht, was du überhaupt machst, fällt mir gerade auf.«

Von allen Themen hatte er sich ausgerechnet das aussuchen müssen, über das ich am liebsten nicht sprechen würde. Nicht weil ich etwas zu verbergen hatte, sondern weil ich nach Möglichkeit vermied, an diese Zeit in meinem Leben zu denken.

»Du musst es aber nicht sagen, wenn das so streng geheim ist«, setzte er nach, da ich noch nicht geantwortet hatte.

»Was denkst du denn, was ich sein könnte?«, fragte ich und war selbst darüber erstaunt, wie sehr mich seine Antwort interessierte.

»Hm. Lass mich überlegen.« Er legte den Kopf ein wenig schief und musterte mich.

»Du hast heute ziemlich gut mitgehalten, aber gelernte

Köchin bist du sicher nicht. Dafür fehlen dir bestimmte Techniken, die du beherrschen müsstest.«

»Stimmt.«

»So übertrieben vorsichtig, wie du bist, kannst du auch keine Erzieherin oder Lehrerin sein. Da müsstest du schon lockerer drauf sein.«

Ich war amüsiert über seine Kombinationsgabe.

»Was fällt dir sonst noch ein?«

»In der Modebranche bist du auch nicht.«

»Woraus schließt du das?« Das wollte ich jetzt aber genauer wissen.

»Entschuldige, aber dein Kleidergeschmack ist dafür etwas zu ... normal, würde ich sagen.«

»Du hältst mich also für durchschnittlich?«

»Nur was deine Kleidung betrifft. Was ich auch völlig okay finde. Davon abgesehen bist du natürlich alles andere als norm... äh... durchschnittlich«, setzte er hinzu und grinste schräg.

Ich verkniff mir einen Kommentar dazu.

»Was sonst noch?«

Er zuckte mit den Schultern.

»Romy. Ich hab echt keinen blassen Schimmer. Ich sehe dich weder in einem Büro noch in einem handwerklichen Beruf. Komm, klär mich auf.«

Jetzt konnte ich es wohl nicht mehr länger hinauszögern.

»Na gut. Ich hab meine Brötchen früher als Tanzlehrerin verdient.«

Er war gerade dabei gewesen, einen weiteren Löffel in den Mund zu schieben, doch er hielt inne und sah mich total erstaunt an.

»Tanzlehrerin? Echt?«

Ich nickte.

»So richtig mit Walzer und Tango…«

»…ja, und Foxtrott, Quickstepp und lateinamerikanische Tänze.«

»Wow!«

»Aber die letzten Jahre habe ich mich mit allen möglichen anderen Jobs durchgeschlagen. Übrigens auch in Büros«, setzte ich hinzu.

»Und warum unterrichtest du nicht mehr?«, fragte er neugierig.

Zum Glück kam ich um eine Antwort herum, da Dirk und Annemarie zurückkamen.

»Das erzähl ich dir ein anderes Mal«, sagte ich nur.

Mit dem Nachtisch hatten wir keine Arbeit. Es gab ein Kuchenbuffet samt einer großen Hochzeitstorte, und jeder bediente sich selbst. Danach mussten wir nur noch ein paar Brotzeitplatten für einen kleinen Imbiss um Mitternacht vorbereiten, und dann halfen alle zusammen beim Spülen des Geschirrs und Aufräumen, und ich merkte, dass ich langsam etwas müde wurde.

»Das reicht für heute, Leute«, sagte Hannes. »Ihr könnt jetzt reingehen und mitfeiern. Schließlich ist Gabi eure Kollegin… und du kannst auch Feierabend machen, Romy. Den Rest schaffe ich allein.«

Dirk und Annemarie verließen den Truck, um sich umzuziehen und sich der Party anzuschließen.

»Was ist mit dir?«, fragte Hannes.

»Ich hab keine Lust. Außerdem bin ich ja kein Gast. Ich helfe dir lieber noch.«

»Wenn du meinst.« Er lächelte mich an.

Die Musik war bis in den Truck zu hören und machte gute Laune. Ich summte leise vor mich hin, während ich das Geschirr in den Geschirrspüler räumte, der ebenfalls zur Ausstattung gehörte.

»Die spielen echt gut.«

»Stimmt. Die Hallinger Buam sind in der Gegend ziemlich bekannt«, sagte er. »Vor allem sind sie vielseitig.«

Hannes holte eine Flasche Sekt aus der Kühlung und öffnete sie.

»Jetzt haben wir uns eine Belohnung verdient«, sagte er.

Da es keine Sektgläser im Truck gab, schenkte er in zwei Wassergläser ein und reichte mir eins davon.

»Auf meinen ersten Auftrag im Truck, den ich dir verdanke«, sagte Hannes. »Und darauf, dass alles so gut gelaufen ist.«

»Prost.«

Wir stießen an und nahmen einen Schluck.

»Jetzt erzähl. Warum hast du als Tanzlehrerin aufgehört?«, fragte er und nahm damit unser Gespräch von vorhin wieder auf.

»Weil ich schwanger wurde«, antwortete ich. »Und danach war es schwierig, Kind und diesen Job zu verbinden.« Was eine ziemlich vereinfachte Version der Wahrheit war. Ich nahm einen weiteren Schluck Sekt.

»Und fehlt es dir, das Tanzen?«

»Nein!« Meine Antwort kam schnell.

»Eigenartig.«

»Was?«

»Na ja. Tanzen ist schließlich nichts Alltägliches. Das macht man doch nicht einfach so. Dazu gehört doch viel Leidenschaft und Training.«

»Manchmal verschieben sich die Prioritäten eben«, sagte ich ausweichend.

»Hast du denn schon einen neuen Job hier gefunden?«, wollte er wissen.

Ich schüttelte den Kopf.

»Noch nicht. Aber vielleicht klappt es im Brunnenwirt als Bedienung, wenn er wieder aufmacht.«

»Du könntest ja bei mir mitarbeiten«, schlug er vor. »Es gibt inzwischen schon Anfragen, sogar aus Südtirol für eine Jubiläumsfeier. Und ich brauche feste Leute, die dabei sind. Wäre das nichts für dich?«

»Das geht leider nicht«, sagte ich bedauernd.

»Willst du nicht mehr mit mir zusammenarbeiten? Weil ich gesagt habe, dass ich dich näher kennenlernen möchte?«

Das wäre eigentlich ein guter Grund gewesen.

»Es würde mir sicher Spaß machen«, sagte ich jedoch und meinte es auch so. »Aber wie stellst du dir das vor? Ich kann doch Tommi nicht alleine hierlassen und einfach mit nach Südtirol kommen oder sonst wohin. Mitnehmen kann ich den Kleinen schließlich nicht.«

»Stimmt. Entschuldige. Daran habe ich jetzt gar nicht gedacht.«

»Ich muss auf alle Fälle einen Job hier in der Gegend finden.«

»Falls es beim Brunnenwirt nicht klappt, kann ich mich ja mal umhören«, bot er an.

»Danke.«

»Und wenn ich hier in der Nähe einen Auftrag habe, kann ich dich immer noch fragen, ob du einspringen kannst.«

»Gern.« Die Arbeit würde mir tatsächlich gefallen.

Ich nahm wieder einen Schluck. Die Hallinger Buam spielten gerade ein Medley aus alten Rockklassikern.

Hannes sah mich an.

»Weißt du was? Wir lassen das jetzt hier und gehen doch ein wenig rüber. Da hat sicher niemand was dagegen.«

»Aber ich kann doch nicht so da rein«, protestierte ich und sah auf meine praktische Kleidung, die alles andere als festlich und hochzeitsgeeignet war.

»Dann zieh dich doch um.«

»Jetzt noch?«

»Klar.«

Vielleicht trug ja der Sekt dazu bei, aber plötzlich hatte ich Lust darauf, genau das zu tun.

»Na gut. Ich beeil mich.«

Ich ging ins Haus, sah kurz nach meinem schlafenden Sohn, dann schlüpfte ich in eines meiner Sommerkleider, bürstete rasch durch mein Haar und legte Lippenstift auf.

»Wow«, sagte Hannes, als ich zurückkam. »So lassen sie uns bestimmt rein.« Er hatte inzwischen ebenfalls ein sauberes Hemd angezogen.

Wir schenkten uns nach und gingen mit den Gläsern in der Hand in die Scheune. Dort war die Stimmung total ausgelassen. Bis auf die schwangere Daniela und einige wenige ältere Gäste waren alle auf der improvisierten Tanzfläche und rockten zur Coverversion von Robbie Williams *Let Me Entertain You* ab. Gabi tanzte lachend mit einem älteren Mann, den ich in den letzten Tagen schon mal im Ort gesehen hatte.

»Wer ist das denn gleich wieder?«, fragte ich Hannes und nickte zu den beiden.

»Das ist Pfarrer Brenner«, klärte er mich auf. »Der hat's echt drauf, oder?«

»Stimmt.«

Ich nickte amüsiert.

»Hast du schon entschieden, ob du weiterhin in Passau bleiben wirst, oder ziehst du weg von hier?«, erkundigte ich mich neugierig.

»Das weiß ich noch nicht«, sagte er amüsiert. »Kommt ganz darauf an.«

»Auf was?«

»Na ja … ich bin gerade dabei herauszufinden, ob es hier etwas Interessantes gibt, das mich hält.«

Bei seinen Worten sah er mich mit einem intensiven Blick an.

»Interessante Dinge gibt es überall«, sagte ich rasch.

Er lächelte und streckte eine Hand nach mir aus.

»Lass uns tanzen.«

»Besser nicht.«

»Ach komm! Du kannst mir sicherlich einiges beibringen.«

»Ich tanze nicht mit dir«, stellte ich klar und merkte selbst, wie barsch das klang.

Das Lächeln verschwand aus seinem Gesicht.

»Okay … Du hast wohl Angst, dass ich dir auf die Zehen treten könnte.«

Ich nickte und versuchte ein versöhnliches Lächeln, das er jedoch nicht erwiderte.

»Ich glaube, ich gehe doch besser wieder in den Truck und räume auf.«

Damit drehte er sich um und verließ die Scheune.

Augenblicklich bekam ich ein schlechtes Gewissen. Es war absolut nicht in Ordnung, wie ich mich ihm gegenüber gerade verhalten hatte. Er hatte doch überhaupt nichts falsch gemacht. Ich war diejenige, die sich unmöglich benahm. Doch ich konnte nicht anders. Unter anderen Umständen wäre ich glücklich, dass er sich für mich interessierte und es auf eine so sympathische Weise zeigte. Allerdings hatte ich meine Gründe, mich nicht näher auf ihn einzulassen, auch wenn er das natürlich nicht wissen konnte.

Eine Weile lang stand ich einfach nur da und sah den Gästen beim Tanzen zu. Die Musik wurde langsamer, und das Brautpaar bewegte sich eng umschlungen zu dem Carol-King-Lied *You've Got a Friend*. Die mit einer berührenden Zärtlichkeit gesungene und von Blasinstrumenten begleitete Ballade ließ mich erstarren. Es war das Lieblingslied meiner Eltern gewesen. Wie oft hatte ich es gehört, vor allem auf den Partys, die sie gegeben hatten und die in ihrem Freundeskreis als legendär galten. Sie hatten gern gefeiert. Und oft. Für mich war es immer das Größte gewesen, wenn ich dabei sein durfte. Paps hatte dann die Gitarre geholt und gespielt und mit seinen Musikerfreunden, mit denen er schon seit Jahren in einer Hobbyband spielte, kleine spontane Sessions eingelegt. Und irgendwann hatte er dann auch dieses Lied gesungen. Speziell für meine Mama. Meist, wenn die anderen schon gegangen und sie allein waren. Ich hatte es dann bis in mein Zimmer gehört. Und gespürt, dass die beiden etwas ganz Besonderes verband, etwas, das mich ein klein wenig ausschloss, mir aber auf der anderen Seite ein Gefühl von Sicherheit gab, das ich nicht näher erklären konnte. Aber genau dieses Gefühl hatte mich betrogen. Es gab keine Sicherheit. Das letzte Mal hatte ich das Lied am Tag ihrer Beerdigung in der Kirche gehört, als der beste Freund meines Vaters es für die beiden zum Abschied auf der Gitarre spielte und dazu sang.

Bei diesen Erinnerungen, die ich sonst meist erfolgreich unterdrückte, brannten Tränen in meinen Augen. Ich musste raus hier, bevor ich womöglich noch zu heulen anfing. Was war denn nur los mit mir? Als ich mich umdrehte, stand Daniela plötzlich neben mir. Sie wirkte unnatürlich blass.

»Würde es dir was ausmachen, mich kurz an die frische Luft zu begleiten?«, bat sie mich.

»Natürlich nicht!« Ich war sogar froh, dass ich dadurch meine eigenen Befindlichkeiten vergessen konnte. »Fühlst du dich nicht gut?«

Sie schüttelte den Kopf.

»Es ist diese Hitze«, murmelte sie und strich über ihre verschwitzte Stirn. Und tatsächlich war es in der Scheune sehr warm und stickig.

»Komm«, sagte ich und nahm sie am Arm.

Draußen wehte inzwischen ein angenehmes Lüftchen.

»Das tut gut«, sagte sie und schloss kurz die Augen. »Es wird schon viel besser.«

»Willst du dich setzen?«

Sie nickte.

»Da drüben ist die Hausbank. Es ist nicht weit.«

Doch auf dem Weg dorthin blieb sie plötzlich stehen und fasste sich an den Bauch.

»Was ist?«, fragte ich besorgt.

Sie schloss die Augen und atmete ein paarmal tief ein und aus, bevor sie mit einem Blick zum Boden sagte:

»Bitte hol meinen Mann. Meine Fruchtblase ist gerade geplatzt.«

»Oh, was? … Ja natürlich. Aber wer ist denn dein Mann? Ich kenn ihn ja gar nicht«, sagte ich plötzlich ein wenig atemlos.

»Frag einfach nach Alex«, murmelte sie stöhnend.

»Okay.«

Obwohl ich eigentlich gehen sollte, hielt sie sich an meinem Arm fest.

»Ohhmmm«, wimmerte sie. »Warum muss das nur so scheiß wehtun? Und das jetzt schon!«

Und es würde alles noch viel heftiger werden.

»Ich weiß. Aber du schaffst das«, redete ich ihr gut zu, ohne etwas zu beschönigen. Wir waren schließlich beide bereits Mütter und wussten, was auf sie zukam.

In diesem Moment sah ich Hannes aus dem Truck kommen.

»Hannes, bitte hilf mir!«, rief ich ihm zu.

Er war sofort zur Stelle. Wir führten Daniela zum Haus, wo sie sich auf der Hausbank niederließ.

»Jetzt hol ich deinen Mann«, sagte ich und eilte zur Scheune. Dabei rannte ich fast in die Arme der Zacherin.

»Es geht los bei Daniela, nicht wahr?«, sagte sie, und trotz der Hitze bekam ich eine leichte Gänsehaut. Das konnte sie doch nicht wissen!

»Ja«, bestätigte ich.

»Ich hab's mir vorhin schon gedacht«, sagte sie. »Sie sah den ganzen Abend so aus, als ob sie sich nicht ganz wohlfühlen würde.« Also doch keine Hexerei, sondern nur weibliche Intuition!

»Weißt du, wer hier ihr Mann ist?«, fragte ich und sah mich suchend um.

Sie deutete auf einen äußerst gutaussehenden dunkelhaarigen Mann, der gerade mit einem kleinen Jungen sprach und sich dabei umschaute. Offenbar suchte er bereits nach seiner Frau. Als er in meine Richtung sah, winkte ich ihm aufgeregt zu.

Kapitel 18

Hannes hatte Alfred gebeten, einen Krankenwagen zu rufen, da es ihm sicherer für die werdende Zwillingsmutter schien, als in einem Privatauto gefahren zu werden.

»Ich hatte eigentlich vor, in München zu entbinden«, sagte sie mit zusammengebissenen Zähnen.

»Ist doch egal, Süße. Passau macht sich auch gut auf der Geburtsurkunde unserer Kinder.« Alex streichelte ihr zärtlich durch das kurze dunkle Haar.

»Bitte sagt den anderen noch nichts. Sie sollen weiterfeiern«, bat Daniela. »Ich will ihre Hochzeitsfeier nicht vorzeitig beenden.«

»Das ist jetzt wirklich das geringste Problem«, meinte Alex.

»Der Krankenwagen müsste bald da sein«, sagte Alfred.

»Hoffentlich.« Es war Alex anzusehen, dass er wie auf Kohlen dasaß. »Sonst fahr ich sie doch selbst.«

»Auf keinen Fall! Wenn, dann bring ich euch hin«, bot Hannes an.

Doch das war nicht notwendig. In diesem Moment fuhr der Rettungswagen in den Hof.

Danielas kleiner Sohn Benny begann ängstlich zu weinen, als seine Mutter auf der Liege ins Fahrzeug geschoben wurde.

»Ich will nicht hierbleiben. Ich will mit!«, verlangte er schluchzend.

»Das geht leider nicht, Benny«, sagte Daniela, und ich sah ihr an, dass es ihr fast das Herz zerriss, das heulende Kind hier zurückzulassen. »Aber du darfst mich mit Oma und Hanna gleich morgen besuchen«, versprach sie tröstend.

Daniela gab ihrem Sohn einen Kuss auf die Stirn, und Alex streichelte ihm über den Kopf.

»Sobald deine Geschwister da sind, schicke ich deiner Oma ein Foto aufs Handy. Dann könnt ihr sie anschauen«, sagte er.

Doch der Junge war in diesem Moment völlig aufgelöst.

»Wir beide suchen jetzt deine Oma. Magst du?«, versuchte ich, ihn abzulenken.

Nein, er mochte natürlich absolut nicht. Aber es half alles nichts. Er konnte nicht mitfahren. Und bei Daniela kamen die Wehen in immer kürzeren Abständen. Sie mussten schnellstens los.

»Hast du schon mal gesehen, wie Esel und Ziegen in der Nacht schlafen?«, sprach Alfred den Jungen an.

Der schüttelte schniefend den Kopf.

»Na, dann komm mal mit in den Stall! Das schauen wir uns jetzt mal an.«

Alfred sagte das in einem freundlichen, aber so bestimmten Ton, dass der Junge tatsächlich mit ihm ging.

Natürlich war es nicht unbemerkt geblieben, dass der Rettungswagen Daniela abgeholt hatte. Doch inzwischen war es fast schon Mitternacht. Das kalte Buffet war zwar noch aufgebaut, aber die meisten Gäste hatten keinen Hunger mehr oder nahmen sich nur noch ein Häppchen. Die ersten Gäste waren ohnehin bereits aufgebrochen. Und da der Bräutigam mit seinen Gedanken jetzt mehr bei seiner Schwester war, löste sich die Hochzeitsgesellschaft ein wenig schneller auf als geplant. Jeder hatte Verständnis für die besondere Situation. Die Feier war ausgesprochen schön gewesen, und bis auf einen harten Kern wären die meisten Gäste ohnehin nicht mehr allzu lange geblieben. Taxis wurden bestellt, die nach und nach in den Hof fuhren, um die fahruntauglichen Leute abzuholen.

Gabi kam auf mich zu.

»Danke für alles, Romy. Ich komme morgen und helfe beim Aufräumen. Und dann regeln wir auch das mit der Bezahlung«, sagte sie.

»Unsinn«, sagte ich. »Ihr schlaft morgen aus. Oder was auch immer Brautpaare an so einem Tag sonst für Dinge machen. Und sicher werdet ihr Daniela und ihre Babys im Krankenhaus besuchen wollen. Hier will ich dich morgen jedenfalls nicht sehen«, stellte ich klar.

»Überredet«, sagte sie mit einem dankbaren Lächeln und umarmte mich zum Abschied.

Danielas und Adrians Vater machten sich zusammen mit Astrid nun auch auf den Weg ins Krankenhaus. Die Trauzeugen und Familienmitglieder halfen dabei, die Geschenke, Blumen und Tischdekoration einzupacken, und es dauerte nicht lange, dann war der Hof fast leer. Nur Hannes und ich waren übrig geblieben. Und Alfred, der uns beim Aufräumen half. Wir wollten zumindest das restliche Geschirr und die Gläser noch spülen und die Essensreste in der Kühlung verstauen.

»Hoffentlich geht bei der Geburt alles gut«, sagte ich zu Hannes.

»Das hoffe ich auch.« Er räumte einen letzten Schwung Teller in den Geschirrspüler, der nur wenige Minuten für einen Spülgang benötigte.

»Hannes?«

»Ja?«

Er sah mich nicht an.

»Es tut mir leid wegen vorhin. Weißt du, es ist nur...« Ich wusste nicht, wie ich es ihm erklären sollte.

Nun drehte er sich doch um und sah mich an.

»Hör mal, du brauchst dich nicht bei mir zu entschuldigen, Romy.«

»Doch. Muss ich schon, weil...«

Er ließ mich nicht ausreden.

»Alles gut. Ist ja schließlich kein Verbrechen, dass du kein Interesse an mir hast, oder?«

Sein Lächeln wirkte etwas bemüht. Dann wandte er den Blick von mir ab. Ich drehte mich um. Alfred stand hinter uns. Ich wusste nicht, wie viel er von unserem Gespräch mitbekommen hatte.

»Du kannst gern heute hier schlafen, Hannes«, bot er seinem Neffen an.

»Nein danke. Ich hatte nur ein Glas Sekt und kann noch fahren«, antwortete Hannes. »Ich komme morgen früh, kümmere mich um den Rest hier und hole den Truck ab.«

Er wandte sich noch mal an mich.

»Danke, Romy. Du hast heute echt toll gearbeitet.«

»Kein Ding«, entgegnete ich.

Und da es nun nichts mehr zu sagen gab, drehte ich mich um und verließ mit einem knappen »Nacht« den Truck.

Der Wind blies mir eine Haarsträhne ins Gesicht, als ich zum Haus ging. Schon als der Krankenwagen Daniela vor zwei

Stunden abgeholt hatte, hatte es nach Gewitter ausgesehen. Doch es war vorübergezogen und nur noch als Wetterleuchten in der Ferne zu sehen.

Ich ging nach oben und warf einen Blick ins Zimmer meines Sohnes, der selig schlief. Bevor ich ins Bett ging, duschte ich den Schweiß und die Küchengerüche ab. Das warme Wasser tat mir gut, und ich merkte, wie erschöpft ich war.

Doch als ich im Bett lag, konnte ich mal wieder nicht einschlafen. Von Weitem war leises Donnergrollen zu hören, und die Luft im Raum war stickig, doch wegen des Windes konnte ich das Fenster nicht öffnen.

Ich sah auf die Uhr. Es war schon nach drei Uhr früh. Plötzlich fiel mir auf, dass ich Caruso heute den ganzen Tag nicht gesehen hatte. Das war ungewöhnlich. Denn irgendwann lief einem der freche Kater immer mal über den Weg. Ich setzte mich im Bett auf. Hoffentlich hatten ihn die vielen Leute und der ungewohnte Trubel auf dem Hof nicht verschreckt. Oder schlimmer noch. Er war doch nicht in der Dunkelheit von einem der Fahrzeuge überrollt worden?

Unsinn!, versuchte ich, mich zu beruhigen. Caruso hatte zwar nur drei Beine, aber das hinderte ihn nicht daran, schnell wie der Blitz zu sein. Außerdem war es gut möglich, dass er irgendwo im Haus war.

Ich schloss die Augen wieder. Aber meine Gedanken kreisten weiter um den Kater. Wenigstens lenkte mich die Sorge um das Tierchen davon ab, weiter über Hannes nachzudenken. Trotzdem würde ich so niemals einschlafen können!

Vielleicht sollte ich ein Hörbuch anhören. Das hatte mir schon öfter dabei geholfen. Allerdings ahnte ich, dass ich trotzdem keine Ruhe finden würde, solange ich nicht wusste, was mit Caruso war. Seufzend stand ich auf.

In Nachthemd und Sneakers und mit meinem Handy als Taschenlampe bewaffnet, ging ich zuerst nach unten in die Wohnküche. Doch dort lag nur Hermes auf seiner Decke und wurde nicht einmal wach, als ich das Licht anmachte. Als Wachhund war dieses Tier eindeutig ungeeignet. Ich fand Caruso weder im Wohnzimmer noch in der kleinen Nische unter der Treppe, in die er sich manchmal zum Schlafen legte. Also musste ich draußen nach ihm sehen.

Ich suchte im Hof, ging in den Stall, in die kleine Werkstatt und dann zur Scheune und rief immer wieder leise seinen Namen, begleitet von einem lockenden Zungenschnalzen. Und tatsächlich hörte ich plötzlich ein Maunzen. Ich machte das Licht in der Scheune an und entdeckte den Kater in einer leeren Transportbox, die neben der provisorischen Schänke stand.

»Hier hast du dich versteckt«, sagte ich erleichtert und hob das Fellbündel heraus. Doch das Tier wollte nicht, dass ich es auf dem Arm hielt, und machte sich los. Ich setzte ihn auf den Boden, und Caruso sprang wieder in die Box. Es war zwecklos, gegen den Dickkopf einer Katze anzukommen.

»Na gut, dann bleib hier.«

Zumindest wusste ich jetzt, dass es ihm gutging.

Ich wollte schon fast gehen, da fiel mein Blick auf den Kühlschrank mit den Getränken, die erst morgen abgeholt wurden. Vielleicht sollte ich noch was trinken, damit ich schlafen konnte? Sicherlich würde niemand etwas dagegen haben, wenn ich mir ein Bier nahm.

Ich öffnete den Kühlschrank und entdeckte eine angebrochene Flasche Prosecco. Noch besser. Da die Gläser alle im Truck waren, nahm ich einen Schluck direkt aus der Flasche.

Bis auf Caruso, der sich hingebungsvoll das Fell putzte und dabei seltsame, fast grunzende Geräusche von sich gab, war es völlig still in der Scheune. Dabei hatten hier noch vor wenigen Stunden achtzig Leute getanzt und gefeiert. Plötzlich konnte ich die Stille nicht länger aushalten. Ich nahm mein Smartphone und startete eine Playlist. Sie bestand ausschließlich aus Liedern, die erst in den letzten Jahren herausgekommen waren. Keines war älter als Tommi. Das erste Lied war von Lukas Graham und hatte den Titel: *7 Years*. Ich hob die Flasche wieder an den Mund und trank, dabei schoss zu viel Prosecco heraus. Hustend schnappte ich nach Luft, und das kühle Getränk spritzte auf mein Nachthemd.

»Scheiße«, murmelte ich und wischte mir übers Kinn.

Ich sollte jetzt wirklich ins Bett. Und doch blieb ich. Dieser Tag hatte mich aufgewühlt. Ich kämpfte mit Gefühlen, die ich nicht wollte, und wusste nicht, wie ich mit all dem umgehen sollte. Was war nur los mit mir?

Mit einem Mal kullerten ganz ohne Vorwarnung Tränen über meine Wangen.

»Verdammte Scheiße«, murmelte ich. »Warum muss alles so kompliziert sein?«

Ich nahm einen weiteren Schluck.

Als die ersten Töne des Liedes *Too Good At Goodbyes* von Sam Smith erklangen, schien etwas in mir zu explodieren. Ich rang keuchend nach Luft und kämpfte noch immer mit den Tränen. Schluchzend stellte ich die Flasche ab und ging in die Mitte der Scheune. Ich spürte, dass es jetzt nur einen Weg gab, wieder zu mir zu finden. Langsam begann ich, mich mit geschlossenen Augen zur Musik zu bewegen. Ich ignorierte völlig, dass mir die Tränen weiter übers Gesicht liefen, und tanzte einfach ganz für mich allein.

Der Rhythmus wechselte abrupt mit Alice Merton und dem Lied *No Roots*. Ich überließ mich völlig der mitreißenden

Musik. Improvisierte, erinnerte mich an Schritte, die ich früher wie im Schlaf beherrscht hatte. Ich tanzte mir buchstäblich die Seele aus dem Leib. Ich hatte die Augen geschlossen, und es war wie in einem dieser seltsamen Träume, in denen man etwas tat und sich gleichzeitig selbst dabei zusah.

»Romy?«

Erschrocken blieb ich stehen. Alfred stand ein paar Meter von mir entfernt und sah mich besorgt an.

Er musste mich für verrückt halten, wie ich heulend im Nachthemd mit Sneakers hier in der Scheune herumtanzte. Hastig wischte ich mir die Tränen aus dem Gesicht und schaltete die Musik aus, wusste aber nicht, was ich sagen sollte. Ein dicker Kloß steckte in meinem Hals.

»Was ist los?«, fragte er, und seine Stimme klang rau und gleichzeitig sanft.

Ich schüttelte nur den Kopf und setzte mich an einen der Tische.

»Ist es dir recht, wenn ich dir Gesellschaft leiste?«, fragte er.

»Ja«, sagte ich mit kratziger Stimme.

Alfred holte zwei Flaschen Bier aus der Kühlung und setzte sich neben mich.

»Ich habe vorhin mitbekommen, wie du mit Hannes gesprochen hast«, begann er, während er die beiden Bierflaschen öffnete. »Falls du denkst, er ist ein Mann, der generell Frauen anmacht, dann muss ich dich …«

»Das denke ich ja gar nicht«, unterbrach ich Alfred. »Hannes ist toll. Aber ich will ihm keine falschen Hoffnungen machen. Ich will mit überhaupt keinem Mann was anfangen«, setzte ich eindrücklich hinzu.

»Was ist los mit dir, Mädchen? Wovor hast du nur so viel Angst?«

»Angst?«

»Na ja, was ist das wohl sonst?«

Ich zögerte mit einer Antwort und trank den letzten Rest aus der Prosecco-Flasche.

»Ich habe einen wunderbaren Sohn. Tommi hat einen Kindergartenplatz, und es gefällt uns hier bei dir auf dem Hof. Jetzt brauche ich nur noch einen Job. Es geht uns gut. Mehr will ich nicht.«

»Und warum nicht?« Er ließ nicht locker.

»Weil…« Ich starrte ihn an. Wie sollte ich ihm das nur erklären?

»Alfred, bitte. Du hast ja auch keine Frau. Und ich kann genauso gut ohne einen Mann glücklich sein.«

Er nickte bedächtig.

»Das glaub ich dir sogar. Aber du kannst auch mit einem Mann glücklich sein. Der Hannes ist ein feiner Kerl, und ihr versteht euch doch gut. Warum willst du ihm keine Chance geben?«

»Weil… weil ich es versprochen habe!«

Er sah mich verdutzt an.

»Wem hast du was versprochen?«, hakte er nach.

»Wenn du es unbedingt wissen willst: Ich habe es mir versprochen.«

»Das versteh ich nicht.«

Wie sollte er auch.

Ich atmete einmal tief ein und aus.

»Dafür, dass es mir mit Tommi gutgeht, habe ich versprochen, mich auf keinen Mann mehr einzulassen.«

So, jetzt war es raus!

Er starrte mich einige Sekunden lang an. Dann lachte er.

»Das ist nicht dein Ernst, oder?«

»Seh ich so aus, als ob ich Spaß machen würde?«, fuhr ich ihn an.

»Aber warum tust du so was?«

»Es ist ja alles gut so, wie es ist. Ich muss nicht glücklicher sein«, redete ich mich in Rage. »Verstehst du das denn nicht? Immer wenn ich richtig glücklich bin, passieren schreckliche Dinge. Glück hat seinen Preis. Immer!«

Alfred griff nach meiner Hand. Ich wollte sie wegziehen, aber er hielt mich fest.

»Schon gut, Romy«, sagte er leise. »Ich versteh dich.«

Tränen brannten wieder in meinen Augen.

»Wirklich?«

»Ja. Ich denke schon.«

»Und du hältst mich nicht für verrückt?«

Er schüttelte den Kopf.

»Nein. Das tu ich nicht. Ich denke nur, dass du wirklich schlimme Dinge erlebt haben musst. Und deswegen glaubst du das.«

Sein Verständnis war wie eine wärmende Decke, die sich um meine Schultern legte. Alfred lachte mich nicht aus.

»Danke«, sagte ich leise.

»Du hast mir versprochen, deine Geschichte zu erzählen. Ich denke, jetzt ist der richtige Zeitpunkt dafür«, sagte er ruhig.

»Es ist keine schöne Geschichte«, sagte ich mit kratziger Stimme.

»Das macht nichts, Romy.«

Kapitel 19

Juni 2009 in Prien am Chiemsee

Ich konnte es noch immer nicht ganz glauben, dass heute tatsächlich der letzte Tag sein würde, an dem ich das Schulhaus des Gymnasiums in Prien betrat. Der Abschlussgottesdienst in der Pfarrkirche war zu Ende, und wir machten uns auf den Weg zur Schule. Meine Eltern waren vorausgefahren, und als ich mit meinen Mitschülern die Aula betrat, sah ich sie in der dritten Reihe sitzen. Gleich hinter den Plätzen, die für Ehrengäste, die Schulleitung, Lehrer und die Presse reserviert waren. Mein Vater sah sich um und fand meinen Blick. Er machte meine Mutter auf mich aufmerksam, lächelte mir zu und tippte sich unauffällig mit dem Zeigefinger kurz an die Nasenspitze. Für andere mochte das nichts bedeuten, für mich jedoch schon. Denn zwischen uns beiden war es das geheime Zeichen für: »Ich hab dich lieb!« Mein Vater hatte damit angefangen, als ich in den Kindergarten kam. Da hatte er mir bei jeder Verabschiedung die Worte ins Ohr geflüstert und auf meine Nase gestupst. Als Schulkind war mir das irgendwann peinlich geworden, und so ging er dazu über, sich stattdessen an die eigene Nase zu tippen. Und ich wusste, was er damit meinte. Jetzt nickte ich ihm und meiner Mutter zu, tippte mir ebenfalls kurz an die Nase und setzte mich dann zu meinen Mitschülern auf die reservierten Plätze.

Die Reden des Schulleiters und verschiedener Gäste aus der örtlichen Politik zogen sich endlos. Aber ich hatte beschlossen, jeden Augenblick davon zu genießen. Ich bedauerte nur, dass mein Freund Marco nicht hier sein konnte. Dafür würde er auf jeden Fall am Abend beim Abschlussball dabei sein.

Endlich kam der große Augenblick, und wir wurden namentlich einzeln nach vorne gerufen. Als eine der zehn Besten meines Jahrgangs mit einem Notenschnitt von 1,2 bekam ich neben dem Abiturzeugnis eine Urkunde und einen Gutschein für die Buchhandlung am Ort. Meine Eltern platzten fast vor Stolz. Sie standen auf und klatschten begeistert, und ich sah ihren strahlenden Gesichtern an, dass sie am liebsten gar nicht mehr aufhören wollten. *Was für ein unbeschreiblicher Augenblick*, dachte ich, bevor ich mich wieder auf meinen Platz setzte. Etwas wehmütig zwar, aber ich hätte ihn mir nicht schöner wünschen können. Dreizehn Jahre Schule lagen hinter mir, und mit meinem guten Notenschnitt standen mir viele Wege offen. Trotzdem hatte ich mich noch nicht für einen Studienzweig entschieden. Auf Drängen meiner Eltern würde ich erst einmal drei Monate auf Reisen gehen, um ein wenig die große weite Welt zu erschnuppern.

Nach dem offiziellen Teil gingen die meisten meiner Mitschüler mit ihren Familien in ein Lokal zum Essen. Doch bei uns daheim war bereits alles zum gemütlichen Grillen im Garten vorbereitet. Franz und Marlis, meine Großeltern mütterlicherseits, und mein anderer Opa Rudi hatten bereits den Grill angeworfen und warteten schon auf uns. Später kamen auch noch unsere Nachbarn dazu. Wir feierten ganz ungezwungen, bis es langsam Zeit wurde, uns für den Abschlussball fertig zu machen.

Ich schlüpfte gerade in mein Kleid, als meine Mutter ins Zimmer kam. Sie hatte sich schon umgezogen und trug einen schwarzen Hosenanzug aus fließendem weichem Stoff. Ihre Haare hatte sie zu einem lockeren Knoten hochgesteckt, und niemand hätte sie auf einundvierzig Jahre geschätzt. Sicherlich würden sie auch heute viele Leute wieder für meine ältere Schwester halten.

»Marco ist gerade gekommen«, sagte sie.

»Ich bin gleich fertig.«

»Bist du schon nervös?«, wollte sie wissen.

»Nur ein wenig«, gestand ich. Schließlich würde ich heute Abend zum ersten Mal mit Marco vor allen Leuten eine Tanzeinlage aufführen. Eigentlich hatte ich es gar nicht gewollt, aber Marco hatte mich dazu überredet.

»Du bist ein Naturtalent«, hatte er so lange gesagt, bis ich es geglaubt hatte. Und er musste es wissen. Denn Marco war Tanzlehrer in der Tanzschule seiner Eltern. Wir hatten uns vor ein paar Wochen beim Tanzkurs für den Abschlussball kennengelernt. Wenn ich nicht gerade mit lernen beschäftigt war und er Unterricht hatte, verbrachten wir viel Zeit in einem der Übungsräume im Tanzstudio. Es war himmlisch, mich seiner erfahrenen Führung zu überlassen und dabei fast wie von selbst in die richtigen Schritte und Bewegungen zu finden. Auch seine Eltern waren begeistert, wie schnell ich lernte. Ich sei eine der talentiertesten Schülerinnen, die sie je erlebt hatten, sagten sie immer.

Mir machte das Tanzen Spaß, aber hauptsächlich ging es mir darum, Zeit mit Marco zu verbringen.

»Du bist so hübsch, mein Schatz«, riss Mutter mich aus meinen Gedanken. Sie stand hinter mir, und unsere Blicke begegneten sich im Spiegel. Da auch ich meine Haare hochgesteckt hatte, war es fast unheimlich, wie ähnlich wir uns sahen. Mutter hatte mich zu einem roten Kleid überredet. »Das passt so schön zu deinen Augen«, hatte sie gesagt, und es stand mir tatsächlich gut.

Bevor wir nach unten gingen, zog sie mich an sich. Ich roch ihr Parfüm, das sie nur zu besonderen Gelegenheiten auftrug und das, seit ich mich erinnern konnte, unverwechselbar zu ihr gehörte: Trésor von Lancôme.

»Ich bin so stolz auf dich, Romy«, sagte sie und gab mir einen Kuss auf die Wange. »Du bist das größte Geschenk für deinen Paps und mich. Das weißt du schon, oder?«, fragte sie ein wenig flapsig, wie es ihre Art war, um nicht zu rührselig zu erscheinen.

Mit einem Kloß im Hals nickte ich.

»Klar«, sagte ich leise.

»Es wird bestimmt nicht einfach für mich sein, wenn du bald nicht mehr hier sein wirst.«

»Du hast ja immer noch Paps«, sagte ich und bemühte mich, fröhlich zu klingen. Ich freute mich auf das Neue, das auf mich wartete, aber auch mir machte der Gedanke ein klein wenig Angst.

»Stimmt«, sagte sie. »Und der kann ja manchmal ein größerer Kindskopf sein als du.«

Wir lachten, beide mit Tränen in den Augen.

»Komm. Gehen wir. Die warten schon alle auf uns«, sagte Mama schließlich, und wir gingen nach unten.

Auch meine Großeltern fuhren mit zum Abschlussball. Ich war die einzige Enkeltochter, und diesen ganz besonderen Abend wollten sie sich nicht entgehen lassen.

Ich feierte ausgelassen mit meinen Mitschülern, und als Marco und ich einen Salsa aufs Parkett legten, wurden wir begeistert angefeuert. Als wir uns unter Applaus verbeugten, drückte Marco sanft meine Hand und warf mir einen Blick zu, der mich verzauberte. Und in diesem Moment wusste ich, dass ich mich in ihn verliebt hatte.

Mein Vater wartete, bis die Musiker etwas rockigere Stücke spielten. Dann zog er mich auf die Tanzfläche. Wir tanzten zuerst ausgelassen jeder für sich, doch als die Band *Nothing Else Matters* von Metallica spielte, nahm er meine Hand und legte seinen Arm um meine Hüften.

Noch ein wenig außer Atem von der schnellen Runde, bewegten wir uns langsam zur Musik.

»Glücklich?«, fragte er so nah an meinem Ohr, dass ich ihn bei der lauten Musik verstehen konnte.

Ich nickte.

»Es ist der glücklichste Tag in meinem Leben.«

Er drückte mich fester an sich, und ich legte meinen Kopf an seine Brust.

»Das mit dem ganzen sentimentalen Quatsch liegt mir ja gar nicht«, sagte er, »aber heute darf ich das mal sein, denk ich. Du musst mir versprechen, dass du immer gut auf dich aufpasst, mein Engel. Egal, wo du dich rumtreibst! Ja?«

»Versprochen«, antwortete ich und kämpfte schon wieder mit den Tränen. Was für ein rührseliger Tag aber auch!

»Gut.«

»Aber du musst mir auch was versprechen«, verlangte ich.

»Was denn?«

Ich löste mich ein wenig, um ihm in die Augen sehen zu können, während wir uns weiter langsam im Takt der Musik wiegten.

»Du und Mama, ihr müsst immer so ein besonderes Paar bleiben. Auch wenn ich nicht mehr ständig da bin und euch nur noch ab und zu besuchen komme.«

Er lächelte, und seine Augen blitzten vergnügt.

»Mach dir da mal keine Sorgen, Kleines. In Wahrheit werden wir erst mal eine wilde Party feiern, wenn du endlich ausgezogen bist, und es ordentlich krachen lassen«, feixte er.

Ich wusste, dass er es mir leichtmachen wollte, und mir wurde einmal mehr bewusst, was für tolle Eltern ich hatte.

»Aber schön die Finger von Drogen lassen«, ermahnte ich ihn wie eine überbesorgte Mutter.

»Wir müssen dir ja nicht alles erzählen«, scherzte er.

Es war kurz vor Mitternacht, und ich stand mit Marco und zwei Freundinnen an der Theke bei einem Caipirinha, da kam meine Familie auf mich zu.

»Deine Oma ist müde«, sagte meine Mutter. »Wir fahren jetzt besser nach Hause.«

Sie gab mir einen Kuss auf die Wange, und ich verabschiedete mich auch von meinem Vater und den Großeltern.

»Lasst es noch ordentlich krachen«, sagte Paps und legte seinen Finger kurz an die Nasenspitze.

Ich tat es ihm gleich.

»Machen wir!«

Dann gingen sie hinaus zum Parkplatz.

Zwanzig Minuten später standen wir in einer kleinen Gruppe draußen, um uns an der frischen Luft ein wenig abzukühlen. Marco steckte sich gerade eine Zigarette an, als Sirenen von Feuerwehr und Rettungswagen durch die Nacht tönten. Ich spürte, wie sich mein Magen unangenehm zusammenzog, und versuchte, dieses Gefühl zu ignorieren. Bald darauf machte eine Nachricht die Runde, dass es einen schrecklichen Unfall gegeben hatte, bei dem sechs Menschen ums Leben gekommen waren: meine Eltern, meine Großeltern und eine Neunzehnjährige, die die Kontrolle über ihr Fahrzeug verloren hatte und frontal in den Wagen meiner Eltern gerast war.

Wie ein Roboter überstand ich die Tage bis zur Beerdigung. Ich wusste nicht, was mich aufrecht hielt, aber ich wollte um jeden Preis dabei sein und fand irgendwie die Kraft zu funktionieren. Danach brach ich zusammen. Marco rief den Notarzt, der mich in eine Klinik einwies. Fast zwei Monate lang wurde ich mit Medikamenten ruhiggestellt, weil ich die Realität anders nicht ertragen hätte. Innerhalb von Sekunden war meine komplette Familie ausgelöscht worden. Bis auf ein paar entfernte Verwandte war ich jetzt allein. Wenigstens hatte ich Freunde, die mich besuchten, vor allem aber standen mir Marco und seine Eltern bei. Als die Ärzte die Medikamente langsam reduzierten, erfasste mich der Schmerz mit voller Wucht. Ich versuchte, mich ihm zu stellen, ihm nicht auszuweichen, sondern ihn anzunehmen, damit ich dieses Unglück irgendwie verarbeiten konnte.

Als ich nach drei Monaten entlassen wurde, holte Marco mich zu sich. Von den Ersparnissen und der Lebensversicherung meiner Eltern konnte ich eine Weile lang leben. Und auch das Geld aus dem Erbe meiner Großeltern fiel mir zu. Ich war damit nicht reich, aber ich war eine Zeitlang abgesichert und könnte es für das Studium verwenden. Dabei wollte ich nicht studieren. Konnte ich nicht studieren. Nicht mehr. Nicht jetzt. Ich fühlte mich dem nicht gewachsen. Außerdem hatte ich jeglichen Ehrgeiz verloren. Ich wusste nur, dass ich mit Marco zusammen sein wollte. Dem einzigen Menschen, der mich liebte und der mir noch geblieben war.

Damit ich wieder etwas Freude am Leben fand, nahm Marco mich oft mit ins Tanzstudio. Die Bewegung zur Musik und Marcos Geduld halfen mir, langsam tatsächlich wieder ins Leben zurückzufinden. Doch noch immer wusste ich nicht, was ich beruflich machen sollte.

»Ich könnte mir dich großartig als Tanzlehrerin vorstellen«, sagte Marco eines Tages. »Meine Eltern übrigens auch. Sie möchten sich in ein paar Jahren zur Ruhe setzen. Dann könnten wir beide die Tanzschule übernehmen. Und wenn wir gut trainieren, könnten wir sogar an Tanzwettbewerben teilnehmen. Stell dir vor, wie großartig das wäre. Was meinst du, Romy?«

Ich musste keine Sekunde lang überlegen und stimmte seinem Vorschlag zu.

Kapitel 20

Während ich Alfred alles erzählte, war ich aufgestanden und ging auf und ab. Es fiel mir leichter, darüber zu reden, wenn ich mich bewegte.

Doch nachdem alles gesagt war, fühlte ich mich ausgelaugt und erschöpft und ließ mich wieder auf die Bank am Tisch sinken. Draußen war inzwischen der Tag angebrochen, und ich nahm das Zwitschern der Vögel wahr.

Alfred griff nach meiner Hand. Er sagte nichts. Offenbar fand er keine Worte. Doch der Blick aus seinen grauen Augen verriet mir sein tiefes Mitgefühl. Bei jedem anderen hätte mich das wütend gemacht, denn ich wollte kein Mitleid. Nicht so bei Alfred. Egal wie brummig er manchmal wirkte, in seiner Nähe spürte ich inzwischen eine ganz besondere Art von Geborgenheit.

»Ist Marco Tommis Vater?«, unterbrach er plötzlich die Stille.

Ich schluckte.

»Ja. Das ist er … aber er zählt nicht mehr.«

Mehr brauchte ich nicht zu erklären. Es war bedeutungslos.

»Bei mir lief auch einiges im Leben schief«, sagte Alfred. »Aber das, was du erlebt hast, ist besonders schrecklich.« Er stockte, sah mich an. »Und jetzt denkst du, dass immer dann etwas passiert, wenn du glücklich bist?«

Ich nickte.

»Ja. Deswegen habe ich diesen Deal mit dem Schicksal geschlossen. Ich weiß, es ist verrückt«, ich lachte kurz auf. »Aber es geht uns gut, so wie es ist. Tommi ist glücklich. Und das reicht mir. Mehr brauche ich nicht.«

»Und doch wachst du mit Argusaugen über deinen Sohn. Versuchst, jegliches Risiko aus deinem Leben fernzuhalten. Traust du deinem Handel mit dem Schicksal denn nicht?«

Seine Frage brachte mich etwas aus dem Konzept.

»Wie meinst du das? Ich muss doch auf ihn aufpassen! Und mir darf auch nichts passieren. Tommi hat sonst niemanden, wenn ich einmal nicht mehr da bin.«

Allein der Gedanke daran schnürte mir die Kehle zu.

»Ich verstehe dich doch, Romy. Wirklich. Aber ich glaube, dass du dir das Leben dadurch nur viel schwerer machst, als es sein müsste.«

»Keine Ahnung«, sagte ich.

Eine Weile lang schwiegen wir.

»Ich habe heute zum ersten Mal, seit ich Marco verlassen habe, wieder getanzt«, sagte ich.

»Hat es dir gefehlt?«, stellte Alfred die Frage, die mir vor wenigen Stunden Hannes gestellt hatte. Und jetzt fiel die Antwort anders aus.

»Ja. Es hat mir gefehlt«, gestand ich.

Alfred erhob sich und streckte seine Hand nach mir aus.

»Darf ich bitten?«, fragte er mit einem Lächeln.

Verblüfft sah ich ihn an, bis ich merkte, dass er es ernst meinte. Ihm konnte ich unmöglich einen Korb geben. Ich ergriff seine Hand.

»Und glaub ja nicht, ich hätte irgendwelche Hintergedanken«, stellte er auf seine direkte Art unmissverständlich klar.

Das war mir gar nicht in den Sinn gekommen.

»Gut. Ich nämlich auch nicht«, sagte ich, und wir lachten beide. Wir gingen in die Mitte der Scheune, Alfred nahm meine Hand und legte die andere auf meinen Rücken.

»Walzer ist das Einzige, das ich früher leidlich konnte«, sagte er und wirkte plötzlich ein wenig verlegen.

»Walzer ist doch okay.«

Und dann begannen wir zu tanzen. Ohne Musik, nur in Gedanken dem Takt eines Walzers folgend und doch in perfekter Harmonie. Keiner von uns sagte etwas. Aber Worte waren auch gar nicht nötig.

Plötzlich unterbrach ein trommelndes Geräusch die Stille. Es dauerte einen Moment, bis ich realisierte, dass Regentropfen auf das Dach prasselten.

Alfred blieb kurz stehen.

»Komm mit!«, sagte er und zog mich aus der Scheune.

Draußen goss es in Strömen. Doch der Regen fühlte sich nicht kalt an, sondern lau wie die Sommernacht, die hinter uns lag.

»Was willst du denn hier draußen?«, fragte ich.

»Das wirst du schon sehen!«

Als wir bei der Wiese hinter der Scheune waren, klebten unsere Kleider tropfnass auf der Haut. Doch es war mir egal.

»Zieh die Schuhe aus«, forderte Alfred mich auf und schlüpfte selbst schon aus seinen Halbschuhen und streifte die Socken ab.

Verwirrt sah ich ihn an.

»Vertrau mir!«

Ich nickte zögerlich und schlüpfte ebenfalls aus meinen Sneakers. Vorsichtig setzte ich die nackten Füße ins Gras. Es war kühl, und der Boden fühlte sich weich an, aber es war nicht unangenehm. Trotzdem versuchte ich, nicht daran zu denken, dass irgendwo in der Wiese womöglich spitze Steine oder gar Scherben lagen, an denen ich mich verletzen könnte.

Erneut stellte er mir die Frage: »Darf ich bitten?«

Ich lachte auf, weil die Situation so absurd war.

»Sehr gern«, antwortete ich mit einem kleinen altmodischen Knicks und reichte ihm die Hand. Mit seiner warmen tiefen Stimme begann Alfred zuerst zu summen und dann zu singen, und ich erkannte das Lied sofort: *Morning Has Broken* von Cat Stevens. Und dazu tanzten wir Walzer. Auf der Wiese – barfuß im Sommerregen. Die Tropfen prasselten auf unsere klatschnassen Körper herab, und ich fühlte mich, als ob ich gleichzeitig schwimmen und fliegen würde. Alfred hatte inzwischen aufgehört zu singen, doch wir drehten uns immer noch weiter im Takt.

»Es ist herrlich!«, rief ich begeistert.

Er lächelte, und in diesem Moment sah er viel jünger aus, als er war.

»Der Sommerregen lässt uns entweder Schutz suchen«, begann Alfred, »oder aber er wäscht alle Sorgen von uns ab und verleitet dazu, uns seiner ganz eigenen Magie hinzugeben.«

Und dieser Moment hatte tatsächlich etwas Magisches.

»Danke, dass du mich zu diesem Tanz aufgefordert hast, Alfred«, sagte ich.

Er wurde langsamer, und wir blieben stehen.

»Das mit deinen Eltern und Großeltern war ein schrecklicher Unglücksfall, Romy«, sagte er. »Und ich verstehe deine Ängste. Im Leben passieren immer wieder schlimme, aber auch viele wunderbare Dinge. Und das Schicksal, oder wer auch immer für uns zuständig ist, verlangt gewiss nicht von dir, dass du auf Glück verzichtest, nur damit dir und deinem Sohn nichts passiert.«

Ich schluckte.

»Und wenn deine Eltern jetzt hier wären, dann würden sie dir ganz bestimmt das Gleiche sagen. Aber eigentlich weißt du das selbst ganz genau, nicht wahr?«

Ich sah ihn an und musste mir eingestehen, dass er recht hatte.

»Es ist nur so schwer, diese Angst loszulassen«, flüsterte ich.

»Aber du kannst das, Romy. Genau so wie du mit mir hier im Regen tanzen kannst. Du musst dich einfach nur trauen. Und dann wirst du es ebenso genießen.«

Der Regen hatte inzwischen nachgelassen.

»Du könntest Hannes zumindest eine Chance geben, damit ihr euch besser kennenlernt.«

»Meinst du wirklich?«, fragte ich.

»Natürlich nur, wenn du das auch möchtest! Aber falls das der Fall ist, und ich denke, dass es so ist, dann wirst du es später sicher bereuen, wenn du es nicht zumindest versucht hast.«

Seine Miene war ernst geworden. Und ich merkte, dass da noch mehr dahintersteckte, dass es jetzt nicht mehr nur um mich ging.

»Irgendwann möchte ich deine Geschichte auch erfahren, Alfred.«

»Ja. Irgendwann.« Er strich sich die Haare aus der Stirn. »Aber jetzt solltest du vielleicht doch noch ein Stündchen schlafen.«

»Und du?«

»Ich schau nach Herakles. Weißt du, im Alter braucht man nicht mehr so viel Schlaf«, sagte er und zwinkerte mir zu.

»Danke, Alfred«, sagte ich, und er wusste, was ich damit meinte.

»Schon gut.«

Er nahm mich in den Arm und drückte mich an sich. Und es fühlte sich ein klein wenig so an, als ob mein Vater mich umarmen würde.

»Es ist schön, dass du hier bist«, sagte er leise. Dann ließ er mich los, hob seine Schuhe auf und ging in Richtung Stall. Ich stand auf der Wiese und sah ihm hinterher.

Nach einer kurzen Dusche schlüpfte ich eine halbe Stunde später ins Bett. Doch ich war kaum eingeschlafen, da kam Tommi ins Zimmer und hüpfte mit Anlauf in mein Bett.

»Alles Gute zum Muttertag, Mami!«, flötete er vergnügt und hielt mir eine kleine Schachtel unter die Nase, die mit buntem Papier beklebt war.

Na klar! Heute war Muttertag! Das hatte ich in der ganzen Aufregung rund um die Hochzeit völlig vergessen.

»Das ist aber lieb von dir, mein Spätzchen«, murmelte ich völlig kaputt, aber gleichzeitig gerührt.

»Mach's auf«, sagte er und sah mich mit seinen himmelblauen Augen erwartungsvoll an.

Ich setzte mich im Bett auf und öffnete das Päckchen. Darin war ein ausgeschnittenes und mit bunten Perlen beklebtes Herz. Vorsichtig holte ich es heraus.

»Das ist ja wunderschön«, sagte ich.

»Das hab ich im Kindergarten für dich gemacht«, erklärte er stolz.

»Ach danke, du Süßer!« Ich zog ihn an mich und knuddelte ihn liebevoll durch.

Er kicherte.

»Gehn wir zu den Wachteln?«

»Später. Ich bin noch sehr müde, weißt du. Magst du vielleicht noch eine Geschichte anhören?«, fragte ich. Damit konnte ich ihn fast immer ködern.

»Na gut.«

»Komm, leg dich her zu mir«, sagte ich, und er kuschelte sich an mich.

Ich schaltete auf meinem iPhone das Hörbuch vom kleinen Raben Socke ein und segelte gleich wieder in einen traumintensiven Schlaf. Als ich das nächste Mal aufwachte, war Tommi nicht mehr im Zimmer. Ein Blick auf das Handy sagte mir, dass es schon fast halb zehn war. Ich setzte mich auf und sprang aus dem Bett. Eilig zog ich Jeans und ein T-Shirt an und ging nach unten. In der Küche stand benutztes Frühstücksgeschirr in der Spüle, darunter Tommis Lieblingstasse mit einem Elefantenbaby. Also hatte sich Alfred mal wieder um meinen Sohn gekümmert.

Ich ging hinaus in den Hof, und die Sonne blendete mich einen Moment lang. Es war wieder heiß geworden, und durch den heftigen Regen am Morgen fühlte sich die Luft so dick an, als ob man sie schneiden könnte.

Wir hatten Besuch. Alfred stand neben Helga und unterhielt sich, während Tommi und Lexi Fangen spielten.

»Guten Morgen«, sagte Helga freundlich.

»Guten Morgen«, grüßte ich. »Danke, Alfred, dass du auf Tommi aufgepasst hast.«

»Er hatte schon mächtig Hunger. Wir haben uns Frühstück gemacht.«

»Ich hab's gesehen.«

»Eigentlich wollte ich Alfred heute Mittag zum Essen einladen. Aber er meinte, dass noch genügend Reste vom gestrigen Abend da wären.«

»Das stimmt«, sagte ich.

»Ich hab schon gehört, dass die Hochzeit hier ein voller Erfolg war.«

»Es war ein schönes Fest, ja«, bestätigte ich.

Helga wandte sich um und rief in die Richtung ihrer Tochter: »Lexi, kommst du? Sonst kommen wir zu spät in die Kirche.«

»Ich werde heute mal schwänzen«, sagte Alfred. »Hannes kommt bald, und wir müssen hier noch alles wegräumen.«

»Sag ihm einen Gruß, er kann sich gelegentlich auch mal wieder bei uns blicken lassen.«

»Mach ich.«

Lexi und Tommi rannten auf uns zu.

»Ich will auch in die Kirche«, rief mein Sohn.

»Tommi kann gerne mitkommen«, bot Helga an.

»Meinetwegen darf er. Aber ich möchte dir heute am Muttertag nicht auch noch meinen Sohn aufbrummen«, warf ich ein.

»Ach was. So ernst nehmen wir das nicht mit dem Muttertag. Wir sind doch jeden Tag Mütter, oder nicht?«

Das war mir sympathisch.

»Stimmt.«

»Und wenn du nichts dagegen hast, nehm ich ihn danach zum Essen mit zu uns.«

»Ja!«, riefen die Kinder begeistert über den Vorschlag.

»Bitte, Mami, darf ich?«, bettelte mein Kleiner.

Ich war hin- und hergerissen. Vor allem seit ich wusste,

dass es bei Helga auf dem Hof einen ganzen Stall voller Kühe gab.

»Das wird den Kindern sicher Spaß machen«, sagte Alfred und suchte meinen Blick.

Ich wusste genau, was er mir sagen wollte. Also beschloss ich, meine Bedenken ganz offen auszusprechen.

»Ich habe nichts dagegen, dass Tommi mitkommt«, begann ich. »Aber er probiert immer alles aus und ist so neugierig. Vor allem, wenn es um Tiere geht. Du musst mir versprechen, dass er alleine auf keinen Fall auch nur in die Nähe des Kuhstalls geht.«

Helga lächelte. »Ich verspreche, dass ich die beiden nicht aus den Augen lassen werde. Und am späten Nachmittag bringe ich ihn wieder zurück. Einverstanden?«

Es kostete mich schon ein wenig Überwindung. Aber Helga war auch eine Mutter und würde ganz bestimmt nicht wollen, dass meinem Sohn oder irgendeinem anderen Kind etwas zustieß.

»Na gut«, sagte ich schließlich, und die Kinder jubelten.

Ich holte den Kindersitz fürs Auto und gab Tommi noch einige Ermahnungen mit, dass er ja brav sein sollte.

Die drei hatten gerade den Hof verlassen, da fuhr Hannes mit seinem Wagen herein.

Alfred nickte mir zu.

»Ich hoffe, du hast deinen Vorsatz nicht schon wieder über den Haufen geworfen?«

Ich spürte, wie meine Wangen ein wenig warm wurden.

»Hab ich nicht«, sagte ich.

»Gut.« Er lächelte. »Und falls du doch wieder zweifelst, denke einfach an das Gefühl bei unserem Tanz im Regen.«

»Mach ich.«

Hannes stieg aus und kam auf uns zu.

»Guten Morgen.«

»Morgen.«

»Du siehst aus, als hättest du nicht sonderlich viel Schlaf abbekommen«, sagte Alfred zu seinem Neffen. Und so unrasiert und zerzaust, wie er war, sah Hannes tatsächlich aus, als ob er gerade aus dem Bett gefallen wäre.

»Das Kompliment gebe ich gern an dich zurück«, meinte Hannes.

»Lust auf Kaffee?«, fragte ich.

»Der könnte meine Rettung sein«, murmelte Hannes.

»Du auch, Alfred?«

»Gern.«

Während die beiden anfingen, die Tische und Bänke in der Scheune zu stapeln, brühte ich Kaffee auf. Ich wusste nicht, ob es am mangelnden Schlaf lag, am Hunger oder an Hannes' Nähe, aber ich hatte ein ganz flaues Gefühl im Magen. Ich wollte mir eine Chance geben und diesen Mann besser kennenlernen. Das machte mir ein wenig Angst. Gleichzeitig war es sehr aufregend. Wie eine Art Aufbruch in etwas Neues. Ein Gefühl, das mir trotz meiner Bedenken guttat.

Mit einem Tablett bewaffnet ging ich in die Scheune. Ich hatte auch noch einen Teller mit verschiedenen Kuchen- und Tortenstücken dabei, die ich gestern für uns abgezweigt hatte.

»Fährst du heut gar nicht zu deiner Mutter?«, fragte Alfred seinen Neffen.

Hannes schüttelte den Kopf. »Du kennst sie doch. Muttertag ist etwas, das es in ihrem Kalender nicht gibt«, sagte Hannes, und Alfred lächelte.

»Hat einer von euch eigentlich schon was von Daniela gehört?«, fragte ich, während ich Kaffee einschenkte.

»Noch nicht, nein«, antwortete Hannes. Alfred schüttelte nur den Kopf.

»Hoffentlich ist alles gutgegangen.«

»Sicher werden wir das bald erfahren«, meinte Hannes.

Jetzt, da ich beschlossen hatte, meinen Schutzpanzer zu lockern, fühlte ich mich in seiner Gegenwart befangen. Ich wusste gar nicht so recht, was ich sagen oder wie ich es anstellen sollte, also nahm ich mir erst einmal ein großes Stück Käsesahne-Torte. Alfred nippte an seinem Kaffee und schien mich zu beobachten.

»Wenn ich hernach den Truck nach Passau fahre, könntest du mich dann dort abholen und wieder zu meinem Wagen herbringen, Alfred?«, fragte Hannes, während ich hungrig und um Worte verlegen die Torte in mich schaufelte. »Dann brauch ich mir kein Taxi zu nehmen.«

»Hm. Das geht heute leider ganz schlecht«, sagte Alfred. »Aber Romy kann dich bestimmt fahren, nicht wahr?«

Ich schluckte den Kuchen hinunter und hätte mich dabei fast verschluckt.

»Ja klar«, sagte ich schnell.

»Danke. Aber wirklich nur, wenn es dir nichts ausmacht«, meinte Hannes.

»Nein, gar nicht. Ich fahr dich gern. Überhaupt kein Problem.«
Alfred lächelte zufrieden.

Zwei Stunden später waren wir mit dem Aufräumen fertig. Die Tische und Stühle sowie das Geschirr vom Brunnenwirt standen bereit, um am Montag abgeholt zu werden. Darum würde sich Adrian kümmern. Alfred war inzwischen ins Haus gegangen, um sich endlich ein wenig hinzulegen. Ich war erstaunlich fit für den Umstand, dass ich keine drei Stunden geschlafen hatte, und fühlte mich total aufgekratzt.

»Ganz schön heiß schon wieder«, sagte Hannes und wischte sich den Schweiß von der Stirn. »Ich glaub, ich fahr später noch an den Weiher.«

»Das habe ich mir auch schon überlegt«, sagte ich. »Wir könnten ja gemeinsam fahren, wenn ich dich aus Passau abhole«, schlug ich vor.

Die Überraschung stand Hannes im Gesicht geschrieben.

»Ernsthaft? Du willst mit mir schwimmen gehen?«, fragte er ungläubig. Offensichtlich fand er das nach unserem Gespräch gestern ein wenig seltsam, was ich ihm nicht verdenken konnte.

»Außer du hast vor, mich im Weiher zu ertränken«, sagte ich mit gespielt ernster Miene.

»Versprechen kann ich nichts!«, sagte er ebenso ernst.

»Dann muss ich es einfach riskieren.«

»Und das aus deinem Munde?«

Ich zuckte nur mit den Schultern und fragte stattdessen: »Wo in Passau soll ich dich denn abholen?«

»Am besten fährst du mir einfach hinterher. Wir müssen danach nur kurz in meiner Wohnung vorbei, damit ich meine Badesachen holen kann. Ich gehe mal nicht davon aus, dass du auf FKK stehst.«

»Keine Ahnung. Das hab ich noch nie gemacht«, sagte ich frech.

Er sah mich an und grinste dann.

»Wer bist du? Und was hast du mit der Romy von gestern Abend gemacht?«

Ich musste lachen.

»Finde es heraus.«

»Das werde ich. Also soll ich meine Badesachen nicht mitnehmen?«

»Vielleicht doch«, sagte ich. »Und jetzt muss ich auch noch schnell mein Zeug packen. Bin gleich wieder da.«

»Vergiss die Badeschuhe nicht! Und nimm am besten noch einen Schwimmreif mit! Und Verbandszeug!«, rief er mir hinterher.

Bevor wir losfuhren, kam plötzlich ein anderer Wagen in den Hof gefahren.

»Das ist ja Adrian!«, sagte ich überrascht.

Er stieg aus seinem Wagen und trug immer noch seine Anzughose und das weiße, inzwischen sehr verknitterte Hemd, dessen Ärmel er nach oben gekrempelt hatte. Seine Haare waren total zerzaust, und dunkle Schatten lagen unter seinen Augen.

»Hallo, Adrian!«, grüßte ihn Hannes.

»Hallo, ihr zwei!«

»Sag bloß, du warst noch nicht im Bett«, sagte ich.

Er schüttelte den Kopf.

»Keine Hochzeitsnacht?«, wollte Hannes wissen.

»Das wäre im Krankenhaus nicht ganz so romantisch gewesen.«

»Im Krankenhaus? Ist alles gut mit Daniela und den Babys?«, fragte ich besorgt.

»Ja. Jetzt schon. Aber in der Nacht gab es Komplikationen, weil Danis Kreislauf ein wenig verrücktgespielt hat. Alex wär fast durchgedreht, deswegen sind Gabi und ich ins Krankenhaus gefahren. Und weil mein Sturkopf von Schwester unbedingt natürlich entbinden wollte, hat sich das Ganze dann doch ewig hingezogen. Aber jetzt sind sie da.«

In diesem Moment begann er zu grinsen, als ob er selbst gerade erst so wirklich realisiert hätte, dass er Onkel geworden war.

»Wie heißen sie denn?«, wollte ich wissen.

»Emilia und Valentin.«

»So schöne Namen!«, sagte ich.

Hannes nickte zustimmend.

»Zweitausendzwanzig Gramm wiegt der Kleine und Emilia eintausendneunhundertfünfzig … Nachdem ihr euch gestern so um meine Schwester gekümmert habt, wollte ich es euch selbst sagen … und das zeigen.«

Er holte sein Handy aus der Hosentasche und rief die Fotos auf. Dann reichte er es mir, und ich sah in die süßen Gesichter des frisch geborenen Zwillingspaares.

»Ach, sind die zauberhaft«, schwärmte ich begeistert und reichte Hannes dann das Handy. »Schau mal.«

»Wirklich süß«, sagte er und gab Adrian das Handy rasch wieder zurück.

»Möchtest du vielleicht einen Kaffee?«, bot ich dem ziemlich fertig aussehenden Frischvermählten an.

Er schüttelte den Kopf.

»Nein danke. Ich will jetzt nur noch ins Bett und schlafen.«

»Kannst du überhaupt noch fahren?«, fragte Hannes. »Du siehst echt ziemlich fertig aus. Wir wollten eben nach Passau und könnten dich absetzen, wenn du möchtest.«

Er stimmte zu und ließ sich von uns nach Hause bringen.

Kapitel 21

Zehn Minuten nachdem Adrian vor seiner Wohnung ausgestiegen war, parkte Hannes seinen Truck auf dem Gelände
seines Freundes und stieg dann zu mir in Alfreds Auto. Langsam merkte ich, dass ich nervös wurde.

»Wo muss ich denn hin?«, fragte ich.

»In die Ilzstadt«, antwortete er. »Ich sag dir, wie du fahren
musst.«

»Okay.«

Ich startete den Wagen, doch als ich anfahren wollte, machte
das Auto einen Satz nach vorne, und der Motor starb ab.

»Ups. Sorry.«

»Soll ich besser fahren?«, fragte Hannes.

»Warum? Fürchtest du dich mit mir am Steuer?«

»Da du vermutlich die doppelte Anzahl an Fahrstunden
genommen hast, um auf Nummer sicher zu gehen, sollte ich
deinen Fahrkünsten wohl einfach mal trauen.«

Ich musste mir ein Grinsen verkneifen.

»Ich habe Theorie mit null Fehlern bestanden und war die Einzige meiner Gruppe, die an diesem Tag die praktische Prüfung
beim ersten Anlauf bestanden hat. Du wirst es nicht bereuen.«

»Na dann mal los!«

Rums, starb der Motor ein weiteres Mal ab. Meine Wangen begannen zu glühen.

»Kann passieren«, sagte Hannes und hustete verhalten.

Ich drehte den Schlüssel ein weiteres Mal um, und diesmal klappte es. Erleichtert atmete ich auf, fuhr aus dem Parkplatz und bog in die Hauptstraße ein.

»Jetzt einfach geradeaus.«

»Okay.«

»Gabi und Adrian hatten ja mal eine Hochzeitsnacht, die kann man nur schwer toppen«, sagte ich, um von meinen Fehlstarts abzulenken.

»Die beiden werden gewiss bald nachholen, was sie in dieser Nacht versäumt haben«, sagte er süffisant.

»Das denk ich auch.«

»Da vorne links über die Schanzelbrücke und dann rechts abbiegen«, wies er mich an.

Wir fuhren die Donau entlang, auf der zahlreiche Ausflugsschiffe ihre Runden drehten, dann ging es unter der Burganlage hindurch in Richtung Ilzstadt.

»Bei der nächsten Ampel wieder rechts abbiegen, dann sind wir gleich da.«

Wenig später parkten wir vor dem Mietshaus, in dem er wohnte.

»Willst du mit nach oben kommen?«

»Ach, ich kann hier warten«, sagte ich schnell. »Du wirst ja nicht ewig brauchen.«

»Das nicht. Du verpasst allerdings einen wirklich großartigen Blick.«

»Echt? Na gut. Das kann ich mir natürlich nicht entgehen lassen«, überlegte ich es mir anders, weil ich ehrlich gesagt auch ein wenig neugierig auf seine Wohnung war.

Ich öffnete die Wagentür.

»Na dann komm. Aber für einen schönen Ausblick muss man natürlich etwas tun.«

»Wie meinst du das?«

Das sollte ich gleich erfahren. Im Haus gab es keinen Lift, und als wir ganz oben in seiner Dachgeschosswohnung angekommen waren, war ich unübersehbar ein wenig außer Atem gekommen.

»Gutes Fitnesstraining«, stieß ich hervor und trat in einen relativ großen Wohn-Schlafraum mit einer kleinen, aber modernen Küchenzeile. Durch die Dachbalken und die kleinen Nischen, in denen Kommoden und Regale eingepasst waren, wirkte es hier sehr gemütlich. Unter einem riesigen Panoramafenster stand ein Futonbett. Das zerwühlte Bettzeug und Klamotten, die achtlos über einen hölzernen Klappstuhl geworfen waren, machten mich plötzlich ein wenig verlegen. Und es lag nicht nur an der Hitze, die sich unter dem Dach staute, dass ich spürte, wie ich etwas errötete.

Hannes öffnete die Schublade einer Kommode, und ich trat zum Fenster und sah hinaus.

»Wow! Das ist ja wirklich einmalig schön hier«, sagte ich, als ich von oben auf die drei Flüsse Donau, Inn und Ilz schaute, die nur wenige hundert Meter weiter links an der sogenannten Ortsspitze zusammenliefen. Auf der rechten Seite war die imposante Burganlage zu sehen. Es gab wahrlich schlimmere Wohngegenden als diese hier.

»Vor allem nachts solltest du das mal sehen«, sagte Hannes, während er seine Badesachen in einen Rucksack packte. »Ich meine, wenn es schon dunkel ist«, stellte er rasch klar. »Also, falls du zufällig mal hier bist, solltest du es dir ansehen, wollte ich sagen.«

Er sah mich an und setzte ein schiefes Grinsen auf. »Oh Mann, ich eier ganz schön rum, oder?«

Ich lachte.

»Ich hab schon verstanden, was du meinst.«

»Du musst dich allerdings beeilen, wenn du das wirklich sehen willst. Die Wohnung gehört einem Freund, der sie an Studenten vermietet. Sie war gerade frei, als Carmen und ich uns getrennt haben. Aber das ist nur eine Übergangslösung, bis ich mir darüber klar geworden bin, ob ich in Passau bleiben möchte.«

»Es ist echt gemütlich hier«, sagte ich.

»Danke.«

Er öffnete den Kühlschrank und holte eine Flasche Wasser heraus.

»Willst du?«

»Gern.«

Er schenkte ein und reichte mir ein Glas. Ich nahm einen tiefen Schluck.

»Verrätst du mir, was seit gestern Nacht mit dir passiert ist, Romy?«, fragte er und sah mich neugierig an.

»Ich... ich hatte ein langes Gespräch mit Alfred«, antwortete ich offen.

»Und der hat dir gesagt, du sollst netter zu mir sein, oder wie?«

»War ich denn jemals nicht nett zu dir?«, konterte ich. »Außerdem hast du wohl vergessen, dass ich dir am Weiher womöglich das Leben gerettet habe.«

Er lächelte.

»Das stimmt allerdings. Du hast mir nur gestern zu verstehen gegeben, dass du nicht an mir interessiert bist. Trotzdem bist du heute irgendwie ganz anders zu mir, und das muss ja einen Grund haben.«

»Hat es. Aber das ist alles ein wenig kompliziert zu erklären.«

»Versuch es doch einfach mal.«

Ich zögerte kurz, dann sah ich ihn an.

»Wenn ich dir jetzt erzähle, dass ich mit Alfred barfuß im Regen getanzt habe und dabei zu einer Erkenntnis gekommen bin, dann klingt das vermutlich eher ein wenig verrückt, oder?«

»Äh, nur ein wenig… das mit dem ›barfuß‹ kann ich mir bei dir allerdings nur schwer vorstellen«, meinte er mit einem schrägen Grinsen.

»Aber genau das ist es, was sich seit gestern geändert hat«, versuchte ich, ihm zu erklären. »Weißt du, ich habe eingesehen, dass ich in den letzten Jahren womöglich ein wenig zu vorsichtig war. Und Alfred hat mich ermutigt, dass ich…« Ich suchte nach den passenden Worten.

»Darf ich das vielleicht so interpretieren, dass du jetzt doch keine allzu großen Einwände mehr hättest, wenn ich dich näher kennenlernen möchte?«, kam Hannes mir zu Hilfe.

Ich nickte.

»Darfst du.« Von kindischen Spielen, jetzt um den heißen Brei herumzureden, hielt ich nicht viel.

Hannes stellte sein Glas ab und kam auf mich zu.

»Mir gefällt dein Sinneswandel ganz gut«, murmelte er.

»Mir auch«, sagte ich fast tonlos.

Er legte seine Hand an mein Gesicht und streichelte mit seinem Daumen über meine Wange.

Die Zärtlichkeit dieser sanften Berührung ließ mein Herz wild gegen meine Brust hämmern. Es war schon ewig her, dass ich so etwas zugelassen hatte.

Hannes lächelte nicht, sein Blick war fragend, als ob er herausfinden wollte, ob ich es ernst meinte.

»Ich möchte dich jetzt küssen, Romy«, sagte er leise. »Und

wenn du das nicht möchtest, musst du mir das jetzt sagen, sonst ist es zu spät.«

Für einen kurzen Moment flackerte die Angst in mir hoch, ich könnte etwas aufs Spiel setzen, wenn ich mich auf ihn einließ, und riskieren, dass wieder irgendetwas Schlimmes passierte. Doch alles an Hannes zog mich wie magisch an. Also schob ich meine Bedenken für den Moment zur Seite.

Statt einer Antwort beugte ich mich zu ihm, und unsere Lippen berührten sich. Zuerst ganz sanft. Es war ein vorsichtiges Erkunden. Doch rasch wurde unser Kuss leidenschaftlicher. Ich schlang die Arme um seinen Hals und drückte mich an ihn. Hannes streichelte durch mein Haar, dann über meinen Rücken, während ich mich mit geschlossenen Augen dem ersten Kuss seit Jahren hingab und mich fragte, wie ich es so lange hatte aushalten können, nicht zu küssen – nicht geküsst zu werden. Langsam löste Hannes sich von mir und sah mich an. Seine Augen funkelten mit einer Intensität, die mir fast den Atem nahm.

»Wenn wir jetzt nicht aufhören, kann ich für nichts garantieren, Romy. Ich glaube, wir sollten besser zum Weiher fahren.«

»Sonst was?«, fragte ich leise.

»Du weißt, was sonst passiert«, sagte er mit heiserer Stimme, die mir eine Gänsehaut bescherte.

Natürlich wusste ich es. Doch auch wenn mein Körper sich nach weiteren Berührungen sehnte, merkte ich plötzlich, dass es mir zu schnell ging. Hannes schien an meinem Blick abzulesen, was in mir vorging.

»Lass es uns besser ein bisschen langsam angehen«, sagte er wohl deswegen. »Schließlich ist deine Erkenntnis, mir eine Chance zu geben, noch recht frisch. Wir hatten ja noch nicht einmal ein richtiges Date«, setzte er jovial hinzu.

Ich war dankbar für sein Einfühlungsvermögen.

»Sag bloß, du traust dich jetzt nicht mehr«, stichelte ich jedoch in dem Wissen, dass er verstand, wie es gemeint war.

»Noch nicht«, nahm er es auf sich und setzte einen übertrieben verlegenen Blick auf.

»Das versteh ich«, sagte ich. »Es macht mir auch gar nichts aus, noch ein wenig zu warten.«

»Da bin ich aber so was von erleichtert«, spielte er mit. »Toll, dass du Verständnis für meine Lage hast.«

»Darf ich … dich trotzdem noch mal küssen?«, rutschte es mir heraus. Und ich wunderte mich über mich selbst.

»Ausnahmsweise«, sagte er und griff nach meiner Hand.

»Weißt du eigentlich, dass Küssen so gut wie risikolos ist und ziemlich viele positive Auswirkungen hat?«, fragte er. »Bei regelmäßiger Anwendung soll es sogar dazu beitragen, das Leben zu verlängern, hab ich mal gelesen. Und man kann es noch dazu völlig ohne Schutzvorrichtungen machen.«

Ich musste lachen.

»Dann können wir ja gar nichts falsch machen, wenn wir uns küssen?«

»Gar nicht«, sagte er und zog mich an sich.

Kapitel 22

Dreieinhalb Stunden später fuhr Hannes mit seinem Wagen aus dem Hof. Ich war froh, dass Alfred offenbar auf den Feldern unterwegs und Tommi noch bei Lexi war, denn ich brauchte jetzt erst mal ein wenig Zeit für mich, um zu verdauen, was da vorhin passiert war. Wir waren nicht an den Badeweiher gefahren. Wir hatten Sex gehabt. Zweimal sogar, genau genommen. Und es war großartig gewesen! Wenn ich nur daran dachte, jagten Hitzewellen durch meinen Körper, und ich fühlte mich, als ob ich Fieber hätte. Nach unserem zweiten Kuss hatte keiner von uns beiden mehr den Wunsch gehabt aufzuhören. Und als wäre es das Natürlichste der Welt, hatten wir uns gegenseitig ausgezogen und waren buchstäblich in sein Bett gefallen.

Nach meinem Gespräch mit Alfred hatte ich nicht gedacht, dass es so schnell gehen würde, mich auf Hannes einzulassen, noch dazu gleich körperlich. Und ich fühlte mich im Moment doch ein klein wenig überfordert mit der Situation. Nicht, dass ich ein schlechtes Gewissen gehabt hätte. Aber während einerseits die alten Zweifel und Ängste hochkamen, sehnte ich mich gleichzeitig schon wieder nach ihm. Nach seinem Lachen, dem Funkeln seiner Augen und den

Berührungen, die mich alles um mich herum hatten vergessen lassen.

Plötzlich strich mir Caruso um die Waden und begann zu maunzen.

»Na du? Hast du Hunger?«, fragte ich.

Die Antwort bekam ich ein paar Minuten später, als er sich gierig auf das Katzenfutter stürzte.

Inzwischen spürte ich die Erschöpfung und Müdigkeit. Es war eine anstrengende und vor allem emotional ereignisreiche Woche gewesen, und mir fehlte einiges an Schlaf. Wie gern wäre ich jetzt einfach ins Bett gefallen, um noch ein wenig von Hannes zu träumen und dann bis morgen früh durchzuschlafen. Doch ich wusste nicht, wann Helga Tommi zurückbringen würde, und bis dahin wollte ich auf jeden Fall aufbleiben, solange Alfred nicht da war. Mit einer großen Tasse Kaffee ging ich hinaus und setzte mich auf die Hausbank, die angenehm im Schatten lag. Ich nippte gerade an meinem Kaffee, da klingelte mein Handy. Es war Hannes.

»Ja?«, meldete ich mich und stellte die Tasse ab.

»Na du? Geht es dir gut?«, fragte er.

»Ja. Und dir?«

»Auch. Aber ich ...«, er zögerte.

»Was?«

»Irgendwie denke ich, dass du womöglich jetzt eine Scheißangst bekommen hast. Und vielleicht suchst du schon überall nach einer Schutzausrüstung, die du nächstes Mal überziehst, wenn wir uns wiedersehen?«

Ich lachte.

»So ein klein wenig bin ich in Versuchung«, gestand ich.

»Wusste ich es doch! Aber bitte lass es.«

Ich schluckte.

»Romy?«

»Ja?«

»Ich möchte dich wirklich noch viel besser kennenlernen«, sagte er, und mein Herz schlug inzwischen so schnell, dass es fast schon schmerzte.

»Ich dich auch«, gab ich zu.

»Darf ich dich für morgen Abend zum Essen einladen? Sagen wir um sieben?«

»Damit ich die nächtliche Aussicht bewundern kann?«

»Das natürlich auch«, sagte er und lachte leise. »Und weil wir unser Date nachholen müssen.«

»Das würde ich gern, es ist nur schwierig wegen Tommi«, warf ich ein.

»Ich bin mir sicher, Alfred passt gern auf ihn auf.«

»Würde es dir was ausmachen, wenn ich ein wenig später käme, dann könnte ich Tommi noch selbst ins Bett bringen?«

»Klar. So wie es für dich am besten ist.«

»Okay. Wenn Alfred nichts anderes vorhat, dann komm ich morgen.«

»Dann haben wir also unser erstes richtiges Date?«

»Haben wir.«

»Und ich werde uns etwas Besonderes kochen.«

»Was denn?«

»Lass dich überraschen.«

»Ich freu mich.«

»Ich mich auch. Ich ruf dich später noch mal an, okay?«

»Okay. Bis dann, Hannes!«

»Romy?«

»Ja?«

»Du bereust es doch nicht etwa?«

»Nein!«, antwortete ich. »Tu ich nicht.« Vielleicht war es

sogar besser gewesen, dass es so unerwartet passiert war und ich mich spontan hatte fallen lassen, ohne über mögliche Konsequenzen nachzudenken.

»Bereust du es denn?«, stellte ich die Gegenfrage.

»Keine Sekunde.«

»Schön.«

»Bis bald.«

»Bis bald.«

Ich legte auf und spürte ein Grinsen in meinem Gesicht.

War das jetzt tatsächlich wahr?, fragte ich mich. Oder träumte ich das alles nur?

Mein Leben hatte sich gedreht, auch wenn ich es immer noch nicht fassen konnte. Ein Glücksfall hatte uns hierher nach Halling verschlagen. Und diesmal würde ich mein Glück genießen. Und es würde nichts Schlimmes passieren. Wie hatte ich das nur die ganze Zeit glauben können? Am liebsten hätte ich gelacht, so befreit fühlte ich mich plötzlich.

An diesem Abend war ich so müde, dass ich fast im Stehen einschlief, als ich die Reste vom Essen von der Hochzeit anrichtete. Tommi hatte kaum Hunger, weil er bei »Tante« Helga, wie er sie inzwischen nannte, genug gegessen hatte. Alfred jedoch langte kräftig zu.

»Na, wie war der Nachmittag mit Hannes?«, fragte er. Ich stand auf und holte Wasser aus dem Kühlschrank, damit er nicht sah, wie ich rot anlief.

»Verstehe«, interpretierte er mein Schweigen richtig und lächelte, als ich mich wieder an den Tisch setzte.

»Ich will ja gar nicht wissen, was da genau zwischen euch läuft. Aber scheinbar hast du deine Bedenken über Bord geworfen, und ich freue mich für dich«, sagte er.

»Das verdanke ich dir.«

Doch Alfred winkte ab.

»Ach, ich hab doch nur einen kleinen Anstoß gegeben.«

»Hannes hat mich für morgen Abend zum Essen eingeladen. Ich würde Tommi vorher noch ins Bett bringen. Macht es dir was aus...«

»Natürlich nicht«, unterbrach er mich. »Ich passe gern auf ihn auf.«

»Ich kann gar nicht oft genug danke sagen.«

Er lächelte.

Als Alfred fertig war, stand er auf, um den Tisch abzuräumen.

»Nein, das ist mein Job«, protestierte ich und wollte ihm den Teller aus der Hand nehmen.

»Heute nicht«, sagte Alfred. »Du schläfst ja schon fast ein. Und Tommi auch.«

Tatsächlich riss mein Sohn gerade den Mund auf und gähnte herzhaft.

»Na gut. Dann stell es aber bitte nur in die Spüle, und ich kümmere mich morgen früh um den Abwasch, okay?«

Alfred nickte.

»Einverstanden. Und jetzt ab mit euch ins Bett.«

Es war noch hell draußen, als ich unter die Bettdecke schlüpfte. Obwohl ich hundemüde war, konnte ich nicht sofort einschlafen. In meinem Magen tanzten hunderte von Schmetterlingen, während ich an Hannes dachte. An seine Küsse und unsere Berührungen. Er hatte versprochen, mich später noch mal anzurufen, sich aber noch nicht gemeldet. Womöglich lag es mal wieder am schlechten Empfang hier auf dem Hof. Oder hatte er es vielleicht vergessen? Unsinn!, schalt ich mich selbst.

Vielleicht war er einfach nur genauso müde wie ich und schlief schon längst. Und noch während ich darüber nachdachte, segelte ich langsam in einen Traum hinüber.

Am nächsten Morgen fühlte ich mich ausgeruht und voller Tatendrang. Hannes hatte eine SMS geschrieben, die jedoch erst gekommen war, als ich bereits geschlafen hatte. Er freute sich schon auf den heutigen Abend und ich mich ebenfalls.

»Ich bin mal eine Weile unterwegs«, sagte Alfred. »Brauchst du am Vormittag den Wagen?«

»Nein«, winkte ich ab. Ich hatte zwar darüber nachgedacht, mit Tommi an den Weiher zu fahren, aber das musste nicht sein. Schließlich gehörte der Wagen Alfred, und ich durfte ihn ohnehin so oft benutzen, wie ich wollte.

»Macht es dir was aus, wenn ich Hermes hierlasse? Ich muss in ein paar Geschäfte, und bei der Hitze kann ich ihn nicht im Auto lassen.«

»Natürlich kann er hierbleiben.«

Als Alfred weg war, nahm ich den Hund an die Leine und rief nach Tommi. Ich brauchte unbedingt Bewegung, und wir machten einen ausgedehnten Spaziergang entlang der Felder. Der Tag heute war zwar wieder warm, doch es wehte ein angenehmes Lüftchen. Der Kontrast zwischen dem blauen Himmel, dem leuchtenden Gelb der Rapsfelder und den satten grünen Wiesen war wie aus einem Gemälde.

Nach einer Weile kamen wir auch am Hof von Hanna und ihrem Mann vorbei. Vor dem Haus stand ein Auto mit einem Münchner Kennzeichen. Ich nahm an, dass es sich um den Wagen von Danielas Mann handelte, der dort übernachtete, während seine Frau mit den Babys noch im Krankenhaus war.

Kurz überlegte ich, ob ich klingeln und ihm zu den Kindern gratulieren sollte. Doch ich wollte mich nicht aufdrängen, und so spazierten wir weiter.

Während Tommi und ich noch jede Menge Energie hatten, wurde Hermes immer langsamer, also machten wir eine kurze Pause. Ich goss aus einer Plastikflasche Wasser in eine kleine Schale, die ich extra für den Hund mitgenommen hatte, und gab ihm ein paar Hundesnacks. Danach machten wir kehrt. In Gedanken war ich bereits bei Hannes und überlegte, was ich heute anziehen würde.

»Mama!?«, kam es ungeduldig von Tommi, und ich bemerkte erst jetzt, dass er mich wohl schon ein paarmal angesprochen hatte, ohne dass ich es wahrgenommen hatte.

»Ja?«

»Erzählst du mir eine Geschichte?«

»Na gut. Was willst du denn hören?«

»Eine ganz neue Geschichte, Mama.«

»Okay…«, sagte ich und versuchte, mir auf die Schnelle etwas einfallen zu lassen. Plötzlich hatte ich eine Idee.

»Dann hör mal zu… es war einmal ein kleiner Junge, der…«

»Wie heißt denn der Junge?«, unterbrach Tommi mich sofort.

»Stell dir vor, der heißt genauso wie du. Tommi.«

Mein Sohn kicherte.

»Also, und dieser Tommi fand auf dem Dachboden seiner Oma einen alten Teppich. Eigentlich konnte er gar nichts damit anfangen, aber als er sich einmal daraufsetzte, bewegte sich der Teppich, und der kleine Junge schwebte damit zum Fenster hinaus…«

Tommi hörte aufmerksam zu, während ich die Geschichte

von Tommi auf dem Teppich auf dem Nachhauseweg weiterspann.

Als wir zurück zum Hof kamen, stand der Lieferwagen eines Elektrofachgeschäftes vor der Haustür.

»Da geht's rein«, wies Alfred zwei Männer an, die einen ziemlich großen Karton aus dem Wagen gehoben hatten.

»Was ist das denn?«, fragte ich neugierig.

»Eine Überraschung«, sagte Alfred und lächelte verschmitzt.

Er ging vor den Männern her in die Wohnküche, und Tommi, Hermes und ich folgten ihnen.

Meine Neugierde wurde nicht lang auf die Probe gestellt.

»Ein Geschirrspüler!«, rief ich überrascht, nachdem die Männer den Karton entfernt hatten.

»Ich finde, wir sollten nicht mehr so viel Zeit mit Geschirrspülen verplempern«, sagte Alfred.

Doch er hatte nicht nur einen Geschirrspüler gekauft, sondern auch gleich noch einen Kaffeevollautomaten, der ganz bestimmt nicht billig gewesen war.

»So einen wollte ich schon längst«, sagte Alfred und lächelte. »Für zwei Leute rentiert er sich endlich. Jetzt müssen wir nur noch herausfinden, wie das Ding funktioniert. Kennst du dich mit so was aus?«, fragte er mich.

Ich schüttelte den Kopf.

Während einer der Handwerker die Geschirrspülmaschine anschloss, erklärte uns der andere die Funktionen des Kaffeeautomaten. Ein herrlicher Duft nach den frisch gemahlenen Bohnen lag in der Luft, als wir etwas später zu viert an unseren Tassen nippten.

»Nicht übel«, meinte Alfred anerkennend. »Und morgen kommt noch eine Überraschung.«

»Noch etwas?«

Er nickte.

»Ich weiß ja, wie scharf du darauf bist.«

Ich verstand momentan gar nichts, bis Alfred mir eine Auftragsbestätigung für einen Internetanschluss mit einem Entertain-Paket vor die Nase hielt.

»Das hast du für mich gemacht?«, fragte ich, obwohl ich die Antwort schon kannte.

»Irgendwie hast du ja recht. Man muss mit der Zeit gehen. Und vielleicht tu ich mich dann auch leichter, einen Esel für Herakles über dieses Internet zu finden … Morgen sollen die Geräte kommen, haben sie im Geschäft gesagt. Dann musst du mir allerdings helfen, das zum Laufen zu bringen.«

»Aber klar mache ich das! Ach, Alfred! Vielen Dank!«

Ich fiel ihm glücklich um den Hals und kümmerte mich nicht darum, was die beiden Handwerker dachten, die inzwischen die Folien und Kartons zusammenpackten und sich dann verabschiedeten.

Als die Männer weg waren, räumte Alfred die Tassen höchstpersönlich in den Geschirrspüler. Dann drehte er sich zu mir um.

»Ich finde, in meinem zarten Alter kann ich mir diesen Luxus endlich mal leisten.«

In diesem Moment fuhr Adrian mit dem Wagen der Brauerei in den Hof und holte die Tische, Bänke und das Geschirr ab. Außerdem brachte er die zwei versprochenen Kisten Bier mit.

»Hast du denn keinen Urlaub, jetzt nach deiner Hochzeit?«, fragte ich erstaunt.

»Doch. Ich wollte das nur noch selbst erledigen. Morgen fliegen Gabi und ich nach Sardinien in die Flitterwochen. Jetzt kann ich das auch in Ruhe genießen, weil ich weiß, dass es meiner Schwester und den Babys gutgeht.«

»Dann wünsch ich euch viel Spaß«, sagte ich.

»Danke!«

Adrian holte ein Kuvert aus dem Handschuhfach und reichte es mir.

»Hier. Das ist für dich. Und noch mal vielen Dank, dass du das für uns möglich gemacht hast«, sagte er.

»Aber das ist ja viel zu viel«, sagte ich, als ich einen Blick ins Kuvert warf. Dreihundert Euro waren darin.

»Ist es gewiss nicht. Es ist eher viel zu wenig. Aber Gabi hat gemeint, dass es vermutlich mit einem Job beim Brunnenwirt klappt, wenn dir das hilft.«

»Und wie mir das hilft! Vielen Dank, Adrian!«, sagte ich.

»Siehst du«, sagte Alfred, als Adrian weg war, »alles läuft bestens und nichts passiert. Du darfst glücklich sein und es genießen, Romy.«

Er hatte recht. Ich war die ganze Zeit einfach dumm gewesen mit meinen Ängsten, auch wenn ich meinte, nachvollziehbare Gründe dafür zu haben. Jetzt hatte ich ein großartiges Zuhause, mit Alfred fast so etwas wie einen Großvater, meinem Sohn ging es gut, ich hatte dreihundert Euro in der Hand und durfte mich auf ein Date mit einem Mann freuen.

Ich machte uns rasch ein paar Pfannkuchen mit Marmelade und brachte dann Tommi in den Kindergarten, während Alfred mit dem Traktor zum Kartoffelfeld fuhr, um nach dem Rechten zu sehen.

Als ich wieder zurück war, hatte ich das dringende Bedürfnis, Teresa anzurufen und ihr von Hannes zu erzählen. Doch sie ging nicht ans Handy. Um ihr über WhatsApp eine Sprachnachricht zu hinterlassen, bräuchte ich Internet. Mit dem schönen Gedanken, dass dieses Problem schon morgen gelöst sein würde, ging ich die Straße entlang bis zum Haus der Zacherin. Die Kartenlegerin hockte mit dem Rücken zu mir vor einem Beet und zupfte Unkraut.

»Hallo, Romy!«, rief sie, dabei konnte sie mich unmöglich gesehen haben. Irgendwie war diese Frau tatsächlich ein wenig rätselhaft.

»Hallo, Zenta!«

Sie stand auf und kam zum Gartenzaun. Heute trug sie eine abgeschnittene Jeans und darüber ein einfaches weißes T-Shirt und sah damit fast normal aus. Die Haare hatte sie zu einem lockeren Pferdeschwanz gebunden. Mit den Arbeitshandschuhen, die sie zudem anhatte, erinnerte sie äußerlich in keiner Weise an eine spirituelle Kartenlegerin. Doch sobald man in ihre Augen schaute, umfing einen diese ungewöhnliche Aura, die sie stets umgab.

»Darf ich dir heute noch ein bisschen was von deinem Internet abzapfen?«

»Nimm dir, so viel du magst«, sagte sie. »Und du darfst auch gern hereinkommen und dich auf die Bank setzen. Dann hast du es bequemer.«

Da es unhöflich gewesen wäre, ihre Einladung abzulehnen, öffnete ich das Gartentor und kam herein.

»Aber ich möchte dich nicht stören«, sagte ich.

»Keine Angst. Das tust du nicht. Soll ich uns Kaffee oder Tee machen?«

»Nein danke«, winkte ich ab. »Ich hatte vorhin erst zwei Tassen.«

»Dann mach ich hier jetzt wieder weiter und lass dich in Ruhe.«

Während sie sich wieder dem kleinen Kräuterbeet widmete, loggte ich mich ins WLAN ein. Ich rief meine E-Mails und

Nachrichten ab und überprüfte den Kontostand. Meine letzten Reserven wären bald aufgebraucht. Gut, dass ich das Geld von Adrian und Gabi bekommen hatte. Doch das war natürlich nur ein Tropfen auf dem heißen Stein. Falls sich das mit der Renovierung beim Brunnenwirt länger hinziehen würde, musste ich unbedingt eine andere Alternative finden. Vielleicht konnte ich ja doch ab und zu auch bei Hannes mitarbeiten. Zumindest, wenn er hier in der Gegend einen Auftrag hatte. Alfred würde bestimmt einspringen oder vielleicht sogar auch mal Helga, wenn ich sie darum bat. Inzwischen hatte ich auch kaum mehr Bedenken, Tommi bei ihr zu lassen.

Einige Bekannte aus München hatten geschrieben, und ich hatte mehrere Sprachnachrichten von Teresa, die ich mir anhörte. Es ging ihr gut, und sie freute sich schon sehr darauf, wenn wir nach Wien kamen. Vielleicht würde es mir ja tatsächlich auch Spaß machen, den beiden Tanzunterricht zu geben. Bis vor Kurzem hatte es mich Überwindung gekostet, überhaupt nur daran zu denken. Aber in den letzten Tagen hatte sich so viel bei mir verändert, dass ich mich inzwischen sogar ein wenig freute.

Leider war Teresa gerade nicht online. Da ich vor der Zacherin keine Sprachnachricht für meine Freundin aufnehmen wollte, schrieb ich ihr nur eine kurze Nachricht. Die Sache mit Hannes wollte ich ihr jedoch lieber persönlich erzählen, also erwähnte ich das nicht. Ab morgen könnten wir uns auch endlich wieder häufiger austauschen. Dann konnte ich es mir im Schlafzimmer mit meinem Laptop gemütlich machen und über Skype mit ihr plaudern. Darauf freute ich mich jetzt schon.

Ich überflog meine Facebook-Seite und war so mit surfen und tippen beschäftigt, dass ich gar nicht bemerkt hatte, dass

Zenta inzwischen ins Haus gegangen war. Jetzt kam sie heraus und trug ein kleines Tablett, auf dem zwei Gläser standen. Der Farbe nach zu urteilen, handelte es sich um Orangensaft.

»Bei der Hitze muss man viel trinken«, sagte sie und stellte das Tablett auf dem kleinen Gartentisch ab. Dann zog sie aus der Hosentasche ein Päckchen Karten heraus, das sie auf die Bank legte. Irgendwie hatte ich damit gerechnet.

»Bitte schön!« Sie reichte mir ein Glas und nahm sich das andere. »Selbstgemachte Orangen-Ingwer-Schorle. Das erfrischt.«

»Danke, Zenta.«

Das eisgekühlte Getränk schmeckte tatsächlich lecker.

»Echt gut«, sagte ich.

Sie lächelte mich an.

»Darf ich?«

»Na gut... aber wenn da was Schlechtes rauskommt, mag ich es nicht wissen!«, stellte ich klar. Jetzt, wo es mir gerade so richtig gutging, wollte ich auf keinen Fall etwas Negatives hören.

»Wie du meinst. Bitte mach kurz die Augen zu und versuch, ein wenig abzuschalten«, riet sie mir. »Denk einfach an etwas richtig Schönes. An etwas, auf das du dich freust«, sagte sie mit ruhiger Stimme.

Und sofort kam mir Hannes und unsere Verabredung heute Abend in den Sinn.

Ich hörte, wie sie mischte.

»So, jetzt kannst du die Augen wieder öffnen, Romy«, forderte sie mich auf.

Dann musste ich einmal abheben, bevor sie die beiden Päckchen aufeinandersetzte und die Karten dann bedächtig zu einem Rechteck auslegte.

»Und, was siehst du?«, wollte ich wissen, nachdem sie eine Weile konzentriert auf das Blatt geschaut hatte.

»Hab Geduld.«

Ich war neugierig, aber langsam wurde mir auch ein wenig mulmig zumute. Standen meine Sterne so schlecht, dass sie mir überhaupt nichts Gutes sagen konnte?

Plötzlich hob sie den Kopf und sah mich an. Ihr Blick war so intensiv, dass ich eine Gänsehaut bekam.

»Was ist denn?«, fragte ich.

»Du bist über eine große Hürde gesprungen«, sagte sie endlich.

Okay. Das stimmte. Über eine ziemlich große sogar. Vielleicht sah man mir ja auch an, dass ich lockerer wirkte als vorher? Oder das war eben so ein Standardsatz, den man ziemlich breit auslegen konnte, vor allem, weil sie keine zeitliche Einschränkung gemacht hatte. Jeder springt irgendwann mal über eine große Hürde. Oder etwa nicht?

Ich nickte jedoch, da ich das Gefühl hatte, dass sie auf meine Bestätigung wartete.

Sie schob eine Karte gerade, die ein wenig schief lag, und schürzte nachdenklich ihre Lippen.

»Du hast schon viel mitgemacht in deinem Leben, aber immer wieder die Kraft gefunden weiterzumachen. Und diese Kraft wird dir bleiben, Romy.«

Ich glaubte ja immer noch, dass sie einfach eine gute Menschenkenntnis besaß. Bei einer Alleinerziehenden, die es als Hilfskraft auf einen Bauernhof verschlagen hatte, konnte man sich ja ausmalen, dass sie es nicht so leicht gehabt hatte.

»Du hast einen Mann gefunden, der dich versteht«, sagte sie, ohne mich anzusehen.

Meinte sie jetzt Hannes? Oder womöglich Alfred? Irgendwie

knallte sie mir Sätze hin, ohne dass irgendeine Erklärung dazu folgte. Lief das so beim Kartenlegen?

»Könnte sein«, bestätigte ich.

»Du wirst bald einer Person aus deiner Vergangenheit begegnen, die ziemlich viel Staub in deinem neuen Leben aufwirbeln wird«, fuhr sie fort.

»Jemand aus der Vergangenheit?«, fragte ich nach.

Sie nickte.

Das musste Teresa sein. Die schaffte es immer irgendwie, für Unruhe zu sorgen, auch wenn sie es niemals so beabsichtigt hatte.

Ganz plötzlich schob sie die Karten zusammen und sah mich an.

»Und wenn du es zulässt, wirst du in ganz Deutschland bekannt werden.«

Es dauerte einige Sekunden, bis ich realisierte, was sie mir eben gesagt hatte.

»Ich werde bitte was?«, fragte ich ungläubig nach.

»Wie schon gesagt. In ganz Deutschland bekannt werden. Wenn du es zulässt.«

»Und so was steht in den Karten?«

»Allerdings.«

Ich wusste nicht, ob ich laut loslachen oder mich schnellstens aus dem Staub machen sollte.

»Natürlich glaubst du mir das nicht«, sagte sie ruhig und lächelte mich an. »Aber das macht nichts.«

»Und das war's jetzt?«, fragte ich, da mir nicht ganz klar war, was ich mit diesen Informationen anfangen sollte.

»Ja.«

»Ja dann, danke, Zenta.«

»Es war mir ein Vergnügen. Nur noch eines, Romy«, sagte

sie mit einem durchdringenden Blick, »was immer auch passiert, nur du allein hast dein Glück in der Hand!«

Ihre Worte bescherten mir ein seltsames Kribbeln im Nacken. Und ich wusste auch, warum. Ich hatte ihr gesagt, dass ich keine schlimmen Dinge hören wollte. Und jetzt spekulierte ich über die Dinge, die sie mir vielleicht verschwieg. Gleichzeitig wollte ich es aber tatsächlich nicht wissen.

Sie stand auf.

»Tut mir leid, jetzt muss ich mich schnell umziehen und zu einer Kundin. Wenn du magst, kannst du aber noch gern hierbleiben und mein WLAN in Beschlag nehmen.«

»Danke, das ist nett von dir, aber ich muss auch los«, sagte ich. »Stell dir vor, Alfred hat dafür gesorgt, dass wir morgen einen eigenen Internetanschluss bekommen. Dann muss ich deinen nicht mehr beanspruchen«, sagte ich und fragte mich insgeheim, ob sie das eventuell auch schon in den Karten gelesen hatte.

»Alfred ist doch immer für eine Überraschung gut. Aber ich hoffe, dass du mich trotzdem bald wieder besuchen wirst«, sagte sie.

»Mache ich gern. Danke noch mal für alles und tschüss.«

»Bis bald.«

Ich hatte schon das Gartentor geöffnet, da rief sie mir hinterher: »Genieße den Abend, Romy.«

Und bevor ich etwas dazu sagen konnte, war sie bereits im Haus verschwunden. Während ich zurückging, dachte ich über ihre Worte nach. Zenta war eine nette Frau, aber sie war auch ein klein wenig verrückt. Bekannt in ganz Deutschland? Ich? Ich schüttelte den Kopf. Das konnte ich nun wirklich nicht ernst nehmen.

Kapitel 23

Als ich am Abend vor Hannes' Wohnhaus aus dem Wagen stieg, bemerkte ich, dass ich die falschen Schuhe anhatte.

»Mist, Mist, Mist«, schimpfte ich mit Blick auf die ausgelatschten Sneakers, die so gar nicht zu meinem luftigen türkisfarbenen Sommerkleid passten. Da Tommi ausgerechnet an diesem Abend wegen eines Schluckaufs ewig nicht einschlafen konnte, hatte ich in der Eile, weil ich nicht zu spät kommen wollte, vergessen, in die passenden Riemchensandaletten zu schlüpfen. Ich zuckte mit den Schultern. Daran war nun nichts mehr zu ändern.

Inzwischen klopfte mein Herz wie wild. Schließlich war es unser erstes richtiges Date, auch wenn wir gestern schon miteinander geschlafen hatten. Aber als Hannes mich zur Begrüßung umarmte und küsste, war die ganze Aufregung mit einem Schlag wie weggeblasen.

»Schön, dass du da bist, Romy. Du siehst toll aus! Und wie geschickt du dein Sportoutfit kaschierst! Wirklich sehr vernünftig, dass du keine hohen Absätze trägst«, bemerkte er mit einem Blick auf meine Schuhe. »Die Gefahr, umzuknicken und sich einen Knöchel zu brechen, ist immens bei diesen Treppen«, sagte er mit hochgezogenen Augenbrauen.

»Eben. Man kann gar nicht vorsichtig genug sein«, bestätigte ich mit gespielt ernster Miene. »Außerdem will ich deinen schönen Parkettboden doch nicht ruinieren«, ergänzte ich.

»Der perfekte Gast.«

»Immer. Hier … für dich. Statt Blumen.« Da ich noch keine Ahnung hatte, was Hannes gern mochte, hatte ich ein Körbchen mit lilafarbenem Basilikum mitgebracht.

»Danke. Den kann ich immer gut gebrauchen.«

Er stellte den Korb auf den gedeckten und mit Kerzen geschmückten Tisch.

»Ein Glas Silvaner?«, fragte er. »Es ist ein ganz besonderes Tröpfchen, das ich direkt vom Winzer gekauft habe.«

»Gern.«

Er schenkte den Wein ein, und wir prosteten uns zu.

»Auf einen schönen Abend«, sagte er.

»Auf einen schönen Abend.«

Im Hintergrund lief leise lässiger Motown-Jazz, und ich kam mir ein klein wenig so vor, als ob ich in einem amerikanischen Spielfilm gelandet wäre. Ich fühlte mich gleichzeitig aufgekratzt und doch entspannt und beobachtete Hannes, der routiniert am Herd hantierte. Er trug eine hellgraue Jeans und ein schwarzes Hemd, dessen Ärmel er zurückgekrempelt hatte.

Er sieht echt gut aus, dachte ich jedes Mal, wenn er mir einen Blick zuwarf.

»Möchtest du noch einen Nachschlag?«, fragte Hannes etwas später.

Ich winkte ab. Am liebsten hätte ich tatsächlich noch einen zweiten Teller Suppe verputzt, aber ich wollte auch die nächsten beiden Gänge noch kosten und nicht schon vor der Nachspeise aufgeben müssen.

»Auch wenn es wirklich schwerfällt, aber nein danke.«

»Ich war mir nicht ganz sicher, ob du das magst«, sagte Hannes, während er die Teller abräumte.

»Und du hast es trotzdem gemacht?«, fragte ich amüsiert.

»Es ist eine Art Spiel von mir«, gab er zu. »Ich hab so eine Intuition, wer was mag oder nicht mag. Und ich täusche mich selten.«

»Also hast du mir angesehen, dass ich gern Rinderbrühe mit Leberspätzle esse?«, wollte ich wissen.

»Irgendwie schon. Allerdings hab ich zur Sicherheit noch Pfannkuchen im Kühlschrank«, gab er zu.

Ich lachte.

»Du hast es richtig erraten. Aber es ist schon lange her, dass ich sie zuletzt gegessen habe. Das war bei meiner Oma. Deine Leberspätzle kommen zwar nicht ganz an die von ihr ran, aber fast.«

Er lächelte und trug das Geschirr zur Spüle.

»Das sehe ich als großes Kompliment an. Danke.«

Während er den Hauptgang vorbereitete, ging ich zu den bodentiefen Fenstern. Die Burganlage wurde von einem warmen Licht angestrahlt, und auf der dunkel funkelnden Donau fuhren Schiffe, auf denen gefeiert wurde.

»Nachts ist es tatsächlich noch beeindruckender«, schwärmte ich. »Hier könnte man stundenlang stehen und den Schiffen zusehen.«

»Das geht auch gut vom Bett aus«, meinte er. Ich drehte mich zu ihm um.

»Ist mir gestern gar nicht aufgefallen.«

»Das will ich auch hoffen«, sagte er grinsend und rührte in einem Topf um. »Da hatten wir schließlich was anderes zu tun.«

Ich spürte, wie meine Wangen bei dieser Erinnerung ganz heiß wurden.

»Wird dir das nicht fehlen, wenn du hier wieder ausziehst?«, fragte ich.

»Schon ein wenig. Die Lage ist wirklich besonders.«

»Wo hast du denn vorher mit Carmen gewohnt?«, wagte ich mich vorsichtig an das Thema Exfreundin heran.

»Über dem Drei-Flüsse-Wirt gibt es eine große Wohnung. Das war einerseits ziemlich praktisch, andererseits hat man dann kaum Abstand zur Arbeit. Ich glaube, in den fünf Jahren, die wir zusammen waren, gab es nicht viele Tage, an denen wir nicht unten im Wirtshaus waren.«

Am liebsten hätte ich ihn gefragt, was in ihrer Beziehung schiefgelaufen war. Schließlich kam es nicht von ungefähr, dass einer der Partner etwas mit jemand anderem anfing. Da musste es sicher schon vorher Probleme gegeben haben. Aber dann hätte Hannes womöglich auch wissen wollen, wie das bei mir und Marco war. Und darüber wollte ich nicht sprechen. Zumindest jetzt noch nicht. Also war es am besten, das Thema Expartner besser zu vermeiden.

»Was gibt es denn als Nächstes?«, lenkte ich deswegen von diesem Thema ab.

»Wenn du dich setzt und noch zwei Minuten Geduld hast, wird deine Neugierde befriedigt.«

Ich nahm wieder Platz und nippte an dem Wein.

»So. Der Hauptgang«, sagte er kurz darauf und stellte zwei Teller auf den Tisch.

»Sieht toll aus.«

»Lass es dir schmecken.«

Ich griff nach dem Besteck.

»Hmm«, schwärmte ich, als hauchdünn geschnittener Tafelspitz auf meiner Zunge fast zerging. Dazu gab es lauwarmes saures Kartoffelgemüse mit viel Petersilie und gebutterte Spargelköpfe. Eigentlich hatte ich damit gerechnet, dass er etwas Ausgefallenes oder Exotisches für mich kochen würde. Doch das Essen war eher bodenständig und regional. Und es war unbeschreiblich gut.

»Hast du irgendwelche Geheimzutaten ins Essen gemischt? Da bekommt man ja gar nicht genug davon«, sagte ich.

Er lächelte.

»Die Geheimzutat ist wohl meine Motivation, dich mit meinem Essen zu beeindrucken«, sagte er lächelnd.

»Das hast du auf jeden Fall geschafft.«

»Das freut mich.«

Nach dem Hauptgang unterhielten wir uns über Hannes' Pläne mit dem Food-Truck.

»Vielleicht spezialisiere ich mich ja sogar auf das Catering bei Hochzeiten«, meinte er. »Ich habe festgestellt, dass viele Leute nach Alternativen zu Wirtshaussälen suchen. Mit der mobilen Küche könnte man auch auf Örtlichkeiten ausweichen, die normalerweise nicht in Frage kämen.«

Ich nickte.

»So wie unsere Scheune oder Hochzeiten im Garten oder in alten Lagerhallen, die man schmücken könnte.«

»Da gibt es viele Möglichkeiten.«

»Nur wird dann im Winter vermutlich viel weniger los sein, was Hochzeiten betrifft.«

»Ja ... das stimmt natürlich auch«, murmelte er nachdenklich. »Vielleicht ist es doch keine so gute Idee, mich überwiegend auf Hochzeiten zu konzentrieren.«

»Wer weiß, was sich da alles ergibt, Hannes. Vielleicht wäre es ja auch langweilig, immer nur für Brautpaare und ihre Gäste zu kochen.«

»Da könntest du recht haben … Lust auf Nachtisch?«, fragte er.

»Oh ja. Total gern.«

Während wir noch weiter über seine Pläne redeten, stand er am Herd und legte Erdbeerscheiben in eine Pfanne mit in Butter geschmolzenem Zucker.

»Hm. Duftet das gut!«, sagte ich.

»Und es schmeckt hoffentlich noch besser.«

Die Minipfannkuchen mit den karamellisierten Erdbeeren und dem selbst gemachten Vanilleeis waren zum Niederknien.

»Wenn ich doch nur halb so gut kochen könnte wie du«, seufzte ich.

»Wenn du brav bist, verrate ich dir vielleicht ein paar meiner Rezepte«, sagte er und lächelte gespielt gönnerhaft.

»Möchtest du wirklich, dass ich brav bin?«, fragte ich frech.

»Nein! Lieber nicht …«

Er griff nach meiner Hand und spielte mit meinen Fingern.

»Aber du könntest mir verraten, wie Bruckbam, Hauberlinge und ähm … Gwixte gemacht werden beziehungsweise was das überhaupt ist. Alfred wünscht sich das nämlich, und ich hab keinen blassen Schimmer, was das sein soll.« Bisher hatte ich bei den wenigen Gelegenheiten, als ich mit dem Handy im Internet war, auch vergessen, danach zu googeln.

»Da kann ich dir schon weiterhelfen. Also, Bruckbam sind so ähnlich wie Fingernudeln, allerdings werden sie nicht in der Pfanne, sondern in einer Bratraine im Ofen gebacken.«

»Ach so! Na, das müsste ich hinkriegen.«

»Und Gwixte, das sind kleine Knödel aus Roggenmehl.

Manche mischen auch geriebene gekochte Kartoffeln darunter. Früher war das ein beliebtes Gericht auf den Höfen, weil es viel Energie zum Arbeiten gab und sehr sättigend war. Heute macht man die Gwixten eher selten. Dazu passt in Sauerkraut gekochtes Geräuchertes oder Schweinsbraten.«

»Du bist ja ein richtiges Kochipedia«, stellte ich fest, und wir lachten.

»Dann weißt du sicherlich auch, was Hauberlinge sind?«

»Klar. Das ist ein Hefegebäck mit einem guten Schuss Bier im Teig, das im Fett ausgebacken wird. So ähnlich wie Krapfen, aber nicht süß. Die kann man so essen oder am besten als Beilage zu einem Gericht mit Soße. Ich mag Hauberlinge echt gern. Wenn du möchtest, gebe ich dir die Rezepte. Dann kannst du meinen Onkel damit überraschen.«

»Das wär super«, sagte ich und freute mich jetzt schon darauf, Alfred die Gerichte demnächst mal zu servieren.

»Noch ein Glas Wein?«, fragte Hannes.

Ich schüttelte den Kopf.

»Geht leider nicht. Ich muss noch fahren.«

»Schade, dass du nicht hierbleiben kannst«, meinte er bedauernd.

»Tja, das ist die Sache mit alleinerziehenden Müttern. Da geht so was leider nicht so einfach«, bemerkte ich.

»Das weiß ich doch. Und es ist für mich auch kein Problem. Auch wenn ich dich am liebsten die ganze Nacht hier behalten würde.«

Nachdem ich während des Essens relativ gelassen war, begann mein Bauch jetzt zu kribbeln.

»Weißt du, dass ich mich total wohlfühle, wenn du in meiner Nähe bist?«, fragte er.

»Wirklich?«

»Hm. Es ist, als ob ich dich schon ewig kennen würde, auch wenn ich immer noch nicht viel von dir weiß.«

»Ich...«

Er unterbrach mich.

»Aber das macht nichts, Romy. Du bist ja hier nicht bei einem Vorstellungsgespräch. Wir haben Zeit und können uns nach und nach kennenlernen.« Er nahm einen Schluck Wein und sah mich an.

»Find ich auch«, sagte ich mit einer gewissen Erleichterung. Ich wollte nichts vor ihm verbergen, aber es war gut, dass er mir Zeit ließ, um all das Neue und Aufregende in meinem Leben überhaupt erst zu realisieren. Ich konnte noch immer nicht so ganz glauben, was gerade mit mir geschah, es war, als würde ich träumen.

»Aber wir könnten uns ja gegenseitig jeden Tag irgendeine Sache verraten, die der andere noch nicht weiß. Was meinst du?«, fragte er. »Das könnte doch spannend sein?«

»Ja. Warum nicht?«, stimmte ich zu. Von sich aus etwas zu erzählen, war auf jeden Fall besser, als Fragen zu beantworten. »Fängst du an?«

Er lächelte.

»Also gut. Ich gestehe am besten gleich mal mein dunkelstes Geheimnis«, sagte Hannes. »Dann hab ich das hinter mir.«

»Muss ich jetzt Angst bekommen?«

Er zuckte mit den Schultern.

»Kommt darauf an... ich war damals acht Jahre alt, und die Kinder in unserer Nachbarschaft waren ausnahmslos Mädchen. Und so kam es, dass ich...« Er stockte.

»Dass du was?«, fragte ich neugierig.

»Ich habe mit ihnen mit Barbies gespielt.«

»Du?«

»Ja. Ich war Ken, also nicht ich natürlich, sondern die Puppe, und musste mich ständig entscheiden, mit welcher Barbie ich beim Spielen zusammen sein wollte. Das war manchmal ziemlich anstrengend, so als einziger Junge in der Runde.«

Ich musste lachen.

»Das kann ich mir vorstellen«, sagte ich. »Aber soo schlimm ist dieses Geheimnis jetzt auch wieder nicht.«

»Damals war es das aber. Die Mädchen mussten schwören, meinen Schulfreunden nichts zu erzählen. Die hätten sich sonst sicher totgelacht.«

»Und sie haben sich wirklich daran gehalten?«, wollte ich wissen.

»Ja. Stell dir vor. Keine hat es je ausgeplaudert.«

»Beeindruckend.«

Er nahm einen Schluck Wein.

»Ja. Find ich auch. Jetzt bist du dran.«

»Hm … mit dem, was du erlebt hast, kann ich natürlich kaum mithalten«, sagte ich.

»Es darf auch ein schlüpfriges Geheimnis sein«, meinte er mit einem breiten Grinsen im Gesicht.

»Du meinst so was wie nachts heimlich ins Schwimmbad einsteigen und nackt baden?«

»Das hast du echt gemacht?« Überrascht sah er mich an.

Ich schüttelte den Kopf.

»Nein. Hab ich nicht.«

»Hätte mich auch fast ein wenig gewundert«, feixte Hannes.

»Ich bin im Chiemgau aufgewachsen, da gingen wir als Jugendliche nie ins Schwimmbad, sondern immer nur an die Seen. Davon gibt es dort sehr viele.«

»Schau, das ist jetzt neu für mich. Ich dachte, du wärst eine waschechte Münchnerin.«

»Nach München bin ich erst gezogen, als ich mit Tommi schwanger war.«

Ich trank den letzten Schluck Wasser aus.

»Möchtest du noch was?«, fragte Hannes.

»Ein wenig noch, bitte.«

Er schenkte ein und griff dann nach meiner Hand.

»Musst du bald nach Hause?«, fragte er leise.

Ich schüttelte den Kopf.

»Noch nicht.«

Er stand auf und zog mich hoch. Dann gab er mir einen Kuss, den er nur kurz unterbrach, um mir eine Frage zu stellen.

»Möchtest du jetzt sehen, wie Passau in der Nacht von meinem Bett aus aussieht?«

»Darauf habe ich den ganzen Abend schon gewartet«, antwortete ich.

Als ich knapp zwei Stunden später nach Hause fuhr, meinte ich, vor Glück gleich platzen zu müssen. Inzwischen war ich bis über beide Ohren in Hannes verknallt. Und auch ihn schien ich nicht kaltzulassen. Er bedauerte es, dass er die kommenden drei Tage unterwegs sein würde, um mit seinem Kunden am Gardasee die Veranstaltung zu planen und vor Ort mit geeigneten Mitarbeitern zu sprechen, die er bereits kontaktiert hatte. »Wenn ich wieder zurück bin und es dir recht ist, dann unternehmen wir etwas zusammen mit Tommi, ja? Vielleicht gehen wir ins Kino oder machen ein Picknick am See?«

»Das würde ihm bestimmt Spaß machen.« Ich freute mich, dass er auch daran dachte, meinen Sohn mit einzubeziehen.

Es ist fast zu schön, um wahr zu sein, sagte eine leise Stimme in meinem Kopf. Es war genau die Stimme, die mich die letzten Jahre stets daran gehindert hatte, mich auf etwas Neues einzulassen. Du hast deinen Deal gebrochen, ließ sie nicht locker. Doch ich wollte das nicht hören, drehte die Musik im Radio auf und sang lauthals mit.

Als ich in den Hof fuhr, sah ich, dass noch Licht in Alfreds Zimmer brannte. Ich ging zuerst in die Küche, um den Topf mit der restlichen Suppe und dem Tafelspitz in den Kühlschrank zu stellen, den Hannes mir für Alfred mitgegeben hatte, dann ging ich nach oben und klopfte.

»Ja?«

»Ich bin's.«

»Komm doch rein.«

Ich öffnete die Tür.

»Wollte nur Bescheid geben, dass ich wieder zurück bin«, sagte ich.

Alfred saß in seinem Sessel und hatte ein aufgeschlagenes Buch auf dem Schoß. Er nahm seine Lesebrille ab.

»Du bist aber früh dran«, meinte er.

Ich warf einen Blick auf die alte Standuhr hinter dem Schreibtisch.

»Na ja, es ist immerhin schon nach Mitternacht.«

»Ach, so spät schon? Ich habe völlig die Zeit vergessen.«

Er schlug das Buch zu.

»Das ist ja Harry Potter und der Feuerkelch!«, rief ich überrascht, als ich das Buchcover erkannte.

Er zuckte mit den Schultern.

»Ich finde, man muss diese Bücher unbedingt gelesen haben. Auch wenn man kein Kind mehr ist«, sagte er. »Aber für heute ist jetzt wirklich Schluss.«

»Danke, dass du so lange wach geblieben bist.« Ich hatte

schon vermutet, dass er nicht schlafen gehen würde, bis ich zurück war.

»Hat er was Vernünftiges gekocht?«

»Aber klar! Es war wirklich richtig lecker.«

»Ja, kochen kann er wirklich gut, der Junge«, meinte Alfred. »Glücklicherweise kommt er da überhaupt nicht nach seiner Mutter. Meine Schwester bringt noch nicht mal ein Rührei zustande.«

»Er hat mir was für dich mitgegeben für morgen Mittag. Rindfleischsuppe mit Leberspätzle.«

»Oh, danke. Ich ruf ihn morgen an.«

»Alfred?«

»Ja?«

»Ich ... ich fürchte, ich habe mich irgendwie in ihn verliebt«, gestand ich. Trotz unserer Anlaufschwierigkeiten war mir Alfred inzwischen zu einem guten Freund geworden, es fühlte sich so an, als würden wir uns schon sehr viel länger kennen, und es tat gut, es ihm zu erzählen. Das machte es auch für mich ein wenig realer.

Alfred schien nicht überrascht zu sein und lächelte.

»Das freut mich, Romy. Und ich hoffe, es klappt mit euch beiden. Du hast es verdient, glücklich zu sein. Und er auch. Hab bloß keine Angst«, fügte er eindringlich hinzu. »Deswegen wird überhaupt nichts Schlimmes passieren. Verstanden?«

Ich nickte.

»Ey, ey, Sir!«

»Gute Nacht, Romy.«

»Gute Nacht, Alfred.«

Kapitel 24

Am nächsten Vormittag lieferte ein Paketdienst die Geräte für den WLAN-Anschluss. Es dauerte fast bis Mittag, bis ich endlich alles zum Laufen brachte. Doch dann war es so weit: Der Holler-Hof war ans Internet angeschlossen. Ich hatte mir überlegt, meinen Laptop tagsüber ins Esszimmer zu stellen und nur am Abend mit nach oben zu nehmen. So konnte Alfred, wenn ich ihm erst einmal alles erklärt hatte, den Computer auch benutzen, wann er wollte. Das war das Mindeste, das ich tun konnte. Außerdem konnte ich jetzt auch bequem jederzeit über WLAN von meinem Handy aus online gehen.

Als Erstes schickte ich Hannes eine WhatsApp-Nachricht mit einem Selfie, damit er immer mal wieder einen Blick auf mich werfen konnte, während er unterwegs war. Und als neue Information über mich verriet ich ihm, dass ich mir in der Schule als Dreizehnjährige bei einem verunglückten Bocksprung im Sportunterricht das linke Handgelenk gebrochen hatte. Er meldete sich nur wenige Minuten später und revanchierte sich ebenfalls mit einem Selfie und der Nachricht, bei ihm wäre es nach einem Sturz mit dem Snowboard der rechte Unterschenkel gewesen, da sei er sechzehn gewesen.

Ich war ein wenig spät dran, als Tommi und ich ins Auto stiegen, um zum Kindergarten zu fahren. Alfred war bis jetzt unterwegs gewesen, um die Wiese eines Nachbarn zu mähen. Er fuhr gerade mit dem Traktor in den Hof, als ich mit dem Wagen aus der Scheune fuhr. Ich blieb stehen und öffnete das Fenster.

»Wenn ich wieder zurück bin, mach ich dir das Essen warm, und dann zeig ich dir, wie das mit dem Internet funktioniert«, rief ich.

»Sehr gut, dann können wir auch gleich nach einem Esel für Herakles schauen, wenn das geht.«

»Klar. Machen wir. Brauchst du noch was vom Supermarkt?«

»Nein. Oder doch. Das Katzenfutter ist bald alle.«

»Gut, bringe ich mit. Bis dann! Ich bin bald wieder zurück.«

Als ich mit Tommi wenig später den Flur des Kindergartens entlang zu seiner Gruppe ging, kam Helga mir entgegen. Normalerweise war Lexi für den ganzen Tag angemeldet. Aber vielleicht hatten sie ja heute früh irgendeinen Termin oder einfach nur keine Lust gehabt.

»Grüß dich, Helga«, sagte ich und blieb stehen, und auch Tommi rief ihr ein fröhliches Hallo zu.

»Hallo«, sagte sie knapp und ging an uns vorbei.

Ich sah ihr überrascht hinterher. *Was ist denn mit der heute los?*, fragte ich mich und schüttelte verwundert den Kopf.

Im Spielzimmer wartete Lexi schon auf Tommi, und die beiden verzogen sich gleich in eine Ecke, um mit Legosteinen einen Zoo zu bauen. Das Mädchen war eindeutig besser drauf als ihre Mutter. Aber vielleicht war Helga auch nur in Eile gewesen oder hatte irgendwelche Probleme und war deswegen nicht so gesprächig.

Ich machte die Besorgungen im Supermarkt und fuhr dann wieder zurück. Unterwegs klingelte das Handy. Da das Auto zu betagt für eine Freisprechanlage war, ging ich nicht ran. Doch gleich darauf klingelte es wieder. Es schien dringend zu sein. Ich fuhr an den Straßenrand und griff nach dem Handy. Teresa!

»Hey, Romy«, sprudelte sie sofort drauflos. »Weißt du, was ich mir gedacht habe?«

»Dir auch einen schönen Tag, Teresa«, sagte ich und musste lächeln. Meine Freundin hatte eine Energie, die man sogar über hunderte von Kilometern spürte.

»Na dann ganz förmlich: Tag, Frau Bronner. Wie geht es Ihnen?«, fragte sie in einem höflichen Singsang.

»Danke, gut. Und dir?«

»Super geht's mir. Und wie gesagt, ich hab eine Idee.«

»Ich höre.«

»Was hältst du davon, wenn Leander, Ina und ich am Wochenende zu dir kommen? Wir könnten den Tanzkurs bei dir auf dem Hof machen. Hier in unserer Wohnung ist es doch ein wenig eng. Und das wäre eine super Gelegenheit zu sehen, wie du jetzt lebst. Was meinst du?«

»Eigentlich ist das wirklich eine gute Idee«, sagte ich und war sogar etwas erleichtert über den Vorschlag. Mir war schon ein wenig mulmig gewesen, als ich an die Kosten für die Zugtickets nach Wien dachte. »Aber ich müsste Alfred erst fragen, ob ihr hier alle übernachten könnt.«

»Wir schlafen auch im Heustadel«, sagte Teresa fröhlich, »das wäre sogar ein Abenteuer. Aber falls das zu große Umstände macht, können wir uns auch irgendwo in der Nähe ein Zimmer nehmen.«

»Ich kläre das und sag dir Bescheid.«

»Ja toll! Ich freu mich!«

In diesem Moment musste ich an die Zacherin denken. Sie hatte in den Karten gesehen, dass ich Besuch aus der Vergangenheit bekommen würde. Und sie hatte tatsächlich recht gehabt, wie auch immer sie darauf gekommen war. Verrückt!

»Tommi wird auch begeistert sein, dass er euch die Wachteln und Zeus' Kinder zeigen kann.«

»Zeus' Kinder?«, fragte sie verdattert nach.

Ich lachte kurz.

»Erkläre ich dir, wenn ihr hier seid.«

»Da bin ich ja mal gespannt!«, rief Teresa. »Leander will das übrigens mit einem Besuch bei einem Freund in Passau verbinden. Dann haben wir auch mal ein wenig Zeit für uns.«

»Das wäre toll. Es gibt nämlich einige Neuigkeiten«, sagte ich.

»Was? Erzähl!«

»Erst wenn du da bist.«

»Du spinnst wohl. So lange kannst du mich nicht auf die Folter spannen«, sagte sie empört.

»Na gut. Es geht um einen Mann«, verriet ich.

Für einige Sekunden herrschte Stille in der Leitung, und ich dachte schon fast, die Verbindung sei unterbrochen.

»Teresa?!«

»Hast du wirklich gesagt, es geht um einen Mann?«, hakte sie ungläubig nach.

Ich nickte, obwohl sie das natürlich nicht sehen konnte.

»Ja. Ich – ich habe mich verliebt.«

»Du hast dich verliebt? Wie toll! Verdammt! Es ist schon so spät. Ich muss jetzt gleich weg. Aber das erzählst du mir in allen Einzelheiten. Und zwar nicht erst am Wochenende. So lange halte ich das nicht aus.«

»Wir haben jetzt Internet hier auf dem Hof. Vielleicht können wir ja bald einen Videochat machen?«

»Aber hallo! Unbedingt! Ich melde mich morgen bei dir. Und dann will ich alles wissen! Alles. Verstanden?«

»Klar. Bis dahin habe ich auch mit Alfred geklärt, ob das mit dem Übernachten für ihn okay wäre.«

»Danke, du Süße! Ich muss jetzt los! Bussi und bis bald!«

Und schon war sie weg. Ich legte auf und schüttelte lächelnd den Kopf. Es war ein gutes Gefühl zu wissen, dass wir uns bald wiedersehen würden.

Ich startete den Wagen und fuhr wieder los. Inzwischen hatte sich das schöne Wetter verzogen, und graue Wolken hingen tief am Himmel, als ich daheim ankam. Während ich das Auto in der Scheune abstellte, fuhr der Postbote auf dem Fahrrad in den Hof und bremste scharf kurz vor der Haustür. Ferdinand stieg so schnell ab, dass er fast über seine eigenen Beine gestolpert wäre. Jedes Mal, wenn ich den jungen Mann sah, schien er in Eile zu sein.

»Hi«, grüßte er salopp. »Das ist alles für Alfred«, sagte er und drückte mir ein paar Briefe und Werbeprospekte in die Hand.

»Ich gebe es ihm.«

»Super. Tschüssikowski.«

Und schon war er wieder aufs Fahrrad gestiegen und fuhr rasant auf die Straße hinaus.

Als ich in die Küche kam, stand Alfred am Herd.

»Ich mach die Suppe schon mal warm«, sagte er und rührte in dem Topf, den Hannes mir gestern mitgegeben hatte. »Das reicht ja locker noch für uns beide.«

»Danke … Iss ruhig alleine, ich hab noch gar keinen Hunger«, winkte ich ab. »Hier«, ich hielt ihm die Post entgegen. »Ferdinand war da.«

Er wischte sich die Hände an einem Tuch ab und nahm mir die Briefe ab.

»Sag mal, Alfred, wäre es für dich okay, wenn meine Freundin Teresa uns am Wochenende besuchen käme?«, begann ich, doch er schien mir gar nicht zuzuhören.

»Was will denn die Gemeinde von mir?«, murmelte er, als er die Absender überflog. Er riss das Kuvert auf und holte ein Schreiben heraus.

An seiner Miene war nicht zu übersehen, dass es sich wohl um keine sonderlich guten Neuigkeiten handelte.

»Was ist denn?«, fragte ich besorgt.

Er schüttelte nur den Kopf, stopfte den Brief wieder zurück in den Umschlag und schaltete den Herd aus.

»Jetzt hab ich auch keinen Appetit mehr«, brummte er und ging hinaus. Hermes, der auf seiner Decke lag, hob den Kopf, stand auf und trottete seinem Herrchen hinterher.

Was ist das nur für ein Schreiben?

Inzwischen hatte es angefangen zu regnen, und mir fiel ein, dass hinter dem Haus noch Wäsche zum Trocknen hing. Ich eilte hinaus und holte sie von der Leine, bevor sie ganz durchnässt war. Dabei ging mir Alfred nicht aus dem Kopf. Der Brief hatte ihn ganz unübersehbar sehr aufgewühlt.

Ich stellte den Wäschekorb in den Flur und ging nach oben.

»Alfred?« Ich klopfte.

»Jetzt nicht!«

Doch ich öffnete die Tür trotzdem und trat ein. Er saß am Schreibtisch und hatte das Gesicht hinter den Händen verborgen. Hermes hatte sich auf den kleinen Teppich neben dem Bett gelegt.

»Bitte erzähl doch, was los ist, Alfred«, sagte ich. »Ich mache mir echt ein wenig Sorgen.«

Er hob den Kopf.

»Brauchst du nicht.«

»Schau dir mal im Spiegel deine Miene an, und dann sag mir, dass ich tatsächlich keinen Grund habe, mir irgendwelche Sorgen zu machen«, verlangte ich.

Er seufzte und bemerkte wohl, dass ich nicht lockerlassen würde.

»Die Straße, die hier zum Hof führt, wird aufgerissen, weil eine neue Kanalisation und Stromleitungen notwendig sind.«

»Und das ist so schlimm?«, fragte ich vorsichtig, weil sich mir nicht erschloss, inwiefern das ein Problem für ihn war.

»Schlimm sind die Kosten, die für die Anwohner entstehen werden. Laut Schreiben können diese in meinem Fall bis zu zwölftausend Euro betragen.«

»Was? So viel? Und das musst du selbst bezahlen?«

Er sagte nichts, sondern sah auf den Brief vor sich.

»Alfred?«

»Das Thema war vor ein paar Jahren schon mal im Gespräch, aber weil sich der Aufwand wegen der paar Häuser nicht lohnte, sah man davon ab.«

»Und jetzt nicht mehr?«

»In dem Schreiben steht, dass das Grundstück zwischen der Zacherin und meinem Hof als Baugebiet zur Abstimmung steht. Doch um das zu realisieren, müssen neue Wasserrohre und auch Stromleitungen verlegt werden.«

»Gehört das Grundstück auch der Zenta?«, fragte ich.

»Nein.«

Er ließ sich wirklich alles aus der Nase ziehen.

»Wem dann?«, hakte ich nach.

»Helga hat es von meiner Schwester Edeltraud geerbt.«

»Helga?«, fragte ich völlig überrascht. Hatte sie deswegen

vorhin im Kindergarten nichts zu mir gesagt? Aber das ergab doch gar keinen Sinn.

»Gewiss ist nicht Helga dafür verantwortlich, sondern ihr Mann«, sagte Alfred leise. »Der war schon immer scharf darauf, dass das Grundstück als Baugebiet ausgewiesen wird.«

»Geht das denn so einfach?«, fragte ich. Mit solchen Dingen kannte ich mich zwar nicht aus, aber bestimmt gab es hier auch bürokratische Hürden.

»Über den Antrag wird in der nächsten Sitzung abgestimmt, steht im Schreiben«, sagte Alfred. »Aber Helgas Mann ist Mitglied im Gemeinderat. Der wird es den anderen schon schmackhaft machen. Vor allem den Bauunternehmern.«

Ich wusste nicht, was ich dazu jetzt sagen sollte.

Alfred fuhr sich durch die Haare.

»Die Nachfrage ist eben da«, sagte er schließlich. »Und auch wenn es mir nicht schmeckt, dass das schöne Grundstück verbaut wird, haben andere Menschen ebenfalls das Recht, in so einer idyllischen Umgebung zu leben. Ich kann es ja irgendwie auch verstehen, dass sie verkaufen wollen.«

»Können die von der Gemeinde denn nicht einen Teil deiner Wiesen ebenfalls als Baugrundstücke ausweisen?«, fragte ich neugierig.

»Vielleicht irgendwann mal, Romy. Wobei es bei meinem Grundstück schwieriger ist, weil die Wiesen hauptsächlich hinter dem Hof liegen und der Bach auf der anderen Seite vorbeifließt. Da müsste die ganze Straßenführung geändert werden. Helgas Teil liegt ideal neben der Straße und geht weit nach hinten. Da passen locker zwölf Häuser hin. Und diese Parzellen müssen erst einmal verkauft und bebaut werden, bevor überhaupt ein neues Baugebiet ausgewiesen werden kann.«

»Und das Geld musst du jetzt gleich bezahlen?«

»Das sicher nicht. Erst muss das alles offiziell abgesegnet werden, damit die Arbeiten beginnen können. Das wird sicher noch eine Weile dauern.«

»Dann ist es vielleicht doch gar nicht so schlimm?«, versuchte ich ihn ein wenig aufzumuntern.

»Für den Moment nicht. Trotzdem ist der Betrag irgendwann fällig. Ich muss jetzt schon immer bei größeren Anschaffungen auf meine Rücklagen zugreifen. Und wenn noch die Kanalisation kommt, reißt das ein großes Loch in meine Reserven«, sagte er und wirkte plötzlich erschöpft. »Ich frage mich, wie es überhaupt mit dem Hof weitergehen soll. Nur mit dem Ertrag der Erdbeer- und Kartoffelfelder kann ich das auf Dauer nicht halten. Und die Wachtelzucht ist bis jetzt mehr ein Hobby, als dass ich an den Eiern was verdienen würde.«

Augenblicklich bekam ich ein schlechtes Gewissen. Ich lebte hier mit meinem Sohn auf seine Kosten für das bisschen Arbeit, das ich im Gegenzug erbrachte. Und dann hatte er auch noch die neuen Geräte für die Küche gekauft, damit ich es leichter hatte!

»Ich werde alles tun, damit ich so schnell wie möglich einen Job bekomme, Alfred. Und dann kann ich dir auch etwas Miete zahlen. Helfen tu ich dir natürlich trotzdem«, stellte ich klar.

»Darum geht es doch jetzt gar nicht, Romy«, sagte er.

»Doch. Schon auch. Du hast mir und Tommi hier nicht nur ein Dach überm Kopf gegeben, sondern ein echtes Zuhause. Und du weißt gar nicht, was mir das jetzt schon bedeutet.«

Ich fühlte mich hier wohler als sonst irgendwo, seitdem meine Eltern verunglückt waren.

»Womöglich war das ein Fehler«, sagte Alfred plötzlich leise. »Ich weiß ja gar nicht, wie lange ich noch fähig bin, das alles hier zu erhalten. Bald werde ich siebzig. Vielleicht muss ich doch früher verkaufen, als ich befürchtet hatte.«

»Das war kein Fehler!«, stellte ich sofort klar. »Sieh dich doch nur an, du bist noch sehr rüstig. Jeder würde dich jünger schätzen, als du bist. Wir schaffen das gemeinsam. Und ich werde meinen Beitrag dazu leisten. Darauf kannst du dich verlassen!«

Weil ich ihm keine Möglichkeit geben wollte, noch mehr Bedenken zu äußern, rauschte ich aus seinem Zimmer und ging nach unten in die Küche. Ich schnappte mir meinen Laptop und fing an, mich ernsthaft auf Jobsuche zu machen. Doch um genug zu verdienen, müsste ich auf jeden Fall einen Ganztagsjob annehmen. Vielleicht konnte ich ja noch mal mit der Erzieherin im Kindergarten reden, womöglich gab es doch eine Möglichkeit, dass Tommi schon jetzt zusätzlich in der Vormittagsgruppe aufgenommen wurde.

Wenn ich nur wüsste, wann der Brunnenwirt wiedereröffnete. Allerdings konnten sich die Renovierungsarbeiten noch eine Weile hinziehen. Und ich brauchte jetzt einen Job und nicht erst irgendwann!

Ich suchte weiter bei den Online-Jobbörsen und stolperte dabei über eine Anzeige:

Ab sofort gesucht: Freundliche Bedienung für die Nachtschicht in unserem Restaurant am Autobahnrasthof in Passau. Arbeitszeiten Mittwoch bis Sonntag von 22 Uhr bis 6 Uhr früh! Bewerbung per Mail oder telefonisch.

Ha! Das war von den Arbeitszeiten her der ideale Arbeitsplatz für mich. Ich könnte Tommi noch selbst ins Bett bringen, und wenn Alfred sich damit einverstanden erklärte, dass er in diesen Nächten zu Hause wäre, für den Fall, dass Tommi aufwachte, dann würde das funktionieren. Ich könnte am Vormittag die Arbeit auf dem Hof erledigen und kochen und mich am Nachmittag, wenn Tommi im Kindergarten war, ein paar Stunden aufs Ohr hauen.

Sofort griff ich nach dem Handy und rief an. Doch meine Hoffnung wurde noch im Keim erstickt. Der genervte Herr am Telefon teilte mir mit, dass die Stelle bereits vergeben wäre und schon jetzt so viele auf der Warteliste stünden, dass er meine Nummer als Ersatz gar nicht erst aufschreiben wollte.

Enttäuscht legte ich auf und sah nach draußen. Es regnete immer noch. Plötzlich hatte ich das Gefühl, nicht mehr stillsitzen zu können. Ich schlüpfte in meine Gummistiefel und in eine Regenjacke und ging hinaus.

Als ich an der Wachtel-Voliere vorbeiging, waren die meisten Tiere entweder im Stall oder hatten sich unter schützende Pflanzen oder Baumrinden verkrochen. Nur ein paar spazierten ungerührt im Regen herum. Ich ging weiter hinters Haus und ein Stück den Feldweg entlang, als es zu donnern begann. Es war eine Sache, im Regen spazieren zu gehen, aber bei einem Gewitter wollte ich nicht draußen sein. Eilig ging ich zurück, während das Gewitter rasch näher kam. Ich war gerade wieder auf dem Hof angekommen, da zuckte ein gleißender Blitz über den Himmel, gefolgt von gewaltigem Donner. Da die Scheune am nächsten war, suchte ich dort Unterschlupf. Im Inneren war es dämpfig schwül, also zog ich die Regenjacke aus und setzte mich auf einen Strohballen. Mir gingen so viele Gedanken durch den Kopf. Ich dachte an das Hochzeitsfest mit den vielen Gästen und an Alfred und meinen Tanz später in dieser Nacht. Waren seitdem wirklich erst drei Tage vergangen? Es kam mir vor, als lägen Wochen dazwischen. Und was hatte sich seither alles getan! Ich hatte mich getraut, mich auf Hannes einzulassen. Und es war Alfred gewesen, der mich ermuntert hatte, meine Ängste über Bord zu werfen. Es war an der Zeit, mich für all das Gute, das ich ihm zu verdanken hatte, zu revanchieren. Aber wie konnte ich mich nur mehr einbringen? Das Einzige, das ich wirklich gut konnte, war Tanzen. Zumindest war das bis vor fünf Jahren so gewesen. Die Jobs, die ich seither gehabt hatte, waren allesamt Aushilfsjobs vor allem in der Gastronomie gewesen. Das hatte ja auch lange relativ gut funktioniert. Und es war meistens einfach gewesen, immer wieder etwas zu finden, zumindest für eine Weile. Doch wollte ich wirklich für immer so weitermachen? Oder war vielleicht jetzt der Zeitpunkt gekommen, um mir über meine weitere berufliche Zukunft mal ernsthafte Gedanken zu machen? Am dringlichsten war eigentlich, jetzt möglichst schnell eine Arbeit zu finden und Geld zu verdienen, und zwar egal ob Alfred zukünftig finanzielle Engpässe hatte oder nicht. Allerdings musste es ein Job sein, den ich mit der Betreuung meines Sohnes vereinbaren konnte. Ich hatte das Gefühl, als wollte ich versuchen, Unmögliches möglich zu machen.

»Wenn ich mein Geld doch nur hier auf dem Hof verdienen könnte«, murmelte ich. Und in diesem Moment kam mir eine Idee. Es war alles so einfach! Warum war ich nicht schon früher darauf gekommen?

»Du willst was?«, fragte Alfred mich eine halbe Stunde später in der Wohnküche, als er sich gerade einen Kaffee machte.

»Ich will an den Wochenenden in der Scheune Tanzkurse für Brautpaare geben. Der Platz eignet sich dafür perfekt«, erklärte ich nun ausführlicher den Plan, den ich innerhalb kürzester Zeit ausgetüftelt hatte. »Und wenn du nichts dagegen einzuwenden hast, könnten wir die Teilnehmer sogar hier übernachten lassen. Zwei Zimmer stehen im Haus noch frei. Die könnten wir doch als Gästezimmer herrichten. Oder wer es mag, kann auch in der Scheune übernachten.« Auf diese Idee hatte mich Teresa mit ihrem Vorschlag gebracht, bei ihrem Besuch im Heu zu schlafen. »Ich kann mir vorstellen, dass das für manche Leute aus der Stadt der absolute Renner wäre! Tanzkurs auf dem Bauernhof mit Übernachtung im Heustadel.«

»Hmmm«, kam es nur von Alfred, während er Milch in seine Kaffeetasse goss. »Willst du auch einen?«, fragte er.

Ich schüttelte den Kopf. Ich war schon aufgekratzt genug, auch ohne Koffein.

»Ich bin ausgebildete Tanzlehrerin und hab das früher wirklich gut gemacht. Warum sollte ich mir irgendeinen Job in einem Wirtshaus oder Büro suchen, wenn ich auch hier arbeiten kann. Das könnte ich auch super mit Tommi verbinden. Was meinst du?«, fragte ich ihn erwartungsvoll. Eigentlich hatte ich ja nicht vorgehabt, je wieder zu tanzen, geschweige denn wieder in diesem Beruf zu arbeiten, weil es mit diesen verdammten Erinnerungen verbunden war. Aber tanzen an sich hatte mir immer Spaß gemacht, und es war eine gute Möglichkeit, damit Geld zu verdienen.

»Denkst du wirklich, das könnte funktionieren?«, fragte Alfred skeptisch.

»Aber klar«, sagte ich. »Heutzutage ist es relativ einfach, online Werbung zu machen, ohne viel Geld dafür auszugeben. Tanzkurs verbunden mit Urlaub auf dem Bauernhof – das wär doch super! Ich kassiere für die Tanzstunden und du für die Übernachtungen.«

Alfred nahm einen Schluck aus der Tasse.

»Aber muss man dafür nicht ein Gewerbe anmelden?«, fragte er.

»Vermutlich. Aber das dürfte kein großer Aufwand sein. Ich würde mich erkundigen und mich um alles kümmern.« Mir gingen sogar schon Gedanken durch den Kopf, wie wir hier auf dem Hof besondere Tanzabende in der Scheune veranstalteten, bei denen Hannes mit seinem Truck als Koch fungierte und besondere Gerichte anbot. Aber das war jetzt vielleicht noch ein bisschen viel für Alfred, davon würde ich ihm erst später erzählen, wenn ich mit Hannes darüber gesprochen hatte. Schließlich wusste der auch noch nichts von seinem Glück.

»Bitte, Alfred, sag ja!«

»Hm. Vielleicht reden wir zuerst mal mit meinem Steuerberater. Das ist ein alter Freund von mir.«

»Das wäre super«, sagte ich. »Dann hätten wir gleich einen fachlichen Rat und könnten auf Nummer sicher gehen. Ich glaube, das könnte für uns beide echt eine tolle Chance sein.«

»Na gut«, sagte Alfred. »Lass uns mal alles in Ruhe durchgehen.«

Ich klappte mein Notebook auf, um mir Notizen zu machen und einiges gleich zu recherchieren. Und Alfred telefonierte mit seinem Steuerberater.

Fast hätte ich an diesem Nachmittag vergessen, Tommi vom Kindergarten abzuholen, so sehr waren Alfred und ich damit beschäftigt, Pläne zu schmieden. Je mehr wir darüber redeten, desto mehr konnte ich auch Alfred dafür begeistern. Da kein allzu großer Aufwand notwendig sein würde, um das alles zu organisieren und vorzubereiten, wollten wir es einfach ausprobieren. Als Versuchspaar sollten Teresa und Leander am kommenden Wochenende herhalten. Alfred hatte nichts dagegen, dass sie hier auf dem Hof übernachteten. Ich würde die beiden kleineren Zimmer im Haus als Gästezimmer vorbereiten und konnte es kaum mehr erwarten, mich in die Arbeit zu stürzen.

Noch an diesem Abend setzte ich mich an den PC und bastelte schon mal eine provisorische Homepage. Da ich mal ein paar Monate lang in einem Werbebüro gejobbt hatte, wusste ich, worauf ich achten musste. Natürlich würde das erst mal eine einfache Seite sein, aber das konnte ich später immer noch professioneller aufziehen. Jetzt war es erst einmal wichtig, Werbung für unser Projekt zu machen. Und eine Homepage zu haben, auf der sich Interessenten informieren konnten, was Alfred und ich hier anboten. Als ich gerade dabei war, Facebook- und Instagram-Seiten anzulegen, rief Hannes an.

»Alles gut bei dir?«, fragte er.

»Oh ja. Es gibt einiges zu erzählen«, sagte ich aufgeregt.

»Echt?«, meinte er. »Was denn?«

»Ich habe eine Geschäftsidee«, verriet ich und berichtete von meinen Plänen.

»Das hört sich richtig spannend an, Romy«, sagte Hannes. »Wenn du magst, kann ich dich da auch ein wenig unterstützen. Ich kenne doch ziemlich viele Leute«, bot er an.

»Gern. Mir schweben auch schon Tanzveranstaltungen mit Livemusik in der Scheune vor. Die Hallinger Buam könnten spielen und du das Catering machen.«

»Du hast ja schon richtig ausgetüftelte Pläne. So was könnte funktionieren«, meinte Hannes. »Und Alfred ist wirklich damit einverstanden?«

»Ja.«

»Mein Onkel hat sich echt verändert, seit du bei ihm wohnst«, sagte Hannes. »So etwas hätte ich mir bei ihm noch vor Kurzem überhaupt nicht vorstellen können.«

»Ach, wer weiß«, sagte ich. »Alfred ist viel aufgeschlossener, als du denkst.«

»Sieht ganz so aus … Romy, ich muss jetzt aufhören, ich bekomme gerade einen Anruf. Da muss ich rangehen. Bis bald und schlaf gut.«

»Du auch.«

»Ich küss dich.«

»Ich dich auch!«

Ich legte auf und machte mich voller Elan weiter an die Arbeit.

Als ich Stunden später den Computer ausschaltete, dämmerte draußen schon der Morgen. Ich war zwar müde, aber ich fühlte mich großartig. Endlich hatte ich beruflich eine Perspektive, auf die ich mich freute, wie ich überrascht feststellte. Und ich hatte so ein aufgeregtes Kribbeln im Bauch und das Gefühl, auf dem richtigen Weg zu sein. Falls die Sache gut anlaufen würde, könnte ich mir noch weitere Kurse überlegen. Es gab so vieles, was angeboten werden konnte: Salsa-Wochenende oder wöchentliche Zumba-Kurse oder Hiphop für Kinder. In München hätte ich so etwas nie auf die Beine stellen können, weil die Mieten für passende Räumlichkeiten kaum bezahlbar waren. Aber hier waren die Voraussetzungen ideal. Es gab einen geeigneten Raum, Zimmer für die Übernachtungen und auch genügend Parkplätze.

»Du wirst sehen, das wird klappen«, sagte ich leise zu Caruso, der schon seit Stunden auf dem Sessel in meinem Zimmer lag und mich jetzt aus seinen hellgrauen Augen unergründlich anblickte.

Ich schlüpfte in mein Nachthemd und legte mich endlich mit dem aufregenden Gefühl schlafen, vor etwas völlig Neuem zu stehen.

Kapitel 25

Die nächsten drei Tage vergingen wie im Flug. Nach einem ausführlichen Gespräch mit Alfreds Steuerberater füllte ich zunächst den Antrag für ein Kleinunternehmen aus und kümmerte mich um weitere notwendige Formalitäten. Während Alfred der Arbeit am Hof und auf den Feldern nachging, bereitete ich schon mal die künftigen Gästezimmer vor. Fürs Erste mussten die alten Möbel reichen. Sollte unser Konzept wirklich aufgehen und die Übernachtungsmöglichkeit genutzt werden, dann mussten wir uns auf Dauer etwas anderes überlegen, zumindest neue Betten besorgen. Die Schlaflager in der Scheune würde ich erst dann in Angriff nehmen, wenn tatsächlich Bedarf bestünde. Einen Namen hatte ich mit Alfreds Hilfe auch gefunden: »TANZEN INS GLÜCK – Tanzschule Romy Bronner«.

Da das Wetter schon seit Tagen regnerisch und sehr windig war, fiel es Tommi auch nicht ganz so schwer, im Haus zu bleiben. Seitdem Alfred mit ihm öfter Kartenhäuschen baute, konnte er sich ewig damit beschäftigen, am Boden so viele kleine Kartenhäuschen wie möglich hintereinander aufzustellen und sie dann am Ende wie Dominosteine umfallen zu lassen.

Als das Wetter sich wieder besserte, machte ich Fotos von der Scheune, den Fremdenzimmern und der Gegend um Halling, die ich zusammen mit ein paar alten Tanzbildern von mir in die Homepage und die anderen Social-Media-Seiten einpflegte, die ich bereits angelegt hatte.

Nun saßen Alfred und ich gerade vor dem Laptop, um endlich nach einem Esel für Herakles Ausschau zu halten. Und tatsächlich wurden wir bald fündig. In der Nähe von Deggendorf gab es eine ältere Eseldame, die dringend ein neues Zuhause suchte. Alfred telefonierte mit der Besitzerin, und sie vereinbarten, dass Alfred sich das Tier am nächsten Tag ansehen und eventuell gleich mitnehmen würde.

»Ist schon praktisch, dieses Internet«, gab er anerkennend zu.

»Du wirst sehen, es ist auch gar nicht so schwierig, damit umzugehen«, sagte ich. »Schau, das ist die vorläufige Homepage von der Tanzschule mit Übernachtungsangebot auf dem Bauernhof.«

»Sieht gut aus«, sagte er. »Bin ja mal gespannt, ob das was wird.«

»Hey, eine neue E-Mail«, sagte ich und öffnete sie gleich. »Wow. Das erste Paar, das sich tatsächlich anmeldet! Einfach so«, rief ich begeistert.

Alfred und ich lächelten uns an.

»Das ging ja schneller als gedacht!«, sagte er.

»Ich kann es auch kaum fassen!«

Der erste Kurs sollte bereits in drei Wochen stattfinden, falls sich mindestens zwei Paare dafür anmeldeten.

»Möchten die auch hier übernachten?«, wollte Alfred wissen.

»Nein, leider nicht. Sie kommen aus der Nähe. Aber vielleicht müssen wir dafür dann auch noch mal speziell Werbung machen ... Alfred?«

»Ja?«

»Danke, dass du mich das hier ausprobieren lässt«, sagte ich. »Ob es wirklich klappen wird, weiß ich nicht, aber falls doch, könnte das echt eine super Sache werden. Und vor allem kann ich trotzdem bei Tommi sein und im Haus und auf dem Hof mithelfen.«

Er zuckte ein wenig verlegen mit den Schultern.

»Schon gut. Man muss auch mal andere Wege gehen als üblich. Oder?«

Da war ich ganz seiner Meinung.

Am Nachmittag bereitete ich einen Flyer vor, den ich in Passau in einem Copyshop günstig drucken ließ. Danach klapperte ich zwei Brautmodengeschäfte ab und fragte, ob ich die Flyer auslegen durfte. Die Verkäuferinnen hatten nichts dagegen und fanden die Idee toll, dass der Tanzkurs in einer Scheune auf einem Bauernhof stattfinden würde.

»Sind diese Wochenendkurse nur für Brautpaare?«, erkundigte sich eine etwa sechzigjährige Frau, die unser Gespräch zufällig mitanhörte.

»Meine Tochter heiratet im September, und mein Mann und ich könnten dringend eine Auffrischung brauchen. Es ist schon so lange her, dass wir beim Tanzen waren.«

»Aber klar!«, sagte ich ganz spontan. »Er werden demnächst weitere Kurse angeboten«, nahm ich die Idee sofort auf.

»Wunderbar. Dafür würde ich uns sofort anmelden«, sagte die Dame. Sie gab mir ihre Telefonnummer, und wir vereinbarten, dass ich mich bei ihr melden würde, sobald die Termine feststanden.

Vergnügt verließ ich das Geschäft. Gerade lief ja wirklich alles wie am Schnürchen!

Als ich durch die Fußgängerzone ging, klingelte mein Handy. Hannes war zurück, und als er hörte, dass ich gerade in Passau war, trafen wir uns kurz darauf im *Café Duftleben* auf Käsekuchen und Cappuccino.

»Du strahlst ja richtig«, sagte Hannes, als ich ihm die Details meines neuen Geschäftsmodells erzählte.

»Es macht total Spaß, das alles zu planen und zu organisieren.«

»Kann ich mich da bei dir auch zu einem Tanzkurs anmelden?«, fragte er. »Das letzte Mal hast du mich ja ziemlich abblitzen lassen.«

»Tut mir leid. Das hatte nichts mit dir persönlich, sondern eher mit meiner Vergangenheit zu tun«, sagte ich. »Aber ich kann es dir gern beibringen, wenn du möchtest.«

Bei dem Gedanken daran, mit Hannes zu tanzen, wurde mir plötzlich ganz heiß.

»Und das mit der Vergangenheit macht dir inzwischen nichts mehr aus?«, wollte er wissen. Eine gute Frage.

Ich nahm einen Schluck Cappuccino und sah ihn an.

»Es gibt einen Grund, warum das Tanzen in den letzten Jahren so negativ für mich besetzt war, dass ich am liebsten gar nichts mehr damit zu tun haben wollte«, begann ich. »Dabei ging es eigentlich die ganze Zeit um etwas anderes. Alfred hat mir geholfen, manches aus einer anderen Perspektive zu betrachten. Und nur deswegen bin ich jetzt auch so weit, dass ich diesen Schritt gehen kann.«

»Erzählst du mir, was damals passiert ist?«, fragte Hannes.

»Ja. Aber das ist eine längere Geschichte«, erklärte ich. »Dafür brauchen wir mehr Zeit.«

Und ich brauchte vor allem den richtigen Moment. Denn obwohl die Sache schon fast fünf Jahre her war, fiel es mir immer noch nicht leicht, darüber zu sprechen.

»Wann immer dir danach ist. Aber irgendwas Neues über dich musst du mir schon noch erzählen.«

»Okay«, stimmte ich zu. Inzwischen hatte ich ja genügend Zeit gehabt, mir etwas zu überlegen. »Also, ich verrate dir einen meiner größeren Träume.«

»Da bin ich jetzt aber mal gespannt«, sagte Hannes.

»Ich will irgendwann in meinem Leben nach Schottland reisen.«

Er lächelte.

»Schöner Traum. Das musst du unbedingt mal machen«, stimmte er mir zu. »Ich war vor drei Jahren dort. Es ist einfach großartig. Und ich würde jederzeit noch mal hinfahren. Falls du mich dabeihaben möchtest.«

Die Bedeutung dieser eigentlich harmlosen Aussage ließ mein Herz schneller schlagen. Zumindest so, wie ich sie interpretierte. Doch ging das jetzt vielleicht alles ein wenig sehr schnell? Wir standen ja noch ganz am Anfang. Oder interpretierte ich zu viel hinein und lag völlig daneben, weil er das einfach nur so dahergesagt hatte?

Ich versuchte, ganz cool zu bleiben.

»Klar. Gegen einen erfahrenen Reiseleiter habe ich nichts einzuwenden«, sagte ich.

»Dann ist es abgemacht. Wir machen eine Reise nach Schottland.«

Er streckte mir die Hand entgegen, und etwas perplex schlug ich ein.

»Irgendwann natürlich erst … wenn ich es mir mal leisten kann«, ergänzte ich sicherheitshalber. Von so einer Reise war ich finanziell momentan genauso weit entfernt wie von einer Expedition zum Mars.

»Du musst es dir einfach nur fest vornehmen. Dann kann

das schneller klappen, als du denkst«, meinte er aufmunternd.

»Wir werden sehen«, sagte ich. »Jetzt steht erst mal die Tanzschule ganz oben auf meiner Prioritätenliste.«

»Das verstehe ich. Bei mir ist es nicht anders. Die Sache mit dem Food-Truck ist zwar spannend, aber doch aufwändiger, als ich es mir vorgestellt hatte.«

»Bereust du es schon?«

»Das nicht. Aber ich merke inzwischen, dass es ein Schnellschuss war. Es hätte nicht geschadet, das vorher alles gründlicher zu überlegen.«

»Aber du musstest dich doch so schnell entscheiden«, warf ich ein.

»Ja schon. Manchmal ist das gut, aber manchmal auch wieder nicht. Das muss sich jetzt erst noch herausstellen.«

»Meinst du, meine Tanzschule ist auch so ein Schnellschuss?«, fragte ich, plötzlich etwas besorgt.

»Nein. Ich finde, dass du mit relativ wenig Aufwand und überschaubarem Risiko viel erreichen kannst. Einen Versuch ist es auf jeden Fall wert.«

Ich nickte zustimmend.

»Ich hoffe, du hast überhaupt Lust, auch bei Tanzveranstaltungen für die Gäste zu kochen?«

»Klar!«, stimmte er zu. »Wir können uns da gern was Besonderes überlegen.«

»Danke … Aber jetzt musst du mir noch was Neues von dir erzählen«, wechselte ich das Thema.

»Stimmt!«

Er schob das letzte Stück Käsekuchen in den Mund und schien zu überlegen, während er kaute. Dann sagte er: »Ich wollte als Vierzehnjähriger unbedingt Rockmusiker werden.

Mit drei Freunden zusammen hatten wir sogar zwei Jahre lang eine Band. Wir nannten uns Grey Blood.«

Ich lachte.

»Echt? Graues Blut?«

»Ja. Wir hielten das damals für total cool.«

»Was für ein Instrument hast du gespielt?«

»Ich? Keines. Ich konnte nur singen. Mehr oder weniger.«

»Hoffentlich habt ihr noch irgendwelche Aufnahmen. Das würde ich zu gern mal hören.«

»Aufnahmen gibt's schon. Aber vielleicht willst du danach nie mehr was mit mir zu tun haben.«

»Das Risiko geh ich ein«, sagte ich amüsiert.

»Aber ich vielleicht nicht.«

Jetzt lachten wir beide. Dann griff er nach meiner Hand und spielte zärtlich mit meinen Fingern.

»Sag mal, wollen wir am Wochenende zusammen mit Tommi was unternehmen?«, fragte er.

»Da geht es leider nicht«, sagte ich bedauernd. »Morgen bekomme ich Besuch von meiner Freundin und ihrem Verlobten. Die beiden brauchen Tanzunterricht für ihre Hochzeit.«

»Schade. Dann ein anderes Mal.«

»Wenn du magst, kannst du ja morgen Abend vorbeikommen. Teresa wird sich bestimmt freuen, dich kennenzulernen. Und zur Abwechslung könnte ich ja mal was kochen.«

»Einverstanden. Aber nur, wenn ich die Nachspeise mitbringen darf. Mir schwebt da ein besonderes Dessert vor, für das ich ein paar Versuchskaninchen bräuchte.«

»Gekauft!«

Beim Gedanken daran, ihn bald meiner besten Freundin vorzustellen, erfüllte mich prickelnde Vorfreude. Ich war so neugierig, was Teresa sagen würde.

Hannes sah auf die Uhr.

»Leider muss ich bald los.«

»Was hast du denn vor?«, rutschte es mir heraus. »Entschuldige, das geht mich ja gar nichts an«, fügte ich rasch hinzu.

»Du kannst mich ruhig alles fragen«, sagte er lächelnd. »Ich treffe mich in einer halben Stunde mit einer Köchin, die ich aus dem Drei-Flüsse-Wirt kenne. Sie hat dort gelernt und ist dann für zwei Jahre nach Sizilien in ein Hotel gegangen. Jetzt ist sie wieder zurück und will sich neu orientieren. Vielleicht könnte sie immer wieder mal bei größeren Aufträgen einspringen.«

»Dann hoff ich mal, dass es klappt«, sagte ich, wobei ganz plötzlich ein vages Gefühl von Eifersucht in mir zu nagen begann. Musste ich mir da Sorgen machen? Am liebsten hätte ich ihn das gefragt, ich konnte mich jedoch gerade noch zusammenreißen.

»Danke«, sagte er. »Mal sehen, was sie für Vorstellungen hat.«

Hannes rief nach der Bedienung und übernahm die Rechnung. Dann begleitete er mich noch bis zum Parkhaus, in dem Alfreds Wagen stand.

»Ich freue mich schon darauf, deine Freunde kennenzulernen. Aber vor allem, dich wiederzusehen«, sagte er leise.

»Ich mich auch.«

Er zog mich an sich und küsste mich so leidenschaftlich, dass meine Knie weich wurden.

»Am liebsten würde ich dich jetzt mit zu mir nach Hause nehmen«, flüsterte er mir ins Ohr, und mir wurde gleichzeitig heiß und kalt.

»Ich hätte nichts dagegen«, sagte ich mit heiserer Stimme, die mir nicht so richtig zu gehorchen schien.

Langsam löste er sich von mir.

»Wir holen das ganz bald nach, ja?«

»Unbedingt«, sagte ich und konnte es jetzt schon kaum erwarten.

Ich war schon fast wieder zurück in Halling, als mein Handy klingelte. Ich fuhr an den Straßenrand und stellte den Wagen ab. Als ich nach dem Handy griff, sah ich, dass es Teresas Nummer war. Eigentlich hatten wir uns ja zu einem Video-Chat treffen wollen, aber sie hatte sich seit unserem letzten Telefonat nicht mehr gemeldet. Und ich war so mit meiner neuen Job-Idee beschäftigt gewesen, dass ich es doch tatsächlich völlig vergessen hatte.

»Hey, du«, begann ich sofort, ohne sie zu Wort kommen zu lassen. »Du erwischst mich immer, wenn ich mit dem Auto unterwegs bin. Ich weiß, ich hätte dich schon eher anrufen sollen, aber es ist hier grad so viel Tolles ...«

»Ich habe mit Leander Schluss gemacht«, unterbrach sie mich, und dann fing sie an zu heulen.

Sie hatte Schluss gemacht mit Leander? Das konnte doch nicht wahr sein!

»Was ist denn passiert?«, fragte ich besorgt. »Teresa? Sag doch was!«

Es dauerte ein wenig, bis sie sich wieder so weit gefangen hatte, dass sie einigermaßen verständlich sprechen konnte.

»Stell dir vor, er hatte die ganze Zeit nebenbei irgend so eine verdammte Trulla, mit der er fröhlich in die Kiste hüpfte.«

»Nein! Wie hast du das denn herausgefunden?«

»Ganz banal über eine WhatsApp-Nachricht, die auf seinem PC vor meiner Nase aufploppte, als wir nach einem Urlaubsziel für unsere Hochzeitsreise suchten.«

Wieder schluchzte sie los. Kein Wunder. So etwas wünschte man ja seinem schlimmsten Feind nicht.

»Aber ich versteh das nicht«, begann ich behutsam. »Ich dachte, er sei so schrecklich verliebt in dich. Schließlich hat er dir einen Heiratsantrag gemacht!«

»Die Hochzeit wollte er sogar dann noch, als ich ihn zur Rede stellte. Er meinte, er würde mich sehr lieben, aber den Sex mit der anderen wolle er einfach nicht aufgeben.«

»Wie?« Ich konnte gar nicht glauben, was ich da hörte!

»Und dann«, fuhr sie fort, »hat er mich allen Ernstes gefragt, ob ich nicht drüber wegsehen und die andere Frau tolerieren könne. Das sei doch in der heutigen Zeit eigentlich kein Problem.«

»Der spinnt doch komplett!«, rief ich empört.

»Natürlich«, schniefte sie.

»Ach, Süße, das tut mir so leid. Soll ich mit Tommi zu dir kommen? Brauchst du mich?«

»Nein! Oder glaubst du etwa, dass ich auch nur noch einen Tag länger in Wien bleibe? Sobald ich meine Sachen gepackt habe, verschwinden Ina und ich von hier.«

Wenn es sich um einen normalen Streit gehandelt hätte, dann würde ich ihr jetzt raten, keinen übereilten Entschluss zu fassen und erst einmal runterzukommen, um in Ruhe mit Leander zu reden. Doch in diesem Fall war wohl jegliches Gespräch überflüssig.

»Ihr könnt jederzeit hierherkommen«, bot ich an. Schließlich konnte ich meine beste Freundin und deren Tochter nicht einfach im Stich lassen. Sie war wegen Leander aus München weggezogen und stand jetzt vor dem Nichts. Alfred würde das ganz bestimmt verstehen. Außerdem wären sie am Wochenende ohnehin auf dem Holler-Hof gewesen.

»Danke, Romy. Aber wir fahren jetzt erst mal zu meinem Bruder nach Ingolstadt. Der ist beruflich bald für drei Monate im Produktionswerk in Changchun. So lange können wir in seiner Wohnung bleiben.«

»Okay. Aber denk daran, wenn du mich brauchst, dann sag Bescheid, und ich komme entweder zu dir oder du zu mir. Wir finden eine Lösung. Und wenn du reden möchtest, dann melde dich. Egal, wie spät es ist.«

»Mach ich«, sagte sie und klang dabei sehr erschöpft.

»Hast du die Hochzeit denn schon abgesagt?«, fragte ich vorsichtig.

»Ich? Das soll er gefälligst mit seiner Mutter machen. Die hat sich sowieso die ganze Zeit nur eingemischt und wusste immer alles besser.«

Ich hörte ein seltsames Glucksen in der Leitung.

»Lachst du oder weinst du?«, fragte ich.

»Beides … Du hättest ihr Gesicht sehen sollen, als ich es ihr vorhin gesagt habe. Da habe ich sie zum ersten Mal sprachlos erlebt.«

»Sei froh, dass du es noch rechtzeitig bemerkt hast und nicht erst nach der Hochzeit«, versuchte ich, sie irgendwie zu trösten.

»Froh zu sein, fällt mir im Moment noch ziemlich schwer«, sagte sie leise.

Danach herrschten ein paar Sekunden lang Stille in der Leitung. Schließlich räusperte sie sich.

»Ich muss jetzt aufhören. Bis Leander aus dem Büro kommt, möchte ich hier weg sein. Ich weiß nur nicht, wie ich das Ina erklären soll. Jetzt, wo sie sich gerade im Kindergarten eingewöhnt und neue Freunde gefunden hat. Und sie mag Leander total gern.«

Verdammte Scheiße! Das arme Schätzchen, dachte ich.

»Hör mal, Ina ist cool«, sagte ich jedoch, um Teresa nicht noch mehr zu belasten. »Sie packt das. Ganz bestimmt. Und noch mal: Wenn ihr wollt, könnt ihr jederzeit kommen. Vielleicht würde es euch beiden guttun.«

»Okay. Vielleicht machen wir das ja wirklich bald. Ich melde mich bei dir, sobald ich in Ingolstadt bin.«

»Pass gut auf dich auf, hörst du? Und gib Ina ein Küsschen. Ich drück dich in Gedanken ganz fest.«

Nachdem wir aufgelegt hatten, saß ich noch ein paar Minuten wie erstarrt da und konnte immer noch nicht fassen, was Teresa mir da gerade erzählt hatte. Nie und nimmer hätte ich Leander so etwas zugetraut. Was war er nur für ein Idiot? Wenn er nicht vorgehabt hatte, diese andere Frau aufzugeben, hätte er Teresa schon von Anfang an reinen Wein einschenken müssen. So schwebte sie die ganze Zeit im siebten Himmel und war ganz unerwartet und unsanft in die unschöne Realität zurückkatapultiert worden.

Noch immer in Gedanken startete ich den Wagen und fuhr zurück zum Hof. Doch bevor ich ausstieg, fiel mir ein, dass ich Tommi abholen musste. Die Sache mit Teresa hatte mich total durcheinandergebracht. Also legte ich den Rückwärtsgang ein und fuhr rasch zum Kindergarten.

Tommi hatte viel zu erzählen, als er in der Garderobe seine Straßenschuhe anzog und in die Jacke schlüpfte.

»Mami, die Jule hat heute ganz viel geweint, weil sie in der Puppenecke nicht spielen durfte, weil sie zu Eileen so total gemein war.«

»Vielleicht ist sie ja morgen wieder nett, dann darf sie bestimmt wieder in die Puppenecke«, sagte ich.

»Und wenn sie morgen wieder so gemein ist?«

»Tja, ich weiß auch nicht«, begann ich, da entdeckte ich Helga.

Als sie mich sah, drehte sie demonstrativ den Kopf zur Seite. Nachdem ich für ihr kühles Verhalten beim letzten Mal noch diverse Erklärungen parat gehabt hatte, war jetzt nicht mehr zu übersehen, dass sie irgendetwas gegen mich haben musste.

»Helga«, sprach ich sie an, weil ich herausfinden wollte, was mit ihr los war.

»Ja?«, kam es knapp.

»Sag mal, ist irgendwas passiert?«

Ihre Lippen verzogen sich zu einem humorlosen Lächeln.

»Tja. Sag du es mir!«

Verwirrt sah ich sie an. Ich? Doch weil in diesem Moment ein Vater kam, um sein Kind abzuholen, fragte ich nicht nach.

Allerdings wartete ich draußen am Wagen auf sie. Als Helga mit Lexi aus dem Kindergarten kam, ging ich auf sie zu.

»Könntest du mir bitte sagen, was los ist und warum du nicht mehr mit mir redest?«

»Als ob du das nicht selber wüsstest!… Komm, Lexi, steig jetzt ein.«

»Darf Tommi bitte noch mit zu uns kommen?«, bettelte die Kleine.

»Heute nicht«, sagten Helga und ich gleichzeitig, und Lexi zog eine enttäuschte Schnute, als sie in den Wagen stieg und auf ihren Kindersitz kletterte.

»Was bitte schön soll ich wissen? Geht es vielleicht um das neue Baugebiet neben Alfreds Hof?«, mutmaßte ich, weil ich mir ansonsten überhaupt nicht erklären konnte, was ihr über die Leber gelaufen sein könnte.

»Und dann auch noch so scheinheilig sein!«, fuhr sie mich an. »Mit den Grundstücken hat das überhaupt nichts zu tun.«

»Ich? Scheinheilig?«

Also jetzt reichte es mir langsam. Wenn sie nichts sagen wollte, dann okay. Aber beleidigen lassen musste ich mich von ihr ganz bestimmt nicht.

»Glaub ja nicht, dass du mich für dumm verkaufen kannst. Man hat euch gesehen!«

»Gesehen? Wer hat wen gesehen? Und bei was denn?«

»Inzwischen ist mir klar, dass du eigentlich gar nicht wegen der Arbeit auf dem Hof bist. In Wahrheit bist du nur auf Alfred aus, damit du an sein Erbe rankommst.«

Das war so absurd, dass ich laut lachen musste.

»Also, Helga, wirklich …«

»Dass du dich nicht schämst!«, fuhr sie mich an. »Mit einem alten Mann wie ihm! Und er ist tatsächlich so vernarrt in deine junge Larve, dass er nicht einmal bemerkt, wie lächerlich er sich aufführt.«

Ungläubig schüttelte ich den Kopf.

Es gab ja manchmal Situationen, in denen man sich fühlte, als ob man im falschen Film gelandet wäre. Genau so ein Moment war das gerade für mich.

»Ich habe keine Ahnung, wovon du da redest«, sagte ich, denn ich hatte jetzt genug von ihr. Ich öffnete die Fahrertür und wollte einsteigen. Da packte sie mich am Arm.

»Der Schafkopffreund meines Mannes ist Sonntag früh bei euch am Hof vorbeigejoggt. Und da hat er euch gesehen. Dich und Alfred. Ihr habt auf der Wiese getanzt und euch geküsst.«

Jetzt endlich war mir klar, was sie meinte. Auch wenn es natürlich ganz anders war als das, was dieser Mann zu sehen geglaubt hatte.

»Wir haben uns nicht geküsst«, stellte ich klar und zog meinen Arm weg. »Wir haben nur getanzt! Wenn dieser Freund da mehr gesehen hat, dann hat er etwas falsch interpretiert.«

Doch offenbar wollte sie das gar nicht hören.

»Und jetzt wirft er das ganze Geld für dich raus. Die Leute hier reden schon, dass Alfred für seine junge Geliebte das Haus neu einrichtet. Geschirrspüler, Kaffeevollautomat – alles für sein junges Gspusi.«

Sie redete so schnell, dass ich erst mit einigen Sekunden Verzögerung realisierte, was sie da von sich gab. Diesmal blieb mir jedoch das Lachen im Hals stecken, so unerhört waren ihre Vorwürfe.

»Was für ein Schwachsinn!«, fuhr ich sie an, senkte dann aber meine Stimme: »Ich hab doch nichts mit Alfred!«

»An deiner Stelle würde ich das auch abstreiten. Aber du vergisst, dass man euch gesehen hat. Normalerweise ist es mir ja egal, was Alfred macht. Schließlich muss er selber wissen, was er tut. Aber er ist mir wichtig. Und wenn ich merke, dass ihm da jemand den Kopf verdreht, nur um ihm sein Geld abzuschwatzen, dann werde ich sauer. So etwas kann man nicht zulassen.«

Mir war klar, dass es im Moment völlig zwecklos war, ihr erklären zu wollen, wie falsch sie mit ihren Anschuldigungen lag.

»Glaub, was du willst. Aber du liegst damit völlig falsch«, sagte ich deswegen nur. Dann stieg ich ein und fuhr los.

»Bist du sauer auf Tante Helga?«, fragte Tommi kurz darauf leise. Es tat mir leid, dass er den Streit mitbekommen hatte.

»Ein wenig schon«, gab ich offen zu. »Aber wenn Helga sich beruhigt hat, werden wir sicher noch mal reden. Keine Sorge.«

»Darf ich jetzt nicht mehr zu Lexi zum Spielen kommen und mit Tante Helga die Kühe füttern?«

Ich warf einen kurzen Blick in den Rückspiegel und sah sein besorgtes Gesicht.

»Schatz, das weiß ich leider nicht. Aber ich hoffe sehr, dass sich das alles klärt, und dann darfst du sie bestimmt auch mal wieder besuchen.«

Das schien ihm vorerst zu genügen. Trotzdem war er ungewöhnlich still, bis wir beim Hof ankamen.

Alfred erzählte ich vorerst noch nichts von Helgas Vorwürfen. Ich wusste einfach nicht, wie ich ihm das am besten beibringen sollte. Helgas Anschuldigungen waren lachhaft. Ich hatte ganz sicherlich nicht vor, Alfred den Kopf zu verdrehen, um an sein Geld zu kommen. Und ein Verhältnis hatten wir schon dreimal nicht. Zumindest kein sexuelles. Allerdings verband uns inzwischen eine besondere Art von Freundschaft. Und er gab tatsächlich Geld dafür aus, damit wir es von der Arbeit her ein wenig einfacher hatten. Auch wenn ich das niemals von ihm verlangt hatte. Trotzdem verstand ich nicht, warum Helga sich so sehr darüber aufregte. Sogar wenn wir mehr als nur gute Freunde wären, müsste das ihr und ihrem Mann egal sein. Nachdem ihr Grundstück als Baugebiet ausgewiesen wurde, würden sie in Kürze in Geld schwimmen. Der Verkauf würde sie reich machen. Was also genau gönnten sie ihrem Onkel nicht? Oder hatten sie tatsächlich nur Angst, ich könnte eine Erbschleicherin sein?

Der Ärger mit Helga hatte mich kurz von den Sorgen um Teresa abgelenkt. Doch auch hier machte ich mir Gedanken. Wie konnte ich meiner besten Freundin und ihrer Tochter nur helfen, damit sie das alles einigermaßen gut überstanden? Gerade überschatteten ziemlich dunkle Wolken meine ungetrübte Freude.

Als an diesem Abend auch noch die Waschmaschine ihren Geist aufgab und das Badezimmer fast zehn Zentimeter unter Wasser stand, war das buchstäblich das Fass, das alles zum Überlaufen brachte. Bis tief in die Nacht hinein hatten Alfred und ich zu tun, um wieder alles in Ordnung zu bringen.

»Um ein neues Gerät werden wir wohl nicht drum herumkommen«, sagte er, als wir endlich fertig waren.

»Auch das noch.« Wenn Helga das erfuhr, würde sie wohl noch mehr schäumen als die kaputte Waschmaschine, schoss es mir durch den Kopf.

»Hilft ja nicht… Außerdem ist das Gerät noch aus dem alten Jahrtausend. Nicht zu früh, um es mal auszutauschen.« Dann sah er mich an und grinste plötzlich. »Wir bekommen hier noch einen richtig modernen Haushalt zusammen«, sagte er mit einem Anflug von Fatalismus.

»Sobald ich Geld verdiene, werde ich mich beteiligen«, versprach ich.

»Mach dir jetzt mal keinen Kopf, Romy. Noch hab ich Reserven. Irgendwie kriegen wir das schon hin«, sagte er mit wiedererwachtem Optimismus.

»Hör mal, Alfred«, begann ich, weil mir die Sache mit Helga doch keine Ruhe ließ und ich ihn nicht ins offene Messer laufen lassen wollte, wenn er ihr das nächste Mal begegnete. »Deine Nichte denkt wohl irgendwie, dass ich hier als Erbschleicherin unterwegs bin.«

Er sah mich verdutzt an.

»Helga?«

»Ja. Irgendjemand hat uns auf der Wiese beim Tanzen gesehen, und jetzt denkt sie, wir beide hätten eine Affäre«, sagte ich ganz offen.

Er lachte kurz auf, und seine Augen funkelten vergnügt.

»Und ich nehme mal an, sie findet das nicht so gut?«

»Ihre Begeisterung hält sich sehr in Grenzen. Wundere dich also bitte nicht, wenn sie sich seltsam verhält. Vielleicht wird sie dich ja auch vor mir warnen. Wahrscheinlich ist sie wirklich nur besorgt, dass ich dich finanziell ausnutzen möchte.«

Das Lächeln war aus seinem Gesicht verschwunden.

»Das kann schon sein. Helga ist normalerweise kein missgünstiger Mensch. Sie denkt wohl tatsächlich, dass du mir den Kopf verdreht hast und ich inzwischen schon so alt und senil bin, dass ich es nicht mehr merke.«

»Aber du weißt schon, dass ich nicht...?«

»Romy!«, unterbrach er mich. »Ich weiß sehr gut, was ich mache. Und ich werde das mit Helga klären.«

Kapitel 26

Am nächsten Vormittag fuhr Alfred mit einem geliehenen Viehanhänger nach Deggendorf, um sich die Eseldame anzusehen. Statt mir weiter über Helga den Kopf zu zerbrechen, machte ich mir eine Liste, wie ich meinen Tanzkurs attraktiver gestalten und mehr darauf aufmerksam machen könnte. Ein Gewinnspiel wäre sicher gut geeignet. Als Preis wäre zum Beispiel ein kostenloser zweitägiger Tanzkurs für ein Paar mit einer Übernachtung inklusive Frühstück auf dem Hof denkbar. Dafür müsste ich relativ wenig investieren und könnte schon sehr schnell positive Resonanz schaffen.

Als ich mit Tommi gerade weitere Fotos vom Hof und den Tieren für Instagram machte, rief Hannes an.

»Hey. Essen deine Freunde große Portionen?«, fragte er.

»Hannes! Ich wollte dich gleich anrufen. Leider kommen sie heute doch nicht.« Ich erzählte ihm rasch, was zwischen Teresa und Leander passiert war.

»Was ist das denn für ein Trottel?«, rutschte es ihm heraus.

»Ein ziemlicher, der eine so tolle Frau wie Teresa nicht verdient hat«, sagte ich.

Tommi hatte sich inzwischen einen Tretroller geschnappt,

den ich vor ein paar Tagen in einem Abstellraum im Keller gefunden hatte, und drehte damit seine Runden im Hof.

»Da hatte sie ja noch Glück im Unglück, das rechtzeitig herauszufinden«, sagte Hannes.

»Allerdings. Auch wenn es trotzdem eine Katastrophe für sie ist.«

»Schade. Ich hätte deine Freundin gern kennengelernt.«

»Ja. Wirklich schade. Eigentlich wollte ich mit den beiden auch für meinen ersten richtigen Tanzkurs üben.«

»Verstehe. Falls du ein Übungsobjekt brauchst, spiele ich gern Versuchskaninchen.«

»Darauf komme ich womöglich zurück«, sagte ich. Ich musste tatsächlich dringend wieder Praxis bekommen, wenn ich unterrichten wollte. Klar kannte ich mich in der Theorie aus, aber Tanzen, das war Bewegung, Anmut und sich in den Rhythmus der Musik fallen lassen. Die Vorstellung, mit Hannes zu tanzen, erschien mir äußerst verlockend, und gleichzeitig wusste ich nicht, ob ich mich in seiner Nähe überhaupt auf das Tanzen konzentrieren konnte.

»Super. Sag einfach Bescheid, ich bin da.«

»Vielleicht am Samstag oder am Sonntag, wenn es bei dir geht.«

»Klar. Fällt dann die Essenseinladung für heute Abend aus?«, fragte er.

»Nein. Du kannst gern kommen«, sagte ich. »Das Wetter ist so schön. Wir könnten grillen.«

»Super Idee. Ich habe hier einen echt guten Metzger. Ist es dir recht, wenn ich das Fleisch besorge? Ich kann es gern auch schon in meine spezielle Marinade einlegen …«

»Eigentlich wollte ich dich ja diesmal einladen«, unterbrach ich ihn.

»Darfst du doch. Ich bin mir sicher, deine Beilagen schmecken super«, sagte er.

»Na gut. Wenn du willst. Aber deine Nachspeise brauchst du dann nicht mehr extra zuzubereiten. Sonst wird das alles zu viel.«

»Okay. Die mach ich uns ein anderes Mal. Wann soll ich denn kommen?«

»Geht es schon um halb sechs Uhr? Dann wird es für Tommi nicht zu spät.«

»Klar. Ich freu mich. Bis später.«

»Ich mich auch. Bis dann.«

Ich legte auf und starrte gedankenverloren auf das Handy. Das mit Hannes entwickelte sich so selbstverständlich weiter, dass ich es kaum fassen konnte.

Als ich etwas später wieder am Rechner saß, entdeckte ich im Posteingang eine weitere ernsthafte Anfrage für den Tanzkurs. Diesmal war das Paar auch an zwei Übernachtungen interessiert.

»Ja!« Ich lächelte glücklich. Da um Rückruf gebeten wurde, rief ich dort an und klärte telefonisch alles ab.

»Ich schicke Ihnen das alles noch mal per Mail, dann brauche ich nur noch eine kurze Bestätigung von Ihnen, und Sie sind angemeldet«, erklärte ich der Frau am Apparat. Eine halbe Stunde später war alles erledigt: Ich hatte ein zweites Tanzpaar und Alfred seine ersten zahlenden Übernachtungsgäste.

Kurz darauf ging ich nach oben und besichtigte noch mal die Fremdenzimmer. Besonders toll waren sie ja nicht. Alfred hatte gesagt, dass ich mich auf dem Speicher umsehen konnte, wenn ich noch weitere Möbel brauchte. Vielleicht konnte ich sie ja noch irgendwie aufpeppen. Ich rief nach Tommi.

»Hier ist es aber ein bisschen gruselig«, sagte er und wich mir nicht von der Seite. Da es nur ein winziges Fenster gab, war der große Raum tatsächlich etwas düster und auch ein wenig unheimlich. Ich betätigte den Lichtschalter, doch die alte Funzel sorgte nicht für wesentlich mehr Helligkeit. Ich sah mich um. In der Ecke stand eine alte Stehlampe aus Messing mit einem weißen Schirm, die vielleicht ganz nett aussehen könnte. Doch die anderen Möbel waren einfach schon zu alt. Sie zu restaurieren, würde viel zu viel Zeit in Anspruch nehmen. Die Leute mussten sich eben vorerst mit den einfachen Möbeln zufriedengeben. Dafür verlangten wir auch nicht viel für die Übernachtung. Hauptsache, es war alles sauber.

»Hier sind ja Spielsachen!«, rief Tommi plötzlich. Er hatte sich doch ein Stück von mir weg getraut und stand vor einer alten Truhe.

»Schau mal!« Er nahm eine Schachtel heraus und hielt sie mir entgegen. Es war ein alter Märklin-Metallbaukasten, der bestimmt schon einige Jahrzehnte alt war.

»Darf ich damit spielen?«, bat Tommi.

»Da müssen wir erst Alfred fragen«, antwortete ich. »Das dürfen wir nicht einfach so nehmen.«

»Ich frag ihn«, sagte Tommi.

»Aber bis dahin lässt du die Sachen hier oben.«

»Na gut.«

In der Ecke stand ein großer alter Schrank. Ich fragte mich, was darin wohl verstaut war. Alte Sachen übten einen besonderen Reiz auf mich aus. Vielleicht deswegen, weil ich kaum mehr irgendwelche Dinge aus meiner Vergangenheit hatte. In der Trauer um meine Eltern und Großeltern war ich nicht fähig gewesen, mir Gedanken darüber zu machen, was aus ihren Sachen wurde. Marco hatte sich zusammen mit einer entfernten Großtante um die Auflösung der Wohnungen gekümmert, während ich in der Klinik war. Mir waren nur wenige Erinnerungsstücke aus dieser Zeit geblieben. Inzwischen bedauerte ich es sehr, dass ich damals nicht darauf bestanden hatte, dass sie die Sachen einlagerten, bis ich in der Lage gewesen wäre zu entscheiden, was daraus wurde. Umso schöner fand ich es, wenn in einem Haus noch Dinge von früheren Generationen zu finden waren.

Ich öffnete die Schranktür. Doch neben Weihnachtsschmuck, zusammengelegten alten Kleidern und Vorhängen gab es nichts Interessantes. Ich wollte den Schrank schon wieder schließen, als mir ganz unten noch eine Schachtel auffiel, die ich herausnahm und öffnete. Zunächst war ich enttäuscht, weil ich darin nur Schulhefte der Holler-Kinder entdeckte. Offensichtlich hatte es niemand im Laufe der Jahre übers Herz gebracht, diese alten Erinnerungen zu entsorgen. Die meisten waren von der jüngsten Tochter, Hannes' Mutter. Doch auch von Alfred waren einige Hefte im Karton. Ich nahm eines heraus, auf dem vorne sein Name, das Fach Latein und Klasse 11 a stand.

»Du warst ziemlich ordentlich, Alfred«, murmelte ich und nahm ein weiteres Heft heraus. Diesmal Mathe. Als ich es öffnete, rutschte ein Foto heraus. Ich hob es auf und betrachtete es. Darauf waren drei Jugendliche, vielleicht vierzehn oder fünfzehn Jahre alt, zu sehen, die vor einem Fluss standen. Ich vermutete, dass die Aufnahme in Passau gemacht wurde. Einer davon war Alfred, wie unschwer zu erkennen war. Der andere Junge auf dem Bild war ziemlich pummelig und überragte ihn fast um einen Kopf. Dazwischen stand ein junges, recht hübsches dunkelhaariges Mädchen, das keck in die Kamera lächelte. Überhaupt schienen alle drei außerordentlich gut gelaunt gewesen zu sein, als diese Aufnahme gemacht wurde. Als ich das Bild näher betrachtete, kam mir das Mädchen auf dem Foto irgendwie bekannt vor. Vermutlich war ich ihr als erwachsene Frau hier am Ort schon mal begegnet, wusste jedoch nicht mehr, wer das war. Ich legte das Foto wieder zurück und räumte den Karton in den Schrank.

»Sag mal, was hältst du davon, wenn wir heute den Kindergarten schwänzen?«, fragte ich Tommi. Ich wusste nicht, wann Alfred zurück sein würde, und hatte keine Lust, jetzt den langen Fußmarsch zum Kindergarten zu machen. Außerdem hatte ich keinen Nerv, womöglich Helga wieder über den Weg zu laufen. Erst sollte Alfred mit ihr klären, dass sie einem Irrtum aufgesessen war.

»Aber dann kann ich nicht mit meinen Freunden spielen«, maulte Tommi.

»Dafür siehst du aber wahrscheinlich bald einen neuen Esel, den Alfred für Herakles mitbringen wird.«

Und das war das Argument für meinen Sohn, heute doch auf den Kindergarten zu verzichten.

Ich stellte einen großen Topf mit Kartoffeln auf und machte davon mittags Bratkartoffeln mit Wachtel-Rührei. Den Rest verarbeitete ich zu einem Erdäpfelkäs, den es später neben einer großen Schüssel Tomatensalat als Beilage zum Grillen geben sollte.

Inzwischen war es bereits Nachmittag, und Alfred war noch immer nicht zurückgekommen. Ich hackte ein Beet im Garten um, in das wir in den nächsten Tagen Zucchini pflanzen wollten. Dann holte ich den Grill, den ich kürzlich in Alfreds Werkstatt entdeckt hatte, und suchte einen guten Platz auf der Wiese. Zum Schluss platzierte ich ihn dann aber doch im Hof nahe der Hausbank. So brauchten wir nicht alles hinters Haus zu tragen.

»Wann kommt denn der neue Esel?«, fragte Tommi schon zum hundertsten Mal, und ich bereute es inzwischen schon ein wenig, ihn nicht doch zum Kindergarten gebracht zu haben.

»Ich weiß es nicht, Schätzchen«, versuchte ich, geduldig zu bleiben. »Komm, wir kicken ein wenig mit dem Ball hin und her.«

So beschäftigten wir uns, bis der Wagen endlich in den Hof fuhr. Tommi war nicht zu halten und flitzte ihm entgegen.

»Hast du einen Esel dabei?«, fragte er aufgeregt, noch bevor Alfred richtig ausgestiegen war.

Alfred lächelte und ließ Hermes aus dem Wagen, der sofort ins Haus lief.

»Schaun wir doch mal nach«, sagte er und ging mit Tommi zum Anhänger. Ich folgte den beiden, mindestens genau so neugierig wie Tommi.

»Wir müssen jetzt aber ganz ruhig und bedächtig sein, damit wir sie nicht erschrecken. Das ist ganz wichtig, hörst du?«, mahnte Alfred, und als Tommi eifrig nickte, öffnete er den Anhänger. »Uschi hatte heute schon genug Aufregung mit der langen Fahrt.«

»Der Esel heißt Uschi?«, fragte ich.

»Ja.«

»Uschi und Herakles.« Ich kicherte.

»Die ist soo süß«, schwärmte Tommi leise, um sie nicht zu erschrecken.

»Das ist sie ... So, Uschi. Jetzt sind wir in deinem neuen Zuhause. Komm schön raus«, sagte Alfred und versuchte, die weiße Eseldame aus dem Anhänger zu führen. Doch Uschi iahte nur empört mit nach hinten geklappten Ohren und bewegte sich keinen Millimeter.

»Uschi, komm, du musst rauskommen«, versuchte es auch Tommi. Vergeblich.

»Und jetzt?«, fragte ich. »Soll ich eine Karotte holen, um sie herauszulocken?«

»Gute Idee«, sagte Alfred.

Doch auch die Karotte half nicht. Uschi weigerte sich standhaft, den Anhänger zu verlassen.

Alfred strich sich durch die Haare.

»Das machen wir anders. Komm, Tommi, wir holen jetzt mal Herakles«, sagte er.

Ich blieb inzwischen bei Uschi und redete ihr gut zu.

»Das ist sicher nicht einfach, wenn man in deinem Alter noch woandershin verpflanzt wird«, murmelte ich und streichelte über das weiße Fell, was sie anstandslos mit sich geschehen ließ. Sie schien nicht menschenscheu zu sein, nur eigenwillig. »Aber hier wird es dir bestimmt gefallen. Alfred kümmert sich toll um alle Tiere. Du wirst sehen, das ist ein großartiges Zuhause.« *Egal ob für Tier oder Mensch*, fügte ich in Gedanken hinzu.

Es dauerte nicht lange, da führte Alfred Herakles über den Hof zum Wagen. Als der Esel realisierte, dass im Anhänger ein Artgenosse war, stimmte er ein aufgeregtes Iahen an. In diesem Moment ging ein Ruck durch Uschi, und sie hatte es plötzlich eilig, aus dem Anhänger zu kommen. Ich hatte Angst, sie könnte sich aus dem Staub machen wollen, und konnte gerade noch nach dem Strick schnappen. Doch darüber hätte ich mir keine Sorgen machen müssen. Uschi hatte keineswegs vor abzuhauen, sondern steuerte schnurstracks auf Herakles zu. Der alte Knabe konnte sein Glück kaum fassen und machte vor Aufregung ein großes Häufchen.

»Herakles hat Kacka gemacht«, flötete Tommi und lachte.

»Ja. Einen ziemlich großen Haufen sogar«, stimmte Alfred amüsiert zu.

Währenddessen näherte sich Uschi dem Eselwallach, und die beiden begannen, sich vorsichtig zu beschnuppern. Ein Anblick, bei dem einem das Herz aufging.

»Ich glaube, das passt«, sagte Alfred zufrieden. »Ich bringe sie jetzt in den Stall und ...«

In diesem Moment fuhr ein grauer Lieferwagen mit dem Logo des privaten Fernsehsenders RLT Media in den Hof und unterbrach unser friedliches Idyll.

»Wer kommt denn jetzt?«, fragte Alfred.

»Das ist Real Live Television.«

»Hat das was mit deiner Tanzschule zu tun?«

»Nein.«

Die Beifahrertür schwang auf, und eine Frau in schwarzer Jeans und dunkelgrauem ärmellosem Top stieg aus. Ich schätzte sie etwa auf Anfang dreißig.

»Sind Sie Romy Bronner?«, fragte sie, während sie auf mich zukam.

»Ja, die bin ich.«

»Super! Ich bin Trixie, Redakteurin von RLT.«

Sie nickte mir zu.

»Darf ich fragen, was Sie hier wollen?«, fragte Alfred.

»Natürlich dürfen Sie das! Sind Sie der Bauer hier auf dem Hof?«

»Allerdings. Alfred Holler ist mein Name.«

Doch sie hörte ihm gar nicht richtig zu, sondern drehte sich immer wieder zum Bus um.

»Und ich bin Tommi.«

»Hallo, Kleiner.« Sie wandte sich an mich.

»Ist das Ihr Sohn?«

»Äh, ja.«

»Geht es vielleicht um die Esel?«, wollte Alfred wissen.

»Nein. Aber die sind megacool hier. Besser geht es nicht. Die müssen unbedingt bleiben.«

Sie strahlte uns mit einem breiten Grinsen an, dann drehte sie sich wieder zum Wagen um und hob den Daumen.

»Alles perfekt hier. Wir können loslegen.«

Nun war auch der Fahrer ausgestiegen und hatte die Schiebetür an der Seite geöffnet. Ein weiterer Mann stieg mit einer Kamera aus. Was sollte das denn werden?

»Womit loslegen?«, wollte Alfred wissen.

»Moment noch«, antwortete sie ihm zerstreut.

Der Fahrer hatte inzwischen ein Mikrofon aus dem Wagen geholt, das an einer Mikrofonangel befestigt war, und kam ebenfalls auf uns zu.

»Ich brauch noch Weißabgleich!«, rief der Kameramann.

Trixie stellte sich neben uns und hielt ihm ein weißes Blatt Papier entgegen.

»Wenn Sie mir nicht augenblicklich sagen, was Sie hier wollen …«, brummte Alfred.

»Keine Aufregung«, unterbrach sie ihn. »Wir sind hier, um Romy zu überraschen.«

»Mich?«, fragte ich völlig verblüfft, und ich spürte, wie sich ein ungutes Gefühl in mir breitmachte.

»Überraschen? Hat das vielleicht etwas mit Teresa zu tun?« Vielleicht stimmte die Story mit Leander ja gar nicht, und sie würde gleich mit ihm und Ina aus dem Wagen steigen. Zuzutrauen wäre es ihr.

»Alle bereit?«, rief Trixie, die gar nicht auf meine Frage eingegangen war.

»Ja«, riefen die beiden Männer.

»Na dann los!«

In diesem Moment kam ein weiterer Mann aus dem Wagen. Er hielt einen Blumenstrauß in der Hand. Als ich ihn erkannte, wich sämtliches Blut aus meinem Gesicht, und meine Beine begannen mit einem Schlag zu zittern.

»Marco«, wollte ich sagen, doch ich bekam keinen Ton heraus.

Er kam auf mich zu. Mit genau dem Lächeln, in das ich mich damals verliebt hatte.

»Romy«, sagte er. »Ich bin hier, um mich bei dir zu entschuldigen.«

Ich hatte in diesem Moment völlig ausgeblendet, dass ein Filmteam um uns herumstand und sich gerade zwei Esel neben mir ineinander verliebten. Es war mir auch egal, dass ich eine alte Hose trug und meine Knie von der Arbeit im Beet dreckig waren. Wie durch Watte hörte ich zuerst Alfred, dann Tommi irgendetwas sagen. Doch ich registrierte einzig und allein Marco, der immer noch so unverschämt gut aussah wie damals. Oder vielleicht sogar noch ein bisschen besser. Er hielt mir die Blumen entgegen, aber ich war wie erstarrt und bewegte mich nicht.

»Ich weiß, dass ich dich jetzt gerade ein wenig überrumple, Romy«, sagte er. »Aber ich hoffe, dass du mir eine Gelegenheit gibst, damit wir in Ruhe miteinander reden können.«

Herakles begann zu iahen, und Uschi fiel freudig mit ein.

Und endlich löste sich auch meine Starre.

»Wer bist du denn?«, fragte Tommi und sah Marco neugierig an.

Marco ging vor ihm in die Hocke.

»Ich bin ...«

»Nein«, fuhr ich ihn an, bevor er weiterreden konnte. »Verschwinde von hier. Auf der Stelle! Komm, wir gehen ins Haus, Tommi.« Ich nahm meinen Sohn an der Hand und zog ihn hinter mir her.

»Und wenn Sie irgendwas von diesen Aufnahmen verwenden, dann zeig ich Sie wegen Hausfriedensbruchs an«, hörte ich Alfred noch sagen, bevor ich mit Tommi im Haus verschwand und nach oben in mein Zimmer ging.

Dort tigerte ich mit wild klopfendem Herzen auf und ab, während Tommi die seltene Gelegenheit nutzen durfte, an meinem Computer ein Jump-and-Run-Spiel zu spielen.

Was zum Teufel will Marco hier?, fragte ich mich ununterbrochen. Und woher wusste er überhaupt, dass ich hier war? Allerdings beantwortete ich mir diese Frage gleich selbst. Auf der Homepage meiner Tanzschule waren sowohl mein Name mit Adresse im Impressum zu finden als auch ein paar Fotos. Die musste er entdeckt haben. Aber diese Seite gab es doch erst seit ein paar Tagen. Und warum war ein Kamerateam dabei? War das etwa irgend so eine Sendung, in der Personen aus der Vergangenheit gesucht und wiedergefunden wurden? Auf keinen Fall würde ich die Erlaubnis dafür erteilen, dass diese Aufnahmen ausgestrahlt werden durften.

»Warum bist du hier?«, murmelte ich. Und dann kam mir ein Gedanke, der mir vor Angst die Kehle zuschnürte. Wollte er mir etwa Tommi wegnehmen? Aber da er nirgends als Vater eingetragen war, hatte er ganz sicherlich nichts dafür in der Hand, versuchte ich mich selbst zu beruhigen. Außerdem hatte er einen Strauß Blumen dabei und irgendetwas von Entschuldigung gesagt.

Es klopfte an der Tür.

»Romy?«

»Komm rein, Alfred.«

Er öffnete die Tür und sah ins Zimmer.

»Sind sie weg?«

»Ja. Aber sie wollen in einer Stunde noch mal kommen und mit dir reden.«

In einer Stunde? Ich sah auf die Uhr. Es war fast fünf. Verdammt! Hannes würde auch bald da sein. Doch den konnte ich hier jetzt nicht auch noch gebrauchen. Rasch tippte ich eine Nachricht, dass das Grillen heute ausfallen musste, und schickte sie ab.

»Ist dieser Mann Marco?«, fragte Alfred leise und sah kurz zu Tommi, der jedoch ganz in sein Spiel vertieft war.

Ich nickte.

»Komm. Wir reden lieber bei mir im Zimmer«, schlug Alfred vor, und ich folgte ihm.

»Ich hab keine Ahnung, was der hier will«, sagte ich aufgelöst, sobald wir in seinem Zimmer waren. In diesem Moment meldete sich mein Handy mit einer Nachricht von Hannes.

ZU SPÄT – STEH SCHON VOR DEM GRILL.

»Hannes ist gerade gekommen«, sagte ich und sah Alfred hilfesuchend an.

»Soll ich ihn wegschicken?«

»Ja. Bitte.«

Alfred ging aus dem Zimmer, und ich spürte, wie Panik mich überfiel. Dieser unerwartete Besuch von Marco, der so viele Gefühle und Erinnerungen aufgewühlt hatte, warf mich völlig aus der Bahn. Plötzlich hörte ich wieder diese leise Stimme. *Siehst du,* sagte sie. *Du hast ein Versprechen gebrochen und musst jetzt die Zeche zahlen.*

Die Tür öffnete sich wieder. Doch Alfred kam nicht allein zurück.

»Romy. Was ist los?«, fragte Hannes besorgt.

»Was los ist?« Ich begann leicht hysterisch zu lachen. »Ich hätte mich niemals auf dich einlassen dürfen«, sagte ich. »Das ist los!«

Betroffen sah Hannes mich an.

»Das war ein riesengroßer Fehler!«

»Romy, du darfst jetzt nicht …«, begann Alfred mahnend.

Doch ich fuhr ihm dazwischen. »Ich hab es dir doch gesagt, Alfred. Aber du wolltest mir ja nicht glauben. Hast mich sogar vom Gegenteil überzeugt. Aber Glück hat seinen Preis. Immer! Ich habe versprochen, dass ich mich auf keinen Mann mehr einlasse, damit es Tommi und mir gutgeht. Das hat die ganze Zeit funktioniert. Und jetzt? Sieh doch nur, was passiert ist, seit Hannes und ich …«

Ich stockte und warf ihm kurz einen Blick zu. »Die Kanalisation kommt. Deine Nichte wirft mir vor, ich würde dich ausnehmen. Die Hochzeit meiner besten Freundin ist gerade geplatzt. Die Waschmaschine ist hinüber. Und jetzt kommt aus heiterem Himmel mein Ex und will mir womöglich …«

»Mami?« Tommi stand plötzlich im Zimmer und sah mich fragend an.

»Tommi, komm, wir schauen nach den Eseln im Stall«, sagte Alfred. »Die soll man eigentlich noch nicht gleich allein lassen. Uschi muss sich schließlich erst noch an uns alle gewöhnen.«

Tommi sah kurz zwischen Alfred und mir hin und her.

Ich bemühte mich, ein Lächeln aufzusetzen.

»Geh ruhig mit, Spatz. Ich hab mich nur über etwas geärgert und muss ein wenig Dampf ablassen«, sagte ich, weil ich ihn nicht direkt anlügen wollte. Kinder spürten genau, wenn etwas nicht stimmte. »Nehmt ein paar Karotten mit, da freuen sich die Esel.«

»Na gut«, sagte Tommi. »Und vielleicht auch einen Apfel?«

»Karotten reichen fürs Erste«, sagte Alfred und ging mit ihm hinaus, nicht ohne mir vorher einen besorgten Blick zuzuwerfen.

»Wenn Marco zurückkommt – ich will ihn nicht sehen«, rief ich Alfred hinterher.

Hannes stand im Zimmer und sah mich fragend an.

»Wieso bin ich plötzlich ein riesengroßer Fehler? Was ist passiert?«, fragte er ruhig. »Und was hat es mit diesem Gerede von wegen ›Glück hat seinen Preis‹ auf sich?«

Erschöpft ließ ich mich aufs Bett sinken.

»Jedes Mal, wenn ich richtig glücklich bin und alles in meinem Leben gut zu laufen scheint, passiert etwas«, sagte ich leise.

Er sagte eine Weile lang nichts, dann setzte er sich neben mich aufs Bett.

»Bedeutet das, dass du mit mir glücklich bist?«, fragte er.

»Sehr«, gab ich leise zu. »Aber scheinbar darf ich das nicht sein.«

»Was genau ist denn passiert, Romy?«

Es war erstaunlich, wie ruhig er blieb.

»Ich hab es doch vorhin schon gesagt. Los ging es mit dem Schreiben der Gemeinde, dass eine Kanalisation geplant ist, die Alfred einen riesigen Batzen Geld kosten wird…«

»Erstens war das schon längst abzusehen. Und zweitens hattest du doch gerade deswegen die Idee mit der Tanzschule in der Scheune«, unterbrach er mich. »Oder nicht?«

»Schon«, gab ich zu.

»Das wäre dann ja durchaus was Gutes, nicht wahr?«

»Ja. Aber das ist ja nur der Anfang. Helga ist total sauer und unterstellt mir, dass ich Alfred nur ausnehmen möchte, sie behauptet sogar, dass ich ein Verhältnis mit ihm habe.«

Er lachte.

»Das ist nicht lustig!«, fuhr ich ihn an.

»Doch. Irgendwie schon. Es sei denn, es ist tatsächlich was dran«, sagte er.

»Natürlich nicht!«

»Siehst du. So, wie ich Helga kenne, ist sie einfach nur übermäßig besorgt und hat etwas falsch verstanden. Aber das ist doch wirklich kein Drama. Das lässt sich alles bei einem Gespräch klären.«

»Die Waschmaschine ist auch kaputt!«

»Hey. Es ist ein Wunder, dass die alte Kiste überhaupt so lange durchgehalten hat.«

»Aber…«

»Und dass deine Freundin sich von einem Typen getrennt hat, der nebenbei Sex mit einer anderen hatte, wirst du dir doch nicht wirklich auf deine Fahnen schreiben wollen?«

Ich zuckte mit den Schultern.

»Womöglich gibst du dir auch noch die Schuld am Klimawandel?«

»Na ja«, begann ich, »so ganz unschuldig bin ich daran nicht. In letzter Zeit fahre ich schon öfter Kurzstrecken mit dem Auto. Wenn ich das vermeiden würde, dann…«

»Romy!«

Er schüttelte den Kopf und grinste.

»Was?«

»Du musst doch selbst merken, dass das alles nichts mit dir zu tun hat.«

»Das mag ja vielleicht sein«, gab ich zu. »Aber wie kommt

es, dass mein Ex wie aus heiterem Himmel hier auftaucht? Ausgerechnet jetzt!«

»Hattest du denn keinen Kontakt mehr zu ihm?«

»Nein. Überhaupt nicht.«

»Hm.«

»Ich hab vor allem Angst, dass er mir vielleicht Tommi wegnehmen möchte.«

»Hat er das denn gesagt?«

»Nur dass er sich entschuldigen möchte. Aber er hat das vor laufender Kamera gemacht.«

»Wie?« Er sah mich verblüfft an.

»Nun, keine Ahnung. Da war ein Filmteam von RLT dabei. Die haben uns total überrumpelt.«

»Du musst mit ihm reden, Romy. Vielleicht hat alles einen ganz harmlosen Grund.«

»Aber ich wollte ihn nie mehr wieder in meinem Leben sehen«, warf ich ein. »Nie mehr!«

»Also bedeutet er dir noch immer etwas«, stellte Hannes fest.

»Nein. Nicht so, wie du vielleicht denkst.« Ich strich meine Haare aus dem Gesicht. »Das verstehst du nicht.«

»Ich würde es aber gern verstehen. Magst du mir erzählen, was damals passiert ist?«

Ich atmete einmal tief durch, dann nickte ich zögerlich.

»Na gut.«

Kapitel 27

1. Mai 2013 in Prien am Chiemsee

»Romy! Pass doch auf!«, fuhr Marco mich an und blieb stehen.
»Du bist total unkonzentriert!«

»Tut mir leid. Können wir eine kleine Pause machen?«, bat
ich ein wenig außer Atem.

»Aber nicht lange. Bald sind die Wettkämpfe. Wir müssen
trainieren.«

Tatsächlich hatten wir nur noch wenige Tage, um für die
Deutschen Meisterschaften in Standard und Latein zu üben.
Und das würde erst der Anfang sein. Denn Marco wollte zukünftig als Profi bei den Turnieren teilnehmen. Schon jetzt
träumte er von den Europameisterschaften und gar Weltmeis-
terschaften in den lateinamerikanischen Tänzen.

Ich strich mir eine verschwitzte Haarsträhne aus der Stirn.

»Entschuldige. Ich wollte dich nicht so anfahren«, sagte er
versöhnlich.

»Schon gut. Ich weiß selbst nicht, was mit mir los ist.«

Wir hatten noch nicht mal eine halbe Stunde trainiert, aber
ich war bereits so erschöpft, als hätten wir einen ganzen Tanzabend hinter uns.

Er ging zur Musikanlage und schaltete sie ab. Die plötzliche Stille im Tanzstudio war eine Wohltat für meinen schmerzenden Kopf.

Ich setzte mich auf eine Bank und holte eine Wasserflasche aus meiner Sporttasche. Durstig nahm ich einen großen Schluck. Marco kam zu mir und sah mich stirnrunzelnd an.

»Ich hoffe, du machst beim Turnier keine solchen Fehler, sonst können wir das vergessen«, sagte er.

»Werde ich nicht«, versprach ich. Normalerweise war ich eine sehr sichere Tänzerin. »Ich fühl mich heute nur so unwohl. Können wir nicht aufhören? Morgen geht es bestimmt wieder besser.«

Er griff nach meiner Hand und zog mich zu sich hoch.

Ich legte meine Arme um seinen Hals und schmiegte mich eng an ihn.

Marco war meine große Liebe. Mit seiner unglaublichen Geduld und Fürsorge hatte er mich nach dem Tod meiner Eltern und Großeltern buchstäblich gerettet. Nur ihm hatte ich es zu verdanken, dass ich mich wieder aufgerappelt hatte und dem Leben nach und nach wieder Freude abgewinnen konnte. Und inzwischen hatte er seinen Traum vom Tanzen auch zu meinem Traum gemacht. Die Tanzschule lief so gut, dass wir sogar noch eine Lehrerin eingestellt hatten, nachdem Marcos Mutter vor einem halben Jahr wegen Hüftproblemen aufhören musste. Und wir planten, noch einen weiteren Tanzlehrer zu engagieren, denn Marco wollte sich zukünftig hauptsächlich dem Turniersport widmen, also brauchten wir mehr Zeit für das Training.

»Ist das nicht ein Traumleben, das wir führen dürfen?«, schwärmte er immer wieder. »Und bald werden wir uns auch auf internationalem Parkett bewegen und viele Reisen machen. Das wird ganz großartig, Süße.«

Für mich waren diese Wettbewerbe zwar eine Herausforderung, an sich aber nicht ganz so wichtig, Hauptsache, ich war mir Marco zusammen. Nur in seiner Nähe hatte ich das Gefühl, wirklich funktionieren zu können. Deswegen hatte ich mich von ihm und seinen Eltern auch gern dazu überreden lassen, nicht zu studieren, sondern eine dreijährige Ausbildung zur Tanzlehrerin zu machen. Und seit einem Jahr war ich nun fest bei meinen zukünftigen Schwiegereltern angestellt.

»Nur noch einmal den Jive«, schmeichelte Marco jetzt an meinem Ohr. »Dann machen wir für heute Schluss, und du ruhst dich aus. Okay?«

»Okay.«

»Und morgen geht es dir bestimmt wieder gut.«

Doch das tat es nicht. Ich fühlte mich noch schlechter als am Tag davor. Und weil ich ein schmerzhaftes Ziehen im Bauch hatte, rief ich bei meiner Gynäkologin an und bat um einen raschen Termin. Zwei Tage später saß ich in ihrem Sprechzimmer, und sie lächelte mich freudig an.

»Ich bin wirklich schwanger?«, fragte ich fast tonlos.

»Ja. Und den Berechnungen nach wird das Baby Anfang Januar zur Welt kommen.«

»Anfang Januar«, murmelte ich. Vielleicht sogar am 4. Januar. Das war der Geburtstag meiner Mutter.

Während die Ärztin den Mutterpass ausfüllte und über richtige Ernährung sprach, spürte ich eine unbändige Freude in mir aufsteigen. Ich würde ein Kind bekommen. Ich würde Mutter werden und zusammen mit Marco eine richtige kleine Familie sein.

»… würde ich Ihnen abraten«, sagte sie.

»Entschuldigung. Ich war kurz in Gedanken. Das ist alles so überwältigend für mich.«

Sie lächelte.

»Das kann ich gut verstehen, Frau Bronner.«

»Könnten Sie das noch mal wiederholen?«

Sie nickte freundlich.

»Also, ich weiß ja, dass Sie berufsmäßig tanzen. Und gegen einen Walzer ist ja auch nichts einzuwenden. Aber was das intensive Training und die Wettkämpfe betrifft, da muss ich Ihnen raten zu pausieren.«

»Dann werde ich die Teilnahme am Turnier am kommenden Wochenende wohl absagen müssen.«

»Letztlich müssen Sie das selbst entscheiden, aber ich sehe es als großes Risiko.«

»Hatte ich deswegen Probleme in den letzten Tagen?«

»Schwer zu sagen, aber es könnte sein. Sie dürfen – und sollen natürlich auch – leichten Sport machen und sich bewegen. Aber Tanzsport mit Sprüngen und der Gefahr eines Sturzes sollten Sie vermeiden.«

»Ich möchte nichts tun, was mein Baby gefährdet«, sagte ich entschlossen.

Auf dem Heimweg war ich so überglücklich, dass ich am liebsten jedem von meiner Schwangerschaft erzählt hätte. In Gedanken ging ich verschiedene Szenarien durch, wie ich es Marco sagen würde. Klar, Kinder waren jetzt eigentlich noch nicht eingeplant, und es konnte sein, dass er zunächst nicht sonderlich begeistert sein würde, dass wir deswegen nicht am Turnier teilnehmen konnten, aber die Freude darüber, ein Baby zu bekommen, würde die Enttäuschung gewiss schnell wettmachen. Schließlich war es kein Weltuntergang, ein Jahr lang auszusetzen.

An diesem Abend kochte ich sein Lieblingsessen, Rotweinrisotto mit gebratener Hühnerbrust, und dekantierte eine Flasche Brunello, den ich extra unterwegs besorgt hatte.

»Hey? Gibt es was zu feiern?«, fragte Marco, als er in die Essküche kam.

»Setz dich doch erst mal«, forderte ich ihn auf und merkte, wie ich langsam doch ein wenig nervös wurde. Vielleicht hätte ich ja kleine Babyschuhe oder einen Strampelanzug kaufen und ihm in einem Päckchen überreichen sollen. Aber irgendwie schien mir das etwas fantasielos. Außerdem war Marco nicht der Typ, der mit solchen Überraschungen etwas anfangen konnte.

Ich legte den Kochlöffel weg, mit dem ich das Risotto umgerührt hatte, und schenkte ihm ein Glas Rotwein ein.

»Essen dauert noch ein paar Minuten«, sagte ich.

»Trinkst du nichts?«, fragte er verwundert, weil er wusste, dass ich zu einem guten Glas Wein nie nein sagte.

Seine Frage war eigentlich schon das Stichwort. Ich nutzte die Gelegenheit.

»Ich darf die nächste Zeit nichts trinken, Marco«, sagte ich mit aufgeregtem Herzklopfen und spürte, wie sich ein Lächeln in mein Gesicht schlich.

»Wie?« Er sah mich verwundert an.

»Na ja…«, sagte ich und legte reflexartig eine Hand auf meinen Bauch. »Es wäre nicht gut für das Baby.«

Er griff nach dem Glas und nahm einen tiefen Schluck. Dann stellte er es wieder ab und sah mich mit einem Blick an, den ich noch nie an ihm gesehen hatte.

»Wie kann es sein, dass du schwanger bist? Du nimmst doch die Pille.« Seine Stimme klang gepresst und etwas höher als normalerweise.

»Ich habe vor ein paar Wochen an einem Abend vergessen, sie einzunehmen. Die Ärztin meinte, dass das vielleicht ...«

»Du hast was ...?«, fuhr er mich an. »... vergessen, die Pille einzunehmen?«

»Es war nur einmal, als diese Tanzschülerin sich das Bein gebrochen hat und ich sie in die Klinik bringen musste. An diesem Tag war so ein Durcheinander«, versuchte ich zu erklären, während ich mich von Sekunde zu Sekunde unbehaglicher fühlte. Das Gespräch nahm eine Richtung, die mir nicht gefiel.

Er trank das Glas leer, schenkte nach, dann sah er mir in die Augen.

»Ich möchte kein Kind«, sagte er betont langsam.

Mein Mund wurde schlagartig trocken. Das konnte er doch nicht so meinen! »Aber Marco, was redest du denn da?«

»Ich möchte kein Kind«, wiederholte er ein wenig lauter.

»Aber du wirst eines bekommen. Wir werden eines bekommen, Marco«, sagte ich und wunderte mich, dass ich überhaupt einen Ton herausbekam. Meine Beine begannen plötzlich zu zittern, und ich ließ mich auf den Stuhl sinken.

»Nicht, wenn du es wegmachen lässt.«

Der Satz hing in der Luft zwischen uns wie ein scharfes Messer.

Am Herd begann die Zeitschaltuhr zu piepen. Doch ich konnte nicht wieder aufstehen.

Marco erhob sich und stellte den Timer ab. Wie ein Echo hallte das Piepen in meinem Kopf nach. Ich musste etwas sagen.

»Ich weiß, das kam jetzt völlig unvorbereitet für dich.« Meine Stimme schien mir kaum zu gehorchen, während ich sprach. »Aber da wächst ein kleiner Mensch in mir, Marco. Unser Kind! Wir müssen darüber reden.«

»Für mich gibt es nichts zu bereden. Sieh zu, dass du so schnell wie möglich einen Termin in einer Klinik machst, gleich nach dem Turnier. Dann hast du Zeit, dich zu erholen, bis wir für die Qualifikation der ...«

»Sag mal, spinnst du?!« Mit der Empörung war meine Stimme zurückgekehrt, und ich wurde lauter. »Ich werde das Kind nicht abtreiben lassen. Es ist unser Baby, Marco. Unser Kind!«, schrie ich jetzt.

»Ja und? Glaubst du wirklich, ich habe Lust auf ein zweites Kind?«, fuhr er mich an.

»Zweites Kind?«

Ich sah ihn irritiert an.

»Damit meine ich dich«, sagte er und deutete mit dem Finger auf mich. »Ich liebe dich, Romy, wirklich. Aber du bist doch selbst noch nicht richtig erwachsen. Manchmal fühle ich mich dir gegenüber so verantwortlich, dass es mir fast die Luft abschnürt. Als deine Eltern starben, war das ein schreckliches Unglück, und ich wollte für dich da sein. Und ich war für dich da. Tag und Nacht, wenn es sein musste. Ich habe so viel von dem zurückgesteckt, was mir wichtig war, weil ich wusste, dass du mich brauchst. Fast ein Jahr lang sind wir nicht ausgegangen. Haben nichts unternommen, was auch nur im Entferntesten Spaß gemacht hätte, weil du dazu nicht in der Lage warst. Es gab nur das Tanzen für mich, und ich war so glücklich, dass ich dich wenigstens dafür begeistern konnte und es dir half, über die schwierige Zeit hinwegzukommen. Du bist ein Talent, Romy. Warst es von der ersten Minute an. Aber ich habe schon immer gespürt, dass dir die echte, tiefe Leidenschaft fehlt. Du tanzt hauptsächlich meinetwegen und nicht weil du unbedingt tanzen willst. Einem Fremden würde das nicht auffallen, aber ich spüre es. Trotzdem hat es immer funktioniert, und deswegen ist es egal gewesen. Und jetzt stehen wir kurz davor, etwas Großartiges zu erreichen. Meine Träume, die ich dir zuliebe zurückgestellt hatte, können sich erfüllen. Und nun sagst du mir, du bist schwanger?« Er lachte trocken auf. »Ich fasse es nicht!«

Ich versuchte, all das, was er mir gerade gesagt hatte, nachzuvollziehen. Aber letztlich kam bei mir nur an, dass er das Kind nicht wollte. Und das war eine Katastrophe! Ich musste ihn davon überzeugen, dass er falschlag. Wir liebten uns doch. Er liebte mich. Das hatte er doch gerade eben zu mir gesagt.

»Bitte, Marco. Das meinst du doch nicht so, oder?«, begann ich mit heiserer Stimme. »Ich habe meine ganze Familie verloren. Nur du bist mir geblieben. Und jetzt bekomme ich ein Baby. Unser Baby. Endlich kann ich selbst wieder eine echte Familie haben. Verstehst du das denn nicht?«

Tränen brannten in meinen Augen, als ich fortfuhr: »Es ist doch nur dieses eine Jahr, das ich aussetzen muss. Ein einziges Jahr! Danach kann ich wieder tanzen. Und wir können zu den Turnieren reisen und alles gewinnen. Wir nehmen das Baby einfach mit, solange es noch klein ist. Und später finden wir auch eine Lösung.«

Doch er schüttelte den Kopf.

»Das Kind wird dir wichtiger sein als das Tanzen, Romy. Und ganz bestimmt wichtiger als ich. Aber ich habe auch meine Wünsche und Ziele. Ich will nicht noch mehr Zeit verlieren! Du musst dich entscheiden.«

In diesem Moment zerbrach etwas in mir. Aus dem Glück und der Freude, die ich noch vor einer Stunde verspürt hatte, war fast so etwas wie Entsetzen darüber geworden, was der Mann, den ich liebte, von mir verlangte. Wenn er nicht verstand, was diese Schwangerschaft für mich bedeutete, dann gab es für uns keine Zukunft mehr.

»Auf keinen Fall werde ich dieses Kind abtreiben«, sagte ich heiser.

Dann stand ich auf und ging zur Tür.

»Das schaffst du niemals allein!«, rief er mir nach.

Ein letztes Mal drehte ich mich zu ihm um.

»Und wie ich das schaffen werde! Ich brauche dich nicht! Dieses Kind ist ganz allein meines!«

Ich ging ins Schlafzimmer und ließ mich nach dem letzten Kraftakt erschöpft aufs Bett sinken. Ich war so schockiert über das, was eben passiert war, dass ich noch nicht einmal weinen konnte. Kurz darauf hörte ich, wie die Wohnungstür ins Schloss fiel. Ich packte zwei Taschen mit Kleidung und den wenigen Erinnerungsstücken, die mir noch von meinen Eltern geblieben waren, dazu noch alle wichtigen Dokumente. Dann legte ich den Wohnungsschlüssel auf den Küchentisch und ging.

Kapitel 28

Hannes hatte mir die ganze Zeit zugehört, ohne mich auch nur einmal zu unterbrechen. Die Erinnerung an die Vergangenheit wühlte mich auf. Aber es tat auch irgendwie gut, mir die Sache von der Seele zu reden, die ich bisher nur einem einzigen Menschen erzählt hatte – und dann auch nur in verkürzter Form: Teresa.

Zärtlich strich mir Hannes eine Haarsträhne hinters Ohr.

»Seitdem hattest du nie wieder mit ihm zu tun?«, fragte er sanft.

Ich schüttelte den Kopf.

»Nein. Ich weiß nur, dass er mit einer neuen Partnerin einige Preise gewonnen hat. Aber der große Durchbruch ist ihm nie gelungen.«

»Es ist beeindruckend, wie du das danach alles alleine geschafft hast«, sagte er, ohne auf Marco einzugehen. »Und jetzt verstehe ich auch endlich deine kleinen Schrullen und warum du so bist, wie du bist. Und das macht dich nur umso liebenswerter.«

»Ich habe Angst, dass wieder etwas kaputtgeht, wenn ich glücklich bin wie jetzt«, begann ich noch mal, ihm zu erklären, was in mir vorging. »So glücklich wie hier auf dem Hof und vor allem mit dir«, setzte ich leiser hinzu.

»Aber siehst du denn nicht, wo dich das alles hingebracht hat, Romy, das Gute und auch das nicht so Gute? Er hat dich genau hierhergeführt. Klar kann immer was passieren. Dann tritt man halt mal in eine Glasscherbe und muss ins Krankenhaus. Aber vielleicht sitzt ja dort im Wartezimmer ein Mensch, der in deinem Leben eine wichtige Rolle spielen wird. Oder auch nicht. Dann behältst du einfach nur eine Narbe, die irgendwann verblasst sein wird. Es kann immer alles möglich sein. Das Entscheidende ist doch die Art und Weise, wie wir mit dem umgehen, was uns passiert. Genau das macht uns aus. Ich verstehe, dass es bei dir besonders schlimm war, als deine Familie umkam. Und dann auch ausgerechnet zu einer Zeit, die eigentlich ein Aufbruch ins Erwachsenenleben hätte sein sollen. Das hat dir den Boden unter den Füßen weggezogen. Natürlich prägt einen das, und bisweilen kann es einen auch aus der Spur werfen. Aber glaubst du denn, dass bei mir immer alles glattlief?«

»Vermutlich nicht«, sagte ich leise, berührt durch seine Worte.

»Du wolltest wissen, warum es zwischen Carmen und mir aus ist, nicht wahr?«

Ich nickte.

»Bei uns war auch eine Schwangerschaft der Grund. Auch wenn wir uns nicht sofort, sondern erst viel später trennten.«

Ich sah, wie seine Unterlippe leicht bebte.

»Es war ein Wunschkind. Für beide von uns. Doch sie hat es in der elften Woche verloren.«

»Oh Hannes …«

Ich sah, wie schwer es ihm fiel, darüber zu sprechen, und griff nach seiner Hand.

»Das tut mir so leid«, sagte ich leise.

Er schluckte.

»Anfangs dachte ich noch, dieser Verlust würde uns mehr zusammenschweißen, aber das Gegenteil war der Fall. Ich weiß nicht, warum, aber wir haben uns danach als Paar immer weiter voneinander entfernt. Und irgendwann wirkte sich das auch auf die Arbeit aus, und es verging kaum ein Tag, an dem wir uns nicht stritten. Bis Carmen einen anderen Mann kennenlernte. Inzwischen frage ich mich, ob wir uns nicht auch mit einem Kind auseinandergelebt hätten.«

»Ich weiß gar nicht, was ich dazu sagen soll«, murmelte ich ein wenig hilflos.

»Was passiert ist, war schlimm. Aber weißt du, Romy, ich kann und will deswegen nicht mein Leben lang auf Glück verzichten. Ich will am Morgen aufwachen und neugierig sein auf den Tag. Egal, was kommt. Und ich will mich über die schönen Dinge freuen.«

Er sah mich mit einem zärtlichen Lächeln an.

»Und du sollst auch nicht auf dein Glück verzichten. Ich weiß, wir kennen uns noch nicht lange, und alles ist frisch, und keiner von uns weiß so wirklich, was genau das ist mit uns beiden. Aber du bist mir wichtig, und ich empfinde für dich etwas, das ich so schon lange nicht mehr gespürt habe. Lass uns doch dieses Risiko eingehen und gemeinsam herausfinden, ob wir auf Dauer zueinanderpassen.«

Ich konnte nur nicken. Hannes nahm mich in den Arm.

Eine Weile lang hielt er mich einfach nur fest umschlungen, und wir redeten nicht. Einerseits fühlte ich mich ziemlich kraftlos, andererseits war ich aber auch voller Hoffnung. Hannes hatte recht. Es konnte immer etwas passieren. Davor war man nie gefeit. Aber es kam darauf an, wie man damit umging. Ich löste mich von ihm.

»Hannes, ich ...«

In diesem Moment klopfte es an der Tür. Gleich darauf kam Alfred mit Tommi herein.

»Marco und diese Trixie vom Sender sind wieder da«, sagte er. »Ich denke, du solltest nach unten kommen und mit ihnen reden.«

Ich nickte.

»Ja. Ich muss das klären.«

»Soll ich hier oben bleiben?«, fragte Hannes.

»Bitte komm mit. Ich könnte moralische Unterstützung gut gebrauchen.«

Als wir nach unten kamen, saßen Marco und Trixie auf der Bank vor dem Haus, und die Zacher Zenta leistete ihnen Gesellschaft. Heute trug sie mal wieder ganz besonders leuchtende Farben. Ein türkisfarbenes Kleid mit goldgelben Herzen und dazu eine riesige Sonnenbrille.

»Ich wollte mir nur schnell ein paar Wachteleier holen«, erklärte sie. »Und da habe ich Bekanntschaft mit eurem Besuch gemacht.«

Sie lächelte mir zu.

»Ich gehe welche für dich holen«, sagte Alfred. »Komm, Tommi.«

Zenta selbst blieb sitzen.

»Hi«, grüßte Hannes die Leute am Tisch. »Ich bin Hannes. Romys Freund.« Dann setzte er sich ebenfalls, während ich stehen blieb.

Marco verzog keine Miene.

»Und ich bin Trixie«, stellte sich ihm die Dame vom Sender vor. »Ich nehme mal an, Sie wissen bereits, wer Marco ist.«

»Yep.«

»Ich möchte gern mit dir reden, Romy. Allein«, sagte Marco.

»Erst will ich wissen, was das hier alles soll«, verlangte ich.

»Das erkläre ich wohl am besten«, flötete Trixie freundlich. »Also. In eineinhalb Wochen werden die Trailer für unsere neue vierteilige Show *Next Dancing Movie-Stars* gesendet. Wir suchen einen Mann und eine Frau, die am Ende als Paar die Hauptrollen in einem Tanzfilm spielen. Marco ist einer der sechs männlichen Kandidaten. Und wir sind hier, um spannendes Material für sein Casting-Video zu bekommen.«

Hannes, die Zacherin und ich sahen Trixie verblüfft an. Ich war auf alles vorbereitet gewesen, aber nicht darauf.

»Aber wieso denn hier?«, fragte ich.

»Wir müssen den Zuschauern etwas Ungewöhnliches bieten. Es reicht nicht, wenn wir Marco nur in seiner Tanzschule filmen oder bei Sprechübungen mit seiner Schauspiellehrerin. Die Leute wollen Emotionen. Echte Gefühle. Das pralle Leben! Und spannende Geschichten.«

Ich sah zu Marco.

»Du hast ihnen von mir erzählt?«, fragte ich ihn ungläubig.

»Wir führen sehr intensive Vorgespräche«, sprach Trixie weiter, ohne Marco zu Wort kommen zu lassen. »Und wir müssen natürlich auch wissen, was für unsere Kandidaten womöglich problematisch werden könnte, wenn es an die Öffentlichkeit gelangt. Eheprobleme, uneheliche Kinder, Drogenkonsum und einiges mehr müssen die Teilnehmer bei der Bewerbung angeben.«

»Das ist alles nur für eine Show?«, fragte ich und war seltsamerweise hauptsächlich erleichtert. Er war also nicht gekommen, um mir meinen Sohn zu nehmen oder mein Leben durcheinanderzubringen.

»Natürlich. Alles für die Show! Und diese Bilder vorhin

waren einfach super! Die große Liebe, von der man sich im Streit getrennt hat. Bauernhof, Esel und der Versuch einer Versöhnung! Jetzt brauchen wir nur noch Aufnahmen mit dem Kleinen. Die Leute werden es lieben, wenn der Vater endlich seinen Sohn in die Arme...«

»Moment!«, rief Marco plötzlich und stand auf. »Das war so nicht vereinbart. Und ich möchte jetzt mit Romy reden. Und zwar alleine.«

Fragend schaute Hannes mich an.

»Schon gut«, sagte ich und spürte, wie mein Herz nervös schneller schlug. Nach fast fünf Jahren würden wir zum ersten Mal wieder miteinander reden.

In diesem Moment kamen Alfred und Tommi mit Hermes über den Hof. Alfred gab der Zacherin einen Karton mit Wachteleiern.

»Reichen die?«

»Locker. Danke, Alfred«, sagte sie, machte aber keine Anstalten aufzustehen.

»Wir haben noch viel mehr Eier von den Wachteln«, sagte Tommi und wandte sich an Trixie. »Möchtest du auch welche haben?«

»Du bist ja süß, Kleiner. Aber gern.«

Tommi nahm Alfred an der Hand. »Komm, wir holen noch welche für die Frau.«

»Wenn du meinst«, brummte Alfred wenig begeistert.

Ich bemerkte, wie Marco seinem Sohn hinterhersah.

»Lass uns ein Stück gehen«, schlug ich vor.

»Und ich mache uns mal Kaffee«, sagte die Zacherin und wollte gerade aufstehen.

»Bleib sitzen, Zenta. Ich mach das schon«, sagte Hannes.

Marco und ich gingen schweigend nebeneinander her zum Feldweg hinter dem Stall.

»Es war falsch hierherzukommen«, sagte Marco schließlich. »Ich wollte das auch gar nicht, aber sie haben mich dazu überredet.«

»Du hast doch noch nie etwas gemacht, das du nicht wolltest«, sagte ich und blieb stehen.

Auch Marco blieb stehen und sah mich an.

»Was hast du Tommi über seinen Vater erzählt?«, fragte er. »Oder denkt er, dieser andere Mann ist sein Papa?«

»Ach, das interessiert dich? Jetzt? Auf einmal?«, wollte ich wissen.

»Romy ... bitte lass uns vernünftig reden.«

Ich fuhr mir angespannt durch die Haare.

»Wie hast du mich gefunden?«, fragte ich, ohne auf seine Frage einzugehen. »Durch die neue Homepage meiner Tanzschule?«

Er schüttelte den Kopf.

»Nein. Die haben wir erst in den letzten Tagen entdeckt. Wir waren zuerst in München. Dein Vermieter dort hat uns die neue Adresse gegeben.«

»Du wusstest, wo ich in München gewohnt habe?«

Er schob seine Hände in die Taschen seiner Jeans.

»Ich wusste immer, wo du bist.«

Ich starrte ihn an. Die ganzen Jahre hatte ich gedacht, dass ihn nicht interessieren würde, wo wir waren und wie es uns ging.

»Und da hast du es nicht für nötig befunden, dich mal blicken zu lassen?« So, wie ich das sagte, fragte ich mich jedoch gleichzeitig, ob ich das überhaupt gewollt hätte. Vermutlich nicht.

Er räusperte sich.

»Ich habe damals von dir verlangt, das Kind abzutreiben. Damit hab ich mir wohl jedes Recht genommen, den Jungen zu sehen.«

»Das hast du allerdings.«

Daraufhin sagte er nichts.

Ich riss einen Grashalm ab und spielte damit.

»Er denkt, sein Papa macht eine lange Weltreise, um neue Länder und Tiere zu entdecken«, sagte ich schließlich.

»Wirklich?«

Ich nickte.

»Fragt er öfter nach seinem Vater? Wann er wiederkommt?«

»Nein. Tut er nicht. Für ihn spielst du einfach keine Rolle.«

Marco schluckte.

»Aber vermutlich wird er irgendwann nicht mehr glauben, dass du auf Reisen bist, und Fragen stellen.«

»Was wirst du ihm dann sagen?«

Ich zuckte mit den Schultern.

»Keine Ahnung.«

»Kommt er gut klar mit diesem Mann?«

»Er heißt Hannes. Und wir sind gerade erst dabei, uns richtig kennenzulernen«, gab ich zu. »Aber Hannes ist besonders. Ich denke, die beiden werden sich mögen.«

»Okay«, sagte er nur.

»Und du willst jetzt also tanzender Schauspieler werden?«, fragte ich.

Er lachte leise.

»Ja. Stell dir vor. Ich wage einen Versuch.«

»Du hast ja schon immer davon geträumt, im Rampenlicht zu stehen.«

»Romy … es tut mir so leid, wie ich mich damals verhalten

habe«, sagte er. »Ich war enttäuscht, überfordert und womöglich auch frustriert, weil mein Traum dabei war zu platzen. Ich weiß, das ist alles keine Entschuldigung, aber vielleicht eine Erklärung für ein Verhalten, die ich mir auch selbst zu geben versucht habe.«

Ich wusste nicht, was ich darauf sagen sollte.

Er räusperte sich.

»Ich bin froh, dass du nicht auf mich gehört hast«, murmelte er.

»Tommi ist das Beste, was mir im Leben passiert ist«, sagte ich stolz. »Ich hatte immer Angst davor, dass du plötzlich vor der Tür stehen und versuchen würdest, ihn mir wegzunehmen.«

»Das hast du mir wirklich zugetraut?«

»Eigentlich nicht. Du warst meine erste große Liebe, Marco. Aber an diesem einen Tag warst du plötzlich wie ausgewechselt. Als ob ein anderer Mann vor mir stehen würde. Ich wusste nicht mehr, wer du bist. Mit einem Mal warst du mir keine Stütze mehr, sondern hast mich alleingelassen.«

»Zu diesem Zeitpunkt wusste ich offenbar selbst nicht mehr genau, wer ich bin«, sagte er.

»Du hast so viel für mich getan. Vielleicht wolltest du an diesem Punkt einfach keine Verantwortung mehr für mich tragen. Nicht für mich und noch weniger für eine Familie.«

»Ich muss gestehen, zuerst war ich erleichtert, als du weg warst, und habe mich ins Training gestürzt. Ich habe recht schnell eine Tanzpartnerin gefunden, die mit mir an den Wettbewerben teilnahm. Aber schon bald hast du mir gefehlt. Beim Tanzen, aber vor allem als meine Freundin.«

»Es hätte nicht funktioniert mit uns«, sagte ich, und ich wusste, dass ich damit recht hatte.

Marco nickte.

»Jeder von uns beiden wollte zu diesem Zeitpunkt etwas völlig anderes. Aber trotzdem tut es mir leid, dass ich mich so verhalten habe. Und ich schäme mich dafür.«

Schweigend gingen wir weiter. Ich spürte, wie etwas von mir abfiel. Ein Druck, von dem ich erst jetzt merkte, dass ich ihn die ganze Zeit gespürt hatte.

»Hast du deinen Eltern damals eigentlich davon erzählt?«, fragte ich plötzlich.

»Nein. Sie hätten mich vermutlich geviertelt, wenn sie gewusst hätten, dass du schwanger warst und ich mich nicht um dich gekümmert habe. Sobald ich zurück bin, muss ich ihnen reinen Wein einschenken.«

»Was hast du ihnen denn gesagt, warum ich plötzlich nicht mehr da war?«

»Sie denken, wir haben uns getrennt, weil ich etwas mit einer anderen Frau hatte.«

»Uschi ...«, murmelte ich.

»Uschi?« Er sah mich verwundert an. »Nein, meine Tanzpartnerin hieß ...«

»Uschi ist ausgebüxt«, unterbrach ich ihn und deutete mit dem Finger hinter ihn. Er drehte sich um. Nicht weit entfernt trottete die Eseldame fröhlich in Richtung Wald.

»Ist das einer der Esel von vorhin?«, fragte er.

»Ja, wir müssen sie einfangen. Schnell!«

Und damit eilte ich ihr auch schon hinterher. Doch das Tier wollte wohl nicht geschnappt werden und begann loszutraben.

»Halt! Uschi! Bleib stehen!«, rief ich. Obwohl ich mir kaum Hoffnungen machte, dass sie auf mich hören würde, geschweige denn wusste, was ich von ihr wollte.

»Ich fang sie!« Es war ein lustiges Bild, wie Marco ihr über die Wiese folgte und sie immer wieder die Richtung wechselte, bevor er sie erwischen konnte.

»Hey, du Biest! Bleib endlich stehen!«, keuchte er.

»Schneller, Marco! Sonst ist sie weg!«, rief ich.

»Ich versuch's ja.«

Und plötzlich musste ich lachen.

Alfred, Tommi, Hannes, die Zacherin und die Fernseh-redakteurin, die offenbar unsere Schreie gehört hatten, kamen vom Hof auf die Wiese.

Während nun alle gemeinsam versuchten, das Tier einzufangen, saß ich in der Wiese und konnte einfach nicht aufhören zu lachen. Es war ein befreiendes Lachen. Und ich fühlte mich auf eine verrückte Art glücklich.

Die Zacherin stellte sich dem Esel mit ausgebreiteten Armen in den Weg.

»Stopp!«

Und das Tier blieb ein paar Meter vor ihr abrupt stehen.

»Ich hab sie!«, rief Marco, der Uschi eingeholt hatte und das Tier am Halfter festhielt.

Er war inzwischen völlig außer Atem. Alfred ging zu ihm und nahm ihm Uschi ab.

»Danke.« Er nickte Marco zu. »Und jetzt komm, mein liebes Fräulein Uschi. Wir gehen zu Herakles in den Stall«, sagte Alfred.

»Verdammt! Jetzt hätten wir die Kamera gebraucht«, schimpfte Trixie. »Das wären tolle Bilder geworden. Die Zuschauer wären total begeistert. Esel kommen immer so gut an.« Sie wandte sich an Alfred. »Können wir das morgen vielleicht noch mal machen, mit der Kamera?«

Alfred schüttelte nur den Kopf und führte Uschi zurück in den Stall, während Trixie neben ihm herstapfte und noch immer auf ihn einredete. Die Zacherin sah zu mir, hob lächelnd den Daumen und machte sich auf den Heimweg. Ein Mensch aus meiner Vergangenheit würde mein Leben aufwirbeln, hatte sie in ihren Karten gelesen. Ich hatte dabei an Teresa gedacht. Mit Marco hätte ich niemals gerechnet. In den nächsten Tagen musste ich doch mal in Ruhe mit ihr sprechen. Auch wenn das alles natürlich nur ein großer Zufall gewesen sein konnte.

Tommi kam zu mir gerannt und warf sich auf mich, so dass wir beide in der Wiese lagen.

»Hey, du Frechdachs«, rief ich und kitzelte ihn.

Kichernd machte er sich von mir los und stand wieder auf.

»Das ist ein lustiger Tag heute«, sagte er grinsend.

»Stimmt. Der Tag ist … wirklich lustig.«

Hannes gesellte sich zu uns und hockte sich neben mich.

»Geht's dir gut?«, fragte er mit besorgtem Blick.

»Ja. Alles ist gut. Wirklich.« Ich griff nach seiner Hand und drückte sie kurz. »Du hattest recht. Es war wichtig, dass wir geredet haben.«

»Das freut mich«, sagte er.

»Danke dir.«

Ich stand auf und winkte Marco, der etwas verloren herumstand, zu uns.

»Tommi«, begann ich und legte meine Hand auf seine Schulter. »Ich möchte dir jemanden vorstellen.« Mein Ton war ganz locker. Ich wollte, dass sich das, was er gleich erfahren würde, ganz harmlos und natürlich anfühlte. Wie er es später einmal bewerten würde, war eine andere Sache, aber das war jetzt noch nicht relevant.

Marco warf mir einen fragenden Blick zu. Ich nickte ihm lächelnd zu. Er ging in die Knie, damit er mit dem Jungen einigermaßen auf Augenhöhe war.

So nah nebeneinander war die Ähnlichkeit zwischen den beiden unübersehbar. Auch ohne es zu wissen, würde jeder sofort erraten, dass es sich bei den beiden um Vater und Sohn handelte.

»Dieser Mann hier heißt Marco, und er ist… weißt du, er ist dein Papa.«

Niemals hätte ich gedacht, dass ich diesen Satz irgendwann zu Tommi sagen würde. Aber es fühlte sich in diesem Moment richtig an.

»Wirklich?«, fragte Tommi ein wenig ungläubig. »Du bist echt mein Papa?«

»Ja. Wirklich«, antwortete Marco. »Und ich freue mich sehr, dass ich dich endlich kennenlernen darf.«

»Soll ich dir die Tiere zeigen?«, fragte mein Kleiner und schien dieser Eröffnung keine weitere Beachtung zu schenken.

»Gern, wenn es deine Mama erlaubt.«

»Geht ruhig«, sagte ich mit belegter Stimme.

»Komm.« Tommi nahm seine Hand und zog ihn mit. »Du musst aber den Wachteln eine Geschichte erzählen, damit sie sich an dich gewöhnen«, sagte er altklug, während sie in Richtung der Voliere gingen. Ich sah ihnen hinterher und wusste nicht, wohin mit all den unterschiedlichen Gefühlen, die in mir tobten.

Plötzlich spürte ich, wie sich ein Arm um meine Schultern legte. Ich lehnte mich an Hannes und schloss die Augen.

»Ich hab genug Fleisch zum Grillen mitgebracht. Was meinst du? Sollen wir? Das würde locker für alle reichen«, sagte Hannes, und ich musste gleichzeitig lachen und weinen, so erleichtert fühlte ich mich in diesem Moment.

Während Alfred den Grill anheizte, zauberte Hannes noch schnell eine große Schüssel Nudelsalat als Beilage. Eine Stunde später saßen wir alle um den Tisch und ließen uns das Essen schmecken. Die Zacherin war mit einer großen Schüssel gemischtem Salat ebenfalls wieder aufgetaucht und unterhielt sich angeregt mit Trixie über ihre Kartenlegerei. Auch die beiden Männer aus dem Filmteam saßen bei uns.

Tommi saß neben Marco und zeigte ihm einen Kartentrick, den Alfred ihm beigebracht hatte.

»Noch ein Stück Fleisch?«, fragte mich Hannes.

»Gern.« Durch die ganze Aufregung hatte ich einen Mordshunger bekommen. Er nahm ein Steak vom Grill und legte es auf meinen Teller.

»Sonst noch wer?«

»Ich«, meldete Marco sich.

Es fühlte sich vollkommen normal an, dass wir hier alle so beisammensaßen.

»Schwein oder Pute?«, wollte Hannes wissen.

»Schwein, bitte.«

»Was passiert denn jetzt eigentlich mit den Aufnahmen, die Sie gemacht haben«, unterbrach Alfred die Unterhaltung der beiden Frauen.

»Die werden nicht verwendet«, warf Marco ein.

Trixie sah ihn entsetzt an.

»Spinnst du? Kein anderer Kandidat hat so tolle Beiträge. Damit bist du auf jeden Fall von Anfang an ein Favorit bei den Zuschauern.«

Doch Marco schüttelte den Kopf.

»Ich will das nicht mehr. Das war eine Schnapsidee. Wir müssen einfach was anderes drehen.«

»Vielleicht wie ich ihm die Karten lege und den Sieg voraussage«, schlug Zenta vor.

Trixie sah sie skeptisch an und schien ernsthaft darüber nachzudenken.

»Ich weiß nicht, ob das so gut ankäme«, sagte sie. »Obwohl es sicher für ordentlich Zündstoff zwischen den Kandidaten sorgen würde. Hm. Aber eher nicht.« Sie wandte sich noch mal an Marco. »Überleg es dir noch mal.«

Doch er schüttelte wieder den Kopf.

»Wenn Tommi nicht von vorn zu sehen und Alfred einverstanden ist, habe ich nichts dagegen, dass ihr einen Teil der Aufnahmen verwendet. Vielleicht kann man das ja so schneiden.«

Verblüfft sahen mich alle an.

»Natürlich kann man das«, sagte Trixie schnell.

»Romy? Willst du das wirklich?«, fragte Marco skeptisch.

»Wir müssen ja nicht den genauen Grund erzählen, warum es damals auseinanderging«, sagte ich etwas leiser mit einem Blick zu Tommi. Ich wollte schließlich nicht, dass er im Fernsehen erfuhr, dass sein Vater damals eine Abtreibung wollte. Wenn Marco und ich uns einig waren, würden wir ihm diese Tatsache überhaupt ersparen.

»Wir biegen alles so hin, dass es für Sie passt«, versprach Trixie rasch und wandte sich dann an Alfred. »Was ist mit Ihnen, Herr Holler? Bekommen wir auch Ihr Okay?«, fragte sie hoffnungsvoll.

Alfred fuhr sich nachdenklich übers Kinn, dann nickte er.

»Na gut. Aber nur unter einer Bedingung.«

»Welche?«

»In dem Beitrag muss erwähnt werden, dass Romy hier auf dem Bauernhof eine Tanzschule eröffnet«, forderte er und zwinkerte mir zu.

Ich musste grinsen. Alfred war einfach großartig! Da über-legte ich die ganze Zeit, wie ich Werbung machen konnte, aber auf die Idee wäre ich nun wirklich nicht gekommen.

Damit würde ich bestimmt genügend Tanzschüler bekommen.

Trixie atmete erleichtert auf.

»Kein Problem. Das lässt sich super für Marcos Geschichte verwenden. Vielleicht können wir es sogar so arrangieren, dass er auch einmal mit Ihnen, der Exfreundin, trainiert.«

»Siehst du«, sagte die Zacherin schmunzelnd. »Bekannt in ganz Deutschland, wenn du es zulässt.«

Ich schüttelte lächelnd den Kopf.

»Wir könnten Sie sogar als zusätzliche Kandidatin nehmen, Romy!«, rief Trixie aufgeregt. »Wie cool wäre das denn? Das würde noch viel mehr Spannung reinbringen.«

»Ich denke nicht, dass das eine gute Idee ist«, wiegelte ich jedoch schnell ab. Marco und ich hatten uns zwar ausgesprochen, und er würde von nun an als Vater von Tommi wieder Teil meines Lebens sein, aber mehr wollte ich nicht. »Man muss es ja nicht übertreiben.«

Ich stand auf und ging zu Hannes, der wieder am Grill stand. »Wenn ich zukünftig mit einem Mann das Tanzen trainiere, dann ist es dieser hier.«

Ich schlang meine Arme um seinen Hals und gab ihm vor allen Leuten einen Kuss.

Ich hörte Tommi kichern und fragte mich kurz, ob das alles nicht zu viel für ihn war. Aber als ich ihn ansah, entdeckte ich nur einen kleinen Jungen, der glücklich strahlte, weil er sich in Gesellschaft von Menschen befand, die ihn mochten.

In diesem Moment fuhr Helgas Wagen in den Hof. Als sie die vielen Leute und den Wagen des Fernsehsenders sah, zögerte sie jedoch mit dem Aussteigen. Ich bemerkte, wie ihr Blick zu mir und Hannes wanderte, der einen Arm um mich gelegt hatte. Alfred war aufgestanden und ging zu ihr. Er öffnete die Wagentür.

»Du kommst gerade recht zum Grillen«, sagte er.

»Ich möchte nicht stören. Eigentlich wollte ich mit dir reden. Aber ich glaube, das hat sich erledigt«, sagte sie und sah wieder zu Hannes und mir.

»Das denke ich aber auch«, meinte Alfred und lächelte. »Jetzt komm schon. Setz dich zu uns. Wir haben einiges zu feiern.«

»Tante Helga!«, rief Tommi freudig und rannte ihr entgegen.

Kapitel 29

Unsere kleine Feier ging noch bis spät in die Nacht. Alfred hatte irgendwann noch den Ouzo geholt, und bis auf den Kameramann, der keinen Alkohol trank, waren am Ende alle einigermaßen beschwipst. Helga und ich hatten ein klärendes Gespräch unter vier Augen geführt.

»Es tut mir leid, Romy«, sagte sie, »aber ich habe mir wirklich Sorgen um Alfred gemacht.«

Wie konnte ich ihr da böse sein?

»Schon vergessen«, sagte ich und schenkte ihr einen weiteren Ouzo ein.

»Und da läuft tatsächlich was zwischen dir und Hannes?«, fragte sie.

»Tja … sieht ganz so aus«, antwortete ich.

»Ich würde mich freuen, dich und Tommi zu unserer Familie zählen zu können«, sagte sie, und wir prosteten uns zu.

Helga wurde später von ihrem Mann abgeholt. Marco und Trixie übernachteten kurzerhand in den Fremdenzimmern. Die Männer vom Filmteam nahm die Zacherin mit nach Hause.

»Ich habe genug Platz für die beiden«, sagte sie und lächelte schelmisch. Was auch immer das zu bedeuten hatte.

»Und du schläfst bei mir«, flüsterte ich Hannes ins Ohr und zog ihn mit nach oben.

Am nächsten Vormittag wurden noch ein paar Szenen auf dem Hof gedreht. Unter anderem wie ich in der Scheune mit einem Tanzschüler – Hannes – übte. Weil wir noch Statisten für den Tanzkurs brauchten, hatte ich Hanna angerufen und gefragt, ob sie Lust hätte mitzumachen.

»Klar!«, antwortete sie begeistert.

»Weißt du zufällig, ob Gabi und Adrian schon von ihrer Hochzeitsreise zurück sind?«

»Leider erst Ende der Woche. Aber ich könnte noch andere Bekannte fragen, ob sie mitmachen wollen, wenn dir das hilft.«

»Wirklich? Das wäre super«, sagte ich. Schließlich sollte es so aussehen, als ob meine Kurse schon jetzt gut besucht waren.

»Haben die denn so spontan Zeit?«

»Einige schon. Ich regle das. Mach dir keine Gedanken. Wir sind in etwa einer Stunde da, passt das?«

»Ja, das wäre toll!«

Trixie war ganz begeistert, als sie hörte, dass ich noch Statisten aufgetrieben hatte.

Und tatsächlich: Keine Stunde später kamen zwei Autos in den Hof gefahren.

»Meinen Mann kennst du ja inzwischen. Und das sind meine Schwiegereltern Luise und Alois, unser Mitarbeiter Willy und seine Frau Lan. Und dann haben wir noch meine Freundin Lene«, stellte sie mir all die Leute vor, die sie mitgebracht hatte. »Leider ist Lenes Mann gerade beruflich bei einem Kongress in Hamburg, aber vielleicht kann ja Alfred mit ihr tanzen.«

Alfred hatte nichts dagegen, mit der hübschen jungen Frau zu tanzen. Ich musste mir ein Lächeln verkneifen, als mir auffiel, wie er krampfhaft vermied, in den tiefen Ausschnitt mit ihrer üppigen Oberweite zu schauen.

»Ich freue mich sehr, dass Sie alle gekommen sind«, sagte ich. »Vielen Dank.«

»Einen Tanzkurs wollte ich schon immer mal machen«, sagte die Frau, die Hanna mir als Lene vorgestellt hatte. Sie war mir auf den ersten Blick sympathisch.

»Falls Sie sich wirklich dafür interessieren, bekommen Sie einen Schnäppchenpreis, weil Sie heute so spontan gekommen sind«, bot ich an.

»Ich werde meinen Mann mal fragen«, sagte sie, »und mich auf jeden Fall melden.«

»Wieso ausgerechnet einen Cha-cha-cha?«, fragte Hannes ein wenig später, während die Kamera in Position gebracht wurde. »Walzer wäre doch viel einfacher.«

»Du wirst sehen, es ist gar nicht so schwierig und macht Spaß.«

»Spaß würde es mir nur machen, wenn wir alleine wären«, flüsterte er.

Ich beugte mich zu ihm. »Ich verspreche dir, du bekommst einen exklusiven Tanzkurs – nur wir beide.«

»Unbekleidet?« Er grinste frech.

Ich verkniff mir ein Lachen.

»Vielleicht. Jetzt konzentrier dich.«

Marco saß neben Tommi auf einem Strohballen und sah uns zu. Die Kamera würde die beiden nur von hinten filmen, damit man Tommis Gesicht nicht sehen konnte.

Trixie rannte geschäftig hin und her, bis alles zu ihrer Zufriedenheit passte.

»Und los geht's«, sagte sie und schaltete die Musik an.

Ich zeigte ihnen zunächst die Schritte und machte es ihnen in einer einfachen Variante vor.

»Vor – rück, seitlich Cha-cha-cha – rück – vor – zur anderen Seite Cha-cha-cha … und wieder vor – rück – Cha-cha-cha – rück – vor – Cha-cha-cha … und schön mit den Hüften wiegen.«

Sie sahen mir aufmerksam zu.

»Und jetzt stellt sich jedes Paar nebeneinander und versucht es zunächst einmal einzeln … Wir fangen alle mit dem rechten Fuß an. Und los geht's. Vor – rück – und jetzt nach rechts – Cha-cha-cha …«

Ich hatte ganz vergessen, wie viel Spaß es mir machte zu unterrichten. Viel mehr, als an Turnieren teilzunehmen. Ich zeigte den Paaren, wie sie die Schritte beim Zusammentanzen umsetzen mussten, und auch wenn es nicht bei allen sofort klappte, so hatten meine Schüler viel zu lachen beim Üben.

Hannes stellte sich recht geschickt an, und da die später gesendete Szene nur einige Sekunden dauern würde, hatten wir auch bald alles im Kasten.

Doch bevor die Leute gingen, kam Marco zu mir.

»Ein letzter gemeinsamer Tanz?«, fragte er.

»Jetzt?«

»Ja.«

»Moment, Moment! Noch nicht abbauen, Leute«, rief Trixie ihrem Team zu, doch ich achtete kaum auf sie.

»Ich bin total eingerostet«, sagte ich. »Besser nicht.«

»Ach komm. Ein Friedenstanz.«

Ich warf einen kurzen Blick zu Hannes. Er nickte mir aufmunternd zu und deutete mit den Lippen einen Kuss an.

»Na gut«, sagte ich zu Marco. »Ein letzter Tanz.«

Er schaltete die Musik ein. Die rhythmischen Klänge von Christina Aguileras *Candyman* ertönten, und Marco griff nach meiner Hand. Ich hatte geahnt, dass er einen Jive auswählen würde. Sein Lieblingstanz. Er lächelte mir zu.

Marco war wirklich ein großartiger Tänzer und verstand es, mich sofort wieder mitzureißen.

»Du hast es immer noch drauf«, lobte er mich, während wir uns bewegten, als ob wir erst gestern zum letzten Mal miteinander getanzt hätten.

Es machte unglaublich viel Spaß, und ich nahm nur am Rande wahr, dass der Kameramann filmte und die Leute um uns herumstanden und begeistert im Takt der Musik klatschten.

Als das Lied schließlich zu Ende war, war ich ein wenig außer Atem. Doch unsere Zuschauer wollten mehr und verlangten eine Zugabe. Marco lächelte mir zu. Und wir taten ihnen den Gefallen.

Zwei Stunden später verabschiedete sich das Filmteam von uns und stieg in den Wagen. Marco war in die Hocke gegangen und redete mit Tommi.

»Wenn du möchtest, komme ich dich bald mal wieder besuchen, Tommi«, sagte er.

»Ja klar«, antwortete mein Sohn freudig. So ganz hatte er wohl noch nicht verstanden, was genau es mit Marco auf sich hatte. Schließlich hatte es in seinem Leben bisher keinen Vater gegeben. »Gehen wir dann wieder zu den Tieren?«

»Wenn du möchtest, oder wir machen mal einen Ausflug,

wenn deine Mama damit einverstanden ist ... bis bald, Kleiner.«

»Tschüss.«

Nach einem kurzen Zögern umarmte Marco seinen Sohn
und strich ihm übers Haar.

Dann stand er auf und wandte sich an mich.

»Danke, Romy. Nicht jede Mutter wäre so verständnisvoll
wie du gewesen.«

»Wir machen alle mal Fehler«, sagte ich versöhnlich. »Das
mit Tommi und dir gehen wir jetzt einfach langsam an. Und
irgendwann soll er auch seine Großeltern kennenlernen.«

Marco griff in seine Jackentasche und holte ein Kuvert
heraus.

»Hier. Das ist für dich und Tommi«, sagte er.

»Was ist das?«

»Die Unterlagen für ein Sparkonto und eine Vollmacht für
dich. Ich habe es vor vier Jahren angelegt und jeden Monat den
Betrag einbezahlt, der dir für Tommi zusteht. Inzwischen ist
eine hübsche kleine Summe zusammengekommen. Verwende
es, für was immer du möchtest. Es werden natürlich weiterhin
regelmäßig Zahlungen auf das Konto gehen.«

»Marco, danke«, sagte ich leise.

»Das ist das Mindeste, was ich tun kann.«

»Vielleicht hätte ich schon eher versuchen sollen, wieder
Kontakt mit dir aufzunehmen«, gab ich zu. »Aber ich wollte
mir beweisen, dass ich es alleine schaffen kann.«

»Und das hast du auch. Und zwar ziemlich gut ...«

»Danke.«

»Also dann, bis bald«, sagte er. Noch eine kurze Umarmung,
und dann stieg er in den Wagen.

Endlich war wieder Ruhe eingekehrt. Tommi lief zu Alfred, der bei den Tieren war, und Hannes bereitete in der Küche für später einen Wurstsalat vor. Caruso strich um seine Beine, und Hannes ließ sich breitschlagen und gab dem Kater ein wenig von der Wurst.

»Sind alle weg?«, fragte er.

»Ja.«

»Und siehst du, es war doch kein Unglück, dass sie aufgetaucht sind.«

»Stimmt. Im Gegenteil. Ich bin so erleichtert, dass Marco und ich uns ausgesprochen haben und dass Tommi jetzt endlich seinen Vater kennengelernt hat.«

»Ich freue mich für dich«, sagte er und schälte eine rote Zwiebel.

»Soll ich dir helfen?«, fragte ich.

»Du hattest heute genug um die Ohren. Setz dich doch einfach und lass mich machen.«

»Nur unter einer Bedingung.«

»Ja?«

»Du gibst mir auf der Stelle einen Kuss.«

»Wenn's unbedingt sein muss«, sagte er und zog mich an sich.

Während er das Essen zubereitete, wählte ich mich in meinen Laptop ein und checkte meine E-Mails.

»Schon wieder eine Anmeldung für den ersten Tanzkurs«, rief ich erfreut. »Und noch zwei Anfragen für andere Termine.«

»Du wirst sehen, das wird toll laufen«, sagte Hannes. »Und wenn sie deine Tanzschule auch noch in der Fernsehshow erwähnen, wirst du dich bald vor Anfragen nicht mehr retten können.«

»Hoffentlich«, sagte ich. »Und dann versuchen wir, in der Scheune regelmäßig Tanzabende zu veranstalten.«

»Bei denen ich koche.«

»Bei denen du kochst. Ganz genau.«

»Übrigens, ich habe mir überlegt, das Apartment in Passau noch eine Weile zu behalten«, sagte er. »Zumindest so lange ...« Er stockte.

»So lange bis was?«, hakte ich nach.

»Na ja. Bis wir herausgefunden haben, ob das mit uns beiden auf Dauer funktioniert.«

»Ich finde deine Wohnung super, so als Rückzugsort nur für uns zwei. Weißt du, da fallen mir ...«

In diesem Moment kamen Alfred und Tommi herein, und ich hörte auf zu reden.

»Auf Uschi müssen wir echt aufpassen. Fast wäre sie schon wieder ausgebüxt«, sagte Alfred.

»Bestimmt muss sie sich erst an das Neue hier gewöhnen«, sagte ich.

»Ja. Hernach gehe ich mit ihr und Herakles ein wenig spazieren.«

»Darf ich da mit?«, fragte Tommi.

»Natürlich.«

»Wenn es dir zu viel wird, Alfred, sag es bitte.«

»Ach was. Tommi und ich kommen gut klar, oder, Kleiner?«

Tommi nickte und gähnte herzhaft.

»Darf ich Fernsehen schauen, Mama?«

Die letzten Tage waren anstrengend gewesen. Auch für ihn, und gestern Abend war er viel länger aufgeblieben als sonst. Dass er erschöpft war, wunderte mich nicht.

»Ja«, erlaubte ich es ihm deswegen. »Geh ins Wohnzimmer und kuschel dich ein wenig aufs Sofa. Ich hole dich dann, wenn wir essen.«

Er nickte und verschwand. Hermes trottete ihm hinterher.

Plötzlich klopfte es an der Tür.

»Ja?«, rief Alfred.

Die Bürgermeisterin von Halling kam herein. Sie trug ein schickes Kostüm und elegante Schuhe mit Absatz.

»Elli?«

»Grüß dich, Alfred.« Dann sah sie in unsere Richtung. »Guten Tag.«

»Hallo«, sagten Hannes und ich gleichzeitig.

»Was willst du denn hier?«, fragte Alfred, und ich bemerkte, dass eine leichte Röte seine Wangen überzog.

»Das ist aber mal eine nette Begrüßung«, sagte sie trocken.

»Mit deinem Besuch habe ich nicht gerechnet.«

»Ich dachte, ich komme persönlich vorbei, um die Nachricht zu überbringen.«

»Geht es um die Bauarbeiten für die Kanalisation?«, fragte Alfred.

»Nein, um die Tanzschule.«

»Was ist denn damit?«, mischte ich mich jetzt ein. Schließlich war das meine Sache.

Die Bürgermeisterin wandte sich zu mir um.

»Frau Bronner. Nach Überprüfung der Faktenlage kann Ihnen die Erlaubnis für ein separates gewerbliches Geschäft hier am Hof vorerst nicht erteilt werden.«

Das durfte nicht wahr sein! Jetzt, wo sich langsam alles zum Guten wendete.

»Welche Faktenlage?«, wollte ich wissen.

»Zum einen geht es um Sicherheitsvorschriften, und außerdem muss noch überprüft werden, ob Sie hier nicht schwarzarbeiten am Hof.«

»Was für ein Unsinn!«, polterte Alfred los. »Romy ist hier nicht schwarz beschäftigt. Sie ist gerade dabei, ihr Leben auf die Reihe zu bringen und sich mit der Tanzschule ein solides Standbein zu schaffen. So etwas sollte man eher fördern, als mit unsinnigen Vorschriften verhindern. Und was die Sicherheit in der Scheune betrifft, die entspricht allen Vorgaben.«

»Ihr habt eine riesige Hochzeitsfeier ohne Genehmigung darin abgehalten«, sagte die Bürgermeisterin.

»Das war eine Privatfeier«, sprang Hannes sofort ein. »Und bei den Lebensmitteln wurden alle Hygienevorschriften erfüllt. Ich bin schließlich Koch und weiß, worauf ich achten muss«, stellte er klar.

Die Bürgermeisterin sah ihn scharf an.

»Sie sind Hannes, nicht wahr? Alfreds Neffe.«

»Genau.«

»Jedenfalls muss hier für das künftige Gewerbe alles gründlich geprüft werden. Und das kann aber mal dauern. Vorher darf hier nichts stattfinden.«

»Aber…«, begann ich empört, doch Alfred unterbrach mich.

»Warum machst du das, Elli?«, fragte er und ging auf die Bürgermeisterin zu.

»Ich will nur, dass alles ordnungsgemäß vonstattengeht«, sagte sie.

»Und nur um mir das zu sagen, kommst du selbst hier vorbei?«, fragte Alfred ungläubig.

»Ich wollte mir das alles mal persönlich vor Ort ansehen.«

»Ich finde, dafür sollten wir einen Besichtigungstermin vereinbaren«, sagte Alfred.

»Wenn ich aber jetzt schon mal hier bin …«

»Tut mir leid. Ohne Termin keine offizielle Besichtigung.«

Ich sah ihr an, dass sie kurz davorstand zu explodieren. Doch sie behielt die Contenance.

»Wie du willst! Dann wirst du ein offizielles Schreiben bekommen«, zischte sie.

»Das will ich aber mal hoffen!«

Hannes und ich warfen uns verwunderte Blicke zu.

»Du hörst von mir«, sagte die Bürgermeisterin und rauschte hinaus.

»Ich bitte darum!«, rief er ihr hinterher.

»Was war das denn jetzt?«, fragte Hannes.

Alfred strich sich durch die Haare.

»Na ja …«, murmelte er ein wenig verlegen.

»Was ist denn zwischen euch vorgefallen?«, fragte ich direkt.

»Ach, das ist eine alte Geschichte.«

»Aber wegen dieser alten Geschichte hat Romy jetzt Probleme mit der Bürgermeisterin! Was ist passiert?«

»Als ich auf dem Speicher nach Sachen für die Fremdenzimmer gesucht habe, habe ich ein Foto gefunden. Darauf warst du zusammen mit einem großen, pummeligen Jungen und einem Mädchen zu sehen. Das war die Bürgermeisterin, oder?«

Er nickte und sah zwischen mir und Hannes hin und her, als würde er überlegen, ob er uns die Sache erzählen konnte.

»Ja. Das war Elli. Und Wolfgang. Mein bester Freund.«

»Diese Geschichte würde ich gerne hören«, sagte ich.

»Ich auch.«

»Na gut, ich komme ja wohl nicht darum herum«, sagte Alfred schließlich.

Kapitel 30

Frühjahr 1967 in Halling

Die Zeit, während Elli bei ihrer Ausbildung in Südtirol war, verging sowohl sehr langsam als auch wieder rasend schnell. Alfred und Elli schrieben sich regelmäßig Briefe, um die Trennung irgendwie zu überbrücken. Und darin tauschten sie sich über alles Mögliche aus. Über ihre Träume, darüber, was sie täglich erlebten und was für eine Zukunft sie sich vorstellten. Auf jeden Fall sollte es eine gemeinsame Zukunft werden. Da waren die beiden sich einig.

Das Abschlussjahr am Gymnasium bedeutete für Alfred und Wolfgang ziemlich viel lernen, und nebenbei musste Alfred auf dem Hof mithelfen. So blieb den beiden Freunden weniger Zeit für gemeinsame Unternehmungen.

Doch endlich hatten sie es geschafft. Beide hatten das Abitur bestanden, Alfred sogar als einer der Jahrgangsbesten. Somit stand seinem Wunsch, Medizin zu studieren, nichts mehr im Weg.

Wolfgangs Notendurchschnitt war eher guter Durchschnitt, und er hatte lange Zeit nicht gewusst, für welchen Berufszweig er sich entscheiden sollte. Schließlich überraschte er alle damit, dass er Jura studieren wollte.

Das alles war jedoch noch Zukunftsmusik. Erst einmal würden die beiden jungen Männer in wenigen Wochen zum Wehrdienst einrücken müssen.

Die Zeit bis dahin war Alfred viel auf dem Hof beschäftigt, außerdem stand noch die Feier des Schulabschlusses aus. Zwei Tage vor Ellis Rückkehr stieg eine Party am Weiher.

»Magst du noch ein Würstchen?«, fragte Vroni, ein Mädchen aus Halling, das mit Alfred und Wolfgang gemeinsam die Grundschule besucht hatte und inzwischen als Metzgereiverkäuferin arbeitete.

»Nein danke«, sagte Alfred.

»Oder Leberkäs?«

»Ich bin schon satt, Vroni, danke.«

Sie lächelte ihn aus ihren hellblauen Augen an.

»Wenn du sonst noch etwas möchtest, dann sag es mir ruhig«, flötete sie aufreizend.

»Mache ich. Aber im Moment bin ich wunschlos glücklich.«

Alfred wusste von einem Freund, dass Vroni schon seit Längerem ein Auge auf ihn geworfen hatte. Er hütete sich davor, sich mehr mit ihr zu befassen, er wollte ihr keine Hoffnungen machen und war auch nicht sonderlich erpicht auf unnötiges Gerede, von dem Elli nach ihrer Rückkehr womöglich erfahren könnte.

An diesem Abend wollte Alfred die Gelegenheit nutzen, mit Wolfgang endlich über Elli zu reden. Eigentlich hatte er das schon damals nach ihrem Kuss tun wollen, doch Elli hatte ihn gebeten, dem gemeinsamen Freund noch nichts zu sagen.

»Vielleicht fühlt er sich dann ausgeschlossen«, hatte sie gesagt. »Außerdem möchte ich, dass das vorerst noch unser Geheimnis bleibt. Meine Eltern dürfen das auf keinen Fall schon jetzt erfahren. Du weißt doch, wie sie sind. Stell dir nur den Riesenärger vor, den wir bekommen, wenn das herauskommt.«

Alfred hatte ihre Besorgnis verstanden. Und auch wenn er sein Glück am liebsten in die ganze Welt hinausposaunt hätte, so gefiel ihm der Gedanke, ein Geheimnis mit Elli zu haben. Schließlich hatte Wolfgang immer noch keine Freundin, und womöglich käme er sich dann wirklich wie ein fünftes Rad am Wagen vor, wenn Alfred und Elli ganz offiziell zusammen wären. Und so lange Elli in Südtirol war, musste er es ja auch nicht unbedingt erfahren. Doch bevor sie wieder zurückkam, wollte Alfred das mit seinem besten Freund geklärt haben. Und inzwischen war es wirklich an der Zeit, er hatte es schon viel zu lange vor sich hergeschoben.

Sie hatten alle bis tief in die Nacht gefeiert, und die meisten Leute waren inzwischen verschwunden. Alfred und Wolfgang hatten ihre Schlafsäcke dabei und wollten am Weiher übernachten.

Alfred legte noch ein Stück Holz ins Lagerfeuer und reichte Wolfgang ein frisches Bier.

»Danke.«

Beide nahmen einen Schluck.

»Nur noch zwei Tage, bis Elli wieder da ist«, murmelte Wolfgang und sah versonnen ins Feuer.

»Ja«, sagte Alfred. Jetzt war wohl der beste Zeitpunkt, Wolfgang endlich reinen Wein einzuschenken. »Ich kann es auch kaum mehr erwarten, sie wiederzusehen.«

»Sobald sie zurück ist, werde ich sie fragen«, sagte Wolfgang, und seine Stimme klang plötzlich aufgeregt.

Alfred sah ihn fragend an.

»Was denn?«

Wolfgang drehte sich so, dass er Alfred direkt in die Augen sah. »Hör zu, Alfred. Ich wollte es dir eigentlich schon längst sagen, aber irgendwie war dafür nie der richtige Zeitpunkt. Aber jetzt, wo Elli bald zurück ist, muss ich es loswerden.«

Während er sprach, bekam Alfred ein mulmiges Gefühl. Wenn Wolfgang jetzt das sagen würde, was er befürchtete, dann hätten sie drei ein großes Problem.

»Erinnerst du dich noch an den Tag, als sie mir neben dem Bus direkt in die Arme fiel?«, fuhr er fort.

Alfred konnte nur nicken.

»In diesem Moment hab ich mich in sie verliebt. Ich weiß, das hört sich total verrückt an, weil wir damals noch so jung waren. Aber schon da wusste ich es. Das konnte kein Zufall gewesen sein. Und am nächsten Tag brachte sie mir dann auch noch das Stück Kuchen. Überhaupt war sie das einzige Mädchen, das mich Dickmops damals ernst nahm. Plötzlich wollte ich nicht mehr so weitermachen. Bevor Elli hier war, war es mir egal, wie dick ich war, wie viel ich in mich hineinfutterte oder dass ich immer fetter wurde. Und dann war sie da, und ich wollte mein Leben verändern. Sie war der Grund, warum ich abnahm. Ich brauchte plötzlich nichts mehr in mich reinzustopfen und hatte Lust, mich zu bewegen.« Seine Augen funkelten im schwachen Glanz des Lagerfeuers.

Alfred wäre ihm am liebsten ins Wort gefallen, wollte ihn anschreien, er solle gefälligst den Mund halten, aber er bekam keinen Ton heraus. Der Alkohol und die Aussicht auf Ellis baldige Rückkehr hatten offenbar Wolfgangs Zunge gelöst, denn er redete sich alles von der Seele.

»Eine Weile lang dachte ich, du würdest ihr vielleicht besser gefallen als ich. Und manchmal war ich deswegen sogar ein wenig eifersüchtig. Ich hoffe, du bist mir nicht böse, wenn ich das so ehrlich sage? Aber das zwischen euch war doch nur Freundschaft. Und Elli und ich haben uns im Lauf der Zeit immer besser verstanden. Als sie sagte, sie würde nach Südtirol gehen, dachte ich zuerst, die Welt würde untergehen. Doch wir haben uns regelmäßig geschrieben. So war es weniger schlimm. Und jetzt ist sie ja bald wieder hier.«

Für Alfred war dieses Geständnis, als ob ihm jemand mit der Faust in den Magen geschlagen hätte. Ihm wurde schlecht. Sie hatten sich Briefe geschrieben?

»Ich liebe sie, Alfred. So sehr, dass ich alles für sie tun würde. Das habe ich ihr noch nicht gesagt, aber wenn sie zurück ist, dann muss ich es tun. Ich muss es ihr sagen. Oder etwa nicht?«

Er strahlte Alfred an, und dieser versuchte irgendwie, ebenfalls ein Lächeln zustande zu bringen.

Glücklicherweise erwartete Wolfgang keine Antwort. Er legte die Hand auf Alfreds Schulter und sah ihn an.

»Seit ich hier in Halling bin, bist du mein bester Freund, Alfred. Du kennst mich sogar besser als meine eigene Mutter. Und du kennst Elli gut. Denkst du, dass sie mich auch liebt?«

»Tut mir leid«, konnte Alfred gerade noch sagen, dann drehte er sich um und erbrach sich ins Gebüsch.

Damit entging er einem weiteren Gespräch in dieser Nacht, und am nächsten Tag fuhr er in aller Frühe mit dem Rad nach Hause, während Wolfgang nichts ahnend weiterschlief.

Alfred war verzweifelt und wusste nicht, was er davon halten sollte. Das Geständnis seines besten Freundes hatte ihm buchstäblich den Boden unter den Füßen weggezogen. Dass Wolfgang Elli liebte, war die eine Katastrophe. Doch es gab noch etwas anderes, das ihn beschäftigte. Er fragte sich inzwischen, ob Elli es tatsächlich ernst mit ihm meinte oder ob sie ein doppeltes Spiel mit ihm und Wolfgang spielte. Nie hatte sie erwähnt, dass sie auch mit Wolfgang in Briefkontakt stand. Genauso wenig wusste vermutlich sein Freund, dass er und Elli sich schrieben. Alfred fühlte sich verraten. Und er wusste keinen Ausweg aus dieser Situation.

Sosehr er die Rückkehr von Elli gestern noch herbeigesehnt hatte, so dringend wünschte er sich jetzt mehr Zeit, um einen klaren Kopf zu bekommen. Doch wie er es auch drehte und wendete, das Ganze konnte nur in einem Desaster enden. Entweder er verlor seinen besten Freund oder seine große Liebe. Im schlimmsten Fall beide.

Als Wolfgang am nächsten Tag bei ihm vorbeikam, schob Alfred vor, seinem Vater helfen zu müssen.

»Schade, ich dachte, wir könnten heute noch etwas zusammen unternehmen«, sagte er.

Alfred zuckte mit den Schultern. »Tut mir leid. Heute klappt's leider nicht.«

»Aber es bleibt bei morgen?«

Sie hatten schon vor Tagen vereinbart, nach Ellis Rückkehr mit ihr zur Fahnenweihfeier zu gehen, die genau an diesem Tag anfing. Es war ein großes Fest in Halling und würde das ganze Wochenende dauern. Bestimmt wäre die Feier ein neutraler Ort in der Öffentlichkeit, bei der Elli es wegen ihren Eltern tunlichst vermeiden würde, ihre Zuneigung zu irgendjemandem zu zeigen. Aber was käme danach? Ihm graute davor.

»Ja. Wir treffen uns am Festplatz«, sagte Alfred.

Er hatte eine schlaflose Nacht und einen schrecklichen Tag hinter sich, als er sich am nächsten Abend auf den Weg machte.

Alfred hatte schweren Herzens eine Entscheidung getroffen.

Sosehr er auch in Elli verliebt war, er konnte die Freundschaft zu Wolfgang nicht aufs Spiel setzen. Außerdem zweifelte er inzwischen tatsächlich daran, dass Elli es ernst mit ihm gemeint hatte. Womöglich war das alles nur ein Spiel für sie. Er würde es beenden. Und er wusste auch schon, wie.

Wolfgang wartete schon seit einer Weile auf dem Festplatz auf Alfred und freute sich sichtlich, als er ihn entdeckte.

»Ich hoffe, sie kommt bald«, sagte er und strich sich nervös die Haare aus der Stirn. »Bitte drück mir die Daumen, dass sie ebenso für mich empfindet wie ich für sie.«

»Wird schon alles gutgehen«, sagte Alfred bemüht freundlich.

Während Wolfgang nach Elli Ausschau hielt, suchte Alfred ebenfalls nach jemandem. Und er wurde fündig.

»Bin gleich wieder da«, sagte Alfred und steuerte auf Vroni zu, die bei einer Freundin stand und sich mit ihr unterhielt. Ihr Dirndl war so eng geschnürt, dass ihre Brüste jeden Moment herauszuspringen drohten. Genau richtig für das, was er vorhatte. Er lud sie auf ein Bier ein, und Vroni nickte mit strahlenden Augen.

»Na dann komm«, sagte er und sah sich nach Wolfgang um, der wegen seiner Größe leicht zu finden war.

Als er Elli entdeckte, die neben ihm stand und sich angeregt mit Wolfgang unterhielt, erstarrte Alfred. Sie war noch viel hübscher geworden, als Alfred sie in Erinnerung hatte. Er fühlte sich schrecklich und hätte sich am liebsten in Luft aufgelöst. Aber er wollte die Sache schnell zu Ende bringen.

Mit Vroni steuerte er auf die beiden zu.

Ellis Augen strahlten, als sie ihn sah.

»Alfred!«, rief sie glücklich.

»Hallo, Elli«, sagte er und wunderte sich, dass seine Stimme ihm überhaupt gehorchte.

»Grüß dich, Elli«, zwitscherte Vroni und drückte sich etwas näher an ihn heran.

Mit leicht irritiertem Blick begrüßte Elli auch sie.

»Du hast doch nichts dagegen, dass Vroni sich uns heute anschließt«, sagte Alfred und legte einen Arm um Vronis Schultern.

»Wie jetzt? Ich wusste ja gar nichts von euch beiden«, sagte Wolfgang verblüfft und grinste. Offenbar schien er froh zu sein, dass Alfred eine Freundin hatte.

Vroni kicherte.

»Manchmal muss man eben Geheimnisse haben«, sagte Alfred und beobachtete Elli, deren Lächeln verschwunden war.

»Kommt, suchen wir uns einen freien Tisch«, schlug Wolfgang vor.

Die nächsten zwei Stunden waren ein Spießrutenlauf für Alfred. Es kostete ihn enorme Überwindung, so zu tun, als ob er sich für Vroni interessierte. Unterdessen bemühte sich Wolfgang um Elli, die jedoch auch eher verkrampft wirkte.

»Ich glaube, für mich ist jetzt Feierabend«, sagte Alfred schließlich, als er es nicht länger aushielt, und stand vom Biertisch auf. »Ich muss morgen früh am Feld helfen.«

Vroni erhob sich ebenfalls.

»Ich geh auch.«

Wolfgang prostete Alfred zu. Offenbar dachte er, dass Alfred ihn mit Elli allein lassen wollte, damit er endlich mir ihr reden konnte.

»Bis morgen, Alfred«, sagte er. »Ich komme am Nachmittag bei dir vorbei.«

»Ja. Bis morgen«, sagte Alfred. Bevor er sich umdrehte und

ging, fing er Ellis Blick auf, der sich direkt in sein Herz bohrte. Und in diesem Moment wusste er, dass er alles falsch gemacht hatte.

Als sie außer Sichtweite der beiden waren, wünschte er Vroni noch einen schönen Abend.

»Du willst wirklich schon heim?« Sie hatte etwas anderes erwartet.

»Ja«, sagte er nur und ging nach Hause.

Am nächsten Morgen weckte ihn seine Mutter.

»Alfred, bitte wach auf!«

Er sah ihrem Gesicht an, dass etwas Schreckliches passiert sein musste.

»Wolfgang…«

»Was ist passiert?«, fragte er und fühlte sich augenblicklich verantwortlich, für was auch immer geschehen war.

»Wolfgang… Er ist tot, Alfred, Wolfgang ist tot«, sagte sie schluchzend. Schließlich war Wolfgang in den vergangenen Jahren hier aus und ein gegangen und fast so etwas wie ein zusätzlicher Sohn gewesen.

»Nein…«, sagte Alfred nur. Das konnte, das durfte nicht wahr sein!

»Er war mit Elli am Schießstand, um ihr Rosen zu schießen, als er auf einmal zusammengesackt ist. Er war auf der Stelle tot. Ein plötzlicher Herztod, heißt es. Den niemand hätte verhindern können… Alfred? Wo willst du denn hin?«, rief sie ihm hinterher, als er aus dem Zimmer eilte und aus dem Haus stürzte. Er rannte die Feldwege so lange entlang, bis seine Lunge brannte und er stolperte und hinfiel. Heulend betrachtete er seine aufgeschlagenen Knie und wünschte sich, diesen Schmerz noch mehr zu spüren als den um seinen verlorenen Freund.

Alfred konnte nicht fassen, dass Wolfgang nicht mehr da sein sollte. Wie konnte er einfach so sterben?, fragte er sich immer wieder. Da er unmittelbar vor seinem Tod Blumen für Elli schießen wollte, ging Alfred davon aus, dass Wolfgang ihr zu diesem Zeitpunkt seine Liebe noch nicht gestanden hatte und er noch voller Hoffnung war. Zumindest wünschte Alfred sich, dass es so war. Die Einzige, die das hätte aufklären können, war Elli.

Doch mit Elli hatte er nach diesem Vorfall einige Jahre lang kein einziges Wort mehr gewechselt. Schon gar nicht über diese Nacht. Drei Jahre später wurde sie die Frau von Uwe Dinkel und führte mit ihm offenbar eine glückliche Ehe. Bis Uwe vor vier Jahren an den Folgen eines Schlaganfalls starb.

Kapitel 31

»Elli war also deine große Liebe?«, fragte ich leise.

Alfred nickte.

»Ja. Das war sie«, antwortete er.

»Du hast ja ein noch größeres Talent für komplizierte Beziehungen als Romy und ich zusammen«, stellte Hannes fest, in dem Versuch, seinen Onkel ein wenig aufzumuntern.

Man sah Alfred an, dass ihn das alles auch nach so vielen Jahren noch immer beschäftigte. Vor allem der Tod seines besten Freundes.

»Habt ihr niemals versucht, euch auszusprechen?«, fragte ich.

Alfred schüttelte den Kopf.

»Es hätte nichts gebracht.«

»Das dachte ich auch immer«, gab ich zu bedenken. »Und jetzt bin ich froh, dass ich mit Marco gesprochen habe.«

»Das ist doch etwas völlig anderes«, sagte Alfred.

»Es ist bei jedem immer was anderes«, sagte Hannes. »Aber ihr müsst das klären.«

»Ich wüsste nicht, wie.«

»Alfred, hier geht es nicht mehr nur um dich, sondern um Romys berufliche Zukunft. Wenn die Bürgermeisterin weiterhin Schwierigkeiten macht, dann kann Romy die Tanzschule womöglich vergessen. Und ich denke, sie macht hauptsächlich Ärger wegen dir.«

»Ja, aber was soll ich denn machen?«, brummte Alfred und ging hinaus.

»Die beiden sollten sich dringend mal aussprechen«, sagte Hannes zu mir.

»Das finde ich auch«, stimmte ich zu. »Aber sie sehen das wohl völlig anders.«

»Hm. Da bin ich mir nicht so ganz sicher, Romy. Warum sollte die Bürgermeisterin extra hierherkommen?«

»Du meinst, sie hat einen Vorwand gesucht, um Alfred zu sehen?«, fragte ich.

»Oder aber sie ist noch immer so sauer auf ihn, dass sie ihm das Leben so schwer wie möglich machen möchte. Meinst du, sie hat damals mit den beiden Freunden wirklich ein doppeltes Spiel gespielt?«

»Hm. Keine Ahnung.«

»Und was machen wir jetzt?«

In diesem Moment klingelte das Telefon im Flur. Da ich nicht wusste, wo Alfred war, ging ich ran.

»Hier bei Holler«, meldete ich mich.

»Gemeindeverwaltung Halling, Erik Altmannseder am Apparat. Kann ich bitte Herrn Alfred Holler sprechen?«

»Tut mir leid, Herr Holler ist gerade nicht hier. Kann ich Ihnen vielleicht helfen?«, bot ich an.

»Es geht um einen Termin für die Besichtigung der Räumlichkeiten durch unsere Bürgermeisterin.«

»Da sind Sie bei mir genau richtig«, sagte ich.

»Schön. Ginge kommenden Freitag, 17.30 Uhr?«

»Der Termin passt super! Ich werde es an Herrn Holler weitergeben. Wiederhören.«

Ich drehte mich zu Hannes um, der hinter mir stand.

»Ich habe eine Idee, wie wir der Bürgermeisterin zeigen, dass hier alles in Ordnung ist, und gleichzeitig versuchen können, dass die beiden Streithähne sich an einen Tisch setzen und alles klären.«

Hannes grinste.

»Ach ja?«

»Alfred hat so viel für mich getan, es ist an der Zeit, mich zu revanchieren«, sagte ich. »Wenn er mich nicht hier aufgenommen hätte, dann weiß ich nicht, wo Tommi und ich inzwischen gelandet wären.«

»Ich verstehe dich. Aber denkst du denn, das wird klappen?«

»Zumindest werde ich es versuchen.«

»Ich hab so das Gefühl, das könnte eine etwas größere Aktion werden. Kann das sein?«

»Könnte sein.«

Und dann weihte ich ihn in meinen Plan ein.

Ich sagte Alfred nichts vom Termin am Freitag. Aber ich überredete ihn, an diesem Tag eine Art Einweihungsfeier für die Tanzschule zu veranstalten.

»Wenn die Bürgermeisterin das erfährt und sich wieder aufregt, dann erklären wir einfach, dass es sich um eine private Feier handelt. Das kann sie dir ja wirklich nicht verbieten«, sagte ich und erzielte dabei genau das, was ich wollte.

»Wir können hier am Hof feiern, so viel wir wollen«, stellte er klar. »Da kann sich die Frau Bürgermeister auf den Kopf stellen.«

»Genau so sehe ich das auch«, sagte ich, erfreut dass mein Plan so gut aufging.

Glücklicherweise hatte Hannes an den meisten Tagen dieser Woche Zeit, um mir bei der Organisation zu helfen. Ich wollte etwas richtig Tolles auf die Beine stellen.

»Am liebsten würde ich ja die Hallinger Buam engagieren«, sagte ich. »Aber die kann ich mir leider nicht leisten.«

»Kommt darauf an, wie du argumentierst«, meinte er.

»Wie meinst du das?«

»Na, du hast doch vor, künftig öfter mal Tanzveranstaltungen zu machen. Dafür könntest du sie doch engagieren. Natürlich gegen Gage. Vielleicht kann man sie ja überreden, bei diesem Fest am Freitag für weniger Geld zu spielen.«

»Gute Idee.«

»Rede doch mal mit der Zacherin. Ihre Tochter Natascha ist mit dem Bandleader verheiratet. Vielleicht kann sie ja vermitteln.«

Es klappte tatsächlich. Die Hallinger Buam erklärten sich sogar dazu bereit, umsonst zu spielen beziehungsweise im Gegenzug für ausreichende Verpflegung. Keine Ahnung, wie die Zacherin sie dazu überreden konnte.

Hannes würde das Catering übernehmen. Doch diesmal sollte es nur ein kaltes Buffet geben, damit er auch mitfeiern konnte. Getränke ließen wir uns über den Brunnenwirt liefern. Bald würde sein Wirtshaus wieder geöffnet werden, und bis dahin war Stefan Wimmer froh um jeden Auftrag.

Ich verschickte Einladungen an all die Menschen, mit denen ich mich seit meiner Ankunft in Halling angefreundet hatte oder die ich an diesem Tag gern dabeihaben wollte. Auch an Teresa und Ina, die inzwischen in Ingolstadt wohnten. Wir hatten in den letzten Tagen immer wieder mal kurz telefoniert, und sie schien sich inzwischen von dem abrupten Ende ihrer Beziehung einigermaßen erholt zu haben.

Die Party sollte bereits um 17 Uhr beginnen, damit die Leute schon da waren, wenn die Bürgermeisterin zur Besichtigung kam.

»Hoffentlich klappt das«, sagte ich zu Hannes, als mir zwischendurch ein wenig mulmig wurde und ich mich fragte, ob ich mich nicht verzettelt hatte.

»Wir ziehen das jetzt einfach durch«, ermunterte er mich. »Wird schon schiefgehen.«

Schließlich war es Freitag. Die Scheune war mit bunten Lampions geschmückt, und auf den Tischen standen kleine Vasen mit Wiesenblumen. Die Musiker hatten bereits aufgebaut und machten gerade den Soundcheck.

»Vielen Dank, dass ihr das macht«, sagte ich zu Benjamin, dem Posaunisten und Bandleader.

»Meine Schwiegermutter hätte uns bestimmt mit einem Voodoo-Fluch belegt, wenn wir uns geweigert hätten«, sagte er und grinste mich an. »Wir sehen das jetzt einfach als eine Bandprobe mit bester Versorgung an.«

»Ihr seid echt toll! Ich hoffe, ich kann euch noch ganz oft engagieren, aber dann natürlich nur gegen ordentliche Bezahlung.«

Nach und nach trafen die Gäste ein, und fast jeder hatte ein kleines Geschenk dabei. Auch Gabi und Adrian waren inzwischen wieder von der Hochzeitsreise zurück. Braun gebrannt und glücklich. Tommi spielte Fangen mit Lexi, die mit ihren Eltern ebenfalls gekommen war. Genau so wie Hanna und ihr Mann und natürlich die Zacherin. Ich hatte auch Willi und

Lan, Hannas Schwiegereltern und ihre Freundin Lene eingeladen, die sich inzwischen mit ihrem Mann, der ebenfalls heute dabei war, zu einem Kurs bei mir angemeldet hatte. Und auch das Team des Brunnenwirtes war komplett gekommen. Nur Teresa und Ina fehlten noch.

»Wo ist eigentlich Alfred?«, fragte ich Hannes, da ich ihn schon seit einer Weile nicht mehr gesehen hatte.

»Keine Ahnung, der ist vorhin ins Haus verschwunden.«

»Hoffentlich kommt er bald.«

»Bestimmt.«

Nervös schaute ich auf die Uhr. Nur noch wenige Minuten, bis die Bürgermeisterin eintreffen würde.

»Bleib du bitte hier«, sagte ich. »Ich halte draußen Ausschau nach der Bürgermeisterin.«

»Ich denke, das hat sich erledigt«, murmelte Hannes. »Sie ist schon da.«

Ich drehte mich um, und da stand sie tatsächlich. Falls sie überrascht war, ließ sie es sich nicht anmerken. Sie war ganz das Gemeindeoberhaupt und gab sich keine Blöße, sondern tat so, als ob sie mit der Feier hier gerechnet hätte.

»Frau Bronner«, sagte sie und kam auf mich zu.

»Guten Tag, Frau Bürgermeister«, begrüßte ich sie. »Schön, dass Sie zu unserer kleinen Feier kommen konnten.«

Sie sagte nichts und lächelte nur. Doch ihre Augen sprühten Funken.

»Ein Gläschen Prosecco?«

»Nein danke. Und glauben Sie mir, das wird aber mal Konsequenzen haben«, zischte sie mir leise zu.

In diesem Moment begann die Band zu spielen, und durch das Tor kam ein Mann herein, den ich auf den ersten Blick gar nicht erkannte. Es war Alfred in einem dunklen schicken

Anzug, mit nach hinten gekämmten Haaren. Er sah großartig aus.

Als er Elli entdeckte, ging er auf sie zu.

»Darf ich bitten, Elli?«, fragte er höflich.

Sie sah ihn einige Sekunden lang nur an.

»Ich glaube, das ist keine gute Idee.«

»Oh doch«, sagte Alfred bestimmt. »Das ist die beste Idee seit Langem! Jetzt komm schon.«

Und zu unser aller Überraschung nahm sie seine Hand und ging mit ihm auf die Tanzfläche.

»Du hast es ihm verraten«, sagte ich zu Hannes.

»Ja klar. Ich konnte ihn doch nicht einfach so ins offene Messer laufen lassen«, gab er zu.

»Es wäre schön, wenn die beiden ausräumen könnten, was damals schiefgelaufen ist«, sagte ich hoffnungsvoll.

»Wenn, dann ist es dein Verdienst.«

»Unserer … und jetzt komm.«

Ich griff nach seiner Hand und zog ihn ebenfalls auf die Tanzfläche.

»So dumm stellst du dich eigentlich gar nicht an«, lobte ich Hannes.

»Ich lerne eben schnell«, antwortete er mit breitem Lächeln.

Während wir tanzten, beobachteten wir Alfred und Elli. Zunächst setzte sie noch eine ziemlich ernste Miene auf. Doch nach und nach entspannten sich ihre Gesichtszüge.

»Ich glaube, es funktioniert«, sagte Hannes und zwinkerte mir zu.

Wie abgemacht hörte die Band nach drei Liedern auf zu spielen. Jetzt sollte ich zur offiziellen Begrüßung etwas sagen. Doch gerade als ich das Mikrofon in die Hand nehmen wollte, rief eine laute Stimme: »Romy!«

Ich drehte mich zum Scheunentor um und sah ein kleines Mädchen auf mich zuflitzen, das sich mir in die Arme stürzte.

»Ina, meine Süße«, sagte ich und drückte das Kind ganz fest an mich. Als Tommi sie und Teresa bemerkte, war er ganz aus dem Häuschen und kam ebenfalls angelaufen.

»Na du?«, sagte meine beste Freundin, nachdem sie meinen Sohn gebührend begrüßt hatte. Und dann umarmten wir uns fest.

»Schön, dass du da bist«, sagte ich glücklich zu Teresa. »Du hast mir sehr gefehlt.«

»Du mir auch.«

Ich freute mich sehr, dass die beiden das Wochenende über bleiben würden. Wir hatten uns viel zu erzählen, und die Kinder konnten endlich wieder Zeit miteinander verbringen.

»Und das also ist Hannes?«, fragte sie.

»Das ist er.«

Sie nickte mir anerkennend zu.

»Wir reden später, ja?«

»Klar.«

Ich griff wieder zum Mikrofon und startete einen zweiten Versuch.

»Liebe Gäste, ich möchte mich herzlich bedanken, dass ihr heute alle gekommen seid. Ich werde jetzt auch keine lange Rede schwingen, sondern nur so viel sagen, dass ich froh und dankbar bin, mit meinem Sohn hierher nach Halling gekommen zu sein. Vor allem möchte ich Alfred danken, der uns aufgenommen hat. Ich habe hier eine neue Familie gefunden.« Ich nickte ihm zu, und als ich sah, wie er sich mit dem Zeigefinger für andere unauffällig auf die Nase tippte, schossen mir Tränen in die Augen. Ich räusperte mich und tupfte ebenfalls kurz auf meine Nase.

»So, und nun lasst uns feiern und den Abend genießen.«

Die Musik begann wieder zu spielen, und die Leute gingen auf die Tanzfläche.

Nach einer Weile bemerkte ich, dass Alfred und Elli verschwunden waren. Was ich jedoch als gutes Zeichen erachtete.

»Leihst du mir deinen Freund mal für einen Tanz?«, bat Teresa. »Ich will ausloten, ob er der Richtige ist für dich.«

»Aber klar doch. Hauptsache, du bringst ihn mir wieder unbeschadet zurück.«

»Theoretisch habe ich das schon vor, ob es praktisch klappt, weiß ich allerdings nicht. Es könnte nämlich durchaus sein, dass ich ihm auf die Zehen trete. Du weißt ja, dass ich nicht tanzen kann.«

»Das werde ich dir schon noch beibringen«, versprach ich. »Jetzt geht schon.«

Ich holte mir ein Glas Prosecco und beobachtete die Gäste, von denen mir die meisten inzwischen sehr ans Herz gewachsen waren.

Plötzlich tippte mir jemand auf die Schulter. Ich drehte mich um. Die Zacherin stand mit einer umgedrehten Karte in der Hand hinter mir.

»Weißt du noch, als ich dir das erste Mal eine Karte zog und du sie nicht sehen wolltest?«, fragte sie mich.

»Oh ja.« Daran erinnerte ich mich nur allzu gut.

»Möchtest du jetzt wissen, was es war?«

»Ja.«

Sie drehte die Karte um.

»Das Schicksalsrad oder Glücksrad, wie man es auch nennt«,

erklärte sie. »Und wenn du mich hoffentlich bald besuchst, dann erzähle ich dir, was es damit auf sich hat.«

Ich lächelte.

»Das werde ich.«

Ich sah Alfred und Elli wieder hereinkommen. Sie steuerten auf mich zu.

»Elli wird die Genehmigung erteilen«, sagte Alfred mit einem Lächeln, wie ich es noch nie an ihm gesehen hatte.

»Da habe ich aber mal ein Auge zugedrückt. Und jetzt hole ich mir ein Glas Prosecco«, sagte die Bürgermeisterin und ging zum Tisch mit den Getränken.

»Ist alles gut?«, fragte ich Alfred.

»Ja. Eigentlich wussten wir beide die ganze Zeit, dass wir uns damals falsch verhalten hatten. Aber wir fanden irgendwie keinen Weg, es zu klären. Natürlich haben wir in der kurzen Zeit noch lange nicht über alles geredet, aber zumindest weiß ich jetzt, dass sie nie ein falsches Spiel gespielt hat. Sie hat die ganze Zeit freundschaftlichen Kontakt zu Wolfgang gehabt, war aber nur in mich verliebt. Gott sei Dank starb Wolfgang, bevor sie ihm das sagen konnte. Er war so aufgeregt und glücklich an diesem Tag …«

Alfred schluckte.

»Im Leben passieren immer wieder schlimme, aber auch viele wunderbare Dinge, weißt du noch?«, sagte ich den Satz zu ihm, den er mir beim Tanz auf der Wiese ans Herz gelegt hatte.

Er lächelte.

»Vielleicht machen wir es ja diesmal besser.«

»Das wünsche ich euch.«

»Danke, Romy.«

»Danke, Alfred.«

Die Band stimmte ein neues Lied an. Den Queen-Song *Somebody to Love*.

Alfred nahm mich an der Hand und zog mich zur Tanzfläche.

»Willst du nicht lieber mit Elli tanzen?«, fragte ich.

»Nein. Das ist jetzt unser Walzer, Romy.«

Epilog

Vier Monate später

Schon seit jeher liebe ich den Duft am Morgen, wenn der Sommer sich dem Ende zuneigt und sich die sanften Nebelschwaden am Boden nach und nach in den ersten Strahlen der Sonne auflösen.

Tommi und ich spazierten mit Hermes an der Leine über die Feldwege. Heute war der erste Tag im neuen Kindergartenjahr, und mein Sohn konnte es kaum mehr erwarten, seine Freunde nach den Sommerferien endlich wiederzusehen. Es hatte mit einem Ganztagsplatz geklappt, und Tommi war überglücklich, nun endlich in derselben Gruppe wie Lexi zu sein. Deswegen war ihm auch der Abschied von Ina und Teresa nicht ganz so schwergefallen, die die letzte Ferienwoche bei uns auf dem Hof verbracht hatten.

»Ich kann Lexi gern heute Nachmittag mit nach Hause nehmen, dann kannst du sie später bei uns abholen«, bot ich Helga an, als wir uns vor dem Eingang trafen. Sie war schon etwas in Eile, um nicht zu spät in die Steuerkanzlei zu kommen.

»Danke, Romy. Dafür kann Tommi am Samstag bei uns übernachten, wenn bei euch Tanzabend ist.«

»Super.«

»Hast du schon was von Alfred gehört?«

Ich schüttelte den Kopf.

»Nein. Noch nicht.«

»Sagst du mir Bescheid, wenn er sich meldet?«

»Klar. Bis später.«

Sobald ich meinen Sohn abgeliefert hatte, erledigte ich noch ein paar kleine Einkäufe in Halling und spazierte dann gemütlich wieder zurück. Als ich am Haus der Zacherin vorbeikam, winkte sie mir mit einer Zigarette in der Hand aus dem Garten fröhlich zu.

Nachdem ich am Hof alle Tiere gefüttert und die Wachteleier eingesammelt hatte, sprang ich kurz unter die Dusche. Dann setzte ich mich an meinen Laptop und überflog rasch den Posteingang. Drei weitere Anmeldungen für einen Tanzkurs, der in zwei Monaten stattfinden würde. Vorher war bereits alles ausgebucht. Nachdem die Sendung *Next Dancing Movie-Stars* so erfolgreich angelaufen und meine Tanzschule erwähnt worden war, konnte ich mich eine Zeitlang kaum mehr vor Anfragen retten. Inzwischen war der erste Hype vorüber, aber die Kurse waren immer noch sehr gefragt. Marco hatte es zwar bis ins Finale geschafft, doch am Ende bekam ein anderer die begehrte Tanzrolle. Er war etwas enttäuscht, aber auch seine Tanzschule brummte danach.

Wir hatten es langsam angehen lassen, doch inzwischen verbrachte Tommi einmal im Monat ein Wochenende bei seinem Vater und den Großeltern, die total vernarrt in ihren einzigen Enkelsohn waren.

Mein Handy meldete eine WhatsApp-Nachricht von Hannes: *Beeil dich, Süße.*

Ich lächelte und tippte: *Ich mach mich gleich auf den Weg. Kuss.*

Nachdem ich noch rasch eine letzte Mail geschrieben hatte, schaltete ich den Computer aus und griff nach der Badetasche, die ich bereits gepackt hatte. Für heute war einer der wenigen noch richtig warmen Tage in diesem Jahr vorhergesagt, und Hannes und ich wollten ein paar Stunden am Weiher verbringen.

»Komm, Hermes!«, rief ich und ging mit dem Hund in Richtung Scheune.

»Achtung!«

Ferdinand kam auf seinem Fahrrad in den Hof geschossen und hätte mich fast überfahren.

»Hey!«, rief ich erschrocken.

»'tschuldigung«, murmelte er und reichte mir die Post. Gleich darauf düste er auch schon wieder vom Hof.

Ich schaute den Stapel kurz durch und entdeckte eine Postkarte mit dem Motiv der Akropolis. Lächelnd drehte ich die Karte um und las:

»Liebe Romy, so eine Mittelmeerkreuzfahrt ist eine tolle Sache – vorausgesetzt, man wird nicht seekrank. Glücklicherweise gibt es hier einen ausgezeichneten Ouzo, und Elli hat sich als gute Krankenpflegerin herausgestellt. Es wird von Tag zu Tag besser. Pass gut auf dich auf, bis ich wiederkomme, und grüße alle recht herzlich von mir. Dein Alfred.

PS: Die Sterne über dem Meer leuchten nur fast so schön wie über Halling.«

Ende

Mein Dank gebührt all den Menschen, die es durch ihr Engagement, ihr Vertrauen in mich und ihre Mitwirkung möglich machen, dass ich meine Geschichten aufs Papier bringen darf – oder mir in sonstiger Weise mit Rat und Tat zur Seite stehen.

In alphabetischer Reihenfolge möchte ich besonders erwähnen:

Alexandra Baisch

Angela Ascher

Anna-Lisa Hollerbach

Armin Weltersbach

Berit Böhm

Carolin Apfelbeck

Christian Lex

Christina Gattys

Eléonore Delair

Elfriede Abstreiter

Elias Rex

Felix Schwarzhuber

Franka Zastrow

Johannes Wiebel

Katharina Schleicher

Nicola Bartels

Und wie immer gilt ein ganz besonders herzlicher Dank meinen Leserinnen und Lesern. Ich freue mich immer sehr über eure Rückmeldungen.

Rezepte aus dem Roman

Cannelloni mit Ricotta-Spinat-Füllung

*(Rezept für ca. 4–5 Personen
von Felix Schwarzhuber)*

Zutaten:

250 g Cannelloni
Mehrere Esslöffel frisch geriebener Parmesan
oder Grana Padano zum Überbacken

Füllung:
250 g Spinat oder Mangold
40 g Walnüsse
2 Schalotten

Semmelbrösel
1 Knoblauchzehe
250 g Ricotta oder 250 g Topfen Doppelrahm
200 g Schmand oder 200 g Hüttenkäse
1 Ei
Olivenöl, Zucker, Salz, Pfeffer

Tomatensugo:
1 Dose Tomaten stückig
1-2 EL Tomatenmark
2 Tomaten
2 Schalotten
1 Knoblauchzehe
1 Rosmarinzweig
1 »Dose« Wasser
Zucker, Salz, Pfeffer, Olivenöl, Chili

Béchamelsauce:
1 Rosmarinzweig
50 g Butter
3 EL Mehl
100 ml Weißwein
400 ml Milch
Salz und Pfeffer

Zubereitung:
Für das Tomatensugo die Schalotten fein würfeln und in Olivenöl und etwas Zucker mitsamt dem frischen Rosmarin langsam anschwitzen. Anschließend den geschälten Knoblauch fein
hacken und mit dem Tomatenmark zu den Zwiebeln geben.
Alles noch anschwitzen (wenn zu trocken, einfach noch einen

Schuss Olivenöl dazugeben). Die frischen Tomaten grob würfeln und mit den Dosentomaten zu den Zwiebeln geben. Die leere Dose mit warmem Leitungswasser auffüllen und in den Topf geben. Das Ganze mit Salz, Pfeffer und nach Bedarf mit Chilipulver abschmecken und ca. 30 Minuten bei geschlossenem Deckel auf niedriger Stufe köcheln lassen.

Für die Béchamelsauce 50 g Butter auf mittlerer Stufe schmelzen und 2-3 EL Mehl dazugeben und schnell verrühren. Dazu etwas frischen Rosmarin geben und mit 400 ml Milch und 100 ml Weißwein (am besten halbtrocken) aufgießen. Unter ständigem Rühren bei mittlerer Hitze köcheln lassen, bis die Sauce leicht angedickt ist. Mit Salz und reichlich Pfeffer würzen. Anschließend sofort von der Hitze nehmen und zur Seite stellen.

Für die Füllung den Spinat mitsamt den sehr fein gehackten Schalotten und Knoblauch in Olivenöl anschwitzen, bis die Flüssigkeit verdampft ist. Die Walnüsse grob hacken und dazugeben und noch kurz mit anbraten. Salz und Pfeffer dazu. Anschließend kurz zur Seite stellen, damit der Spinat etwas abkühlen kann. Anstatt des Spinates eignet sich auch frischer Mangold, dieser muss aber vor dem Anbraten noch ca. 3 Minuten in Salzwasser blanchiert werden, um die Bitterstoffe zu entfernen. In einer Schüssel Ricotta, Schmand und das Ei gut verrühren und die Spinat-Nuss-Mischung dazugeben. Die Masse mit ein paar Esslöffeln Semmelbrösel so weit andicken, bis sie nicht mehr zu flüssig ist und nicht mehr verläuft. Die ungekochten Cannelloni mit der Masse füllen (nicht ganz voll).

Eine große Auflaufform (am besten so groß, dass alle Cannelloni in einer Lage reinpassen) mit dem zuvor noch mal abgeschmeckten Tomatensugo füllen. Die gefüllten Cannelloni nebeneinander auf das Sugo setzen. Anschließend alles mit der Béchamelsauce komplett übergießen und Parmesan darüber reiben.

Backzeit: ca. 50 Minuten bei 200° Ober- und Unterhitze

Die Zubereitung dieses Gerichtes erfordert schon ein wenig Zeit, aber für mich sind es die besten Cannelloni, die ich außerhalb Italiens je gegessen habe. Vielen Dank an meinen Sohn Felix, der dieses wunderbare Rezept zur Verfügung gestellt hat.

Tante Helgas Rohrnudeln

Zutaten für den Teig:

500 g gesiebtes Mehl
125 g Milch
100 g Sahne
30 g Hefe
50 g zerlassene Butter
80 g Zucker
2 Eier

Füllung:

Zwetschgen (oder Zwetschgenmus) oder Aprikosen

Zuckerstückchen

Zimt

Guss zum Überbacken:

100 g Sahne

100 g Milch

1 Päckchen Vanillezucker

1-2 Esslöffel Zucker zum Bestreuen der Rohrnudeln

30 g Butter zum Fetten der Form

Zubereitung:

Mehl in eine Schüssel geben und eine leichte Mulde in die Mitte drücken.

Milch und Sahne leicht erwärmen und mit 1 Esslöffel Zucker und der zerbröselten Hefe in die Mulde geben. Mit etwas Mehl einen Vorteig machen. Diesen ca. 30 Minuten abgedeckt an einem warmen Ort gehen lassen. Dann die restlichen Zutaten dazugeben und zu einem geschmeidigen Teig kneten. Ca. 45 Minuten gehen lassen. Den Teig danach noch einmal gut durchkneten und 10-12 kleine Bällchen daraus formen. Auf einer bemehlten Arbeitsfläche abgedeckt weitere 15 Minuten ruhen lassen.

Inzwischen die Zwetschgen auf einer Seite aufschneiden und den Kern entfernen (wer mag, kann auch vorsichtig die Haut abziehen). Je ein Stück Würfelzucker und Zimt in die Zwetschge geben und wieder zusammensetzen. Man kann auch Zwetschgenmus nehmen oder ganz auf eine Füllung verzichten.

Teigbällchen mit Zwetschgen füllen und gut verschließen. Dann die Teigbällchen in eine große gebutterte Auflaufform/ Bratraine setzen, so dass jeweils ein kleiner Zwischenraum zwischen den Bällchen ist.

In den auf ca. 180 Grad vorgeheizten Backofen geben.

Währenddessen Milch und Sahne mit dem Vanillezucker für den Guss leicht erwärmen. Das Gemisch nach ca. 15 Minuten Backzeit vorsichtig über die Rohrnudeln gießen. Danach Zucker darüber streuen und wieder zurück in den Ofen schieben. Den Ofen nach insgesamt 30 Minuten (wenn das Sahnegemisch von den Rohrnudeln aufgesaugt ist) ausschalten und die Rohrnudeln noch ca. 5 Minuten darin stehen lassen.

Besonders gut schmecken die Rohrnudeln warm mit Vanillesoße oder Vanilleeis. Aber man kann sie auch einfach so genießen.

Hannes' saures Kartoffelgemüse (Nach einem Rezept meiner Oma Anna)

Zutaten:

1 Kilo gekochte Kartoffeln
1 Zwiebel
40-50 g Butter
1 Esslöffel Mehl
2-3 Schöpflöffel Brühe (Rind oder Gemüse)
2 Esslöffel Zucker
2-3 Esslöffel Essig
Salz
Pfeffer
Petersilie

Zubereitung:
Kartoffeln mit der Schale in Salzwasser (oder Kartoffeldämpfer) kochen und etwas abkühlen lassen. Man kann auch welche vom Vortag nehmen.

Inzwischen die fein gehackte Zwiebel in etwa 40-50 g Butter glasig andünsten. Dann das Mehl dazugeben und ganz kurz gut umrühren. Achtung, nicht braun werden lassen! Mit heißer Rindfleisch- oder Gemüsebrühe aufgießen und rasch gut verrühren. Zucker, Salz, Essig, Pfeffer dazu und kurz unter ständigem Umrühren köcheln lassen. Die geschälten Kartoffeln in unterschiedlich dicke Scheiben (oder in Würfel) schneiden und ebenfalls dazugeben. Vorsichtig umrühren und noch etwas ziehen lassen. Eventuell noch mal mit Salz, Zucker und Essig abschmecken. Am Ende viel frische Petersilie dazu.

Das saure Kartoffelgemüse schmeckt am besten als Beilage zu gekochtem Rindfleisch, passt aber auch zu gebratenem Fisch, Würsten oder anderen Fleischgerichten.

Hauberlinge

Zutaten:

250 g Roggenmehl
250 g Weizenmehl
20 g frische Hefe
1 TL Zucker
1 TL Salz
Pfeffer
ca. 400 ml dunkles Bier (zimmerwarm)
1 Ei
2 EL gehackter Schnittlauch
½-1 TL gemahlener Kümmel
Pflanzenfett zum Ausbacken

Zubereitung:

Roggenmehl und Weizenmehl gut vermischen und in die Mitte eine Mulde drücken. Zucker und Hefe hineingeben und mit ca. 150-200 ml Bier aufgießen. Mit einem kleinen Teil des Mehls zu einem Vorteig verrühren und ca. 20 Minuten abgedeckt an einem warmen Platz gehen lassen. Dann restliches Bier, Salz, Kümmel, Ei, etwas Pfeffer und Schnittlauch dazugeben und zu einem glatten Teig verrühren. 20-30 Minuten abgedeckt im Warmen gehen lassen.

In einer Pfanne ca. 2 Fingerbreit Öl erhitzen. Mit Hilfe von zwei Teelöffeln Teig ausstechen und in das heiße Fett geben. Langsam auf jeder Seite goldbraun ausbacken wie kleine Krapfen. Danach auf ein Küchentuch zum Abtropfen geben.

Hauberlinge sind eine herzhafte Beilage zu Gerichten mit Soße, können aber auch so gegessen werden, z.B. mit pikantem Kräuterquark oder zu einem Wurstsalat.

Ich habe für meine Variante mit den Zutaten herumexperimentiert und war am Ende vom Ergebnis begeistert. Die Hauberlinge werden ganz gewiss zukünftig noch öfter auf unserem Speiseplan stehen. Im Gegensatz zu den Gwixten, die ich ebenfalls ausprobiert habe. Die kleinen Knödelchen sahen zwar schön aus, hatten jedoch die Konsistenz von Gummi. Für die gibt es von mir keine Empfehlung! Zumindest nicht in der von mir ausprobierten Variante.

Fotos der Gerichte mit den Rezepten sind auf meiner Homepage zu finden: www.angelika-schwarzhuber.de

Viel Spaß beim Nachkochen und guten Appetit!

Wie weit würden Sie reisen
für das große Glück?

ANGELIKA
SCHWARZHUBER

Servus heißt
vergiss mich nicht

ROMAN

blanvalet

448 Seiten. ISBN 978-3-7341-0238-7

Daniela hat ihr Leben eigentlich fest im Griff. Doch
seit es Alex auf sie abgesehen hat, gerät ihr Gefühlsle-
ben ordentlich durcheinander. Und gerade jetzt muss
sich Daniela auf ihre Arbeit konzentrieren. Sie soll der
todkranken Ehefrau eines Unternehmers in Sacramento
einen ganz besonderen letzten Wunsch erfüllen, der
Daniela auf eine außergewöhnliche Reise schickt. Allerdings stellt Alex ihr vor der Abreise ein Ultimatum ...

Auf geht's in die Karibik! Oder man strandet halt in Bayern – Urlaub mit Hindernissen, die sich als Glücksfall herausstellen!

352 Seiten. ISBN 978-3-7341-1319-2

Für Lucy steht unvermittelt die Welt Kopf: Ihre beste Freundin zieht ans andere Ende der Republik, und Lucy hat einen Grund zu befürchten, dass sie ihren nächsten Geburtstag nicht mehr erlebt. Sie beschließt, sich einen Traum zu erfüllen und in die Karibik zu reisen. Doch vor der Abfahrt passiert ein Unfall. Anstatt mit Schweinen im Meer zu schwimmen, hängt sie mit Gipsbein und Halskrause bei ihrem Onkel und dem jungen Koch Matteo in einer Kneipe auf dem Land fest. Matteo überrascht sie mit einem Urlaub der besonderen Art und Lucy erkennt, dass Mut dem Schicksal ein Schnippchen schlagen kann …

Lesen Sie mehr unter: **www.blanvalet.de**